集後附録了王運熙先生的陳子昂和他的作品和羅庸先生的陳子昂年譜，以備閲讀和研究時的參考。王文較全面地論述了陳子昂的思想和藝術，羅譜則從衆多的材料中鈎稽出陳氏的生平事蹟，對於讀者都是有一定幫助的。

上海古籍出版社二〇一二年十月

凡例

一、本書以四部叢刊影印明楊澄校正本陳伯玉文集爲底本，以明嘉靖王廷刻本陳子昂集、清道光蜀州刊本陳子昂先生全集爲校本，并校以四庫全書陳拾遺集、全唐詩、全唐文、唐文粹、文苑英華、唐文拾遺，及永樂大典、敦煌寶藏殘卷所輯得陳子昂文字等。其詩歌部分，間亦參考世界文庫本陳伯玉文集校文（世界文庫本所據校本有：嘉靖印明活字板唐五十家詩集本、明刊唐十二家詩本、明鈔唐百家詩本、四庫全書本、清楊國楨陳子昂詩文全集本）。乃定名爲陳子昂集。

一、原本有將詩編入文、文編入詩及詩與序分屬兩類者，今據全唐文等本加以調整：

原本第七卷喜馬參軍相遇醉歌移至第二卷登薊城西北樓送崔著作融入都之後；

原本第七卷春台引、綵樹歌、山水粉圖等三詩，移至第二卷宴胡楚真禁所之後；

原本第七卷送崔融等東征序、餞陶七序、別李參軍序、崔兵曹使宴序、遇冀侍御崔司議二使序、別冀侍御崔司議序、送崔著作序等七篇，移至第二卷各該詩之前，與詩合併，題從詩題。

一、原本第七卷餞陳少府從軍序原爲闕文，今從全唐文補入。

一、第十卷後，從全唐詩、全唐文、蜀刻本陳子昂先生全集、文苑英華、唐文拾遺等書補入登幽州台歌、魏氏園林人賦一物得秋亭萱草、晦日宴高氏林亭、晦日重宴高氏林亭、上元夜効小庾體、三月三日宴王明府山亭、楊柳枝等詩七首及爲義興公陳請終喪第二表、爲義興公陳請終喪第三表、謝賜冬衣表、座右銘、荆州大崇福觀記、無端帖等文六篇。

陳伯玉文集序〔一〕

盧藏用

昔孔宣父以天縱之才，自衛返魯，乃删詩書〔二〕，述易道，而作春秋。數千百年，文章粲然可觀者也。孔子殁二百歲而騷人作，於是婉麗浮侈之法行焉。漢興二百年，賈誼、馬遷爲之傑，憲章禮樂，有老成人之風。長卿、子雲之儔，瑰詭萬變，亦奇特之士也。惜其王公大人之言，溺於流辭而不顧〔三〕。其後班、張、崔、蔡、曹、劉、潘、陸，隨波而作，雖大雅不足，然其遺風餘烈，尚有典刑。宋、齊已來〔四〕，蓋顦顇矣〔五〕。逶迤陵頽，流靡忘返〔六〕。至於徐、庾，天之將喪斯文也。後進之士，若上官儀者，繼踵而生，於是風雅之道掃地盡矣。易曰：「物不可以終否。」故受之以泰。道喪五百歲，而得陳君。君諱子昂，字伯玉，蜀人也。崛起江漢，虎視函夏。卓立千古，横制頽波，天下翕然，質文一變。非夫岷峨之精，巫廬之靈，則何以生此？故有諫諍之辭〔七〕，則爲政之先也；昭夷之碣，則議論之當也；國殤之文，則大雅之怨也；徐君之議，則刑禮之中也。至於感激頓挫，微顯闡幽，庶幾見變化之朕〔八〕，以接乎天人之際者，則感遇之篇存焉。觀其逸足駸駸，方將摶扶摇而凌泰清，獵遺風而薄嵩岱，吾見其進，未見其止。惜乎湮厄當世，道不偶時，委骨巴山，年志俱夭，故其文未極也。嗚呼！聰明精粹而淪剥，貪叨桀驁以顯榮。天乎，天乎！吾始未知夫天焉。昔常與余有忘形之契，四海之内，一人而已。良友殁矣，天其喪予。今採其遺文可存者編而次之〔九〕，凡十卷，恨不逢作者，不得列於詩人之什。悲夫！故粗論文之變，而爲之序。至於王霸之才，卓犖之行，則存之別傳，以繼於終篇云耳。黃門侍郎盧藏用撰。

【校】

〔一〕陳伯玉文集序　王廷本（以下簡稱王本）作「子昂集序」。文苑英華（以下簡稱「英華」）卷七〇〇收此文，作「陳氏集序」。唐文粹（以下簡稱「文粹」）卷九二收此文，作「唐右拾遺陳子昂文集序」。永樂大典（以下簡稱「大典」）卷三一三四「唐宋名賢確論」下引「盧藏用曰」，録此文。

〔二〕乃删詩書　「書」，文粹作「定禮」。

〔三〕溺於流辭而不顧　「顧」，文粹、英華、大典作「顯」。

〔四〕宋齊已來　文粹「已來」作「之末」。

〔五〕蓋顦顇矣　「矣」字原無，據英華、文粹校補。

〔六〕流靡忘返　「忘返」二字原無，據英華、文粹校補。

〔七〕故有諫諍之辭　「有」，文粹作「其」。

〔八〕庶幾見變化之朕　「庶」原作「度」，據文粹、英華、大典校改。

〔九〕今採其遺文可存者編而次之　「今」原作「合」，「者」原作「焉」，據王本、文粹、英華校改；「可」，王本作「尚」。

陳伯玉文集序

張頤

詩自三百篇而下，惟漢魏音韻風骨猶近於古。逮夫兩晉，駸駸而變，胚胎於宋，浮靡於齊梁，至於陳隋極熾，而雅音幾乎熄矣。有唐之興，文運漸啓，雖四傑、四友稱美於時，然其流風餘韻，漸染既久，未能悉除。則天時，蜀之射洪人陳公子昂字伯玉者，一旦崛起西南，以高明之見，首唱平淡清雅之音；襲騷雅之風，力排雕鏤凡近之氣。其學博，其才高，其音節冲和，其辭旨幽遠，超軼前古，盡掃六朝弊習。譬猶砥柱矻立於萬頃頹波之中，陽氣勃起於重泉積陰之下，舊習爲之一變，萬彙爲之改觀。故李太白、韋蘇州、柳柳州相繼而起，皆踵伯玉之高風，俾後世稱仰嘆慕之不暇，可謂詩人之雄矣。其文雖有六朝唐初氣味，然其奏疏數章，亦有用世之志，惜其全集世不多見，其詩文見於他集者亦甚少。今巡撫山西都御史楊公澄與伯玉爲同邑人，得其全集於中秘，抄録而來，重復校正，命工刊梓以傳，共若干卷。嗚呼，公之用心厚矣！昔韓文公文起八代之衰，名振當世，及五代之末，其集亦泯。歐陽文忠公得其集於故篋中，求補校數十年而後全，俾後人尊仰模範，力追古作而不墜者，文忠公之力也。自太白、韋、柳景慕伯玉作爲古風之後，至宋惟朱文公感興之作，風格無異，迨今又寥寥數百年矣。我朝文運大興，作者如林，會見斯集之行，有能吐辭如伯玉，遠追盛唐之作者，未必非公振作之效也。嗚呼！公之用心，其厚矣哉。

弘治四年歲次辛亥重陽日，賜進士嘉議大夫工部右侍郎前都察院左僉都御史翰林院修撰經筵講官兼文華殿講讀官致仕維揚張頤序。

目録

陳子昂集卷之三

表

陳子昂集卷之四

表

陳子昂集卷之五

碑文

陳子昂集卷之六

陳子昂集卷之七

陳子昂集卷之八

雜著

陳子昂集卷之九

陳子昂集卷之十

附録

補遺

【校】

〔一〕入東陽峽與李明府船前後不相及　「及」原作「反」，據王本校改。

〔二〕爲建安王獻食表　「建」原作「達」，據王本校改。

陳子昂集卷之一

詩賦

麈尾賦〔一〕并序

甲申歲天子在洛陽，余始解褐，守麟臺正字。太子司直宗秦客置酒金谷亭，大集賓客。酒酣共賦座上食物，命余爲麈尾賦焉〔二〕。

天之浩浩兮，物亦云云。性命變化兮，如絲之棼。或以神好正直，天蓋默默；或以道惡彊梁，天亦茫茫。此仙都之靈獸〔三〕，固何負而罹殃〔四〕。始居幽山之藪，食乎豐草之鄉。不害物以利己〔五〕，每營道而同方。何忘情而委代〔六〕，何代情之不忘〔七〕。卒罘網以見逼〔八〕，愛庖割而罹傷。豈不以斯尾之有用，而殺身於此堂？爲君雕俎之羞，廁君金盤之實。承主人之嘉慶〔九〕，對象筵與寶瑟。雖信美於兹辰，詎同歡於疇昔〔一〇〕。客有感而嘆者。曰：命不可思，神亦難測。吉凶悔吝，未始有極。借如天道之用〔一一〕，莫神於龍。受戮爲醢，不知其凶。王者之瑞，莫聖於麟。遇害於野，不知其仁。神既不能自智，聖亦不能自知。况林棲而谷走，及山鹿與野麋〔一二〕。古人有言，天地之心，其間無巧。冥之則順，動之則夭。諒物情之不異我心，又何兢於猜矯。故曰天之神明，與物推移。不爲事先，動而輒隨。是以至人無己，聖人不知。予欲全身而遠害，曾是浩然而順斯。

【校】

〔一〕麈尾賦　「麈」，四庫全書本（以下簡稱「庫本」）作「鹿」。

〔二〕命余爲麈尾賦焉　「麈」，庫本作「鹿」。

〔三〕此仙都之靈獸　「仙」原作「先」，據張遜業唐十二家詩本（以下簡稱「張本」）、許自昌前唐十二家詩本（以下簡稱「許本」）、庫本、英華卷一〇八、文粹卷七校改。「靈」，明銅活字本（以下簡稱「活字本」）、張本、許本、英華、文粹作「微」。

〔四〕固何負而罹殃　「固」，許本、英華、文粹作「因」。

〔五〕不害物以利己　「以」原作「而」，據活字本、張本、許本、全唐文本（以下簡稱「全唐文」）、英華、文粹校改。

〔六〕何忘情而委代　「而」，庫本、全唐文、文粹作「以」。「代」，王本作「化」。

〔七〕何代情之不忘　「何代情」，張本、許本作「而化情」；庫本作「迺化情」；全唐文作「而任性」；英華、文粹作「而任信」。

〔八〕卒罘網以見逼　「罘」原作「梁」，據活字本、許本、庫本、英華、文粹校改。
〔九〕承主人之嘉慶　「主」原作「正」，據活字本、張本、王本、許本、庫本、全唐文、英華、文粹校改。
〔一〇〕詎同歡於疇昔　「昔」原作「日」，據活字本、張本、許本、全唐文校改。
〔一一〕借如天道之用　「如」原作「昭如」，小字，據活字本、張本、許本、庫本、全唐文、英華、文粹删改。
〔一二〕及山鹿與野麋　「及」字原無，據活字本、張本、許本、庫本、全唐文、英華、文粹校補。

感遇　三十八首

微月生西海，幽陽始化昇。圓光正東滿，陰魄已朝凝。太極生天地，三元更廢興。至精諒斯在，三五誰能徵。

右　一

蘭若生春夏，芊蔚何青青。幽獨空林色，朱蕤冒紫莖。遲遲白日晚，嫋嫋秋風生。歲華盡摇落，芳意竟何成。

右　二

蒼蒼丁零塞，今古緬荒途。亭堠何摧兀〔一〕，暴骨無全軀。黄沙漠南起，白日隱西隅〔二〕。漢甲三十萬，曾以事匈奴。但見沙場死，誰憐塞上孤。

右三

樂羊爲魏將，食子殉軍功。骨肉且相薄，他人安得忠。吾聞中山相，乃屬放麑翁。孤獸猶不忍〔三〕，況以奉君終。

右四

市人矜巧智，於道若童蒙。傾奪相誇侈，不知身所終。曷見玄真子，觀世玉壺中。窅然遺天地，乘化入無窮。

右五

吾觀龍變化，乃知至陽精〔四〕。石林何冥密，幽洞無留行。古之得仙道，信與元化并。玄感非象識〔五〕，誰能測淪冥〔六〕。世人拘目見，酣酒笑丹經。崑崙有瑶樹，安得采其英。

右六

白日每不歸，青陽時暮矣。茫茫吾何思，林卧觀無始。衆芳委時晦，鶗鴂鳴悲耳。鴻荒古已頽，誰識巢居子。

右七

吾觀崑崙化，日月淪洞冥。精魄相交構，天壤以羅生。仲尼推太極，老聃貴窅冥。西方金仙子，崇義乃無明。空色皆寂滅，緣業亦何成〔七〕。名教信紛籍〔八〕，死生俱未停。

右八

聖人秘元命，懼世亂其真。如何嵩公輩，詠譎誤時人。先天誠爲美，階亂禍誰因。長城備胡寇，嬴禍發其親。赤精既迷漢，子年何救秦。去去桃李花，多言死如麻。

右九

深居觀元化〔九〕，悱然争朵頤。讒説相啖食，利害紛㘈㘈〔一〇〕。便便夸毗子，榮耀更相持。務光讓天下，商賈競刀錐。已矣行采芝，萬世同一時。

右十

吾愛鬼谷子，青溪無垢氛。囊括經世道，遺身在白雲。七雄方龍鬭，天下亂無君〔一一〕。浮榮不足貴〔一二〕，遵養晦時文。舒之瀰宇宙〔一三〕，卷之不盈分。豈徒山木壽〔一四〕，空與麋鹿羣。

右十一

呦呦南山鹿，罹罟以媒和。招摇青桂樹，幽蠹亦成科。世情甘近習，榮耀紛如何。怨憎未相復，親愛生禍羅。瑶臺傾巧笑，玉盃殞雙蛾。誰見枯城蘖，青青成斧柯。

右十二

林居病時久，水木淡孤清。閑卧觀物化，悠悠念無生〔一五〕。青春始萌達，朱火已滿盈。

徂落方自此，感嘆何時平。

右十三

臨岐泣世道，天命良悠悠。昔日殷王子，玉馬遂朝周。寶鼎淪伊穀，瑶臺成故丘。西山傷遺老，東陵有故侯。

右十四

貴人難得意，賞愛在須臾。莫以心如玉，探他明月珠〔一六〕。昔稱夭桃子，今爲春市徒。鴟鴞悲東國，麋鹿泣姑蘇。誰見鴟夷子，扁舟去五湖。

右十五

聖人去已久，公道緬良難。蚩蚩夸毗子，堯禹以爲謾。驕榮貴工巧，勢利迭相干。燕王尊樂毅，分國願同歡〔一七〕。魯連讓齊爵，遺組去邯鄲。伊人信往矣，感激爲誰嘆。

右十六

幽居觀大運，悠悠念羣生。終古代興没，豪聖莫能争。三季淪周赧，七雄滅秦嬴〔一八〕。復聞赤精子，提劍入咸京。炎光既無象，晉虜紛縱横〔一九〕。堯禹道既昧〔二〇〕，昏虐勢方行〔二一〕。豈無當世雄，天道與胡兵。咄咄安可言，時醉而未醒。仲尼溺東魯，伯陽遁西溟。大運自古來，旅人胡嘆哉〔二二〕！

右十七

逶迤勢已久，骨鯁道斯窮。豈無感激者，時俗頹此風。灌園何其鄙〔二三〕，皎皎於陵中〔二四〕。世道不相容，嗟嗟張長公。

右十八〔二五〕

聖人不利己，憂濟在元元。黄屋非堯意，瑶臺安可論。吾聞西方化，清浄道彌敦。奈何窮金玉，雕刻以爲尊。雲構山林盡，瑶圖珠翠煩。鬼功尚未可，人力安能存。夸愚適增累，矜智道逾昏。

右十九

玄天幽且默，羣議曷嗤嗤。聖人教猶在，世運久陵夷。一繩將何繫，憂醉不能持。去去行採芝，勿爲塵所欺。

右二十〔二六〕

蜻蛉遊天地，與物本無患〔二七〕。飛飛未能去〔二八〕，黄雀來相干。穰侯富秦寵，金石比交歡。出入咸陽裏，諸侯莫敢言。寧知山東客，激怒秦王肝。布衣取丞相，千載爲辛酸。

右二十一

微霜知歲晏，斧柯始青青。況乃金天夕，浩露沾羣英。登山望宇宙，白日已西暝。雲海方蕩潏，孤鱗安得寧。

右二十二

翡翠巢南海，雄雌珠樹林。何知美人意，嬌愛比黃金。殺身炎州裏，委羽玉堂陰〔二九〕。旖旎光首飾，葳蕤爛錦衾。豈不在遐遠，虞羅忽見尋。多材固爲累〔三〇〕，嗟息此珍禽。

右二十三

挈瓶者誰子？姣服當青春。三五明月滿，盈盈不自珍〔三一〕。高堂委金玉，微縷懸千鈞。如何負公鼎，被奪笑時人。

右二十四

玄蟬號白露，茲歲已蹉跎。羣物從大化，孤英將奈何。瑶臺有青鳥，遠食玉山禾。崑崙見玄鳳，豈復虞雲羅〔三二〕。

右二十五

荒哉穆天子，好與白雲期。宮女多怨曠，層城閉蛾眉。日耽瑶臺樂〔三三〕，豈傷桃李時。青苔空萎絶〔三四〕，白髮生羅帷〔三五〕。

右二十六

朝發宜都渚，浩然思故鄉。故鄉不可見，路隔巫山陽。巫山綵雲没，高丘正微茫。佇立望已久，涕落霑衣裳〔三六〕。豈茲越鄉感，憶昔楚襄王。朝雲無處所，荆國亦淪亡。

右二十七

昔日章華宴，荆王樂荒淫。霓旌翠羽蓋，射兕雲夢林。揭來高唐觀〔三七〕，悵望雲陽岑。雄圖今何在，黄雀空哀吟。

右二十八

丁亥歲云暮，西山事甲兵。羸糧匝邛道〔三八〕，荷戟争羌城〔三九〕。嚴冬嵐陰勁〔四〇〕，窮岫泄雲生。昏曀無晝夜〔四一〕，羽檄復相驚。攀躋兢萬仞〔四二〕，崩危走九冥。籍籍峯壑裏，哀哀冰雪行。聖人御宇宙，聞道泰階平。肉食謀何失，藜藿緬縱横。

右二十九

揭來豪遊子，勢利禍之門。如何蘭膏歎〔四三〕，感激自生寃。衆趨明所避，時棄道猶存。雲淵既已失，羅網與誰論。箕山有高節，湘水有清源。唯應白鷗鳥，可爲洗心言。

右三十

可憐瑶臺樹，灼灼佳人姿。碧華映朱實，攀折青春時。豈不盛光寵，榮君白玉墀。但恨紅芳歇，彫傷感所思。

右三十一

索居獨幾日，炎夏忽然衰。陽彩皆陰翳，親友盡暌違。登山望不見，涕泣久漣洏。宿昔感顏色，若與白雲期。馬上驕豪子，驅逐正蚩蚩。蜀山與楚水，携手在何時。

右三十二

金鼎合神丹〔四四〕，世人將見欺。飛飛騎羊子，胡乃在峨眉。變化固非類，芳菲能幾時。疲痾苦淪世，憂悔日侵淄〔四五〕。眷然顧幽褐，白雲空涕洟。

右三十三

朔風吹海樹，蕭條邊已秋。亭上誰家子，哀哀明月樓。自言幽燕客〔四六〕，結髮事遠遊。赤丸殺公吏，白刃報私讎〔四七〕。避仇至海上，被役此邊州。故鄉三千里〔四八〕，遼水復悠悠〔四九〕。每憤胡兵入，常爲漢國羞。何知七十戰，白首未封侯。

右三十四

本爲貴公子，平生實愛才。感時思報國，拔劍起蒿萊。西馳丁零塞，北上單于臺。登山見千里，懷古心悠哉。誰言未亡禍，磨滅成塵埃。

右三十五

浩然坐何慕，吾蜀有峩眉。念與楚狂子，悠悠白雲期。時哉悲不會〔五〇〕，涕泣久漣洏。

夢登綏山穴，南采巫山芝〔五一〕。探元觀羣化，遺世從雲螭。婉孌將永矣，感悟不見之。

右三十六

朝入雲中郡，北望單于臺。胡秦何密邇，沙朔氣雄哉。籍籍天驕子〔五二〕，猖狂已復來。塞垣無名將〔五三〕，亭堠空崔嵬。咄嗟吾何歎，邊人塗草萊。

右三十七

仲尼探元化，幽鴻順陽和。大運自盈縮，春秋迭來過。盲飆忽號怒，萬物相分劘。溟海皆震蕩，孤鳳其如何。

右三十八

【校】

〔一〕亭堠何摧兀　「兀」原作「亢」，據活字本、張本、王本、許本、庫本、全唐詩本（以下簡稱「全唐詩」）、文粹卷一八校改。

〔二〕白日隱西隅　「西隅」原作「西隅天隅」，小字，據活字本、張本、王本、許本、庫本、全唐詩、文粹刪改。

〔三〕孤獸猶不忍　「孤」原作「狐」，據活字本、張本、王本、許本、文粹校改。

〔四〕乃知至陽精　「知」原作「是」，據活字本、張本、許本、庫本、全唐詩、文粹校改。

〔五〕玄感非象識　「象」原作「蒙」，據張本、許本、庫本、全唐詩、文粹校改。

〔六〕誰能測淪冥　「淪」，庫本、全唐詩作「沉」。

〔七〕緣業亦何成　「成」原作「名」，據庫本、全唐詩、文粹校改。

〔八〕名教信紛籍　「名」原作「成」，據庫本、全唐詩、文粹校改。「紛」原作「終」，據張本、許本、庫本、全唐詩、文粹校改。

〔九〕深居觀元化　「居」原作「閨」，據活字本、張本、庫本、文粹校改。「元化」原作「群動元化」，小字，據活字本、張本、許本、庫本、全唐詩、文粹删改。

〔一〇〕利害紛噫噫　「噫噫」原作「疑疑」，據張本、許本、庫本、全唐詩、文粹校改。

〔一一〕天下亂無君　「亂」，許本、庫本、全唐詩、文粹作「久」。

〔一二〕浮榮不足貴　「榮」原作「雲」，據活字本、張本、許本、文粹校改。

〔一三〕舒之彌宇宙　「之」，全唐詩、文粹作「可」。

〔一四〕豈徒山木壽　「徒」原作「圖」，據活字本、張本、許本、全唐詩、文粹校改。

〔一五〕悠悠念無生　「無」原作「群」，據張本、許本、庫本、全唐詩、文粹校改。

〔一六〕探他明月珠　「探」原作「探採」，小字，據活字本、張本、許本、庫本、全唐詩删改。

〔一七〕分國願同歡　「分」原作「分齊」，小字，據活字本、張本、王本、許本、庫本、全唐詩、文粹删改。

〔一八〕七雄滅秦嬴　「嬴」原作「羸」，據活字本、張本、王本、許本、庫本、全唐詩、文粹校改。

〔一九〕晉虜紛縱横　「紛」，活字本、張本、許本、全唐詩作「復」。「縱」原作「蹤」，據活字本、張本、王本、許本、庫本、全唐詩、文粹校改。

〔二〇〕堯禹道既昧　「既」，活字本、張本、許本、全唐詩、文粹作「已」。

〔二一〕昏虐勢方行　「勢」原作「世」，據活字本、張本、許本、全唐詩、文粹校改。

〔二二〕旅人胡嘆哉　「旅」原作「孤」，據活字本、張本、王本、許本、庫本、全唐詩、文粹校改。
〔二三〕灌園何其鄙　「灌」原作「權」，據活字本、張本、王本、許本、庫本、全唐詩、文粹校改。
〔二四〕皎皎於陵中　「中」原作「子」，據庫本、全唐詩校改。
〔二五〕右十八　「右」字原無，據王本校補。
〔二六〕右二十　「右」字原無，據王本、庫本校補。
〔二七〕與物本無患　「物」，活字本、張本、許本、文粹作「世」。
〔二八〕飛飛未能去　「去」，張本、許本、庫本、全唐詩、文粹作「止」。
〔二九〕委羽玉堂陰　「玉」原作「王」，據活字本、張本、王本、許本、庫本、全唐詩、文粹校改。
〔三〇〕多材固爲累　「固」，活字本、張本、許本、全唐詩、文粹作「信」。
〔三一〕盈盈不自珍　「盈盈」原作「盈華」，據活字本、張本、王本、許本、庫本、全唐詩、文粹校改。
〔三二〕豈復虞雲羅　「虞」原作「嘆」，據活字本、張本、許本、庫本、全唐詩、文粹校改。
〔三三〕日耽瑶臺樂　「臺」下原有小字注文「臺一作池」四字，據活字本、張本、許本、全唐詩、文粹校删。
〔三四〕青苔空萎絶　「苔」原作「箈」，據活字本、張本、許本、庫本、全唐詩、文粹校改。
〔三五〕白髮生羅帷　「帷」原作「惟」，據活字本、張本、王本、許本、庫本、全唐詩、文粹校改。
〔三六〕涕落霑衣裳　「落」，活字本、張本、許本、文粹作「淚」。
〔三七〕竭來高唐觀　「唐」原作「堂」，據活字本、全唐詩校改。
〔三八〕贏糧匝邛道　「贏」原作「羸」，據活字本、張本、王本、許本、庫本、全唐詩校改。
〔三九〕荷戟争羌城　「争」原作「驚」，據活字本、張本、許本、庫本、全唐詩、文粹校改。

〔四〇〕嚴冬嵐陰勁　「嵐陰」，庫本、全唐詩、文粹作「陰風」。
〔四一〕昏曀無晝夜　「晝」原作「畫」，據活字本、張本、王本、許本、庫本、全唐詩、文粹校改。
〔四二〕攀躅兢萬仞　「攀」，全唐詩作「拳」。
〔四三〕如何蘭膏嘆　「嘆」下原有小字注文「一作歇」三字，據活字本、張本、許本、全唐詩、文粹校删。
〔四四〕金鼎合神丹　「神」原作「還」，據活字本、張本、許本、全唐詩、文粹校改。
〔四五〕憂悔日侵淄　「悔」，庫本、全唐詩、文粹作「痗」。
〔四六〕自言幽燕客　「燕」原作「谷」，據活字本、張本、許本、庫本、全唐詩、文粹校改。
〔四七〕白刃報私讎　「刃」原作「日」，據張本、許本、全唐詩、文粹校改。
〔四八〕故鄉三千里　「千」原作「十」，據活字本、張本、王本、許本、庫本、全唐詩、文粹校改。
〔四九〕遼水復悠悠　「水」原作「東」，據活字本、張本、許本、庫本、全唐詩、文粹校改。
〔五〇〕時哉悲不會　「悲」原作「怨」，據張本、許本、庫本、全唐詩、文粹校改。
〔五一〕南采巫山芝　「采」原作「米」，據活字本、張本、王本、許本、庫本、全唐詩、文粹校改。
〔五二〕籍籍天驕子　「天」原作「夭」，據活字本、張本、王本、許本、庫本、全唐詩、文粹校改。
〔五三〕塞垣無名將　「無」原作「興」，據活字本、張本、王本、許本、庫本、全唐詩、文粹校改。

觀荆玉篇　并序

丙戌歲，余從左補闕喬公北征。夏四月，軍幕次于張掖河。河洲草木無他異者，惟有仙人杖，往往叢生。幽朔地寒，與中國稍異。余家世好服食，昔嘗餌之，及此役也，而息意兹味。戍人有薦嘉蔬者，此物存焉。矖爾而笑曰：「始者與此君别，不圖至是而見之，豈非神明嘉惠，欲將扶吾壽也！」因爲喬公昌言其能。時東萊王仲烈亦同旅，聞之大喜，甘心食之，已旬有五日矣。適有行人自謂能知藥者，謂喬公曰：「此白棘也，公何謬哉！」仲烈愕然而疑，亦曰：「吾怪其味甜，今果如此。」喬公信是言，乃譏余作採玉篇，謂宋人不識玉而寶珉石也。余心知必是，猶以獨見之故，被奪於衆人，乃喟然嘆曰：「嗟乎！人之大明者目也，心之至信者口也。夫目照五色，口分五味，玄黄甘苦，亦可斷而不惑也〔一〕。而路傍一議，二子增疑，況君臣之際，朋友之間。自是而觀，則萬物之情可見也。」感採玉詠，作觀玉篇以答之，并示仲烈，譏其失真也。

鶡夷雙白玉，此玉有淄磷。懸之千金價，舉世莫知真。丹青非異色，輕重有殊倫。勿信工言子〔二〕，徒悲荆國人。

【校】

〔一〕亦可斷而不惑也　「可」原作「何」，據活字本、張本、許本、庫本、全唐詩、文粹校改。

〔二〕勿信工言子　「工言子」，活字本、張本、許本、庫本、全唐詩、文粹作「玉工言」。

鴛鴦篇

飛飛鴛鴦鳥，舉翼相蔽虧。俱來渌潭裏，共向白雲涯。音容相眷戀，羽翮兩逶迤。蘋萍戲春渚，霜霰遶寒池。浦沙連岸淨，汀樹拂潭垂。年年此遊翫，歲歲來追隨。鳳凰起丹穴，獨向梧桐枝。鴻雁來紫塞，空憶稻粱肥。烏啼倦永夕，鶴鳴傷別離。豈若此雙禽，飛翻不異林。刷尾青江浦〔一〕，交頸紫山岑〔二〕。文章負奇色，和鳴多好音。聞有鴛鴦綺，復有鴛鴦衾。持爲美人贈，勖此故交心。

【校】

〔一〕刷尾青江浦　「尾」，文粹作「羽」。

〔二〕交頸紫山岑　「岑」原作「岑」，據活字本、張本、王本、許本、庫本、全唐詩、文粹校改。

修竹篇　并序

東方公足下：文章道弊五百年矣。漢、魏風骨，晉、宋莫傳，然而文獻有可徵者。僕嘗暇時觀齊、梁間詩，彩麗競繁，而興寄都絶。每以永歎，思古人常恐逶迤頹靡，風雅不作，以耿耿也。一昨於解三處見明公詠孤桐篇，骨氣端翔，音情頓挫，光英朗練，有金石聲，遂用洗心飾視，發揮幽鬱。不圖正始之音，復覩於兹，可使建安作者相視而笑。解君云：「張茂先、何敬祖，東方生與其比肩。」僕亦以爲知言也。故感嘆雅製，作修竹詩一篇，當有知音以傳示之。

龍種生南嶽，孤翠鬱亭亭。峯嶺上崇崒，烟雨下微冥。夜聞鼯鼠叫，晝聒泉壑聲。春風正淡蕩，白露已清泠。哀響激金奏，密色滋玉英。歲寒霜雪苦，含彩獨青青。豈不厭凝冽，羞比春木榮。春木有榮歇，此節無凋零。始願與金石，終古保堅貞。不意伶倫子，吹之學鳳鳴。遂偶雲龢瑟，張樂奏天庭。妙曲方千變，簫韶亦九成。信蒙雕斲美，常願事仙靈。驅馳翠虯駕，伊鬱紫鸞笙。結交嬴臺女〔一〕，吟弄升天行。携手登白日，遠遊戲赤城。低昂玄鶴舞，斷續綵雲生。永隨衆仙去，三山遊玉京。

【校】

〔一〕結交嬴臺女　「嬴」原作「羸」，據活字本、張本、王本、許本、庫本、全唐詩、文粹校改。

奉和皇帝上禮撫事述懷應制〔一〕

大君忘自我，膺運居紫宸。揖讓期明辟，謳歌且順人。軒宫帝圖盛〔二〕，皇極禮容申。南面朝萬國，東堂會百神。雲陛旂常滿，天廷玉帛陳。鍾石和睿思，雷雨被深仁。承平信娱樂，王業本艱辛。願罷瑶池宴，來觀農扈春。卑宫昭夏德，尊老睦堯親。微臣敢拜手，歌舞頌惟新。

【校】

〔一〕奉和皇帝上禮撫事述懷應制　「上」原作「丘」，據庫本、全唐詩、英華卷一六七校改。

〔二〕軒宫帝圖盛　「圖」原作「國」，據活字本、張本、許本、庫本、全唐詩、大典卷一三四九七、英華校改。

洛城觀酺應制

聖人信恭己，天命允昭回。蒼極神功被，青雲秘籙開。垂衣受金册，張樂宴瑶臺。雲鳳休徵滿，龍魚雜戲來〔一〕。崇恩踰五日，惠澤暢三才。玉帛羣臣醉，徽章縟禮該。方覩升中禪，言觀拜洛迴。微臣固多幸，敢上萬年杯。

【校】

〔一〕龍魚雜戲來　「龍魚」，活字本、張本、許本、全唐詩、英華卷一六八作「魚龍」。

白帝城懷古

日落滄江晚，停橈問土風〔一〕。城臨巴子國，臺没漢王宫。荒服仍周甸，深山尚禹功。巖懸青壁斷，地險碧流通。古木生雲際，歸帆出霧中。川途去無限，客思坐何窮。

【校】

〔一〕停橈問土風　「土」原作「士」，據活字本、張本、王本、許本、庫本、全唐詩、搜玉小集、英華卷三〇八校改。

度荆門望楚

遥遥去巫峽，望望下章臺。巴國山川盡，荆門煙霧開。城分蒼野外，樹斷白雲隈。今日狂歌客，誰知入楚來。

峴山懷古

秣馬臨荒甸，登高覽舊都。猶悲墮淚碣，尚想臥龍圖。城邑遥分楚，山川半入吴。丘陵徒自出，賢聖幾凋枯。野樹蒼煙斷，津樓晚氣孤。誰知萬里客，懷古正踟躕。

晚次樂鄉縣

故鄉杳無際〔一〕，日暮且孤征。川原迷舊國，道路入邊城。野戍荒烟斷，深山古木平。如何此時恨，噭噭夜猿鳴。

【校】

〔一〕故鄉杳無際　「杳」原作「香」，據活字本、張本、王本、許本、庫本、全唐詩校改。

入峭峽安居谿伐木谿源幽邃林嶺相映有奇致焉〔一〕

嘯徒歌伐木〔二〕，鶩檝漾輕舟。靡迤隨迴水〔三〕，潺湲泝淺流。烟沙分兩岸，霧島夾雙洲〔四〕。古樹連雲密，交峯入浪浮。巖潭相映媚，溪谷屢環周。路迴光踰逼，山深興轉幽。麏鼯寒思晚，猿鳥暮聲秋。誓息蘭臺策，將從桂樹遊。因書謝親愛，千歲覓蓬丘。

【校】

〔一〕入峭峽安居谿伐木谿源幽邃林嶺相映有奇致焉　「峽」下原有「峽」字，據庫本、全唐詩校删。「映」原作「眠」，據庫本、全唐詩校改。「安居」下原爲雙行小字，據全唐詩校改。活字本、張本、許本、英華卷一六六題作「入峭峽」。

〔二〕嘯徒歌伐木　「嘯」原作「肅」，據王本校改。

〔三〕靡迤隨迴水　「迴」原作「波」，據張本、許本、庫本、全唐詩校改。

〔四〕霧島夾雙洲　「霧」原作「露」，據活字本、許本校改。

宿空舲峽青樹村浦

的的明月水，啾啾寒夜猿。客思浩方亂，洲浦寂無喧。憶作千金子，寧知九逝魂。虛聞事朱闕，結綬鶩華軒。委別高堂愛，窺覦明主恩。今城轉蓬去，歎息復何言。

宿襄河驛浦〔一〕

沿流辭北渚，結纜宿南洲。合岸昏初夕，迴塘暗不流。臥聞塞鴻斷，坐聽峽猿愁。沙浦明如月，汀葭晦若秋。不及能鳴雁，徒思海上鷗。天河殊未曉，滄海信悠悠。

【校】

〔一〕宿襄河驛浦　「襄」原作「讓」，據庫本、全唐詩校改。

入東陽峽與李明府船前後不相及

東巖初解纜，南浦遂離羣。出没同洲島，棲泊異汀濆〔一〕。風烟猶可望，歌笑浩難聞。路轉青山合，峯迴白日曛。奔濤上漫漫，積水下沄沄。倏忽猶疑及，差池復兩分。離離間遠樹，藹藹没遥氛。地入巴陵道，星連牛斗文。孤狖啼寒月，哀鴻叫斷雲。仙舟不可見，遥思坐氛氲。

【校】

〔一〕棲泊異汀濆　此下原有小字注文「品彙作『沿洄異渚濆』」八字，據活字本、張本、許本、全唐詩、英華卷二一四九校删。

陳子昂集卷之二

雜　詩　六十八首

西還至散關答喬補闕知之〔一〕

葳蕤蒼梧鳳，嘹唳白露蟬。羽翰本非疋，結交何獨全〔二〕。昔君事胡馬，余得奉戎旃。攜手向沙塞〔三〕，關河緬幽燕。芳歲幾陽止，白日屢徂遷。功業雲臺薄，平生玉珮捐。歎此南歸日，猶聞北戍邊。代水不可涉〔四〕，巴江亦潺湲。攬衣度函谷，銜涕望秦川。蜀門自茲始，雲山方浩然。

【校】

〔一〕西還至散關答喬補闕知之　「知之」原爲小字，據活字本、張本、王本、許本、全唐詩校改。

〔二〕結交何獨全　「何獨」原作「獨何」，據張本、許本、庫本、全唐詩、文粹卷一五下校改。

〔三〕携手向沙塞　「向」原作「同」，據活字本、張本、許本、庫本、全唐詩校改。

〔四〕代水不可涉　「涉」原作「陟」，據活字本、張本、許本、庫本、全唐詩、英華卷二八九、文粹校改。

還至張掖古城聞東軍告捷贈韋五虚己〔一〕

孟秋首歸路，仲月旅邊亭。聞道蘭山戰，相邀在井陘。屢鬬關月滿，三捷虜雲平。漢軍追北地，胡騎走南庭。君爲幕中士，疇昔好言兵。白虎鋒應出，青龍陣幾成。披圖見丞相，按節入咸京。寧知玉門道，空作隴西行〔二〕。北海朱旄落，東歸白露生。縱横未得意，寂寞寡相迎。負劍空嘆息，蒼茫登古城。

【校】

〔一〕還至張掖古城聞東軍告捷贈韋五虚己　「虚己」原爲小字，據張本、王本、許本、全唐詩校改。

〔二〕空作隴西行　「空」，活字本、張本、許本、庫本、全唐詩作「翻」。

度峽口山贈喬補闕知之王二無競

峽口大漠南，横絶界中國。叢石何紛糺，小山復翕赩〔一〕。遠望多衆容，逼之無異色。崔崒乍孤斷〔二〕，逶迤屢迴直。信關胡馬衝〔三〕，亦距漢邊塞。豈伊河山險，將順休明德。物壯誠有衰，勢雄良易極。邐迤忽而盡，泱漭平不息〔四〕。之子黃金軀，如何此荒域。雲臺盛多士，待君丹墀側。

【校】

〔一〕小山復翕赩　「赩」原作「絶」，據庫本、全唐詩、英華卷二四九校改。

〔二〕崔崒乍孤斷　「乍」原作「半」，據活字本、張本、許本、全唐詩、英華校改。

〔三〕信關胡馬衝　「關」，王本、許本作「聞」。

〔四〕泱漭平不息　「泱」原作「決」，據活字本、張本、許本、庫本、全唐詩校改。

題祀山烽樹贈喬十二侍御〔一〕

漢庭榮巧宦，雲閣薄邊功。可憐驄馬使，白首爲誰雄。

【校】

〔一〕題祀山烽樹贈喬十二侍御　「題」下原有「贈」字，「贈」原作「上」，據活字本、張本、許本、庫本、全唐詩删改。

題居延古城贈喬十二知之〔一〕

聞君東山意，宿昔紫芝榮〔二〕。滄洲今何在〔三〕，華髮旅邊城。還漢功既薄，逐胡策未行。徒嗟白日暮，坐對黃雲生。桂枝芳欲晚，薏苡謗誰明〔四〕。無爲空自老，含嘆負平生。

【校】

〔一〕題居延古城贈喬十二知之　「知之」二字原無，據活字本、張本、許本、全唐詩校補。

〔二〕宿昔紫芝榮　「昔」原作「習」，據活字本、張本、許本、全唐詩校改。

〔三〕滄洲今何在　「洲」原作「州」，據活字本、張本、許本、全唐詩校改。

〔四〕薏苡謗誰明　「苡」原作「苡」，據活字本、張本、王本、許本、庫本、全唐詩校改。

薊丘覽古贈盧居士藏用七首　并序〔一〕

丁酉歲吾北征，出自薊門，歷觀燕之舊都，其城池霸迹已蕪没矣〔二〕，乃慨然仰歎。憶昔樂生、鄒子羣賢之遊盛矣，因登薊丘〔三〕，作七詩以志之〔四〕，寄終南盧居士，亦有軒轅遺迹也。

軒轅臺

北登薊丘望，求古軒轅臺。應龍已不見，牧馬空黄埃〔五〕。尚想廣成子，遺迹白雲隈。

燕昭王

南登碣石館，遥望黄金臺。丘陵盡喬木，昭王安在哉？霸圖悵已矣，驅馬復歸來。

樂　生

王道已淪昧，戰國競貪兵。樂生何感激，仗義下齊城。雄圖竟中夭，遺歎寄阿衡。

燕太子

秦王日無道，太子怨亦深。一聞田光義，匕首贈千金。其事雖不立，千載爲傷心。

田光先生

自古皆有死，徇義良獨稀。奈何燕太子，尚使田生疑〔六〕。伏劍誠已矣，感我涕沾衣。

鄒　子〔七〕

大運淪三代，天人罕有窺。鄒子何寥廓，謾説九瀛垂〔八〕。興亡已千載，今也則無推。

郭　隗〔九〕

逢時獨爲貴，歷代非無才。隗君亦何幸，遂起黄金臺〔一〇〕。

【校】

〔一〕薊丘覽古贈盧居士藏用七首并序　「七首」原作「六首」，據庫本、全唐詩、英華卷三〇一校改；原爲小字，據活字本、王本、許本、全唐詩校改。

〔二〕其城池霸迹已蕪没矣　「没」原作「昧」，據庫本、全唐詩校改；「昧」下原有小字注文「一作没」，據活字本、張本、許本校删。

〔三〕因登薊丘　「丘」原作「樓」，據全唐詩、英華校改。

〔四〕作七詩以志之　「七」原作「六」，據庫本、全唐詩、英華校改。

〔五〕牧馬空黄埃　「空」原作「生」，據全唐詩、英華校改。

〔六〕尚使田生疑　「生」原作「光」，據活字本、張本、許本、庫本、全唐詩校改；「光」下原有小字注文「一作田生」四字，據活字本、張本、許本、全唐詩校删。

〔七〕鄒子　全唐詩、英華作「鄒衍」。

〔八〕謾説九瀛垂　「瀛」原作「瀛」，據活字本、張本、王本、許本、庫本、全唐詩、大典卷一〇二八六校改。

〔九〕郭隗　全唐詩「隗」下有小字注文「未缺」二字。

〔一〇〕遂起黄金臺　庫本「臺」下有小字注文「末缺」二字。

初入峽苦風寄故鄉親友

故鄉今日友，歡會坐應同。寧知巴峽路，辛苦石尤風。

贈趙六貞固二首〔一〕

回中烽火入，塞上追兵起。此時邊朔寒，登隴思君子。東顧望漢京，南山雲霧裏。

赤螭媚其彩〔二〕，婉孌蒼梧泉〔三〕。昔者琅琊子，躬耕亦慨然。美人豈遐曠，之子乃前賢。良辰在何許，白日屢頹遷。道心固微密，神用無留連。舒可彌宇宙，攬之不盈拳。蓬蒿久蕪没，金石徒精堅。良寶委短褐，閑琴獨嬋娟。

【校】

〔一〕贈趙六貞固二首　「貞固」二字原無，據活字本、張本、許本、全唐詩、英華卷二四九校補。

〔二〕赤螭媚其彩　「螭」原作「蟠」，據活字本、張本、許本、庫本、全唐詩、英華校改。「彩」原作「形」，據張本、許本、庫本、全唐詩、英華校改。

〔三〕婉孌蒼梧泉　「孌」原作「委」，據王本、庫本、全唐詩、英華校改；活字本、張本、許本作「戀」。

答韓使同在邊

漢家失中策，胡馬屢南驅。聞詔安邊使，曾是故人謨〔一〕。廢書悵懷古，負劍許良圖。出關歲方晏，乘障日多虞。虜入白登道，烽交紫塞途。連兵屯北地，清野備東胡。邊城方晏閉，斥堠始昭蘇。復聞韓長孺，辛苦事匈奴。雨雪顔容改，縱横才位孤。空懷老臣策〔二〕，未獲趙軍租。但蒙魏侯重，不受謗書誣〔三〕。當取金人祭，還歌凱入都。

【校】

〔一〕曾是故人謨　「謨」原作「謀」，據活字本、張本、王本、許本、庫本、全唐詩校改。

〔二〕空懷老臣策　「策」字原爲墨丁，據活字本、張本、王本、許本、庫本、全唐詩校補。

〔三〕不受謗書誣　「書」原作「臣」，據活字本、張本、許本、全唐詩校改。

東征至淇門答宋參軍之問〔一〕

南星中大火，將子涉清淇。西林改微月，征旆空自持。碧潭去已遠，瑤花折遺誰。若問遼陽戍，悠悠天際旗。

【校】

〔一〕東征至淇門答宋參軍之問　「宋」下全唐詩、英華卷二四一有「十一」二字。「之問」二字原爲小字，據活字本、張本、王本、全唐詩校改。

萬州曉發放舟乘漲還寄蜀中親友

空濛巖雨霽，爛熳曉雲歸。嘯旅乘明發，奔橈鶩斷磯。蒼茫林岫轉，駱驛漲濤飛。遠岸孤雲出，遥峯曙日微。前瞻未能眴〔一〕，坐望已相依。曲直還今古，經過失是非。還期方浩浩〔二〕，征思日騑騑。寄謝千金子，江海事多違。

【校】

〔一〕前瞻未能眴　「眴」原作「晌」，據活字本、張本、許本、庫本、全唐詩校改。

〔二〕還期方浩浩　「還期」原作「多岐」，據張本、許本、庫本、全唐詩校改。「方」下原有小字注文「一作期方」四字，據活字本、張本、許本、全唐詩校删。

贈嚴倉曹乞推命禄〔一〕

少學縱横術，遊楚復遊燕。栖遑長委命，富貴未知天。聞道沉冥客〔二〕，青囊有秘篇。九宮探萬象〔三〕，三算極重玄。願奉唐生訣〔四〕，將知躍馬年。非同墨翟問〔五〕，空滯殺龍川〔六〕。

【校】

〔一〕贈嚴倉曹乞推命禄　「禄」原作「録」，據本書目録、英華辨證校改。

〔二〕聞道沉冥客　「冥」原作「溟」，據王本、全唐詩、英華卷二四九校改。

〔三〕九宮探萬象　「探」原作「採」，據活字本、張本、許本、庫本、全唐詩、英華校改；「採」下原有小字注文「採一作探」四字，據活字本、張本、許本、全唐詩、英華校删。

〔四〕願奉唐生訣　「訣」字原爲墨丁，據活字本、張本、王本、許本、庫本、全唐詩、英華校補。

〔五〕非同墨翟問　「同」原作「因」，據全唐詩、英華校改。

〔六〕空滯殺龍川　「殺」原作「至」，據全唐詩、英華校改。

答洛陽主人

平生白雲志，早愛赤松遊。事親恨未立，從宦此中州〔一〕。主人亦何問〔二〕，旅客非悠悠。方謁明天子，清宴奉良籌。再取連城璧，三陟平津侯。不然拂衣去，歸從海上鷗。寧隨當代子，傾側且沉浮。

【校】

〔一〕從宧此中州　「宧」原作「官」，據張本、許本、庫本、全唐詩校改。

〔二〕主人亦何問　「亦何」原作「何發」，據張本、許本、庫本、全唐詩、英華卷二四一校改。

酬暉上人秋夜山亭有贈

皎皎白林秋，微微翠山静。禪居感物變，獨坐開軒屏。風泉夜聲雜〔一〕，月露宵光冷。多謝忘機人〔二〕，塵憂未能整。

【校】

〔一〕風泉夜聲雜　「雜」原作「絶」，據活字本、張本、許本、全唐詩校改；「絶」下原有小字注文「聲絶一作聲雜」六字，據活字本、張本、許本校删。

〔二〕多謝忘機人　「機」原作「懷」，據活字本、張本、許本、庫本、全唐詩校改。

酬暉上人秋夜獨坐山亭有贈〔一〕

鐘梵經行罷〔二〕，香林坐入禪〔三〕。巖庭交雜樹，石瀨瀉鳴泉。水月心方寂，雲霞思獨玄。寧知人世裏〔四〕，疲病苦攀緣〔五〕。

【校】

〔一〕酬暉上人秋夜獨坐山亭有贈　全唐詩、英華「酬」上有「同王員外雨後登開元寺南樓因」十三字，無「秋夜」二字。

〔二〕鐘梵經行罷　「罷」，活字本、張本、許本作「處」。

〔三〕香林坐入禪　「林」原作「床」，據活字本、張本、許本、庫本、全唐詩、英華卷三一五校改。

〔四〕寧知人世裏　「世」下原有小字注文「舊避諱作代」五字，據活字本、張本、許本、全唐詩、英華校删。

〔五〕疲病苦攀緣　「苦」，活字本、張本、許本、庫本、全唐詩作「得」。

酬李參軍崇嗣旅館見贈

昨夜銀河畔，星文犯遥漢。今朝紫氣新，物色果逢真。言從天上落，乃是地仙人。白璧疑冤楚，烏裘似入秦。摧藏多古意，歷覽備艱辛。樂廣雲雖覩，夷吾風未春。鳳歌空有問，龍性詎能馴。寶劍終應出，驪珠會見珍。未及馮公老，何驚孺子貧。青雲儻可致，北海憶孫賓。

酬暉上人夏日林泉見贈〔一〕

聞道白雲居，窈窕青蓮宇。巖泉萬丈流，樹石千年古〔二〕。林臥對軒窗，山陰滿庭户。

方釋塵勞事，從君襲蘭杜。

【校】

〔一〕酬暉上人夏日林泉見贈　「見贈」二字原無，據庫本、文粹校補。

〔二〕巖泉萬丈流樹石千年古　原作「嵒泉流雜樹石室千年古」，據全唐詩、文粹卷一六下校改；「古」下原有小字注文「品彙作『岩泉萬丈流，樹石千年古』」十三字，據活字本、張本、許本、文粹校删。

酬田逸人見尋不遇題隱居里壁〔一〕

遊人獻書去，薄暮返靈臺。傳道尋仙友，青囊賣卜來。聞鶯忽相訪，題鳳久徘徊。石髓空盈握，金經閉不開〔二〕。還疑縫掖子，復似洛陽才。

【校】

〔一〕酬田逸人見尋不遇題隱居里壁　「隱居」原作「居隱」，據活字本、張本、許本、庫本、全唐詩校改。

〔二〕金經閉不開　「閉」，活字本、張本、許本、全唐詩作「秘」。

東征答朝臣相送〔一〕

平生白雲意，疲繭媿爲雄。君王謬殊寵，旌節此從戎。挼繩當繫虜，單馬豈邀功。孤劍將何託，長謡塞上風。

【校】

〔一〕東征答朝臣相送　「臣」原作「達」，據張本、許本、庫本、全唐詩校改。

合州津口别舍弟至東陽步趁不及眷然有懷作以示之〔一〕

江潭共爲客，洲浦獨迷津。思積芳庭樹，心斷白眉人。同衾成楚越，别島類胡秦〔二〕。孤舟林岸隨天轉，雲峯逐望新。遥遥終不見，默默坐含嚬。念别疑三月，經途未一旬〔三〕。多逸興，誰共爾爲鄰。

【校】

〔一〕合州津口别舍弟至東陽步趁不及眷然有懷作以示之　「洲」原作「平」，據活字本、王本、許本、庫本、全唐詩校改。「至」下原爲雙行小字，據活字本、王本、許本、全唐詩活字本、許本、全唐詩「陽」下有「峽」字；王本「步」作「峽」；校改。

〔二〕别島類胡秦　「島」字疑爲「皃」字之訛。

〔三〕經途未一旬　「途」，活字本、張本、許本、全唐詩作「遊」。

居延海樹聞鶯同作

邊地無芳樹，鶯聲忽聽新。間關如有意，愁絶若懷人。明妃失漢寵，蔡女没胡塵。坐聞應落淚，況憶故園春。

題李三書齋 崇嗣〔一〕

灼灼青春仲，悠悠白日昇。聲容何足恃，榮吝坐相矜。願與金庭會〔二〕，將待玉書徵。還丹應有術，烟駕共君乘。

【校】

〔一〕題李三書齋崇嗣 「題」字原無，據全唐詩校補；「三」，王本、庫本作「二」。

〔二〕願與金庭會 「金」原作「今」，據活字本、張本、王本、許本、庫本、全唐詩校改。

題田洗馬遊巖桔槔

望苑長爲客〔一〕，商山遂不歸。誰憐北陵客〔二〕，未息漢陰機。

【校】

〔一〕望苑長爲客 「苑」原作「遠」，據活字本、張本、許本、庫本、全唐詩校改。

〔二〕誰憐北陵客 「北」原作「比」，據活字本、張本、王本、許本、庫本、全唐詩校改。「客」，張本、許本、庫本、全唐詩作「井」。

古意題徐令壁〔一〕

白雲蒼梧來，氛氳萬里色。聞君太平世〔二〕，栖泊靈臺側。

【校】

〔一〕古意題徐令壁　「徐」，活字本、張本、許本作「著作」。

〔二〕聞君太平世　「聞」原作「問」，據全唐詩校改。「世」下原有小字注文「舊避諱作代」五字，據活字本、張本、王本、許本、全唐詩校删。

送別出塞

平生聞高義，書劍百夫雄。言登青雲去，非此白頭翁〔一〕。胡兵屯塞下，漢騎屬雲中〔二〕。君爲白馬將，腰佩騂角弓。單于不敢射，天子佇深功。蜀山余方隱，良會何時同。

【校】

〔一〕非此白頭翁　「此」，庫本作「比」。

〔二〕漢騎屬雲中　「漢騎」原作「朝寄」，據張本、許本、庫本、全唐詩校改。

同宋參軍之問夢趙六贈盧陳二子之作〔一〕

晚霽望嵩岳，白雲半巖足。氛氳含翠微，宛如嬴臺曲〔二〕。故人昔所尚，幽琴歌斷續。變化竟無常〔三〕，人琴遂兩亡。白雲失處所，夢想曖容光。疇昔疑緣業，儒道兩相妨。前期許幽報，迨此尚茫茫。晤言既已失，感歎情何一〔四〕。始憶携手期〔五〕，雲臺與娥眉。達兼濟天下，窮獨善其時。諸君推管樂，之子慕巢夷。奈何蒼生望，卒爲黄綬欺。銘鼎功未立，山林事亦微。撫孤一流慟，懷舊且暌違。盧子尚高節，終南卧松雪。宋侯逢聖君，驂馭遊青雲。而我獨蹭蹬，語默道猶懵。征戍在遼陽，蹉跎草再黄〔六〕。丹丘恨不及，白露已蒼蒼。遠聞山陽賦，感涕下霑裳。

【校】

〔一〕同宋參軍之問夢趙六贈盧陳二子之作　「宋參軍」原作「參軍宋」，據活字本、張本、許本、庫本、全唐詩校改。

〔二〕宛如嬴臺曲　「嬴」原作「羸」，據張本、王本、許本、庫本、全唐詩校改。

〔三〕變化竟無常　「竟」原作「意」，據活字本、張本、許本、庫本、全唐詩校改。

〔四〕感歎情何一　「歎」原作「恨」，據活字本、張本、許本、庫本、全唐詩校改。

〔五〕始憶携手期　「憶」原作「應」，據活字本、張本、許本、庫本、全唐詩校改。

〔六〕蹉跎草再黄　「草」原作「歲」，據庫本、全唐詩校改。

和陸明府贈將軍重出塞

忽聞天上將，關塞重橫行。始返樓蘭國，還向朔方城。黃金裝戰馬，白羽集神兵。星月開天陣，山川列地營。晚風吹畫角，春色耀飛旌。寧知班定遠，猶是一書生〔一〕。

【校】

〔一〕猶是一書生　「猶」原作「獨」，據活字本、張本、全唐詩校改。

同旻上人傷壽安傅少府

生涯良浩浩，天命固惇惇。聞道神仙尉〔一〕，懷德遂爲鄰。疇昔逢堯日，衣冠仕漢辰。交遊紛若鳳，詞翰宛如麟。太息勞黃綬，長思謁紫宸。金蘭徒有契，玉樹已埋塵。把臂雖無託〔二〕，平生固亦親。援琴一流涕，舊館幾霑巾。杳杳泉中夜，悠悠世上春〔三〕。幽明長隔此，歌哭爲何人。

【校】

〔一〕聞道神仙尉　「尉」原作「位」，據活字本、張本、許本、庫本、全唐詩校改。

〔二〕把臂雖無託　「雖」原作「誰」，據活字本、張本、許本、全唐詩校改。

〔三〕悠悠世上春　「世」下原有小字注文「舊避諱作代」五字，據活字本、張本、許本、全唐詩校改。

詠主人壁上畫鶴寄喬主簿崔著作

古壁仙人畫，丹青尚有文。獨舞紛如雪，孤飛曖似雲。自矜彩色重，寧憶故池羣。江海聯翩翼，長鳴誰復聞。

登薊丘樓送賈兵曹入都

東山宿昔意，北征非我心。孤負平生願，感涕下霑襟。暮登薊樓上，永望燕山岑。遼海方漫漫，胡沙飛且深。峨眉杳如夢，仙子曷由尋。擊劍起歎息，白日忽西沉。聞君洛陽使，因子寄南音。

送魏大從軍

匈奴猶未滅，魏絳復從戎。悵别三河道，言追六郡雄。雁山横代北，狐塞接雲中〔一〕。勿使燕然上，獨有漢臣功〔二〕。

【校】

〔一〕狐塞接雲中　「狐」原作「孤」，據活字本、王本、庫本、全唐詩、英華卷三〇〇校改。「塞」下原有小字注文「一作狐塞」四字，據活字本、張本、王本、許本、庫本、全唐詩、英華校删。

〔二〕獨有漢臣功　活字本、張本、許本、庫本、全唐詩作「惟留漢時功」。

送殷大入蜀

蜀山金碧路〔一〕，此地饒英靈。送君一爲别，悽斷故鄉情。片雲生極浦，斜日隱離亭。坐看征騎没，唯見遠山青。

【校】

〔一〕蜀山金碧路　「路」原作「地」，據活字本、張本、許本、庫本、全唐詩、英華卷二六七校改。

落第西還别劉祭酒高明府

别館分周國，歸驂入漢京。地連函谷塞，川接廣陽城。望迥樓臺出，途遥烟霧生。莫言長落羽，貧賤一交情。

落第西還别魏四懔〔一〕

轉蓬方不定，落羽自驚弦〔二〕。山水一爲别，歡娱復幾年。離亭暗風雨，征路入雲烟。還因北山逕〔三〕，歸守東陂田。

【校】

〔一〕落第西還别魏四懔　「落第西還」四字原無，「懔」原爲小字，據活字本、張本、許本、庫本、全唐詩、英華卷二八六補改。

〔二〕落羽自驚弦　「弦」原作「絃」，據活字本、庫本、全唐詩、英華校改。

〔三〕還因北山逕　「逕」下原有小字注文「一作山返」四字，據活字本、張本、許本、英華校删。

送客

故人洞庭去，楊柳春風生。相送河洲晚，蒼茫别思盈。白蘋已堪把，緑芷復含榮。江南多桂樹，歸客贈生平。

春夜别友人　二首

銀燭吐青烟，金樽對綺筵。離堂思琴瑟，别路繞山川。明月隱高樹，長河没曉天。悠悠洛陽道，此會在何年。紫塞白雲斷，青春明月初。對此芳樽夜，離憂悵有餘。清泠花露滿，滴瀝簷宇虛。懷君欲何贈，願上大臣書。

遂州南江别鄉曲故人

楚江復爲客，征棹方悠悠。故人憫追送，置酒此南州。平生亦何恨，夙昔在林丘。違此鄉山别，長謡去國愁。

送東萊王學士無競〔一〕

寶劍千金買，平生未許人。懷君萬里别，持贈結交親。孤松宜晚歲，衆木愛芳春。已矣將何道〔二〕，無令白髮新。

【校】

〔一〕送東萊王學士無競　「無競」原爲小字，據活字本、張本、王本、許本、全唐詩、英華卷二六七校改。

〔二〕已矣將何道　「道」下原有小字注文「一作何適」四字，據活字本、張本、許本、全唐詩、英華校删。

送梁李二明府

負書猶在漢，懷策未聞秦。復此窮秋日，芳樽別故人。黄金裝屢盡，白首契逾新。空羡雙鳧舄，俱飛向玉輪。

送魏兵曹使巂州得登字〔一〕

陽山淫霧雨，之子慎攀登。羌笮多珍寶，人言有愛憎。思酬明主惠，當盡使臣能。勿以王陽歎，邛道畏崚嶒。

【校】

〔一〕送魏兵曹使巂州得登字 「得登字」原爲小字，據王本、許本、全唐詩校改。

江上暫別蕭四劉三旋欣接遇〔一〕

昨夜滄江別，言乖天漢遊。寧期此相遇，尚接武陵洲。結綬還逢育，銜杯且對劉。波潭一瀰瀰，臨望幾悠悠。山水丹青雜，烟雲紫翠浮。終媿神仙友，來接野人舟。

【校】

〔一〕江上暫別蕭四劉三旋欣接遇　「上」原作「山」，據活字本、張本、許本、庫本校改。

送著作佐郎崔融等從梁王東征　并序〔一〕

古者凉風至，白露下，天子命將帥，訓甲兵〔二〕，將以外威荒戎，内輯中夏，時義遠矣。自我大君受命，百蠻蟻伏。匈奴舍蒲桃之宫〔三〕，越裳重翡翠之貢。虎符不發，象譯攸同〔四〕。實欲高議靈臺，偃兵天下〔五〕。而林胡遺孽，瀆亂邊甿，驅蚊蚋之師，忽雷霆之伐，乃竊海裔，弄燕陲。皇帝哀北鄙之人，罹其辛螫，以東征之義，降彼偏裨。猶恐威令未孚，亭塞仍梗，乃謀元帥〔六〕，命佐軍。得朱邸之天人，乃黄閣之元老。廟堂授鉞，鑿門申命，建梁國之旌旗，吟漢庭之簫鼓〔七〕。東向而拜，北道長驅。蜺旄羽騎之殷，戈飜落日；突鬢蒙輪之勇，劍決浮雲。方且獵丸都〔八〕，窮踏頓，存肅慎，吊姑餘，彷徨赤山，巡御日域，以昭我王师，恭天討也。歲七月，軍出國門，天晶無雲，朔風清海。時比部郎中唐奉一〔九〕、考功員外郎李迥秀〔一〇〕、著作佐郎崔融，並參帷幕之賓，掌書記之任。燕南悵別，洛北思懽，頓旌節而少留，傾朝庭而出餞。永昌丞房思玄，衣冠之秀，乃張蕙圃，席蘭堂，環曲榭，羅羽觴，寫中京之望，縱候亭之賞。爾乃投壺習射，博弈觀兵，鏜金鐃〔一一〕，戛瑶琴，歌易水之慷慨，奏關山以徘徊。頹陽半林，微陰出座，思長風以破浪，恐白日之蹉跎。酒中樂酣，拔劍起舞，則已氣横遼碣，志掃獯戎。抗手何言，賦詩以贈。

金天方肅殺，白露始專征。王師非樂戰，之子慎佳兵。海氣侵南部，邊風掃北平。莫賣盧龍塞，歸邀麟閣名。

【校】

〔一〕送著作佐郎崔融等從梁王東征并序　本詩序原在第七卷送中嶽二三真人序後，題作「送著作佐郎崔融等從梁王東征序」；詩題原作「送別崔著作東征」。現據全唐詩將序、詩合并，題從全唐詩。

〔二〕訓甲兵　「甲」原作「申」，據王本、庫本、全唐詩、英華卷七一八校改。

〔三〕匈奴舍蒲桃之宮　「舍」原作「含」，據庫本、全唐詩、英華校改。

〔四〕象譯攸同　「譯」原作「育」，據庫本、全唐詩校改；王本、英華作「胥」。

〔五〕偃兵天下　「兵」原作「伯」，據全唐詩校改。

〔六〕乃謀元帥　「帥」原作「師」，據庫本、全唐詩、英華校改。

〔七〕吟漢庭之簫鼓　「吟」原作「呤」，「簫」原作「蕭」，據王本、庫本、全唐詩、英華校改。

〔八〕方且獵丸都　「獵」下原有「火」字，據庫本、全唐詩校删；「丸」原作「九」，據庫本、全唐詩校改。

〔九〕時比部郎中唐奉一　「比」原作「北」，據王本、庫本、全唐詩、英華校改。

〔一〇〕考功員外郎李迥秀　「秀」原作「季」，據全唐詩、英華校改。

〔一一〕鏜金鐃　「鏜」，英華作「叩」。

春晦餞陶七於江南同用風字　并序〔一〕

蜀江分袂，巴山望別。南津坐恨，歎仙帆之方遥；北渚長懷，見離亭之欲晚。白雲去矣〔二〕，黃鶴何之？楊柳青而三春暮，我之懷矣，能無贈乎！同賦一言，俱題四韻。

黄鶴烟雲去，青江琴酒同。離帆方楚越，溝水復西東。芙蓉生夏浦，楊柳送春風。明日相思處〔三〕，應對菊花叢。

【校】

〔一〕春晦餞陶七於江南同用風字并序　本詩序原在第七卷暉上人房餞齊少府使入京府序後，題作「春晦餞陶七於江南序」；詩題原作「送別陶七同用風」。現據全唐詩將序、詩合并，題從全唐詩。

〔二〕白雲去矣　「矣」下全唐詩有七空格。

〔三〕明日相思處　「日」原作「月」，據活字本、張本、許本、全唐詩、英華卷二六七校改。

夏日暉上人房別李參軍崇嗣　并序〔一〕

考察天人，旁羅變動，東西南北，賢聖不能定其居；寒暑晦明，陰陽不能革其數。莫不雲離雨散，奔馳於宇宙之間；宋遠燕遥，泣別於關山之際。自古來矣。李參軍白雲英胄，紫氣仙人，愛江海而高尋，頓風塵而未息。來從許下，月旦出於龍泉；言入蜀中，星文見於牛斗。野亭相遇，逆旅承歡。謝鯤之山水暫開，樂廣之雲天自樂。思道林而不見，悵若有亡；詣祇樹而從遊，衆然舊款。高僧展袂，大士臨筵。披雲路之天書〔二〕，坐琉璃之寶地。簾帷後闢〔三〕，拂鸚鵡之香林；欄檻前開，照芙蓉之緑水。討論儒墨，探覽真玄。覺周孔之猶述，知老莊之未悟。遂欲高攀寶座，伏奏金仙，開不二之法門，觀大千之世界。歡娛恍晚〔四〕，離別行催。紅霞生而白日歸，青氣凝而碧山暮。驪歌斷引，抗手將辭。江漢浩浩而長流，天地居然而不動。嗟乎！色爲何色？悲樂忽而因生；誰去誰來，離會紛而妄作。俗之迷也，不亦煩乎！各述所懷，不拘章韻。

四十九變化，一十三死生。翕忽玄黃裏，驅馳風雨情。是非紛妄作，寵辱坐相驚。至人獨幽鑒，窈窕隨昏明。咫尺山河道，軒窗日月庭。別離焉足問，悲樂固能并。我輩何爲爾，栖皇猶未平。金臺可攀陟，寶界絶將迎。户牖觀天地，階基上窅冥。自超三界樂，安知萬里征。中國要荒内，人寰宇宙縈。弦望如朝夕，寧嗟蜀道行。

【校】

〔一〕夏日暉上人房別李參軍崇嗣并序　本詩序原在第七卷春晦餞陶七於江南序後，題作「夏日暉上人房別李參軍序」；詩題原作「別李參軍索嗣」。現據全唐詩將序、詩合并，題從全唐詩。

〔二〕披雲路之天書　「雲」字原爲墨丁，據王本、庫本校補。

〔三〕簾帷後闢　「帷」原作「惟」，據王本、庫本、全唐詩校改。

〔四〕歡娛恍晚　「歡」原作「觀」，據王本、庫本、全唐詩校改。

秋日遇荊州府崔兵曹使讌 并序〔一〕

若夫尊卑位隔，榮賤途分。使卿士大夫，倚軒裳而傲物；山栖木食，負林壑而驕人：未有能屈富貴於沉冥，雜薜蘿於簪笏。天人坐契，相從雲霧之遊；風雨不疲，高縱琴罇之賞。崔兵曹紫庭公冑，青雲貴人。以鍾鼎不足以致奇才，烟霞可以交名士。皇華昭國，懷鳳紓而高尋；白駒追遊，邀兔罝而下顧。大矣哉！生平未識，一見而交道遂存；此日披懷，千載之風期坐合。支道林之雅論，妙理沉微；崔子玉之雄才，斯文未喪。屬乎金龍掌氣，石雁驚秋，天沉寥而烟日無光，野寂寞而山川變色。芸其黄矣，悲白露於蒼葭；木葉落兮，慘紅霜於緑樹，爾其高興洽，芳酒闌，頓羲和而不留，顧華堂而欲晚。長歌何託，思傅稽古之文；爰命小人，牽記當時之事。人探一字，六韻成篇。

輶軒鳳凰使，林藪鷫鷞冠。江湖一相許，雲霧坐交歡。興盡崔亭伯，言忘釋道安。秋光稍欲暮，歲物已將闌。古樹蒼烟斷，虚庭白露寒。瑶琴山水曲，今日爲君彈。

【校】

〔一〕秋日遇荊州府崔兵曹使讌并序　本詩序原在第七卷夏日暉上人房別李參軍序後，題作「秋日遇荊府崔兵曹使讌序」；詩題原作「遇荊州崔兵曹使」。現據全唐詩將序、詩合并，題從全唐詩。

喜遇冀侍御珪崔司議泰之二使　并序〔一〕

余獨坐一隅〔二〕，孤憤五蠹，雖身在江海，而心馳魏闕。歲時仲春，幽臥未起，忽聞二星入井，四牡臨亭。邀使者之車，乃故人之駕。隱几一笑〔三〕，把臂入林。既聞朝庭之樂，復此琴罇之事，山林幽寂〔四〕，鍾鼎舊遊，語默譚詠，今復一得。況北堂夜永，西軒月微，巴山有望別之嗟，洛陽無寄載之客。江關離會，三千餘里；名位寵辱，一百年中。歡娛如何，日月其邁。不爲目前之賞，以增别後之思。蟋蟀笑人，夫子何歎。

謝病南山下，幽臥不知春。使星入東井，云是故交親。惠風吹寶瑟，微月憶清真〔五〕。憑軒一留醉，江海寄情人。

【校】

〔一〕喜遇冀侍御珪崔司議泰之二使并序　本詩序原在第七卷秋日遇荆府崔兵曹使讌序後，題作「喜遇翼侍御崔司議二使序」；詩題原作「遇崔司議泰之冀侍御珪二使」。現據全唐詩將序、詩合并，題從全唐詩。

〔二〕余獨坐一隅　「余」原作「命」，據王本、庫本、全唐詩、英華卷七三六校改。

〔三〕隱几一笑　「几」原作「机」，據王本、庫本、全唐詩校改。

〔四〕山林幽寂　「寂」原作「疾」，據全唐詩、英華校改。

〔五〕微月憶清真　「憶」原作「懷」，據活字本、張本、許本、庫本、全唐詩、英華校改。

贈别冀侍御崔司議 并序〔一〕

朝廷歡娛，山林幽痗。思魏闕魂已九飛，飲岷江情復三樂。進不忘匡救於國，退不慙無悶在林〔二〕，冀侍御、崔司議至公至平，許我以語默于是矣。夫達則以公濟天下，窮則以大道理身。嗟乎！子昂豈敢負古人哉。蜀國酒醨，無以娱客。至於挾清瑟，登高山，白雲在天，清江極目，可以散孤憤，可以遊太清。爲一世之逸人〔三〕，寄千里之道友，吾欲不謝於崔、冀二公矣。所恨酒未醉，琴方清，王事靡盬，驛騎遄速，不盡平原十日之飲，又謝叔度累日之歡，雲山悠悠，歎不及也。載想房陸畢子爲軒冕之人，不知蜀山有雲，巴水可興，睽闕良會，我心惄然。請以此酣，寄謝諸子，爲巴山別引也。陳子昂醉詞曰〔四〕：

有道君匡國，無悶余在林〔五〕。白雲岷峨上，歲晚來相尋。

【校】

〔一〕贈別冀侍御崔司議并序　本詩序原在第七卷喜遇冀侍御崔司議二使序後，題作「別冀侍御崔司議序」；詩題原作「贈別崔司議冀侍御」。現據全唐詩將序、詩合并，題從全唐詩。

〔二〕退不慙無悶在林　「悶」原作「閟」，據王本、庫本、全唐詩校改。

〔三〕爲一世之逸人　「爲」字原無，據庫本、英華卷七三四校補。

〔四〕陳子昂醉詞曰　「曰」下原有「有道君匡國無悶余在林白雲岷峨上歲晚來相尋」二十字；此詩原在卷二，此處重複，據刪。

〔五〕無悶余在林　「悶」原作「問」，據詩序及全唐詩校改；活字本、許本、庫本作「機」。

登薊城西北樓送崔著作融入都　并序〔一〕

僕嘗倦遊，傷別久矣。況登樓遠國，銜酒故人，憤胡孽之侵邊，從王師之出塞。元戎按甲，方刈鮮卑之壘；天子賜書，且有相君之召。而崔侯佩劍，即謁承明；羣公負戈〔二〕，方絶大漠。燕山北望，遼海東浮。雲臺與碣館天殊，亭障共衣冠地隔。撫劍何道，長謡增歎。以身許國，我則當仁；論道匡君，子思報主〔三〕。仲冬寒苦，幽朔初平。蒼茫天兵之氣，冥滅戎雲之色。白羽一指，可掃丸都；赤墀九重，佇觀獻凱。心期我願斯遂〔四〕，君恩共有〔五〕。策勛飲至，方同廊廟之歡；偃武櫜弓，借爾文儒之首。薊丘故事，可以贈言，同賦登薊樓送崔子云爾。

薊樓望燕國，負劍喜茲登。清規子方奏，單戟我無能。仲冬邊風急，雲漢復霜稜。慷慨意何道，西南恨失朋。

【校】

〔一〕登薊城西北樓送崔著作融入都并序　本詩序原在第七卷洪崔子鸞鳥詩序後，題作「登薊城西北樓送崔著作入都序」；詩題原作「送崔著作」。現據全唐詩將序、詩合并，題從全唐詩。

〔二〕羣公負戈　「戈」原作「戎」，據庫本、全唐詩、英華卷七一八校改。

〔三〕子思報主　「主」下原有小字注文「一作國」三字，據全唐詩、英華校删。

〔四〕心期我願斯遂　「心期我願斯」五字原爲墨丁，據全唐詩、英華校補；庫本作「必期我斯願」。

〔五〕君恩共有　「君」下原有「之」字，據庫本、全唐詩、英華校删。

喜馬參軍相遇醉歌　并序〔一〕

吾無用久矣，進不能以義補國，退不能以道隱身。天子哀矜，居於侍省，且欲以芝桂爲伍，麋鹿同曹，軒裳鍾鼎，如夢中也。南榮暴背，北林設罝〔二〕。有客扣門，云吾道存，孺子孺子，黄中通理。時玄冬遇夜，微月在天，白雲半山，志逸海上。酒既醉，琴方清，陶然玄暢，浩爾太素，則欲狎青鳥，寄丹丘矣〔三〕。日月云邁，蟋蟀謂何。夫詩可以比興也，不言曷著？時醉書散灑，乃昏見清廟臺，令知此有蜀雲氣也。畢大拾遺、陸六侍御、崔議司、崔兵曹、鮮于晉、崔湎子、懷一道人，當知吾此評是實録也。若東萊王仲烈見之，必以爲真醉。歌曰：

獨幽默以三月兮，深林潛居，時歲忽兮。孤憤遐吟，誰知吾心。孺子孺子，其可與理兮〔四〕！

【校】

〔一〕喜馬參軍相遇醉歌并序　原作「嘉一作喜馬參軍相遇醉歌序」，據全唐詩校改。

〔二〕北林設罝　「罝」原作「置」，據庫本、全唐詩校改。

〔三〕寄丹丘矣　「丹丘」原作「舟仙」，據全唐詩校改；王本、庫本作「丹仙」。

〔四〕其可與理兮　「兮」原作「分」，據庫本校改。

南山家園林木交映盛夏五月幽然清涼獨坐思遠率成十韻

寂寥守窮巷，幽獨臥空林。松竹生虚白，階庭懷古今〔一〕。鬱蒸炎夏晚，棟宇閟清陰。軒窗交紫靄，簷户對蒼岑。鳳蘊仙人籙，鸞歌素女琴。忘機委人代，閉牖察天心。蛺蝶憐紅藥，蜻蜓愛碧潯。坐觀萬象化，方見百年侵。擾擾將何息，青青長苦吟。願隨白雲駕，龍鶴相招尋。

【校】

〔一〕階庭懷古今　「懷」，全唐詩、英華卷三一七作「横」。

秋園臥疾呈暉上人

幽疾曠日遥〔一〕，林園轉清密。疲痾澹無豫，獨坐汎瑶瑟。懷挾萬古情，憂虞百年疾。綿綿多滯念，忽忽每如失。緬想赤松遊，高尋紫庭逸〔二〕。榮吝始都喪，幽人遂貞吉。圖書紛滿床，山水藹盈室。宿昔心所尚，平生自兹畢。願言誰見知，梵筵有同術。八月高秋晚，涼風正蕭颯。

【校】

〔一〕幽疾曠日遥　「疾」，活字本、張本、許本、庫本、全唐詩作「寂」。

〔二〕高尋紫庭逸　「庭」下原有小字注文「一作白雲」四字，據活字本、張本、許本、文粹卷一五下校删。

臥疾家園

世上無名子〔一〕，人間歲月賒。縱横策已棄，寂寞道爲家。臥疾誰能問，閑居空物華。

猶憶靈臺友，棲真隱太霞〔二〕。還丹奔日御，却老餌雲芽。寧知白社客，不厭青門瓜。

【校】

〔一〕世上無名子　「世」下原有小字注文「舊避諱作代」五字，據活字本、張本、許本、全唐詩校改。

〔二〕棲真隱太霞　「太」原作「大」，據活字本、張本、許本、全唐詩校改。

月夜有懷

美人挾趙瑟，微月在西軒〔一〕。寂寞夜何久，慇懃玉指繁。清光委衾枕，遥思屬湘沅。空簾隔星漢，猶夢感精魂。

【校】

〔一〕微月在西軒　「微」原作「御」，據活字本、張本、王本、許本、全唐詩校改。

于長史山池三日曲水宴

摘蘭藉芳月〔一〕，祓宴坐迴汀。汎灔青流滿，葳蕤白芷生。金絃揮趙瑟，玉柱弄秦箏。巖樹風光媚，郊園春樹平。烟花飛御道，羅綺照昆明。日落紅塵合，車馬亂縱横。

【校】

〔一〕摘蘭藉芳月　「藉」原作「籍」，據活字本、張本、庫本、全唐詩校改。

登澤州城北樓宴〔一〕

平生倦遊者，觀化久無窮。復來登此國，臨望與君同。坐見秦兵壘，遥聞趙將雄。武安君何在〔二〕，長平事已空。且歌玄雲曲，御酒舞薰風。勿使青衿子，嗟爾白頭翁。

【校】

〔一〕登澤州城北樓宴 「城」字原無，據活字本、張本、許本、全唐詩、英華卷三一一校補。

〔二〕武安君何在 「君」原作「軍」，據活字本、張本、許本、全唐詩、英華校改。

夏日遊暉上人房

山水開精舍，琴歌列梵筵。人疑白樓賞，地似竹林禪。對户池光亂，交軒巖翠連。色空今已寂，乘月弄澄泉。

春日登金華觀

白玉仙臺古，丹丘别望遥。山川亂雲日，樓榭入烟霄。鶴舞千年樹，虹飛百尺橋。還疑赤松子〔一〕，天路坐相邀。

【校】

〔一〕還疑赤松子　「疑」原作「逢」，據活字本、張本、許本、庫本、全唐詩、英華卷二二六校改。

羣公集畢氏林亭

金門有遺世〔一〕，鼎實恣和邦。默語誰相識〔二〕，琴罇寄北窗〔三〕。子牟戀魏闕，漁父愛滄江。良時信同此，歲晚迹難雙。

【校】

〔一〕金門有遺世　「世」，活字本、張本、許本作「士」。

〔二〕默語誰相識　「相」，活字本、張本、許本、全唐詩作「能」。

〔三〕琴罇寄北窗　「北」原作「此」，據活字本、張本、許本、庫本、全唐詩校改。

宴胡楚真禁所

人生固有命，天道信無言。青蠅一相點，白璧遂成冤。請室閑逾邃，幽庭春未暄〔一〕。寄謝韓安國，何驚獄吏尊。

【校】

〔一〕幽庭春未暄　「春」原作「草」，據張本、許本、全唐詩校改。

春臺引　寒食集畢録事宅作〔一〕

感陽春兮〔二〕，生碧草之油油。懷宇宙以傷遠〔三〕，登高臺而寫憂〔四〕。遲美人兮不見，恐青歲之遂遒〔五〕。從畢公以酣飲，寄林塘而一留。採芳蓀於北渚，憶桂樹於南州。何雲木之英麗，而池館之崇幽。星臺秀士，月旦諸子。嘉青鳥之辰，迎火龍之始。挾寶書與瑶瑟，芳蕙華而蘭靡。乃掩白蘋，藉緑芷。酒既醉，樂未已。擊青鍾，歌淥水〔六〕。怨青春之萎絶，贈瑶華之旖旎。願一見而導意，結衆芳之綢繆。曷余情之蕩瀁〔七〕，矚青雲以增愁〔八〕。悵三山之飛鶴〔九〕，憶海上之白鷗。重曰：羣仙去兮青春頽，歲華歇兮黄鳥哀。富貴榮樂幾時兮，朱宫碧堂生青苔〔一〇〕。白雲兮歸來。

【校】

〔一〕春臺引寒食集畢録事宅作　「録事宅作」四字原無，據全唐詩、英華卷三四三校補。

〔二〕感陽春兮　「陽」原作「傷」，據全唐詩、英華校改。

〔三〕懷宇宙以傷遠　「傷遠」原作「湯湯」，據全唐詩、英華校改。

〔四〕登高臺而寫憂　「登」上原有「遂」字，據全唐詩、英華校删。

〔五〕恐青歲之遂遒　「遂」原作「還」，據全唐詩、英華校改。

〔六〕歌淥水　「淥」原作「緑」，據全唐詩、英華校改。

〔七〕曷余情之蕩瀁　「情之」原作「之情」，據全唐詩、英華校改。

〔八〕矚青雲以增愁　「矚」原作「獨」，據全唐詩校改。

〔九〕悵三山之飛鶴　「悵」原作「恨」，據全唐詩、英華校改。

〔一〇〕朱宮碧堂生青苔　「碧」原作「翠」，據全唐詩、英華校改。

綵樹歌

嘉錦筵之珍樹兮，錯衆綵之氛氳。狀瑶臺之微月，點巫山之朝雲。青春兮不可逢，況蕙色之增芬。結芳意而誰賞，怨絶世之無聞。紅榮碧豔坐看歇，素華流年不待君〔一〕。故吾思崑崙之琪樹，厭桃李之繽紛。

【校】

〔一〕素華流年不待君　「待」字原爲墨丁，據全唐詩校補；庫本作「見」。

山水粉圖

山圖之白雲兮〔一〕，若巫山之高丘。紛羣翠之鴻溶，又似蓬瀛海水之周流〔二〕。信夫人之好道，愛雲山以幽求。

【校】

〔一〕山圖之白雲兮　「山」原作「仙」，據全唐詩、英華卷三三九校改。

〔二〕又似蓬瀛海水之周流　「瀛」原作「瀛」，據庫本、全唐詩校改。

陳子昂集卷之三

表

爲義興公求拜掃表

臣禍釁所鍾，早日孤露，墳塋莫掃，松柏凋荒。臣之不天，實有攸咎，死罪死罪。昔先臣下代，遺訓未忘，而殃罰不圖，家禍潛搆。兄弟無故，並爲參商，中冓之言，所不可道。孤臣不孝，萬死餘責，死罪死罪。然臣之負譴，實陷無辜，吏議不明，以投魑魅。自泣血去國，寄命南荒，歷年被病，再以生死〔一〕。炎山漲海，氣瘴窮天。戴白之老，俗無聞者，孤臣疲薾，豈望須臾。分謂委骨窮溟，餌身魚鱉，狼荒之鬼，永悲長逝。不意慶雲垂澤，天涣宏流，拂拭霧露，生見白日，踴躍昭泰，情何以勝。死罪死罪，而餘殃未泯，凶故薦臻。亡兄濟江，合家淪溺，嫂姪俱逝，一不生存。尋途未中，臣妻又殞。重疊亡歿，契闊山川，至止之日，生意盡矣。

誓將守死陵墓，没齒冢園〔二〕。不圖恩幸曲成，寵章仍及，題輿別駕，職是恩州。再造生涯，天實爲德。死罪死罪。臣自歸日淺，塋廟未修，荆棘荒然，祭祀無主。今即便祇皇命，遠職邊夷，歲月方賒，拜掃何日。瞻言出涕〔三〕，感貺崩摧。伏惟陛下，仁養羣生，孝理天下。萬物咸遂，各得其宜，臣獨向隅，有以長戚。伏願天慈愷悌，憐憫孤窮，寬以簡書之刑，賜其告歸之請，使得駿奔西土，長號北陵，獲申存没之悲，生謁園塋之樹。稽顙松闕〔四〕，謝不睦之辜；肉袒山門，祈自新之路。刻誓肌骨，奉以周旋，然後退死蠻夷，沉骸糞土，甘心朽滅，庶無遺恨。儻昊天鑒照，孤誠可哀，則臣之鰥生，志畢今日。不勝崩迫之至。

【校】

〔一〕再以生死　「再以」下原有小字注文「再以二字疑誤」六字，據全唐文、英華卷五九七校删。

〔二〕没齒冢園　「冢」，庫本、全唐文、英華作「家」。

〔三〕瞻言出涕　「瞻」原作「贍」，據庫本、全唐文、英華校改。

〔四〕稽顙松闕　「闕」原作「鬪」，據全唐文校改；庫本、英華作「闕」。

爲程處弼辭放流表〔一〕

糞土臣某言：臣以殃釁，姪構凶逆，臣合宗族誅戮，以顯國刑。不謂天慈哀矜，宥從寬典，全臣骸骨，生竄遐荒，窮魂再造，以崩以躍。中謝。臣聞忠臣事君，如子事父。窮痛之至，則呼所親，何者？君父恩深，臣子懇切。況臣蒙陛下恩遇，如子於母，今爲子不孝，爲臣不忠，長辭闕庭，永没荒裔。悲窮痛恨，荼毒誰依，即使朽骨埋魂，長滅泉壤，懇誠莫展，幽翳明恩。實恐隱匿於君，不盡臣節，明神誅殛〔二〕，瞑目貽殃，輒敢隳裂肝心〔三〕，罄竭誠懇，殘喘冒死，期以少謝。伏惟聖母神皇陛下哀憐垂察。中謝。臣聞犬馬賤畜，尚知主恩；草木無心，猶感德化。臣雖駑猥，不足比人，負榮懷恩，能無感激。臣山東孤賤，朝無親故，性識愚鈍，材無可堪。非能矯跡立方，飾行軌物，假借名譽，爲時吹嘘，遂得宿衛階墀，忝迹郎將〔四〕。勤勞莫紀，尸素已多，任經十有三年，竟無一階升録，臣之駑劣，於此可見，而貪冒榮寵，尚不知歸。陛下應天受圖，恢纂大業〔五〕，又不以臣駑鈍，特見褒昇，擢任中郎，委以心膂。在職未幾，即檢校將軍，纔逾一年，又加正授，未盈三歲，貴顯朝端，寵渥隆崇，莫與臣比。每刻肌骨，曉夜思惟：臣以何功，謬私天造，超羣越輩，顯赫明朝。應由天性專愚，志一守直〔六〕，行不負物，心不愧神，盡忠事君，竭力養母，所以聖慈幽鑒，曲昭懇誠，寵任無疑，委同親近，不然愚臣何以叨此殊恩。臣凶險罪深，母不終養，爰初遘疾，以至終亡。天慈再三，降醫賜藥，酒脯珍膳，繼踵臣門，優問殷勤，若同親戚。臣之母子，何德於天，子貴母榮，恩禮重疊。臣誠不孝，至頑至嚚〔七〕，蒙此恩榮，豈無感戴。臣愚性爲善，不願人知，非敢自矜，用爲僥倖，皇天后土，實見赤心。臣往任郎將之日，陛下特以臣貧，賜銀及綵。臣以天恩非分，矜愍賜臣，懷戴之心，祈懇冥報，遂用於天宮寺寫書造像，半爲聖人，半爲老親。臣以君親之恩，所宜並報，報是當理，不合人知〔八〕，自爾造成，一無知者。臣今日獲罪，不合上言，實以事君之心，所宜罄盡，善惡有隱，恐負赤誠。恐臣長没黄泉，無見聖日，區區之意，安可不陳。臣每以陛下恩深，微臣命淺，嘗願湮宗滅族，獲報萬分。何圖誠効未申，凶孽先集，逆天反道，背德辜恩，汚辱門宗，虧缺臣節。此臣所以椎心泣血〔九〕，仰天號咷，長負陛下之恩，終無上報之日，煩寃荼毒，心肝以糜。比者待罪幽囚，以殞身碎首爲奉，陛下賜書示喻，照察臣心，所以捧戴偷生，假恩殘喘。今既蒙寬法，兄弟獲全，投竄遐荒，甘禦魑魅，臣之慶賴，復何可言。所恨亡母弃背，即遭此禍，几筵塗炭，孤魂煢煢，存者流離，亡者哀痛，辛酸幽顯，爲世所悲〔一〇〕。應由臣不孝不忠，延此禍酷，何以面目下見先臣〔一一〕，何以心顔拜辭天闕〔一二〕。生死無措，永訣於今，即以某月日部勒妻子，奔波就道，即應死滅，結草幽泉。伏願聖母神皇陛下至尊寶神，爲萬姓加膳，天下禔福，以祐蒼生，壽若南山，永永無極。不勝戀慕感咽之至〔一三〕。

【校】

〔一〕爲程處弼辭放流表　「放」字原無，據全唐文校補。庫本、英華卷六一八「爲」下有「將軍」二字。

〔二〕明神誅殛　「神」原作「臣」，據庫本、全唐文、英華校改。「臣」下原有小字注文「臣疑誤」三字，據庫本、全唐文、英華校删。

〔三〕輒敢隳裂肝心　「裂」原作「列」，據庫本、全唐文、英華校改。

〔四〕忝迹郎將　「迹」，全唐文、英華作「職」。

〔五〕恢纂大業　原作「恢纂天業」，據庫本、全唐文、英華校改。

〔六〕志一守直　「志」原作「守」，據全唐文、英華校改。

〔七〕至頑至嚚　「嚚」原作「囂」，據王本、庫本、全唐文、英華校改。

〔八〕不合人知　「合」下原有小字注文「合疑作令」四字，據全唐文、英華校删。

〔九〕此臣所以椎心泣血　「椎」原作「推」，據全唐文、英華校改；王本、庫本作「摧」。

〔一〇〕爲世所悲　「世」下原有小字注文「舊避諱作代」五字，據全唐文、英華校删。

〔一一〕何以面目下見先臣　「下」原作「將」，據全唐文、英華校改。

〔一二〕何以心顔拜辭天闕　「顔」原作「願」，據庫本、全唐文、英華校改。

〔一三〕不勝戀慕感咽之至　此八字原無，據全唐文、英華校補。

爲宗舍人謝贈物表　三首〔一〕

草土臣某頓首稽顙上言〔二〕：今月日中使某至，奉宣勑旨，以臣母喪，贈物若干，以給凶事〔三〕。孤臣鞠凶，禮辱天貺〔四〕，稽顙拜命，號絶迷圖。中謝。孤臣不天，早失父蔭，兄弟孤藐，並未成人。亡母哀惸，鞠育見保，不墜于地，以及於兹，煢煢私門，幽顯爲慶，榮忝之望，非有始圖。陛下親親，敦心末屬，憫臣孤賤，惠降恩休，孤門載昌，實始天造。母子之賴，以喜以惶。兢兢孤臣，未知攸答，陛下又恢大運，崇號寵章，時復私臣弟兄，超登顯位，母子光寵，榮養以全，豈臣單微所能及此〔五〕。早誓先没以爲親榮〔六〕，而天不禍臣，延集老母〔七〕，號愬無及，荼毒煩冤。陛下降哀，又見憫悼，惠賜禮物，過超典章。生榮死哀，重疊若此，孤臣殘喘，胡顔冒德。而臣之迷塞，荒謬禮經，先遠之期，又勞聖問〔八〕，有無之禮，憂若家人。天實爲之，臣復何及，即此殞絶，期以謝恩。號咷崩鯁，伏表迷塞，不勝荒迫之至〔九〕。

第二表〔一〇〕

草土臣某頓首稽顙言〔一一〕：今月日伏奉恩敕，以臣亡母初七，特降上宫若干人，給事黄門若干人〔一二〕，并賜物若干段，以給護齋事。天恩過禮，伏念號惶。孤臣殃釁，尚未殞滅，荼毒如昨，奄將一旬，崩號無及，肝心糜潰〔一三〕。陛下慈憫，哀念孤窮，復憂齋祭，恐有闕禮，既賜束帛，又降上宫〔一四〕，恩慈再三，若猶未足。自國之寵貴，未聞此榮，草茅孤臣，何以堪處。不日銷滅，永負聖恩，號泣旻天〔一五〕。以崩以愬，不勝荒迫之至。

第三表〔一六〕

草土臣某頓首稽顙言〔一七〕：伏奉某月日恩敕，以臣亡母遷祔，特降勅給人夫及車牛服用物若干，以護送靈柩至京。祇奉恩私，頓首崩殞。臣未亡滅，假息苫廬，日月永往，奄及先遠〔一八〕，荒迷在疚，不知禮儀。陛下哀矜，憫其不逮，恐有顛沛，憂及亡靈，備物象設，並自天賜，祖載營送〔一九〕，又悉官供。威儀在途，魂魄光寵，行路延佇，咸以爲榮〔二〇〕。孤臣窮凶，何圖至此，天德彌厚，殘喘待終。泣血扶靈，方滅歸路，號感恩造，窮絶迷圖。不勝號噎，戀恩殞絶。

【校】

〔一〕爲宗舍人謝贈物表三首　全唐文、英華卷五九七「贈物」作「賻贈」，無「三首」二字。

〔二〕草土臣某頓首稽顙上言　「上」原作「臣」，據庫本校改。

〔三〕以給凶事　「給」原作「結」，據庫本、全唐文、英華校改。

〔四〕禮辱天貺　「貺」原作「贈」，據全唐文校改。

〔五〕豈臣單微所能及此　「豈」原作「豊」，據庫本、全唐文、英華校改。「所」原作「官」，據全唐文校改。

〔六〕早誓先没以爲親榮　「誓」原作「逝」，據全唐文、英華校改。

〔七〕延集老母　庫本、全唐文、英華「集」作「及」。

〔八〕又勞聖問　「聖」原作「駐」，據全唐文、英華校改。

〔九〕不勝荒迫之至　「之至」二字原無，據全唐文、英華校補。

〔一〇〕第二表　全唐文、英華作「初七謝恩表」。

〔一一〕草土臣某頓首稽顙言　「頓首稽顙」原作「云云」，據全唐文、英華校改。

〔一二〕給事黄門若干人　「事」原作「使」，據庫本、英華校改。「人」字原無，據庫本、全唐文、英華校補。

〔一三〕肝心糜潰　「潰」原作「合」，據全唐文、英華校改。

〔一四〕又降上宫　「又」原作「支」，據庫本、全唐文、英華校改。

〔一五〕號泣旻天　「旻」，全唐文作「昊」。

〔一六〕第三表　全唐文、英華作「還袝謝恩表」。

〔一七〕草土臣某頓首稽顙言　「某」字原無，據全唐文、英華校補。

〔一八〕奄及先遠　「奄」原作「奔」，據庫本、全唐文、英華校改。

〔一九〕祖載營送　「營」原作「塋」，據全唐文、英華校改。

〔二〇〕咸以爲榮　「咸」原作「而」，據庫本校改。

爲將軍程處弼謝放流表

臣某言：臣無教訓，家有逆子，臣合汚宗滅族，以顯國刑。天慈哀矜，放從流竄，臣爲慶賴，已是非圖。今月遂蒙天恩〔一〕，以臣所坐流刑，特從放釋。窮骸枯骨，一朝再生，踴躍章惶，再崩再殞。中謝。臣山東孤子，朝無親故，性識愚魯，非有才能。陛下超羣越輩，崇以榮寵。昔任郎將十有三年，遂無涓塵，一階昇録。自陛下踐極，謬荷恩私，冒寵叨榮，超絶時輩。越從郎將檢校將軍〔二〕，纔逾一年，即加正授，皆從宸眷，非有因人。寵渥隆崇，莫與臣比，臣之孤賤，榮顯知慙。臣又凶殃積罪，甘投魑魅，孤負陛下之恩，永爲遐荒之鬼，肝腦塗地，無以微酬。豈謂天造曲矜，恩及枯骨，收骸溝壑，返魄幽泉，使魑魅窮魂，重生聖日，糞土殘命，不滅荒陬。荷德戴恩，萬死無報。不勝感荷再生之慶。

【校】

〔一〕今月遂蒙天恩　英華卷六一八「月」下有「日」字。

〔二〕越從郎將檢校將軍　「越」字原無，據英華校補。

爲人陳情表

臣某言〔一〕：臣門衰祚薄，少遭險釁，行年三歲，嚴父早亡，慈母鞠育，衰惸相養。臣又尫羸〔二〕，少多疾病，零丁孤苦，僅得成人。老母憫臣孤蒙，恐不負荷教誨，師氏訓以義方。家貧無資，紡績以給，束脩衣褐，並出母指。臣既無姊妹，寡有兄弟，衡門獨立，唯形與影，母子相視，惸惸靡依。罹此艱虞，歷二十歲，臣稍以成立，忝迹朝班，薄禄微資，始期色養，私情既獲，母子相歡。殃罰不圖，老母見背，攀號何及，泣血漣洏。于時日月非宜，權殯京兆，歲序遷速，於今某年。臣本貫河東，墳隧無改，先人丘壟，桑梓猶存。亡母客居，未歸舊土〔三〕，宿草成列，栱樹荒涼，興言感傷，增以崩咽。今卜居宅兆，將入舊塋，明年吉辰，最是良便，除此之際，未有克期。臣謬齒王人，職在驅役，今歲奉使，已至居延，單行虜庭，絶漠千里。臣雖萬死，無答鴻恩，恐先朝露，有負眷知〔四〕。伏惟陛下仁隱自天，孝思在物，哀臣孤苦，降鑒幽冥，使臣來年得營葬具，斬草舊域，合骨先墳，保送羈魂，獲申子道，烏烏之志，獲遂私情。還窆事畢，馳影奔赴，雖即殞歿，甘心無憾。

【校】

〔一〕臣某言　三字原無，據英華卷六〇一校補。

〔二〕臣又厎羸　「羸」原作「嬴」，據王本、庫本、全唐文、英華校改。

〔三〕未歸舊土　「土」原作「玉」，據王本、庫本、全唐文、英華校改。

〔四〕有負眷知　英華「眷知」作「老母」。

爲副大總管蘇將軍謝罪表

臣某言：伏奉某月日已前赦書〔一〕，赦臣萬死，纔削見任官秩，還復本將軍名。始慶再生，即榮寵命，宛轉踴躍，感戴慙惶。中謝。臣聞鑿門受律，本合忘生；對敵臨戎，殉節唯死。此乃國家恒典，軍政嚴科，臣妄以庸才，謬叨重任，不能深圖遠算，馘醜摧凶〔二〕，以宣廟略之威，永息邊人之患〔三〕。屬前軍挫衂，士卒奔亡，臣後繼驅馳，戰鬭交合，川谷地險，客主勢殊，步馬相懸，左右受敵，決命争死，力盡途窮。遂以貔貅之師，衂於犬羊之衆。誠宜刎首謝國，殺身報恩。陛下洪湯禹之仁，務寬大之典，愚臣同孟明之侣，遂免嚴誅。白骨再榮，丹慊未泯，誓將枕戈嘗膽，殄逆梟凶〔四〕，躬爲士卒之先，以雪殤魂之憤〔五〕，肝腦塗地，少答鴻私。不勝荷戴再生榮幸之至。

【校】

〔一〕伏奉某月日已前赦書 「已」原作「子」，據全唐文、英華卷六一八校改。
〔二〕馘醜摧凶 「摧」原作「權」，據王本、庫本、全唐文、英華校改。
〔三〕永息邊人之患 「邊」原作「安」，據全唐文、英華校改。
〔四〕殄逆梟凶 「逆」原作「迷」，據全唐文、英華校改；庫本作「滅」。
〔五〕以雪殤魂之憤 「殤」原作「傷」，據王本、庫本、全唐文、英華校改。「憤」原作「墳」，據庫本、全唐文、英華校改。

謝免罪表

臣某言：今月日司刑少卿郭某奉宣勑旨〔一〕，以臣所犯，特從放免。伏對恩命，魂魄飛揚。中謝。臣巴蜀微賤，名教未聞，陛下降非常之恩，加不次之命，拔臣草野，謬齒衣冠，臣私門祖宗，幽顯榮慶，豈止微臣一身而已。臣宜肅恭名節，上答聖恩，不圖誤識凶人，坐緣逆黨，論臣罪累，死有餘辜，肝腦塗地，不足塞責。陛下弘慈育之典，寬再宥之刑，矜臣草萊，憫臣愚昧，特恕萬死，賜以再生。身首獲全，已是非分，官服具在，臣何敢安。臣若貪冒寵私，靦顏恩造，復塵舊職，以玷清猷，螻蟻微心，實慙面目。臣伏見西有未賓之虜，北有逆命之戎，尚稽天誅，未息邊戍。臣請束身塞上，奮命賊庭，効一卒之力，答再生之施，庶陛下威命，綏服荒夷，愚臣罪戾，時補萬一。若臣獲死鋒鏑，爲厲犬羊，古人結草，實臣懇願。不勝大造再生荷戴之至。

【校】

〔一〕今月日司刑少卿郭某奉宣勑旨　「今」字原無，據庫本、英華卷六一八校補。「旨」原作「二日」，據王本、庫本、全唐文、英華校改。

爲豐國夫人慶皇太子誕表

臣妾某言：今月日伏承軒宫載誕，皇嗣克昌，品物咸歡，天人交慶。臣妾聞聖人多子，祝美於堯年；螽羽宜孫，稱道乎周頌。自非璿圖配永，寶祚靈長，何以茂對天休，光紹大業。伏惟皇太后陛下，星虹授祉，月夢延禎，餘慶集於天孫，榮光流於帝子，玉衣方泰，瑶渚增輝。某竊寵中姻，承恩外戚，塗山之慶，既裕於夏臺；高禖之祠〔一〕，未陪於殷薦。竊以潢汙之品〔二〕，可享王庭；玄秬之微，有芳天獻。豈圖美於豐侈，信有厚於由衷。敢用擬議蘋蘩，精誠菽藿。洗心而薦，竊希瑶席之珍；潔意而羞，以陪金鼎之實。謹獻食若干輿，冒瀆珍膳，沾汙象筵。追用慙惶，伏表悚灼。

【校】

〔一〕高禖之祠　「祠」原作「詞」，據庫本、全唐文校改。

〔二〕竊以潢汙之品　「潢」原作「黄」，據全唐文校改。

爲喬補闕慶武成殿表

臣某言：臣以今月日奉勅，於武成殿喚臣入問骨篤禄等賊請降事〔一〕。臣以愚瞽，得踐赤墀，對揚天休，具奏其狀〔二〕。天恩特賜臣温顔，又降問云：「洛陽宫室，皆隋朝營制，歲月久遠，多有隳頹。樓閣内殿，凋落者衆，補一壞百，無可施功。唯此武成確然端立，土木丹綵，光色如新，不知何故得自如此？卿之博識，應知其説。」臣當時造次，略奏其梗概，退而再省，未涉萬分。臣恭惟聖言，緬求神象，研幾太極，幽贊元符，上以稽驗神謀，旁以合契冥數，信有至道，允在於兹〔三〕。臣聞聖人有言曰：「清明在躬，志氣如神。」嗜欲將至，有開必先，天降時雨，山川出雲，此蓋言神應必有其物。陛下至尊至神，爲天下主，宰御羣品，威統百靈，宸居尊嚴，品物昭泰，自天而祐，於是用寧。抑臣又聞物之有靈，如人之有神。神之和暢，則支體便利；用人繁昌，則物必豐茂。所以見其俗，知興廢之數；覩其氣，識盛衰之由。服物猶然，況其大者。今陛下應天受命，括地登樞，先飛名於秘籙，終據圖於寶座。今則當千載之運，得三統之元，帝氣氤氳，祚基於元命；皇圖幽藹，象顯於天成。夫以德之休明，尚榮草木；化之昭慶，且變烟雲。況皇皇真君，龍居其極，武成合慶，土木增榮，獨超衆殿，夫何足怪。臣聞敬其事者必載其文，美其業者必頌其德。臣所恨才非墨妙，思乏筆精，不能贊揚休祚，歌詠聖德。臣請以此事付之史臣，千代知神，萬載知述。伏願天恩，特垂降許。

【校】

〔一〕於武成殿喚臣入問骨篤禄等賊請降事　「問」原作「門」，據王本、庫本、全唐文校改。

〔二〕具奏其狀　「奏」原作「奉」，據王本、全唐文校改。

〔三〕允在於茲　「茲」原作「慈」，據王本、庫本、全唐文校改。

爲程處弼慶拜洛表

臣某言：臣糞土殘魂，合竄荒裔，特蒙陛下施再生之德，赦萬死之誅，起骨九泉，同列編户。臣誠萬死，無以上答。況恩全賤命，生在帝鄉。伏見陛下至德配天，化及草木。天不愛寶，洛出瑞圖；地不藏珍，河開秘籙。陛下恭承天命，因順子來，建立明堂，式尊顯號，成之匪日，功若有神〔一〕，萬國咸歡，百靈同慶。元正肇祚，品物惟新。陛下郊祭昊天，總受羣瑞，神靈慶戴，萬福攸宜。斯實曠古莫聞，於今始見，喙飛蠕動，莫不歡心。臣以糞土窮骸，不合輒同朝賀。以古來大禮，莫盛於今，昔登封泰山七十四主，明堂布政無三數君，誠以陛下道冠古今，恩溢天地，昆蟲草木，猶或相歡。況臣久蒙驅策，今日又拔死爲生，溝壑殘骸而得再造，遂得恭聞大禮，側聽鴻名。臣伏惟宇宙之中，含氣之類，蒙恩負德，獨臣最甚。向非陛下慈造，曲被鴻私，臣已灰滅遐荒，肝塗邊壤，豈得尚存骸骨，恭聞聖慶。臣所以匍匐冒死，不避誅戮，冀申螻蟻之情，以同燕雀之慶。然臣自惟罪累，不可比人，在於禮經，尤宜自絶，所以屏營糞土，不敢先聞。今既萬國禮終，百神慶畢，昆蟲鳥獸，亦並歡寧，故臣螻蟻之誠，始敢昧死上賀。臣伏知冒禮違法，罪合誅夷。臣生見明時，預聞嘉慶，臣今即殞滅，實萬死爲榮。不勝歡踴戴賀之誠。

【校】

〔一〕功若有神　「神」原作「成」，據全唐文校改。

爲人請子弟出家表

臣某言：臣以險釁，私門不造，亡父故某官先臣某，早先朝露，永謝休明。日月不居，星紀云暮。伏以先臣，策名委質，冠帶早年。始自解巾，即陪軒禁；終于結綬，累忝榮私。三歷名卿，職參於河海；八居州牧，任叨於股肱。而報効莫聞，零落先及，啓足之日，露首知慚〔一〕。是以臣克奉詔言，志期冥報，請以當家子弟三兩人，奉爲高宗大帝出家歸道，而孤縈在疚，遺屬未申，奉以哀號，實貫心髓。今者大帝登仙之忌〔二〕，以及茲辰，先臣懇誠，未效他日，所以乞遂冥願，敢覬天恩。庶菩提之因，發揮于正覺；涅槃之證，幽贊於宸階。先臣夙心，無恨泉壤。伏願上天降鑒，微誠可哀，因緣獲展，存没交慶。不勝崩迫之至〔三〕。

【校】

〔一〕露首知慚　「知」原作「之」，據庫本、英華卷六〇五校改。

〔二〕今者大帝登仙之忌　「今」原作「令」，「大」原作「太」，據王本、庫本、全唐文、英華校改。

〔三〕不勝崩迫之至　「之至」原作「云云」，據英華校改。

爲陳御史上奉和秋景觀競渡詩表

臣某言：伏見某月日御製秋景務餘聊觀競渡，故陳先作，式佇來篇。凡六韻。天文爰降，品彙咸亨；金簡潛開，瑞圖斯見。臣聞白雲興詠，漢遊汾水之祠；黄竹申歌，周舞瑶池之駕〔一〕。然而志崇遠轍，事或勞人，故文思之化未光，太清之道猶闕〔二〕。伏惟聖母神皇陛下，大虹齊聖，感月含神，玄德茂於皇階，文明照於天下。用能提玉斗，挹璿衡，百神景從，三靈協贊。青雲出洛，爰開受命之符；赤甲榮河，終御興王之寶。非窮神之至德者，其孰能與於是哉！既而黄屋務閑，紫機時暇，洞庭張樂，思接軫於軒遊〔三〕，嬀水披圖，想同驂於堯輦。然遠而勞物者，未若近而安人；動而勤己者，豈比静而泰神。於是從金蹕〔四〕，鳴玉鑾，清禁林，御池殿，肅波神而戒事，命舟子爲水嬉。彩鷁蓮歌，乍起江吴之引；青龍桂檝〔五〕，時摇甌越之風。鳥逝虬驚，沸珠潭而競逐；雲飛電集，横玉浦而流光。信可以娱樂性靈，發揮文物，皇歡允洽，白日俄光。於是奏薰風於管絃，詠叢雲於林籞〔六〕，帝歌爰作，天藻攸彰。黼帳帷宫，縟文房之綉綵；祥雲瑞景，霏翰苑之榮光。信探道於玄包，得斯文於紫極，太平允矣，元首康哉。方欲朝明堂之宫，受羣后之瑞，尊崇顯號，光啓聖圖。封玉嵩丘，以接千年之統；泥金少室，攸增萬歲之規。卓哉煌煌，聖君之表也。微臣曲學蓬户，竊位蘭臺，未聞騘馬之謡，非有雕龍之思。鞠躬霜署，謬覩于天章；逖聽鈞臺，側聞於帝樂。天文尊貴，不遠於下臣；帝寶珍崇，曲宣於近貴。竊以君唱臣和，固不隔於尊卑；宫變商從，方允諧於金石。輒用齋心扣寂，假翰求詞，將以攀日月之末光，繼螢爝之微照。不勝云云。

【校】

〔一〕周舞瑶池之駕　「周」原作「同」，據王本、庫本、全唐文、英華卷六一〇校改。

〔二〕太清之道猶闕　「猶」原作「被」，據全唐文、英華校改；王本、庫本作「攸」。

〔三〕思接軫於軒遊　「接」原作「援」，據庫本、全唐文、英華校改。

〔四〕於是從金蹕　「從」原作「徙」，據全唐文校改。

〔五〕青龍桂檝　「桂檝」原作「檝柱」，據庫本、全唐文、英華校改。

〔六〕詠叢雲於林籞　「籞」原作「蘌」，據王本、庫本、全唐文、英華校改。

爲朝官及岳牧賀慈竹再生表

臣等言：臣聞天視自我人視，天聽自我人聽。故堯臣放命，降震怒之災；姬聖尊仁，受昭事之福。先王所以恭畏上下，祗奉天人。於是有昭德塞違，懲惡勸善，所以明枉直，正典刑。一昨伏奉恩勑，宣示司農卿宗晉卿所奏：日者王德壽等承使失旨，虐濫無辜〔一〕，災感蝗蟲，毒痛慈竹，寧歲爲之饑饉，甿庶以之流離。寃魄冥呻〔二〕，玄感上惻〔三〕。乃降明制，發德音，恤淫刑，蠲虐典〔四〕。于是幽魂雪憤，遺噍昭蘇，枯竹由其再生，蝗蟲爲之韜眚。牂蠻動色，瘴癘收氛〔五〕，當天札之凶年，致昇平之稔歲。非夫聖靈昭感，天人合符，何吉凶之徵，報同影響？天下幸甚。臣等聞聖人法天，所以順物；小人違道，則必亂常。故虞稱欽明，嚴四凶之罪；魯有仁義，正兩觀之誅。所以邦家用昌，苛慝不作。王某等色厲内荏〔六〕，心僻行堅，弄措刑之文，爲商夷之法，以訟受服，同惡自尤，竟招殛竄之辜〔七〕，允肅政刑之序。今者蒼鷹斂翼，乳虎含牙，朝廷無腹誹之憂，天下有刑措之頌，信可以懲殘創酷，誘善旌寃，永清侮弄之階，共登仁壽之域。臣等謬贊臺閣，忝守藩維，實思仰奉大猷，以穆中典；幸屬至聖崇德，小人勿用。凡在庶品，實百恒歡。雖成康頌聲，文景默化，刑清政肅，曾何足云。伏乞書之國經，頒示天下，使四方風動，萬國歸仁，垂範後昆，以爲炯戒〔八〕。無任慶抃之至〔九〕。

【校】

〔一〕虐濫無辜　「虐」原作「虚」，據全唐文校改。

〔二〕寃魄冥呻　「呻」原作「申」，據全唐文、英華卷五六三校改。

〔三〕玄感上惻　「惻」原作「測」，據王本、全唐文、英華校改；庫本作「徹」。

〔四〕蠲虐典　「虐」原作「虚」，據庫本、全唐文校改。

〔五〕瘴癘收氛　「氛」原作「氣」，據王本、庫本、全唐文、英華校改。

〔六〕王某等色厲内荏　「王」原作「主」，據王本、庫本、全唐文、英華校改。

〔七〕竟招殛竄之辜　「竟」原作「意」，據王本、全唐文、英華校改。

〔八〕以爲炯戒　「炯戒」原作「悃悃」，上「悃」字下原有小字注文「下疑有脱誤」五字，據全唐文删改；英華作「炯誡」。

〔九〕無任慶抃之至　「無」上原有「誠」字，據全唐文校删。

爲赤縣父老勸封禪表

臣聞帝功既乂，必昭告於上玄；元命攸尊，必升封於厚載。故七十二主〔一〕，能恢萬代之規；三五六經，以爲百王之典。伏惟陛下，應天受命，握紀登樞，包括乾坤之靈，亭毒神明之化。故能開天寶，闡地珍，温洛所以升圖，滎河由其薦籙〔二〕。羣神既贊，衆瑞交馳，謳歌於是大歸，禮樂以之咸備。陛下仰順天意〔三〕，允答神休，垂顯號以居宸，建明堂而治物，百寮惟允，萬國咸寧。然則嵩岳神宗，望玉鑾而來禪；天中仙族，佇金駕而崇封。實大禮之昌期，膺告成之茂典。況神都爲八方之極，太室居五嶽之尊。陛下垂統紫微，大昌黄運。報功崇德，允協神心；應天順人，雅符靈望。皇圖盛業，實在於兹。臣等叨預堯封〔四〕，久忘帝力。竊聞聖人封禪，天下所以會昌；山嶽成功，皇壽由其配永。臣等既爲陛下赤子，陛下又爲萬姓慈親，實願上報天功，下順人望，勒成嵩嶽，大顯尊名。不勝慶幸之至〔五〕。

【校】

〔一〕故七十二主　「二」原作「四」，據全唐文、英華卷五五六校改。

〔二〕滎河由其薦籙　「滎」原作「滎」，據庫本、全唐文、英華校改。

〔三〕陛下仰順天意　「仰」原作「以」，據全唐文、英華校改；庫本作「奉」。

〔四〕臣等叨預堯封　「預」原作「願」，據庫本、英華校改。

〔五〕不勝慶幸之至　原作「不勝云云」，據全唐文、英華校改。

爲永昌父老勸追尊中山王表

臣聞子貴親榮，聖人典禮。故姬文受命〔一〕，尊「太王」之名；漢祖登宸，加「上皇」之號。而皆事美帝籍，業盛昌圖。臣伏見中山大王，道合先天，功成佐命。昔高祖神堯皇帝，義旗爰建，大號初興，首贊皇基，定策京邑，用能神驅電掃，應天順人，龍躍紫微，光宅區夏，實賴大王之德，翼成高祖之勳。開國成家，猶未奉答，況陛下應天受命，協運披圖，正顯位於明堂，昭大明于天下。功崇五帝，業盛三皇，可謂寶極洪名，尊崇光大。今者追尊之義，猶闕於顯陵；榮親之典，未聞於帝號。臣聞商周革命，封杞宋之君；春秋正名，美虞晉之祀。夫以興王繼絶，尚不闕於禮經；況乎大孝尊親，豈可虧於祀典。臣等滄和白屋，沐慶玄門，幸爲可封之人，叨遇永昌之運。伏見陛下，則天法地，崇孝臨人，方且示天下以事親，正皇猷以達禮，蒼生之慶，實賴惟新。不任區區，伏請上中山大王尊號，遠以光祖宗之德，下以順黎元之望。

【校】

〔一〕故姬文受命　「命」原作「名」，據王本、庫本、全唐文校改。

爲百官謝追尊魏國大王表

臣等昨陳愚懇，請上魏國大王尊號。天慈恩孝，降順羣情，宇宙咸歡，品物知泰云云。臣聞一人有慶，萬國歡心，況乎道洽奉先，義光尊號。伏惟聖母神皇陛下，纘宫受命，寶極披圖，以大孝而居尊，勒至仁而育物，用能光於四海，化及萬方，緬惟尊祖之儀，實美前王之典。宸心載穆，盛百辟之誠求；帝册終開，見千年之盛禮。蒼旼以之禔福，皇極由其永昌。凡在含靈，孰不歡慶。

爲建安王獻食表

臣謬籍葭莩，叨榮圭組〔一〕。元戎出塞，違鳳扆而逾年；班師入朝，拜鸞闈而有日。策勛歛至〔二〕，頻承湛露之恩；獻壽奉觴，未申行潦之薦。所以白茅微藉〔三〕，願享於鈞臺；黄污菲誠，思奉於瑶水。謹輒獻食一百轝。伏知金鷄瑞鼎，盈上帝之珍羞；玉女行廚，盡羣仙之品味。以兹菲薄，有陋蘋蘩，多慙在藻之歡，竊有獻芹之志。所願皇慈俯納，丹慊獲申。

天子萬年，永慶南山之壽；微臣百拜，長承北極之恩。無任誠懇之至。

【校】

〔一〕叨榮圭組　「組」原作「社」，據全唐文校改。

〔二〕策勛飲至　「策」上原有「而」字，據全唐文、英華卷六一三校删。

〔三〕所以白茅微藉　「藉」原作「籍」，據庫本、全唐文、英華校改。

陳子昂集卷之四

表

爲司農李卿讓官表〔一〕

臣某言：伏奉今月日恩勑〔二〕，依舊授臣中大夫守司農卿。臣枯骨再生，更蒙寵命，魂魄競越，不知所圖。臣某中謝〔三〕。臣實庸愚，本無名節。庇身公族，竊軒冕之餘；假翼宗枝，濫衣冠之末。因循寵服，累歷榮班，素飡之責每深，効拙之勤未補。横被逆賊徐敬真以私讐架禍誣臣，云與叔孝逸交通逆竪〔四〕，獄官執法，寘以極刑。臣腰領之誅，已甘灰粉；泉壤之魄，分隔幽冥。不圖陛下天地之恩〔五〕，再生枯骨；日月之照，曲被幽泉。察臣非辜，愍臣無罪，不牽文法之議，特垂赦宥之慈。螻蟻微軀，復得全活。自非陛下克胡克聖，至德至仁，臣之魂骸，不保今日。臣免死爲幸，豈敢期榮。陛下重加寵章，還臣舊職，典司宗伯，以睦周親。愚臣胡顔，敢冒朝典。況臣叔孝逸，推使未廻，在於愚臣，更須待罪，安敢私職，以玷國章。伏乞天恩，照臣愚懇。不勝感戴生榮之至〔六〕。

【校】

〔一〕爲司農李卿讓官表　「司農」二字原無，據全唐文、英華卷五七七校補。「官」上原有「本」字，據英華校删。

〔二〕伏奉今月日恩勑　「今」字原無，據英華校補。

〔三〕臣某中謝　原作「云云」，據全唐文、英華校改。

〔四〕云與叔孝逸交通逆竪　「孝」原作「李」，據王本、庫本、全唐文、英華校改。

〔五〕不圖陛下天地之恩　「陛下」二字原無，據英華校補。

〔六〕不勝感戴生榮之至　「至」下原有小字注文「云云」二字，據庫本、英華校删。

爲陳舍人讓官表

臣某言：伏奉今月日詔書，以臣爲鳳閣舍人。榮命自天，寵章非次，祇奉惶越，顛沛失圖。中謝。臣以諸生，宦不期達，徒以時逢昭泰，迹忝周行，非有君子瑚璉之材，通儒青紫之秀，已得評刑北寺，執憲南臺。鵷鳩之政無聞，驄馬之榮已極。陛下天飛踐祚，雲紀命官，陽館初開，庶政惟始。金章玉式，允恃其人，如臣疲駑，宜所遐棄。豈圖尚矜庸劣，昭覩欽明，任同信臣，寵優時輩，預參詳於詔獄，叨奬渥於宸階。省己循躬，實知非分。陛下不以榮過其量，職越其才，遂欲超絶親賢，參掌樞要，司言鳳綍，揮翰龍池。愚臣何人，敢冒天造。臣聞紫機務重，青鎖任隆，位匪其人，政由有闕。臣才無經濟，識昧典章，將何以光贊帝猷，奉揚休命。物無異議，政允其中，臣雖小人，必知不可，何況乎君子，豈曰能賢。伏望妙選時英，旁求衆議，僉曰惟允，以弼良圖。愚臣懇誠，非敢飾讓。

爲司刑袁卿讓官表

臣某言：伏奉某月日勑，授臣某官。祇拜寵光，魂首飛越。中謝。臣聞王者敬慎，懋在典刑；天下允平，取兹廷尉。苟非其任，法不虚行。臣本庸微，名術無紀，皆緣際會，昭遇盛明，謬得揚歷簪徽，陪奉鴛鷺，綢繆榮禄，荏苒平時。毫髮之功，無聞於官守；素飡之責，每積於公朝。何嘗不悚迫惟憂，夙夜祇畏。而天恩方被，寵命仍加，復蒙璽誥之榮，驟綰銀章之貴，永言非據，稽首知慙。伏惟神皇陛下，恭己受圖，任賢興化。方其合符皇極，代理天工，臣亦何人，敢妨賢路。伏見某官弱冠登仕，早有能名，每以清白洗心，不爲寒温變節。誠使榮加天寵，職察雲司；必能利用文明，哀矜庶獄。弼成五教，無謝於虞臣；典載三墳，允諧於周議。愚臣暗昧，不識大猷，請乞以所授官讓與某官，庶使官允其才，名不失實，聖明有得人之盛，愚臣無冒貴之譏〔一〕。實在聖慈，鑒非虚謬。

【校】

〔一〕愚臣無冒貴之讖　「貴」原作「責」，據全唐文、英華校改。

爲張著作謝父官表〔一〕

臣某言：臣父某守官不謹，獲罪自躬，犯非清廉，法宜不赦，實由臣爲子不孝，使父陷刑。天恩不肅嚴科，放全首領，臣得父子相見，已是非圖。豈謂天澤無涯，更垂休命，臣父子兄弟免罪從榮。載惶載殞，實慶實躍。中謝。臣父子凡品，守道幽微，天恩矜憫，見垂采録，叨承恩幸，廁列陪臣。自侍奉已來，於今十有八載，雖業藝無紀，勞勤不聞，小心恭勤，實免愆過，明明昊天，實昭實察，不敢有二，不敢有私。夙夜兢兢，祗惕若厲，所以父母兄弟，皆荷恩私，叨職謬官，並預供奉。摩頂至趾，豈足上酬，愚臣兢兢，實慙實悚。不意臣父衰耄，恃寵忘公，貪潤微財，取犯朝憲，應是臣不忠不孝，事父無良，廉恥不脩〔二〕，幾諫有闕〔三〕，遂使陷於刑法，有玷國章。臣之萬死，無補此責，刻肌刻骨，泣血泣天，恨負聖恩，以愧朝列。臣宜代父蒙罪，自殞闕庭，不合偷安，尚求苟免。誠以天波昭洗，得更自新，所以忍垢偷生，尅躬自勵。期効萬一，補過酬恩，灰軀糜骨，以甘心願。伏惟神皇陛下，恩同父母，矜照懇誠，信其赤心，實有罄竭云云〔四〕。

【校】

〔一〕爲張著作謝父官表　英華卷六一八作「爲人謝放父罪表」。

〔二〕廉恥不脩　「脩」原作「羞」，據王本、英華校改。

〔三〕幾諫有闕　「幾諫」原作「譏諫」，據王本、庫本、全唐文、英華校改。

〔四〕實有罄竭云云　全唐文無「云云」二字。

爲資州鄭使君讓官表

臣某言：伏奉某月日制〔一〕，以臣爲資州刺史。恭承璽命，祗拜寵章，匪服知慙，循榮如失。中謝。臣學慙名術，才乏器能，而寶歷逢時，金章坐忝。題輿佐嶽，無展驥之庸；剖竹專城，闕懸魚之化。坐嘯徒積，主諾空慙。伏惟陛下革命開基，造天立極，方且弘宣帝典，大啓皇猷，而四岳觀風，不虚其任，六條班政，允屬其才。臣疲朽已侵，循良久昧，將何式光刺舉，允協得人。伏願博選英才，克諧僉議，使人光其理〔二〕，政洽惟良，大周之命惟新，愚臣之責攸息。其所讓人，具如別狀。

【校】

〔一〕伏奉某月日制　「某」字原無，據英華卷五七六校補。

〔二〕使人光其理　「其」字原無，據英華校補。

爲武奉御謝官表〔一〕

臣某言：伏奉某月日詔書，以臣爲尚食奉御。肅恭休命，祗拜寵章，榮慶既崇，慙荷交集。臣某中謝〔二〕。臣才虧琢玉，學昧籯金〔三〕，徒以席寵葭莩，容光日月〔四〕。叨承雲渥，既曠天工〔五〕，而榮更恩昇〔六〕，位非德舉。無階而進，坐致於青霄；有慶方來，載光於朱紱。臣聞瑶庭任切，攸稱六尚之榮；玉食禮尊，實總八珍之貴。臣術慙緣鶴，業匪豢龍，將何致美瓊芳，式和金鼎。鴻私曲被，殊寵降臨，天命既不可違，聖恩允宜祗戴。循涯揣分，實所非圖。

【校】

〔一〕爲武奉御謝官表　「官」字原無，據全唐文、英華卷五八八校補。

〔二〕臣某中謝　四字原無，據全唐文、英華校補。

〔三〕學昧籯金　「籯」原作「籝」，據庫本、全唐文、英華校改。

〔四〕容光日月　全唐文「容」作「榮」。

〔五〕既曠天工　「曠」原作「廣」，據全唐文、英華校改。

〔六〕而榮更恩昇　「榮」原作「策」，據全唐文、英華校改。

爲王美暢謝兄官表

臣某言：臣兄某前某官，特蒙恩詔擢授豫州司馬，未及赴任，即以某月日改亳州司馬。再三策命，叨荷恩私，在臣宗門，實爲慶幸。中謝。臣兄自解巾從仕，三十餘年，五爲縣宰，三遷州佐，政皆通顯，職實恭勤。直道在公，有終始之節；平心應物，無造次之愆。在於周行，頗蒙推薦。近屬虺貞搆逆，惑亂豫州，詿誤平人，自貽梟滅。陛下憫荆河之俗，遭此無辜；弔汝瀆之人，使其昭慶。以爲奉揚皇化者，必藉其才；撫馭窮人者，亦資有德。臣兄貞固，濫承天獎，遷授豫州，在於天恩，實爲超擢。今者未及赴任，復降授亳州，重疊承恩，黜同貶降。朝廷體例，實亦爲尤。臣兄弟叨榮，濫竊非據，天慈改授，不合冒聞。但以始者承恩，蒙越抽擢，今有何過，遂同左遷。區區懇誠，輒敢祈訴天澤。伏願皇慈有裕，降昭獎之恩；臣兄竭忠，獲展才之地。小臣死日，猶生之年。

爲金吾將軍陳令英請免官表

臣某頓首死罪上言：臣聞軍政不臧〔一〕，春秋責帥，故揚干之亂〔二〕，魏絳致戮〔三〕，所以國有明賞，下無濫功。臣幸以常才，文武兼闕，始年十八，投筆從戎，西踰流沙，東絕滄海〔四〕，南征北伐，無所不至，席寵門緒，忝迹軒墀。屬高宗崇德深仁，孝理天下，以臣祖父兄弟一門五人，皆伏節盡忠，身死王事，遂超臣不次，授原州都督。臣時年三十二〔五〕，職兼五印，榮絶一時。階緣此恩，累忝藩翰，持節統部，前後八州，皆居塞垣，當賊衝要，國之重寄，莫與臣比。雖無長策，衄戎伏胡，恭守朝章，保完免失。屬陛下大聖，矜老容愚，不以臣駑怯，更加寵命，授以青紫，遣督幽州。林胡搆凶〔六〕，王師出討，士馬雲集，軍務星繁，粮饋戈甲，動以億計。臣無田疇鄉導之策，又乏杜預度支之才，空竭疲駑〔七〕，晝夜不息，以勤補拙，首尾三年〔八〕，彌縫闕漏，幸無愆乏。張玄遇等不謹師律，賊得乘機，遂敢長驅燕陲，深入趙際。臣又無李牧東胡之略，實媿吴起西河之守，使凶狡憝戮，遂擾邊甿，論之國憲，合刎頸謝罪。陛下又不以臣爲辜，更授清邊軍副大總管，五月恩制，六月到軍，逆虜天亡，臣又無効。至於軍功戰籍，敘勳定勞，副職日淺，未及精覆。大兵旋旆，王師獻功，而漢庭將軍，未聞辭第；雲中太守，已論增級。今乃竊功謬賞，有忝朝章，忠誠殉節，不昭國議。實由臣濫其職，任過其才，上不能允副聖心，中不能匡正戎律，傍招物議，有紊軍容。臣罪何逃，孰執其咎。伏願乞賜骸骨，貶歸私第，式清朝序，永靦師貞。不勝待罪惶懼之至〔九〕。

【校】

〔一〕臣聞軍政不臧　「臧」原作「減」，據王本、庫本、全唐文校改。

〔二〕故揚干之亂　「干」原作「于」，據王本、庫本、全唐文、英華卷五八〇校改。

〔三〕魏絳致戮　「戮」原作「職」，據庫本、全唐文、英華校改。

〔四〕東絶滄海　「滄」原作「蒼」，據庫本、全唐文、英華校改。

〔五〕臣時年三十二　英華作「臣時行年始四十二」；「二」下全唐文有小字注文「一作四十二」五字。

〔六〕林胡搆凶　「林」原作「休」，據王本、庫本、全唐文、英華校改。

〔七〕空竭疲駑　「駑」原作「單」，據全唐文、英華校改。

〔八〕首尾三年　「三」，英華作「二」；全唐文下有小字注文「一作二」三字。

〔九〕不勝待罪惶懼之至　「待罪」「之至」四字原無，據全唐文、英華校補。文後原有「○制曰卿出鎮窮塞作牧薊門雖無破陣之功終有捍城之効且膺巡警未可懸車」三十一字，據全唐文、英華校刪。

爲副大總管屯營大將軍蘇宏暉謝表〔一〕

臣聞玁狁不恭，周王致其大戮；將軍失律，漢將被其嚴刑。未有逆命驕天，而逋釁鼓之罰；亡師沮衆，遂寬載社之誅。伏惟天冊金輪皇帝陛下，肅恭上帝，子育羣生，萬國所以宅心，百蠻由其屈膝。而契丹凶狡，敢竊邊陲，毒虐生靈，暴殄天物。皇兵順伐，仗仁義以共行；窮寇姦回，憑險阻而猶鬭。臣等仁虧聖略，智昧詭圖，遂以熊羆之師，挫於犬羊之旅，誠合結纓軍壘，抵罪國章〔二〕。陛下以堯舜深仁，且緩三苗之伐；禹湯罪己，不與萬方之辜。

遂得齒劍餘魂，更參授鉞之任。死綏之魄，復同挾纊之恩，四夷慕義以來蘇〔三〕，三軍感恩而抃舞〔四〕。痍瘡再起，俘馘是圖。將士同心，誓雪孟明之恥；殤魂共憤，思亢杜回之讎。臣等殉義忘生〔五〕，報恩惟死。不勝感激慶戴之至〔六〕。

【校】

〔一〕爲副大總管屯營大將軍蘇宏暉謝表　原題奪「蘇宏暉」三字，表下有「二首」小字，據全唐文校改。英華卷六一八作「爲副大總管營田大將軍蘇宏暉謝罪表」。

〔二〕抵罪國章　「抵」原作「祗」，據全唐文、英華校改。

〔三〕四夷慕義以來蘇　「慕」字原無，據庫本、英華校補。

〔四〕三軍感恩而抃舞　「恩」字原無，據庫本、英華校補。

〔五〕臣等殉義忘生　「生」原作「心」，據全唐文、英華校改；庫本作「身」。

〔六〕不勝感激慶戴之至　「勝」原作「任」，「之至」原作「云云」，據英華校改。

謝衣表

臣今月日千騎田楷至，伏奉恩勑，賜臣紫衫旱衫袴等一副。臣萬死骷骨，垂朽蒙榮，載戰載殞，肝心塗地。中謝。臣以駑朽，叨承重任，憑奉聖略，誅討元凶，實合震曜天威，俘斬逆首。而智力淺短，進退無規，被王孝傑陷鋒于前，臣則接戰於後，躬先士卒，苦鬭山林，自辰至西，殺賊無數，巖谷峻狹，車乘相闐，旋被孝傑敗兵回相衝突，逆賊乘便衆襲臣軍，士卒被傷，子將多死。臣決命爭首，陷陣摧兇，日暮兵疲，瘡痍相半，鳥散山谷，人無鬬心。臣獨無依，遂失師律。即欲刎頸陣下，委骨顯誠；實恐身死尅傷〔一〕，未雪國恥。所以含垢忍辱，圖死闕庭。今月六日至幽州，即囚繫獄户，延頸戢魄〔二〕，唯待嚴刑，湯鑊在前，分委灰土。豈謂天慈矜鑒，回憲增榮，以其伏鑕之魂〔三〕，更辱賜衣之寵，煩冤踴躍，載兢載惶。泣血嘗膽，誓復國讎；刻骨刻肌，敢忘天造。不勝已死再生感戴欣躍之至。

【校】

〔一〕實恐身死尅傷　「尅傷」原作「冠傷」，據全唐文校改；庫本作「冦埸」。

〔二〕延頸戢魄　「頸」原作「剄」，據庫本、全唐文校改。

〔三〕以其伏鑕之魂　「鑕」原作「鎖」，據庫本、全唐文校改。

爲建安王賀破賊表〔一〕

臣某言：今月日得遼東都督高仇須等月日破逆賊契丹孫萬斬等一十一陣露布，并捉得生口一百人送至軍前事。三軍慶快，不勝踴躍。臣聞天之所棄，雖暴必亡；人之共讎，在遠彌戮。況凶羯遺醜，未及犬羊，固作孽以招誅，自辜恩而取滅。伏惟陛下威加四海，子育百鑾，鬼神尚不敢違，凶狡豈能逃罪。逆賊萬斬等天奪其魄，坐自爲殃，仇須等謹奉廟謨，遠憑國計，短兵纔接，羣逆銷亡。又云返風廻烟〔二〕，薰睛掩目，此乃天威潛運，神道密周，豈止人謀，抑由靈助。今盡滅殃病，孽固折服，饑災兼至〔三〕，凋弊日滋，未加天兵，應自糜爛。臣訓勵士馬，今月尅行〔四〕，大軍一臨，凶寇必殄，獻俘在即，拜闕有期。預喜承恩，不勝慶賀〔五〕，無任抃快之至〔六〕。

【校】

〔一〕爲建安王賀破賊表　「賀」字原無，據庫本、全唐文、英華卷五六六校補。

〔二〕又云返風廻烟　「又云」二字原無，據英華校補。

〔三〕饑災兼至　「饑」原作「肌」，據庫本、英華校改；王本、全唐文作「飢」。

〔四〕今月尅行　全唐文、英華「月」作「日」。

〔五〕不勝慶賀　「不」原作「思」，據王本、英華校改。

〔六〕無任抃快之至　六字原無，據全唐文校補；英華作「無任抃快之極」。

爲河内王等論軍功表

右金吾衛大將軍兼檢校洛州長史河内郡王臣懿宗，加爵一等，勳五轉。司賓卿兼羽林大將軍建安郡王攸宜，加爵一等，勳七轉。臣某等言：伏奉月日制書，録臣等在軍微功，特加前件勳封。嘉命聿至，寵渥載優，伏對慙魂，殞首顛越云云。臣聞古者名將，先士卒而後身，故其功勸；末世庸將，窮人力以寵己，故其政乖。然則簞醪投河，三軍告醉；刓印在手〔一〕，萬夫以離。夫與衆共功，專己獨利，成敗之理，興亡繼焉。賞者國之大事，故不可忽。日者林胡構孽，敢亂燕陲〔二〕，陛下徵義兵誅不道，天下士庶，猋集星馳，皆忘身憂國，紓禍却難。至於躬先矢石，血塗草莽，冒艱險，歷寒温，氣騰青雲，精貫白日，誠亦勤矣。雖則聖靈威武，逆虜自滅，然士卒勠力，亦盡其勞。今大功未酬，衆議猶在，而臣等駑怯，猥加先封。臣等不能折衝虜庭，還師衽席，今坐加茅土之賜，以先將士之勤，使鶡冠虎臣，將何以勸。今戰士留滯於外府，軍吏咨嗟於下寮，臣等胡顔，敢冒天造。夫賞一勸百，猶恐未孚；利一沮萬〔三〕，其弊誰救。爵命不可以招謗，國章不可以假人。伏願天光俯迴，昭發軍禮，請以臣等前件勛封，迴受戰亡人及立功將士等。上以明國之大賞，下以雪臣等謬功，使人悦忘勞〔四〕，士感知死，然後兵可訓勵，賊可誅屠。此誠國之元經，不可苟而利者。臣等不勝區區。

【校】

〔一〕刓印在手　「刓」原作「刑」，據王本、庫本、全唐文校改。

〔二〕敢亂燕陲　「亂」原作「辭」，據王本、庫本、全唐文校改。

〔三〕利一沮萬　「沮」原作「阻」，據全唐文校改。

〔四〕使人悅忘勞　「忘」原作「亡」，據王本、庫本、全唐文校改。

爲建安王謝借馬表

臣攸宜言：伏奉聖慈勑，借臣廐馬四匹。星旗方列，天馬忽來，祇拜恩榮，抃躍兼集。臣名慙白馬，陣昧青龍，徒憑廟勝之威，竊總元戎之首。皇師久露，凶羯未平。方欲親負干戈，身先士卒，金山深入，期突厥之功；玉壺遂臨，叨得駿之賜。昔開東道，今見西來。感燕骨而長鳴，君恩罔報；向朔雲而驤首，蹋頓方擒。坐馳千里，實愧三軍。寵貴非圖，榮多增懼。

奏白鼠表

臣某言：今月日臣等令中道前軍總管王孝傑進軍平州，十九日行次漁陽界，晝有白鼠入營，孝傑捕得籠送者。身如白雪，目似黃金，頓首跧伏〔一〕，帖若無氣。將士同見，皆謂賊降之徵。臣聞鼠者坎精，孽胡之象，穿竊爲盜，凶賊之徒，固合穴處野居，宵行晝伏。今白日歸命，素質伏辜，天亡之徵，兆實先露。自孝傑發後，再有賊中信來，不謀同詞，皆云盡滅病死，親離衆潰，匪朝即夕。臣訓兵勵勇，取亂侮亡。昔宋尅鮮卑，蒼鶊入幕，今聖威遠振，白鼠投營。休兆同符，實如靈契，凡在將士，孰不歡欣。執馘獻俘，期在不遠。

【校】

〔一〕頓首跧伏　「首」原作「目」，據全唐文校改。

爲僧謝講表

僧某言：一昨預内道場講，恩勑殊獎，賜有褒稱，死罪死罪。某實專蒙，昧于至道，徒以早栖真實，委質香緣，遂以濫越殊私，光照寵渥。日者法宫聞道，講賜承恩，叨玉麈之榮〔一〕，預金闈之議，遂得對揚真會，咫尺天威。徒有明恩，卒無幽贊，不能絶王倪之問，以默夸詞；息毗耶之言，冥通得意。天休光被，曲見稱揚，羣議允懷，猥忘其陋。顧揣涯分，實靦心顔。將何翼亮緇徒，發揮玄極。以念嘉惠，怵惕惟憂，載懷愚瞽，而心況知愧。無任慚荷之至。

【校】

〔一〕叨玉麈之榮　「麈」原作「塵」，據庫本、全唐文校改。

謝藥表

臣某言：伏奉中使宣勑旨，賜貧道藥總若干味。肅恭休命，敬受慚惶，猥以眇身，叨蒙大賴。室殊方丈，同問疾之榮；施等醫王，感能仁之惠。雖赭鞭神授，未可比其英蕤；赤斧仙圖，固以謝其靈氣。方將駐兹營魄，蠲彼衰痾，以要上品之經，將希大年之壽。人微惠重，答施何階。不勝云云。

爲喬補闕論突厥表

臣某言：臣以專蒙，叨幸近侍，陛下不以臣不肖，特勑臣攝侍御史，監護燕然西軍。臣自違闕庭，歷涉秋夏，徒居邊徼，無尺寸之功，臣誠暗劣〔一〕，孤負聖明。然臣久在邊隅，夙夜勤灼，莫不以蕃事爲念，俾按察之。比以突厥離亂事蹟，參驗委曲，窮問往來，竊有以得其真，莫不自爲鯨鯢，遞相吞食，流離殘餓，莫知所歸。臣誠愚不識事機，然竊以往古之變考驗於今，乃知天亡凶醜之時，陛下收功之日。然臣聞之，難得易失者時也，易遇難見者機也。聖人所貴者，去禍於未萌。今陛下體上聖之資，開太平之化。匈奴爲中國之患，自上代所苦久矣，合天降其災，以授陛下〔二〕。萬代之業，在於今時，臣請以秦漢以來事蹟證明之，伏願陛下少留聖聽，尋繹省察，天下幸甚。臣聞始皇之時，併吞六國，制有天下，按劍叱咤，八荒奔馳。然匈奴彊梁，威不能服，牧馬河内，以侵邊疆。始皇赫然，使蒙恬將四十萬衆，北築長城，因以逐胡，取其河南之地七百餘里。當時燕齊海岱，嬴糧給費〔三〕，傜役煩苦，人以不堪，故長城未畢，而閭左之戍已爲其患〔四〕，二世而亡，莫不始於事胡也。至漢興，高祖受命，率羣雄，乘利便，以三十萬衆窘迫白登，七日被圍，僅而獲免。自是歷吕太后至孝文帝，單于桀驁〔五〕，益陵漢家，文帝徒以遜詞，致獻金帛，但求其善和而已，不敢有圖。賈誼所以哭之，痛文帝以天下之盛而卑事戎狄〔六〕，以倒懸天下也。至景帝時〔七〕，邊受其患，于是漢武踐祚，以承六代鴻業。屬乎文景玄默之化，海内乂安，太倉之粟，紅腐而不可食，内庫之錢，貫朽而不可校，財力雄富，士馬精彊。忿匈奴之驕慢，將報先帝之辱，遂使王恢、韓安國將三十萬衆，以馬邑誘單于，師出徒費，竟無毫髮之功。於是大命六師，專以伐胡爲務。首尾三十餘年，中國騷然，大受其弊，至于國用不足，軍興不給，租及六畜，算及船車，盜賊羣興，京師亂起〔八〕，竟不能制單于之命，一日而臣服之，漢宗衰殘，幾至覆社稷也。故漢武晚年，厭兵革之弊，乃下哀痛之詔，罷輪臺之遊，封丞相爲富民侯，將以蘇中國也。至宣帝代，罕復出師，屬匈奴數窮，天降其禍，虚閭權渠單于病死，右賢王屠耆堂代立，骨肉大臣，自不相服。又立虚閭權渠子爲呼韓邪單于，擊殺屠耆堂，諸名王、貴人各自分立爲五單于，更相攻擊，以至大亂。殘虐死者，計萬億數，畜産耗減，十至八九，人以饑餓，相燔燒以求食，于是寄命無所。諸名王、貴人、右伊袟訾、且渠、當户以下，將兵五萬，稽首來降，於是北方晏然〔九〕，靡有兵革之事。直至哀平之際，邊人以安。臣竊以此觀匈奴之形，察天時之變，盛衰存亡之機，事可見也。然則匈奴不滅，中國未可安臥，亦明矣。夫以漢祖之略，武帝之雄，謀臣勇將，勢盛雷電，窮兵黷武，傾天下以事之，終不能屈一王，服一國。宣帝承衰竭之後，撫瘡痍之人，不敢惕然有出師之意，然而未有遺矢之費而臣僕於單于之長者，其故何哉？蓋盛衰有時，理亂有數。故曰：聖人脩備以待時，是以正天下如拾遺。陛下肅恭神明，德動天地。今上帝降匈奴之災孽，遺陛下之良時，不以此時順天誅，建大業，使良時一過〔一〇〕，匈虜復興，則萬代爲患，雖後悔之亦不及矣。古語曰：「天與不取，反受其咎。」今天意厚矣，陛下豈可違之哉。臣比在同城，接居延海西，逼近河南口〔一一〕，其磧北突厥來入者，莫不一一臣所委察。比者歸化，首尾相仍，攜幼扶老，已過數萬，然而瘡痍羸憊，皆無人色，饑餓道死，頗亦相繼。先九姓中遭大旱，經今三年矣，野皆赤地，少有生草，以此羊馬死耗，十至七八。今所來者，皆亦稍能勝致，始得度磧〔一二〕。磧路既長，又無好水草，羊馬因此重以死盡，莫不掘野鼠、食草根，或自相食，以活喉命。臣具委細問其磧北事，皆異口同辭。又耆老云：自有九姓來，未曾見此饑餓之甚。今者同羅、僕固雖爲逆首〔一三〕，僕固都督早已伏誅，爲亂之元，其自喪滅。

其餘外小醜徒，侵暴自賊耳，本無遠圖，多獵葛，復自相讎。人被塗炭，逆順相半，莫知所安。回鶻諸部落又與金州橫相屠戮，羣生無主，號訴嗷嗷。臣所以願陛下建大策，行遠圖，大定北戎，不勞陛下指揮之間，事業可致。則千載之後，邊鄙無虞，中國之人，得安枕而臥，豈不在陛下一斷哉〔一四〕！且匈奴爲中國患，非獨秦漢之間。臣竊惟先聖時，衛公李靖，蓋中國之一老臣，徒藉先帝之威〔一五〕，用廟勝之策〔一六〕，當頡利可汗全盛之日，因機逐便，大破虜庭，遂繫其侯王，裂其郡縣，六十年將于今矣。使中國晏然，斥堠不警，書之唐史，傳之無窮，至今天下謂之爲神。況陛下統先帝之業，履至尊之位，醜虜狂悖，大亂邊陲，皇天遺陛下以鴻基之時，陛下又得復先帝之跡，德之大者，其何以加。若失此機，事已過往，使李靖豎子獨成千載之名，臣愚竊爲陛下不取也。伏見去某月日勑〔一七〕，令於同城權置安北都護府〔一八〕，以招納亡叛〔一九〕，扼匈奴之喉〔二〇〕。臣伏慶陛下見幾于萬里之外，得制匈奴之上策。臣聞隗囂言漢光武見事于萬里之外，制敵應變，未嘗有遺。今陛下超然，神鑒遠照，實所謂聖明之見覩于無形也。臣比住同城，周觀其地利，又博問諳知山川者〔二一〕，莫不悉備。其地東、西及北皆是大磧，磧並石鹵，水草不生。突厥嘗所大入道，莫過同城，今居延海澤接張掖河，中間堪營田處數百千頃，水草畜牧，足供巨萬〔二二〕。又甘州諸屯，犬牙相接，見所蓄粟麥〔二三〕，積數十萬，田因水利，種無不收，運到同城甚省功費。又居延河海，多有魚鹽，此可謂强兵用武之國也。陛下若調選天下精兵，采拔名將，任以同城都護，臣愚料之，不用三萬，陛下大業，不出數年，可坐而取成。臣比來看國家興兵但循於常軌，主將不選，士卒不練，徒如驅市人以戰耳。故臨陣對寇，未嘗不先自潰散，遂使夷狄乘利，輕於國威，兵愈出而事愈屈。蓋是國家自過計於敵爾，故非小醜能有異圖。臣竊以爲陛下今日不更爲之圖，以激勵天下忠勇，但欲以今日之兵、今日之將，冀收功於異域，建業於中興，則臣之愚蒙，必以爲未可得也。陛下即以突厥爲萬代之患，則臣所言願少加察〔一四〕。若以夷狄荒服不臣，則微臣小人非所敢諫〔一五〕。臣今監領後軍某等，取某月即度磧去，計至某日及劉敬同謹當親按行磧，計至比已來地形及突厥滅亡之勢〔一六〕，當審虛實，續以聞奏。伏願陛下省臣此章，爲國大計，儻萬有一可中者，請與三事大夫熟圖議之，此亦萬代一時也。伏願少留聖意，閑暇念之，天下幸甚。陛下採臣蒭蕘，臣請執殳先驅，爲士卒啓行，横行匈奴之庭，歸報陛下。臣死之日，庶無遺恨。不勝蹈踴之至〔一七〕。

【校】

〔一〕臣誠暗劣　「誠」原作「識」，據全唐文校改。

〔二〕以授陛下　「授」原作「受」，據庫本、全唐文、英華卷六一四校改。

〔三〕贏糧給費　「贏」原作「羸」，據王本、庫本、全唐文校改。

〔四〕而問左之戍已爲其患　「左」原作「氐」，據王本、庫本、全唐文、英華校改。
〔五〕單于桀驁　「桀驁」原作「傑驁」，據王本、庫本、全唐文、英華校改。
〔六〕痛文帝以天下之盛而卑事戎狄　「之」字原無，據庫本、英華校補。
〔七〕至景帝時　「至」字原無，據全唐文、英華校補。
〔八〕京師亂起　「亂起」原作「起亂」，據英華校改。
〔九〕於是北方晏然　「是」字原無，據庫本、英華校補。
〔一〇〕使良時一過　「良」「一」二字原無，據庫本、全唐文、英華校補。
〔一一〕逼近河南口　「河」原作「淮」，據全唐文校改；庫本、英華作「漢」。
〔一二〕始得度磧　「度」原作「渡」，據全唐文、英華校改。
〔一三〕今者同羅僕固雖爲逆首　「僕固雖爲逆首」六字原無，據英華校補。
〔一四〕豈不在陛下一斷哉　「一」字原無，據英華校補。
〔一五〕徒藉先帝之威　「藉」原作「籍」，據庫本、全唐文、英華校改。
〔一六〕用廟勝之策　「廟」原作「妙」，據英華校改。
〔一七〕伏見去某月日勅　「某」字原無，據英華校補。
〔一八〕令於同城權置安北都護府　「於」字原無，據英華校補。
〔一九〕以招納亡叛　「叛」原作「判」，據王本、庫本、英華校改。
〔二〇〕扼匈奴之喉　「扼」原作「振」，據王本、庫本、英華校改。
〔二一〕又博問諳知山川者　「問」原作「聞」，據庫本、全唐文、英華校改。

〔二二二〕足供巨萬　「足」字原無，據英華校補。全唐文作「供巨萬人」。

〔二二三〕見所蓄粟麥　「蓄」原作「畜」，據庫本、英華校改；全唐文作「聚」。

〔二二四〕則臣所言願少加察　「少」字原無，據英華校補。

〔二二五〕則微臣小人非所敢諫　「則微臣」三字原無，據英華校補。

〔二二六〕計至比已來地形及突厥滅亡之勢　「比」，庫本作「彼」；英華作「北」。

〔二二七〕不勝蹈踴之至　「蹈踴之至」原作「云云」，據英華校改。

陳子昂集卷之五

碑文

昭夷子趙氏碑

昭夷子諱元〔一〕，字貞固，汲人也。本居河間〔二〕，世爲大儒。至祖掞，尤博雅躭道。隋徵八學士，與同郡劉焯俱至京師，補黎陽郡長，始居汲焉。有二子禮輿、禮輗，輿官至臨潁縣丞〔三〕，輗爲校書郎，並著名當代。昭夷即禮輿季子也〔四〕。元精冲懿，有英雄之姿。學不常師，志在遐遠。年二十七，褐衣游洛陽，天下名流，翕然宗仰。羣蒙以初筮求我〔五〕，昭夷以玄轂發機，故蓬居窮巷，軒冕結轍。時世議迫阨，不容其高，乃屈身泥蟠，求祿下位，爲幽州宜祿縣尉〔六〕。到職逾歲，默然無言，唯採藥、彈琴、詠堯舜而已。州將郡守，穆然承風，君之道標浩如也。因巡田入隴山，見烏支丹穴，密有潛遁之意。蒼龍甲申歲〔七〕，在大梁遭命不造，發痏疾而卒，年四十九〔八〕。嗚呼哀哉！天下士人聞之〔九〕，知與不知，莫不爲之垂涕，蓋傷其有濟世之量，而無長駐之年。夫上德道全，器無不順，中庸以降，才好則偏。有張也之莊，無展也之道，好由也之勇，緬回也之仁，侈宰予之言，遺澹臺之行，務端木之智，忘甯武之愚，或正而不奇，或達而過雜。君獨五味足，六氣和，通衆賢之不兼，暢羣才之大適，雖不至於聖道，其殆庶幾乎〔一〇〕。故人無間言，物飽其義。吾嘗論人事有十，君得其九，一不至者，命也夫。於戲！名聞天下而不達於堂上，智周萬物而不適乎一人也〔一一〕，其時歟？其事歟？君故人雲居沙門釋法成、嵩山道士河内司馬子微〔一二〕、終南山人范陽盧藏用〔一三〕、御史中丞鉅鹿魏元忠、監察御史吴郡陸餘慶、秦州長史平昌孟詵、雍州司功太原王適、洛州參軍西河宋之問、安定主簿博陵崔璩，咸痛君中夭，鼎飪不實，百代祀德。故老或云，以爲名者德之表，謚者行之跡。君囊括世道，位屯時艱〔一四〕，困乎䠐卼，光景不耀，乃共稽陟舊行，考謚定名，問於元蓍，象曰「明夷」。于昭夷昔歎才位不兼，大運有數，嘗哀時命而作頌云。諸公以余從君之遊最久，故秉翰參詳，敍其頌曰：天道宏運兮〔一五〕，物各有時。匪時不生兮，匪運不成。昔者元精回潏，陽九滔災，大人感生，堯禹恢能。陰陽既和，玄帝傳家。五百數終，桀驁暴邪〔一六〕。子乙提運，水火革明〔一七〕。匪賢不昌，尹乃阿衡。六百運徂，受始淫狂。西伯考元，歷在躬昌。匪雄不決，匪謀不臧〔一八〕。姜牙皓首〔一九〕，實逢其良。投釣指麾，奄有八荒。周有天下，七百餘年。太公之後，不聞大賢。豈無仲尼，負道周旋？無勢一掔〔二〇〕，無土一廛。然則大運之所來，時哉時哉。時隘業隘，運巨功巨。苟非其時，草木爲伍。昭夷作頌云爾〔二一〕。又嘗著汲人默記，言變化之事。且曰請爾靈龜，永晏息乎浩初。

【校】

〔一〕昭夷子諱元　「元」下原有「亮」字，據全唐文注、文粹卷六七校删。文粹無「子」字。

〔二〕本居河間　「間」原作「澗」，據庫本、全唐文、文粹校改。

〔三〕輿官至臨潁縣丞　「潁」原作「頴」，據庫本、全唐文校改。

〔四〕昭夷即禮輿季子也　「即」字原無，據全唐文、文粹校補。

〔五〕羣蒙以初筮求我　「羣」原作「郡」，據庫本、全唐文、文粹校改。

〔六〕爲幽州宜禄縣尉　「縣」字原無，據全唐文、文粹校補。

〔七〕蒼龍甲申歲　「甲」，全唐文注、文粹作「丙」。

〔八〕年四十九　「年」原作「時」，據文粹校改。「四」，全唐文注、文粹作「三」。庫本作「時年四十九」。

〔九〕天下士人聞之　文粹「人」作「友」。

〔一〇〕其殆庶幾乎　「幾」字原無，據文粹校補。

〔一一〕智周萬物而不適乎一人　「人」下原有「也」字，據文粹校删。

〔一二〕嵩山道士河内司馬子微　「河内」二字原無，據全唐文、文粹校補。

〔一三〕終南山人范陽盧藏用　「人」字原無，據全唐文、文粹校補。

〔一四〕位屯時艱　原作「屯位明艱」，據庫本、全唐文、文粹校改。

〔一五〕天道宏運兮　「天」原作「人」，據庫本、全唐文、文粹校改。

〔一六〕桀鷔暴邪　「鷔」原作「鶩」，據庫本、全唐文校改。

〔一七〕水火革明　「明」原作「期」，據全唐文、文粹校改。

〔一八〕匪謀不臧　「臧」原作「藏」，據庫本、全唐文、文粹校改。

〔一九〕姜牙皓首　「皓首」原作「浩首」，據王本校改；全唐文、文粹作「皓眉」。

〔二〇〕無勢一挈　「挈」原作「契」，據庫本、全唐文、文粹校改。

〔二一〕昭夷作頌云爾　「云」字原無，據全唐文、文粹校補。

臨邛縣令封君遺愛碑

敍曰：蒼生蚩蚩，其動也直，蓋顓蒙乎。聖人顥顥，其汲也。「汲也」下疑有脱誤〔一〕。教務王皇，中乎則時。至其理樹之君〔二〕，公弼其機，馭之師之，非能駿尊上帝，保乂黎元，誰則荷天之寵，祈人之爵？行其禮樂，驟覩於中和；裕其廉平，載聞於謡誦〔三〕：我之遺愛者不從事於是邪！嘗試論之。公名某，字某，渤海蓨人也。昔后稷有德於邰，文王受圖於鎬。珍符册命，始自於西周；珪社建侯，奄荒於東土。裘鼎軒冕，有家代焉。曾祖子繡，齊潁川、渤海二郡太守〔四〕，霍州刺史，隋通直郎，通州刺史。榮分麾蓋，道邁循良，時雨洽於齊陳，惠風被於唐楚。祖德於北齊著作郎，隋扶風郡南陽縣令。芸扃一作編。覩奥，見天下之圖；石柱聞琴，知君子之化。父安壽，皇朝尚衣直長，懷州司馬，亳州刺史〔五〕，湖州刺史。良二千石，聞乎共理之尊；肇十二州，榮多刺舉之首〔六〕。公則使君第某子也。沖和誕命，光大含章，實公侯之子孫，有山河之氣象。明不外飾，默昭於玄機；敏實内融，養蒙於用晦。故其廉不直物，恕不由衷，崇善足以利仁，自彊足以從事。有朋友之信焉，有閨門之肅焉，非夫恭人，其孰能景行行之者也。年始若干，爲國子生，言從太學之遊，以觀先王之道〔七〕。某年以明經擢第，解褐守恒州參軍，秩滿補許州司法參軍。許惟舊國，陳實多巫。君子豐明，利用乎獄，載以課最，累加秩焉。又轉洺州司兵參軍。叢臺袪服，一旦成市，非利器者，政以多荒。公實佐之，官無留事，信矣乎，能其理者有其任，濟其業者享其功。我豈蒙求，物思其理。某年選補臨邛縣令。夫蜀都天府之國，金城鐵冶，而俗以財雄，弋獵田池〔八〕，而士多豪侈，此邦之政，舊難其人。公按轡清途，下車而宰，覽其謡俗，永歎於良圖；想其風流，慨然於惠化。以爲太上之理，因人者也；通變之機，隨時者也。必使無訟，不亦由吾；用乎利貞，夫何在物。於是謀其教令，肅其儀刑，敬其事以順其人，正其聞以利其義。以爲昔者聖人之務本也，在乎稼穡，有稼穡然後可以養人，故公之勸人也，用天之道，分地之利。以爲昔者聖人之利用也，實在財貨，有財貨然後可以聚人，故公之化居也，貿遷有無，和其衆寡。以爲昔者聖人之事生也，謹其制度，然後可以富，故公之節用，飲食有節，車服有數。以爲昔者聖人之事死也，慎其喪祭，有喪祭然後可以睦人，故公之送死也，葬之以禮，祭之以禮。以爲昔者聖人之用獄也，崇其法制，有法制然後可以禁人，故公之恤刑也，唯齊非齊，有倫有要。夫如是者，豈苟其利哉，惟欲潔乎其源，正乎其本，慎之於謀始，要之於用終，將使戕戮矯虔而是以息，孤寡不穀而是以寧者哉。夫然後磨之以仁，琢之以義，使男女異路，班白不提，熙乎其若春，肅乎其若神。然後文以禮樂，幾乎以淳朴，道豈遠乎。嗚呼！昊天不悦，降此荼毒，某年以太夫人憂去職。于時公之莅始逾年矣，然三載考績，是用未成。百姓哀惶，人吏嗟咨〔九〕，咸云：「我父去矣〔一〇〕！而人悴矣！」鄉望老人前某官等五百餘人，或金隄之秀，玉宇之英，並服美於寬允〔一一〕，嚴祇於教義，遂走之州府，訴之上官，冀奪其哀，摧禮終秩，不謀而同者日有百數。司馬元公，帝王之胤也，康歌協化，盛德在人，憫烝庶之求思，嘉我君之懿績，以爲古之借寇者何以踰是哉，遂用疇咨舊章，允懷甿誦，奪之公禮，上之于文昌臺。非將協贊天工，慰彼黎庶君子之教而日見之哉？班白之老，胥史之徒，又以天子在宸，勤毖孝理，我君云邁，誰其嗣之，千餘人復連表詣闕投匭，乞君以墨縗從事，遑遑焉若有望而未至也。鬱陶增思，寤寐永歎，將欲思慕不朽〔一二〕，想見懿德，乃相與言曰：「昔者君子思其人而愛其樹，蒙其澤則歌其詩，封君之仁，我無金石乎？」又述其行狀，訪余以銘勒之事。縣丞等有弼諧之美，刀筆之能〔一三〕，永思清風，歎息仁化。尉安定梁慎盈，知名之士也，墨妙幾於草聖，文義總於辭雄，昔仕京畿，左遷此職，自以爲贊封君之化有日矣，承封君之德有年矣。夫其忠信之教，寬猛之機，古之官人，君其殆庶乎！父老之請允矣。余揭來舊國，傳據其實，恭聞其去思，而親覩其遺愛。余所備者，敢述斯文〔一四〕，猶懼後生有言，以爲口實。河東薛稷，隋内史公之孫也〔一五〕，文章之伯，而時所宗，故憑其實録，寄之爲頌。其詞曰：

天地之間，有渤海焉。伯宗伯谷，神山在焉。精氣飛騰，生良宰焉。良宰實生，代禄代卿。君達好道〔一六〕，風雲上征。武興察孝，州郡有聲。陳其弓冶〔一七〕，戴其簪纓。筮仕斯邑，我龜觀貞。深期高悟，絶策遠明。既至肅肅，其來英英。臨事若祭，視人如嬰。三農慭困〔一八〕，折獄以情〔一九〕。輕重共用，穀貨以平。我裳既襲，我篋斯盈。於惟我君，張仲孝友。家膺五福，堂享三壽。温清不違〔二〇〕，喜懼兼守〔二一〕。枯魚銜索〔二二〕，疾風過牖。匪降自天，誰執其咎。棘心劬勞，匪莪伊蒿。彼蒼不弔，惟其永號。借寇爲請，惠此嗷嗷。曾是奔告，謂天蓋高。昇仙橋下，赤車使者。客於臨邛，文雅雍容。觀風萬里，謁帝九重。嗟嗟其舊，椎牛擊鍾。問於子墨〔二三〕，借翰雕龍。專思君兮不返，伐石登山。山高兮望遠，懷車馬於言告，欲絃歌於言偃。人實去思，我無愧詞。

【校】

〔一〕汲也下疑有脱誤　「汲」原作「及」，據庫本校改。全唐文無此注文。

〔二〕至其理樹之君　「樹」原作「衙」，據全唐文校改；庫本作「道」。

〔三〕載聞於謠誦　「載」原作「戴」，據庫本、全唐文校改。「誦」原作「訟」，據全唐文校改；庫本作「頌」。

〔四〕齊潁川渤海二郡太守　「潁」原作「頴」，據庫本、全唐文校改。「二」原作「三」，據全唐文校改。

〔五〕亳州刺史　「亳」原作「豪」，據庫本校改。

〔六〕榮多刺舉之首　「榮」原作「策」，據全唐文校改。

〔七〕以觀先王之道　「王」原作「生」，據庫本、全唐文校改。

〔八〕弋獵田池　「弋」原作「戈」，據王本、庫本、全唐文校改。

〔九〕人吏嗟咨　「怨」上原有「咨」字，據王本、庫本校删。

〔一〇〕我父去矣　「去」字原無，據全唐文校補。

〔一一〕並服美於寬允　「並」原作「而」，據全唐文校改。

〔一二〕將欲思慕不朽　「慕」原作「謨」，據全唐文校改。「朽」原作「杇」，據庫本、全唐文校改。

〔一三〕刀筆之能　「刀」原作「力」，據庫本、全唐文校改。

〔一四〕敢述斯文　「述」原作「博」，據全唐文校改。

〔一五〕隋内史公之孫也　「史」原作「使」，據庫本、全唐文校改。

〔一六〕君達好道　「道」原作「遺」，據全唐文校改。

〔一七〕陳其弓冶　「冶」原作「治」，據王本、庫本、全唐文校改。

〔一八〕三農慜困　「困」原作「用」，據全唐文校改。

〔一九〕折獄以情　「折」原作「不」，據庫本、全唐文校改。

〔二〇〕温凊不違　「凊」原作「清」，據王本、庫本、全唐文校改。

〔二一〕喜懼兼守　「兼」原作「無」，據全唐文校改。

〔二二〕枯魚銜索　「銜索」原作「御素」，據庫本、全唐文校改。

〔二三〕問於子墨　原作「門於君墨」，據庫本校改。

續唐故中岳體玄先生潘尊師碑頌

尊師業尚沖密，勤毖幽深，理心事天，所保惟嗇，絶聖棄智，不耀其光。故真感冥期〔一〕，珍圖秘學，性與天道，不可得而聞也。若乃崇標曠迹，遐情遠思，志摩青雲，蓬視紫闥，高宗每降鑾輦，親詣精廬，尊師身不下堂，接手而已。每歎曰：「大丈夫業於道，不能投身霄嶺，滅景雲林，而疲痾此山，以煩時主，吾之過也。」遂欲東求蓬萊，孤舟入海。屬天皇敦篤斯道，祈款逾深，踟躕山隅，絶策未往。既而金革有命，鑣轡遺區。於戲！昔姑射有神人〔二〕，堯輕天下；崆峒有至道，軒屈順風〔三〕。玄真高蹤，萬古同德，何其盛哉。尊師有弟子十人，並仙階之秀，然鸞姿鳳骨，眇愛雲松者，惟潁川韓法昭〔四〕、河内司馬子微，皆稟訓瑶庭，密受瓊室，專太清之業，遺下仙之儔。谷汲芝耕，服勤於我，蓋歷歲紀也。始尊師受籙於茅山昇玄王君，王君受道於華陽隱居陶公〔五〕，陶公至子微二百歲矣，而玄標仙骨，雅似華陽。夫階真蹈冥，鍊景遊化者，其必有類乎。法昭等永惟尊師靈跡洞業，高深邁古，而棄世往矣，其若之何，乃斲石幽山，申頌玄德〔六〕。其頌曰：

觀元化兮求古之列仙，得瑶圖與金鼎〔七〕，信元符之自然。神與道而惟一〔八〕，天與人兮相連。苟精守以專密，必駕景而淩烟。丹丘不死兮羡門子〔九〕，黄宫度世兮吾體玄。體玄至德兮洵淑美，冲心養和保元始。初學茅山濟江水，乃入華陽洞天裏。道逢真人昇玄子，授以寶書青台旨。令守崧山玉女峯，雲栖窮林今五紀。聖人以萬機爲貴，而我以天下爲累。聖人以大寶爲尊〔一〇〕，而我以天下爲煩。是以冥居於嵔嵝，寄遺跡於軒轅。有唐高宗兮天子之光，好道樂仙兮思彼雲鄉〔一一〕。千旍萬騎兮翠鳳凰，遨遊汝海兮箕山陽〔一二〕。朝拜白茅夕紫房，齋心潔意緬相望。祈問玉真及玉皇，何以得之受天昌。黄庭中人在子身，窅窅冥冥精甚真〔一三〕。去汝驕氣與淫神，勤能思之道自親。遂解形而遺世，乘白雲以上賓。弟子不知其所如也，乃刻石以思其人〔一四〕。

【校】

〔一〕故真感冥期　「感」原作「盛」，據全唐文、英華卷八四八、文粹卷二一一校改。

〔二〕昔姑射有神人　「姑」原作「孤」，據王本、庫本、全唐文、英華、文粹校改。

〔三〕軒屈順風　「屈」原作「后」，據庫本、全唐文、英華、文粹校改。

〔四〕惟穎川韓法昭　「穎」原作「隸」，據庫本、全唐文、英華、文粹校改。

〔五〕王君受道於華陽隱居陶公　「居」原作「君」，據全唐文、英華、文粹校改。

〔六〕申頌玄德　英華「玄德」作「金鼎」。

〔七〕得瑶圖與金鼎　「得」原作「德」，據庫本、全唐文、英華、文粹校改。

〔八〕神與道而惟一　「神」原作「仲」，據全唐文、英華、文粹校改。

〔九〕丹丘不死兮羨門子　「門」下原有「弟」字，據全唐文、英華、文粹校删。

〔一〇〕聖人以大寶爲尊　「寶」原作「尊」，據全唐文、英華、文粹校改。

〔一一〕好道樂仙兮思彼雲鄉　「兮」字原無，據全唐文、英華、文粹校補。「彼」字原無，據全唐文、文粹校補。

〔一二〕遨遊汝海兮箕山陽　「遨遊」原作「邀我」，據全唐文、文粹校改。

〔一三〕窅窅冥冥精甚真　「精」下原有小字注文「一作情」三字，據全唐文、英華、文粹校删。

〔一四〕乃刻石以思其人　英華、文粹「其人」作「真」。

漢州雒縣令張君吏人頌德碑

至哉天子，在穆清之中，端玄默之化。萬國日見，百姓以親。誰其昭宣，令長其任也。然則國有小大，政有汚隆。遭其和平，則循理之功易；值其凋瘵，則革弊之業難。況罹乎薦瘥，救其塗炭，力倍於中，而功不半之；利盡其仁〔一〕，而澤未全洽。則我府君當欽明之世，承苛慝之燼，緝頹靡之餘，遂能撫寧矜殘，淳耀敦懿，改制立憲，昭德顯仁，奇跡光乎曩賢〔二〕，惠風穆於茲日，我行千里，而得一賢。傳曰：「夫用我者，而豈徒哉。」府君姓張氏，名知古，蓋漢少傅留侯之裔也。昔留侯得滄海力士，東報於秦〔三〕；遇黄石老人，西歸於漢。山河鐘鼎，子孫保之，世在關中，今爲宜州人也。高祖藝，周恒州司馬。曾祖歡，隋許州司馬。祖雄，唐并州榆次令。考琳，原州平原令。皆稟瑚璉之器，著經濟之才，大位不躋，元德滋茂。其昭祉復襲於我府君。府君體英奇之姿，冲希默之量，齊敏内肅，端簡外融。夫其孝友睦媚，研幾成務，深斷守節之固，撥煩簡要之能，在於家邦，聞其政矣。起家補同州朝邑尉，歷太州鄭縣尉、左金吾衛倉曹參軍、洛州洛陽主簿。黄圖左翊，豪俠所湊；赤墀佐理，實賴其能。又遷雍州明堂縣丞。時皇帝恭默明臺，清問下吏，西南矜寡有詞。上官曰：「刺史沓貪而苛，縣令威施而忍，奸宄因釁，羣行怨讟。哀哉甿黎，顛在荼毒，朝廷憫之。」帝曰：「俞，允哉。」乃用勑撫此荒邑。噫嘻！昔者苛政未作，封境保安，茲都衝要，衿帶全蜀，百濮兼錯，萬裔之泉，寶利珍貨，盡四海矣。迨殘猛聿至，蝨賊内訌，始於碩鼠之侵，終屠餓狼之喙。杼軸既盡，郛邑殆空。悲夫！仲尼云：「苛政虐於猛虎。」豈猛虎而已哉！我府君殷然始宣皇明，恭職事，巡省黄髮，周爰令圖，所以綏亡固存，蠲虐去暴，與百姓更始者。輿人斐然，乃作誦曰：「我有聖帝撫令君，遭暴昏椓惸寡紛，民户流散日月曛。君去來兮惠我仁，百姓蘇矣見陽春。」然不躬不親，庶民不信。於是府君知人散久矣，黷於詐罔，已曰未遂。躬六曹之務，先五美之訓，下官斂手〔四〕，牟食革心，人始翕如也。初官户在版圖者萬有五千餘家，歷政侵殘，逃者過半。歲月永久，廬井湮蕪，蠨蛸在堂，蟋蟀空歎。先是有勑：「天下逃人歸復舊業者，免當年租庸。」公以柔遠能邇，政之大端，乃下令曰：「於戲！天子誠憫斯人，是用命我，其訖有濟。若逋不及惠，幽不能明，吾之罪人。部内有逃越他境能相率歸者，免一歲租及征徭。若惸嫠貧窶不能自濟者，當別議優之。其長正耆老，可明喻此誠，使被幽谷。」令既下，克己示信，或有逃者，引首而歸，公親循寧慰，贍理其業。於是小大悦賚，遠近承風，四封諸通，一朝景附。夫負妻戴子，荷簣提笠，首尾郊郭者，凡七千餘家，熙乎若鴻雁之得春也。既至矣，則勞來之；既止矣，則安輯之〔五〕。或三年，或十年，舊館已無，喬木猶在。公葺屋塗室〔六〕，薙陌開阡，爲其井疆，人得其居矣。田畯失業，農野榛荒，此邦膏腴，利在江浸，有金雁、白魚二水，是其朝雲。澤麓無虞，溝畛填塞，公濬其塗洫，川澮始通，人得就耕矣。流亡初復，貧鞠兼半，食不餬口，力未贍農，公又假富資貧，耦耕分種，助其銍刈，歲以有年，人得其食矣。曩者征税横逆，商旅不行，貿遷有無，廛肆半絶，公阜其貨財，交易復通，日中噬嗑，人得其利矣。乃種樹畜牧，蠶漁工賈，什伯之器，車服之庸，婚姻之時，喪祭之禮，莫不盡爲度數，制其權衡，征賦既均，千室如一。於是百姓允賴，鼓舞而歌，其歌詩凡六章，題曰逃還樂。其首章蓋言天子之德也，其二章憫前政之虐也，其三章喜公惠之至也，其四章言逃還之樂也，其五章美公化行而奸慝不興也，其六章善政令均平賦斂不淫也〔七〕。時日月會于龍猇，歲功成乎孟冬，百嘉備烝，品物咸乂。府君乃稽版籍，攷幽明，親巡乎邦廬，存問乎鰥嫠。黄耇稚齒，山原之民，乃接手賡歌，迎擁馬首，累乎道路者，以百千輩。晝肆酒，夜聯燭，羣舞蹈詠，迎途餞郊，皆歌前六章，慶公惠也。是以封内歡康，境外萌動，企公德美，有若神明。府君嘗因公事至成都，成都之民，駕肩相矚，蓋籍甚其異也。封人有喪者，廬于墓側，鞠然在疚，負土成墳，公親從寮吏，弔其苫蓆，自是禮讓行焉，學校興焉。長史河南竇公，旌别尚賢，廉簡居政，以公甄理頹弊，躋美中和，歷政逋亡，一朝狎至，遂表其狀，奏之于闕廷。屬獯鬻孔亟，戎車未暇，郊壘既夷，邦憲清穆。刺史南陽張公，蟾幃臥理，寬猛以濟，儒術兼優，吏畏獨坐，人歌來暮，甄綜品鑒，物無遺才。又以公保邦乂民，勝殘去殺，重理前秩，昇聞宸扆。夫昇聞者，豈循良而已哉，蓋激清勵貪，聳善懲惡，祈元嘉命，優公寵章。於是鄉旎邦彥，華髮杼首，或名淹玉壘，家擅銅山，如王弘、馬靖等若干人，皆以政洽仁顯功，著頌宣揚，金帛嘉止，不日而至。至則國肥矣，去則民瘠矣，凡我邦族，其將疇依。兄弟睦親，不可以從往也；筐篚玉帛，不足以永貺也。隔千里而不昧，與百姓而長存。非刻金石，列圖象，揚弘懿，崇耿光，則喁然衆情，孰克慰滿？於是乃從旅鑿巉巖，自金水之山，得玉玫之石，農夫田婦，擔扛力運〔八〕，皆懼公往，遺像莫瞻，共琢之磨之，議之謀之。子昂時因歸寧，采藥岐嶺，父老乃載酒邀諸途，論府君之深仁，訪生祠之故事，永我以典禮，博我以文章。夫千里一賢，義者所貴；今百城一理，公獨有之。不熙其烈光以示當世，則孱弱者胡以激節，貪垢者曷以悛心？敢因此義，乃旷謡而作頌曰。頌缺。

【校】

〔一〕利盡其仁　「利」原作「則」，據全唐文校改。
〔二〕奇跡光乎曩賢　「奇」原作「寄」，據王本、全唐文校改。
〔三〕東報於秦　「報」原作「執」，據全唐文校改。
〔四〕下官斂手　「斂」原作「歛」，據庫本、全唐文校改。
〔五〕則安輯之　「輯」原作「緝」，據王本、庫本、全唐文校改。
〔六〕公葺屋塗室　「葺」原作「緝」，據庫本校改。
〔七〕其六章善政令均平賦斂不淫也　「均平」原作「平均」，據全唐文校改。「斂」原作「歛」，據庫本、全唐文校改。
〔八〕擔扛力運　「擔」原作「担」，據庫本、全唐文校改。

九隴縣獨孤丞遺愛碑

彭州九隴縣丞獨孤君，有恭懿之行，柔毅之才。臨官以莊，敬事而信，清白苦節，勤恪厚躬〔一〕，廉而不矜，利以不浼，有特立之操焉。在位四年，無一日自倦，精專力務，澤潛氣通，天彭之人，陶然大化。居秩歲滿，單車告歸，邦思其仁，國詠遺愛。乃樹碑刻石，追崇厥庸，既頌歎之，又思福之〔二〕。以金仙世尊慈善萬物，遂貢金鑄像，祈祉冥休，悠悠之人，至今稱賴。夫官不必貴，政惟其才，獨孤丞上迫宰君，下雜羣尉，文墨教令，不專在躬，然力行務仁，推誠愛物，謳吟者不歌其宰〔三〕，頌議者必歸於丞，豈欺也哉！吾每聞一言可以永寧天下者，在能官人而已，苟謬其任，綱維以頹。感獨孤丞智效一鄉，惠孚百里，況其大者乎。於戲，官人哉！乃作頌曰：

於維國家，建官以理。得人則盛，匪人則圮。英英我君，清節素履。恭寬敏惠，將順其美。禮實在躬，人以知恥。歲秩其暮，薄言歸止。祁祁吏人，何嗟及矣。涕戀沱若，遺愛罔已。瞻德樹碑，造真祈祉。不有其惠，孰能享此。悠悠彭門，千載有紀。

【校】

〔一〕勤恪厚躬　「厚」原作「原」，據全唐文校改。

〔二〕又思福之　「福」原作「袍」，據王本、庫本、全唐文校改。

〔三〕謳吟者不歌其宰　「吟」原作「今」，據王本、庫本、全唐文校改。

唐故朝議大夫梓州長史楊府君碑〔一〕

君諱越，字復珪，弘農仙掌人也。其先帝高辛氏之裔，周有天下，晉授其封。至宣公伯喬，早基楊國〔二〕，若乃彤弓兹矢〔三〕，玄鬯赤茀〔四〕，則禮命之，樂歌之，崇天王之寵光，保元侯之休祉。其後十六代，有楊寶者，天錫黄鳥，授以白環，若曰：「令君子孫世登三公〔五〕。」迨震秉彪賜〔六〕，四代五公，烈光昭于漢室，盛德充於海内，金圭銘鼎，至今爲弘農世家也。高祖椿，魏尚書右僕射、開府儀同三司、司徒公，進位太保、加侍中，給後部鼓吹，致仕歸邑，賜安車駟馬，傳制二人。可謂國之元老，帝之師臣，功成名遂，社稷之寶。曾祖思善，齊通直散騎常侍，贈中書侍郎〔七〕。祖敬通，鎮遠將軍、鄭州治中、邛州別駕。父居同，隋蒲州芮城縣令。皆國書舊史〔八〕，烈乎名節。公即芮城府君之第二子也。少而冲嶷，苦節貞素，家無玉帛〔九〕，室有琴書，聞少連之風而悦之，庶乎身中權〔一〇〕，行中清，上以察乎道〔一一〕，下以敦乎物。不應州郡之命，而有金玉之心，嘗歎曰：「以明月珠彈千仞雀，吾不能也。」於是觀寶龜之象，心滅朵頤；探金虎之爻，志存幽履。遂去家遁于嵩山，經十餘年，丹山白雲之志眇然矣。屬太宗文武聖皇帝初臨天下，物色幽人，焚山牓道，綱羅遺逸君子。若曰：「天下有道，可以見矣。」於是始以角巾應命，褐衣詣闕，陳大道之宏謨，論至言之閫奥〔一二〕。帝曰：「俞，爾言乃可底行。若歲大旱，用汝作霖雨。今南山近塞，北漠連胡〔一三〕，石州邊烽，皇化未謐，汝往欽哉，輯乃人，禦乃敵，以息匈奴之患。」始解褐授石州方山縣令。樽俎在堂，干旄在階，布大信於獯戎，示折衝於衽席，威名震曜，乃昇聞也。有勑徵授憲臺監察御史〔一四〕。繡衣始拜，珥筆昇朝，臺閣以之生風，豪貴由其斂手〔一五〕。又勑直中書待制，未幾又遷秘書郎，直中書省如故。遊鳳凰之池，觀蓬萊之府，是天下之榮踐也。又轉宗正寺丞。居歲餘，帝思南史之才，將崇東觀之美，又遷起居郎，加騎都尉。龍朔中，天子將觀兵於東夷，以復先帝之業，凡居中者，多出守旁郡。是歲授公朝散大夫，除冀州司馬，又轉魏州司馬，皆知州事。于時天下雌韓而雄魏，壯武而柔文。公始厭承明，初臨外郡，探丸竪面〔一六〕，犯禁崇姦，欲嘗朱博之能，以觀龔遂之政。公深鉤潛往，英機立斷，短服赭裾，於是乎理。麟德初，兼梓州長史，蓋在華之南區，彭之北鄙，人豪俗侈，政削公朘〔一七〕。攢六國之遺甿〔一八〕，雜三巴之奧壤。公下車問俗，觀風立政，先之禮讓，教以詩書，抑浮竊，禁蠹食，至於堂叩鐘磬，家擅山川，莫不爲之節制，行其典禮。來暮之頌〔一九〕，復起於斯。時高宗大帝方接千載之統，昇中太山，玉帛雲趨，朝者萬國，公預陪金蹕，侍拜瑶壇。白雲既封，皇慶斯洽，加朝散大夫〔二〇〕，餘官如故。東山拜命，西駕未歸〔二一〕，逢太歲之臨辰，感殷楹之夢奠，遇疾薨於官舍，時年六十四。嗚呼哀哉！遺令薄葬，不藏珠玉，唯孝經一卷，堯典一篇，昭示後嗣〔二二〕，不忘聖道。

即以某年月日葬于西嶽習仙鄉登仙里之西麓，遵遺命也。嗣子嘉賓等哀號泣血，柴骨欒心，緬惟罔極之恩，思崇永錫之道。以爲吾丘于役〔二三〕，無助冥因；季由之歎〔二四〕，空勤負米。於是攷羣聖之典，探衆妙之門，求所以昭報幽扃，贊祉冥籍，則云金仙慈救〔二五〕，實手來迎，若德崇於此，則功濟於彼，是用歸誠真諦〔二六〕，祈祐能仁，舖鐵圍而寫容，現金蓮而得像。遂於登仙麓塋之側，造阿彌陀像一軀，坐高三丈，并象變菩薩，天人畢備。全金湧出，衆寶莊嚴，雲仙鬼神，周羅上界，珠幡羽蓋，圍繞中天〔二七〕。蓋所以丕顯尊靈〔二八〕，光昭惠業，達人之能事畢矣，孝子之事親終矣。銘曰：

巖巖大岳，浼浼長河。歊雲滃霧〔二九〕，含靈佇和。楊侯之國，宛其中阿。子孫瓜瓞，軒蓋駢羅。四代五公，自于伯起。蟬聯彪懿，令聞不已。二千户侯，三十刺史。世濟其榮，至我君子。峩峩君子，皎有令光。不寵我組，而括其囊〔三〇〕。洗心巖遁，抗跡雲翔。冥鴻不遠，白駒在場。解其蘿袂，綰我墨職。邊朔多虞〔三一〕，獫狁孔棘。之子之往，允威允德。干旄在階，烽火罷色。行行驄馬〔三二〕，繡衣之光。烈烈董狐，司史之良。而我君子，總其徽章。出同嚴助，政穆王祥。雄魏既康，鄞蜀猶侈。攬轡言邁，題輿載理。尺兵允戢，亂繩攸靡。天子登封，拜服玉趾。大禮既畢，歸路遲遲。歲亦秋止，天不憖遺。嗚呼甿吏，號泣漣洏。曷其往矣，來暮歌思。煢煢孤子，棘心哀疚。永號昊天，眇泣冥祐。蓮花之國，金池玉霤。

崇此香緣，生彼穠秀。全金既湧，衆寶斯莊。玟墳其左，叔塋其旁。香花圍繞，松柏成行。千秋萬歲，祚祉無疆。

【校】

〔一〕唐故朝議大夫梓州長史楊府君碑　英華卷九二六作「梓州司馬楊君神道碑」。

〔二〕早基楊國　「早」原作「草」，「國」字原無，據庫本、全唐文、英華校補。

〔三〕若乃彤弓兹矢　「兹」原作「旅」，據庫本校改。「矢」原作「失」，據王本、庫本、全唐文、英華校改。

〔四〕玄鬯赤茀　「玄」原作「巨」，據英華校改。

〔五〕令君子孫世登三公　「令」原作「命」，「公」原作「事」，據英華校改。

〔六〕迨震秉彪賜　「秉」原作「康」，據庫本、全唐文、英華校改。

〔七〕贈中書侍郎　五字原無，據全唐文、英華校補。

〔八〕邛州別駕父居同隋蒲州芮城縣令皆國書舊史　十九字原無，據庫本、全唐文、英華校補；惟全唐文「居」作「君」，「隋」作「隨」。

〔九〕家無玉帛　「家無」原作「禮非」，據庫本、英華校改。

〔一〇〕庶乎身中權　「中」原作「有」，據王本、庫本、全唐文、英華校改。

〔一一〕上以察乎道　英華「察乎道」作「際乎天」。

〔一二〕論至言之閫奥　原作「論至公於天下」，據全唐文、英華校改。

〔一三〕北漠連胡　「漠」原作「漢」，據王本、全唐文校改。

〔一四〕有勑徵授憲臺監察御史　「徵」字原無，據全唐文、英華校補。

〔一五〕豪貴由其斂手　「斂」原作「歛」，據庫本校改。

〔一六〕探丸至面　「丸」原作「究」，據王本、英華、全唐文校改。「面」原作「而」，據王本、庫本、全唐文校改。

〔一七〕政削公朘　「朘」原作「晙」，據庫本、全唐文校改。

〔一八〕攢六國之遺甿　「甿」原作「昵」，據全唐文、英華校改。

〔一九〕來暮之頌　「來暮」原作「會來」，據庫本、全唐文、英華校改。

〔二〇〕加朝散大夫　英華「散」作「議」。

〔二一〕東山拜命西駕未歸　英華作「太上旋命御駕來歸」。

〔二二〕昭示後嗣　「示」字原無，據全唐文、英華校補。

〔二三〕吾丘于役　「于役」原作「子没」，據英華校改。

〔二四〕季由之歎　「之」原作「也」，據全唐文、英華校改。

〔二五〕則云金仙慈救　「仙」原作「位」，據全唐文、英華校改。

〔二六〕是用歸誠真諦　「誠」原作「滅」，據庫本、全唐文、英華校改。

〔二七〕圍繞中天　「繞中天」三字原爲墨丁，據全唐文、英華校補；庫本作「繞香林」。

〔二八〕蓋所以丕顯尊靈　「蓋」字原無，據英華校補。

〔二九〕歊雲滃霧　「歊」原作「敲」，據王本、全唐文校改；庫本、英華作「歕」。

〔三〇〕而括其囊　「其」原作「我」，據全唐文、英華校改。

〔三一〕邊朔多虞　「朔」原作「翔」，據全唐文、英華校改。

〔三二〕行行驄馬　「驄」原作「駿」，據英華校改。

梓州射洪縣武東山故居士陳君碑

君諱嗣，字弘嗣，其先陳國人也。漢末淪喪，八代祖祗〔一〕，自汝南仕蜀爲尚書令。其後蜀爲晉所滅，子孫避晉不仕，居涪南武東山，與唐、胡、白、趙五姓置立新城郡，部制二縣，而四姓宗之，世爲郡長。蕭齊之末，有太平者，兄弟三人，爲郡豪傑。梁武帝受禪，網羅英豪，拜太平爲新城郡守，尋加本州別駕。弟太樂、太蒙，蒙爲黎州長史都督，護南梁二郡太守〔二〕，樂爲本郡司馬，即君之高祖父也。生曾祖方慶，好道不樂爲仕，得墨子五行秘書，而隱於武東山。生烈祖湯。湯仕郡爲主簿，遇梁季喪亂，避世不仕。生皇考廣迴〔三〕。迴早卒，君即迴之第二子也。少孤而有純德，恭己飾行，一日三省。家世本以清白崇德，迨君之孤，素業空矣。君有仁兄，養母以孝，君克順至行〔四〕，同勤苦節，夏不避暑，冬不避寒，蒸蒸服事，行年四十有五。入則孝，出則悌〔五〕，謹而信，汎愛衆而親仁，無餘力也，以是不憂於道〔六〕。逮親終歿，春秋已高，從事不可以養矣，乃輟干禄之學，修養生之道，山壑高居，農野永歲。雅聞漢有王丹者，隱居不仕〔七〕，家累千金以自奉，田稼勤者，載酒肴從之〔八〕，鄉里承化，以相懲沮，乃歎曰：「彼王丹者，是爲政矣，奚其爲政也！」由是始攷林澤，闢良田，習山書，務農政，天道時變，地道化成，丘陵泉藪，星歲雲物，靡不用心也。原田莓莓，黍稷漠漠〔九〕，汶陽之稼如雲矣。春日載華，歲聿其秋，白露時降，百穀收熟，君常乘肩轝〔一〇〕，省農夫，饋田畯，刑以肅惰，悦以勞勤，若孫吳之用兵，鷙鳥之搏擊也。卓彼甫田〔一一〕，歲取十千，倉廩實〔一二〕，崇禮節，恤惸寡，賑窮乏，九族以親之，鄉黨以歡之，居十餘年，家累千金矣。其鄰國有媮衣食，帶刀劍〔一三〕，椎埋胠篋之類，鬥雞走狗之豪，莫不靡下風，馴雅素，曰：「里有仁焉，吾何從之也〔一四〕。」遂頓浮窳之節〔一五〕，肅恭儉之規〔一六〕，修孝悌，飾廉恥，將欲效君之素業也。君時年已耳順〔一七〕，素無經世之情，林園遺老，玄默忘歲，遂保先君武東山之故居，行不由徑，非公事未嘗至於州縣也。昔襄陽有龐德公，谷口有鄭子真，東海王霸，西山蜀才〔一八〕，皆避人養德〔一九〕，退耕求志〔二〇〕，軒冕不可得而羈，憂患不可得而累，逮于我君，作者五人矣。於戲！古者至人不利苟得，不務近貴〔二一〕，量腹而食，度身而衣，非其道萬鍾不足豐也，非其榮五鼎不足飪也〔二二〕。躬勤耕稼〔二三〕，植其杖而耘，不答子路之問者，其豈我君之徒與〔二四〕。綿綿羅網，冥冥高鴻，趯趯竹竿，穆穆幽龍，其與禍敗之遼絶，如胡越哉〔二五〕。然則兩龔不免於蘭焚，二老不免於薇歎，其近貴利耶。夫上無憂悔，下無飢寒，含道以制嗜慾〔二六〕，達命以順生死，仁以愛身，智以養德，俾爾耆而艾，俾爾昌而熾，君子保之，以永壽考，非我君者乎！享年八十有五，太歲壬辰五月十三日〔二七〕，考終厥命。臨終戒曰：「啓予足，啓予手。我聞古人有言：『珠玉而瘞之，是暴骸於中原也。』古者不封不樹，後世聖人易之以棺槨，吾不敢違聖人，可具棺槨而已，斂以常服，墳無丘壠，吾將庶幾以奉先人之清業也〔二八〕。」有子某等，皆能祗奉遺訓，聿從先志。長壽二年龍集癸巳某月某朔日〔二九〕，玄月載踰〔三〇〕，卜兆時吉，始啓殯昭告，奉遷於舊塋武東山之陽，禮也。鄉里會葬者千餘人，皆涕泣號慕，悲純德之不見。咸曰：「君子沒矣，仁何以名？陵谷不朽〔三一〕，匪唯頌聲。」小子不敏，謹述鄉人之教。其詞曰〔三二〕：

肅肅我祖，國始於陳。中裔淪喪，洎此江濱。山川隆鬱，旂鼎氛氳。生我君子，於鑠元真。惟孝肅悌〔三三〕，惟仁善鄰。樂我耕稼，忘我縉紳。茫茫田藪，歲也其春。農人肅事，君子犒勤。孰爲夫子，植杖而耘。弋者何慕，鴻飛高雲。楚狂懼世，夷叔求仁。良時終矣〔三四〕，不考于身。我異於是，非隱非淪。撫化隨運，安排屈伸。天年既沒，長夜何辰。聖達不免，宇宙同塵。桐棺三寸，豈我窶貧。自古有禮，吾從聖人。嗟爾百代，子子孫孫。驕奢自咎，天道無親。思我松柏，恭儉是遵。

【校】

〔一〕八代祖祗　英華卷八七三「祗」作「祉」。

〔二〕蒙爲黎州長史都督護南梁二郡太守　英華、文粹卷七〇無「都」字，文粹「督護」作「護督」。

〔三〕生皇考廣迥　文粹無「廣」字。

〔四〕君克順至行　「克」字原無，據全唐文、英華、文粹、大典卷三一三四校補。

〔五〕出則悌　「悌」原作「弟」，據英華、文粹、大典校改。

〔六〕以是不憂於道　英華、文粹「憂」作「優」。

〔七〕隱居不仕　全唐文、英華、文粹、大典「隱」作「放」。

〔八〕載酒肴從之　「之」字原無，據全唐文、英華、文粹、大典校補。

〔九〕黍稷漠漠　原作「粳黍稷稷」，據全唐文、文粹、大典校改。

〔一〇〕君常乘肩轝　「乘」下原有「乎」字，據全唐文、文粹、大典校删。

〔一一〕卓彼甫田　「甫」原作「碩」，據全唐文、文粹、大典校改。

〔一二〕倉廩實　「廩」原作「庫」，據英華、文粹、大典校改。

〔一三〕帶刀劍　「劍」原作「歛」，據全唐文、英華、文粹、大典校改。

〔一四〕吾何從之也　「之」字原無，據全唐文、文粹、大典校補。

〔一五〕遂頓浮窳之節　「頓」原作「煩」，據全唐文、英華、文粹、大典校改；庫本作「黜」。

〔一六〕肅恭儉之規　「規」原作「行」，據全唐文、英華、文粹、大典校改。

〔一七〕君時年已耳順　「君」字原無，據全唐文、英華、文粹、大典校補。

〔一八〕西山蜀才　「蜀」原作「吕」，據全唐文、英華、文粹、大典校改。

〔一九〕皆避人養德　「避」下原有「世之」二字，據全唐文、英華、文粹校删。大典作「皆避世養德」。

〔二〇〕退耕求志　「耕」下原有「以」字，據全唐文、英華、文粹、大典校删。

〔二一〕不務近貴　「不」上原有「而」字，據全唐文、英華、文粹、大典校删。
〔二二〕非其榮五鼎不足飪也　「飪」原作「飷」，據全唐文、英華、文粹、大典校改；王本、庫本作「餌」。
〔二三〕躬勤耕稼　「稼」字原無，據庫本、全唐文、英華、文粹、大典校補。
〔二四〕其豈我君之徒與　「其」字原無，據英華、文粹、大典校補。
〔二五〕如胡越哉　「如」字原無，據全唐文、文粹、大典校補。
〔二六〕含道以制嗜慾　英華、文粹「含」作「合」。
〔二七〕太歲壬辰五月十三日　「日」字原無，據全唐文、英華、文粹、大典校補。
〔二八〕吾將庶幾以奉先人之清業也　「清業」原作「情」，據全唐文、英華、文粹、大典校改。
〔二九〕長壽二年龍集癸巳某月某朔日　原作「月日」，據英華、文粹校補；庫本作「某月某日」，全唐文作「某月日」。
〔三〇〕玄月載踰　「玄」原作「歲」，據全唐文、英華、文粹、大典校改。
〔三一〕陵谷不朽　「朽」原作「杇」，據全唐文、英華、文粹、大典校改。
〔三二〕其詞曰　「其」字原無，據全唐文、英華、文粹、大典校補。
〔三三〕惟孝肅悌　「惟」原作「性」，據英華、文粹、大典校改。
〔三四〕良時終矣　「時」原作「獨」，據全唐文、文粹校改；庫本、英華作「圖」。

陳子昂集卷之六

誌　銘

我府君有周居士文林郎陳公墓誌文

公諱元敬，字某，其先陳國人也。五世祖太樂，梁大同中爲新城郡司馬，生高祖方慶。方慶好道，得墨子五行秘書、白虎七變法〔一〕，遂隱於郡武東山〔二〕，生曾祖湯。湯爲郡主簿，湯生祖通。通早卒，生皇考辯〔三〕，爲郡豪傑。公河目海口，燕頷虎頭，性英雄而志尚玄默，羣書秘學，無所不覽。年弱冠，早爲州閭所服，耆老童幼，見之若大賓。二十二〔四〕，鄉貢明經擢第，拜文林郎，屬憂艱不仕。潛道育德，穆其清風，邦人馴致，如衆鳥之從鳳也。時有決訟，不取州郡之命，而信公之言。四方豪傑，望風景附，朝庭聞名。或以君爲西南大豪，不知深慈恭懿，敬讓以德也。州將縣長，時或陳議〔五〕。青龍癸未，唐曆云微，公乃山棲絶穀〔六〕，放息人事，餌雲母以怡其神。居十八年，玄圖天象，無所不達。嘗宴坐〔七〕，謂其嗣子子昂曰：「吾幽觀大運，賢聖生有萌芽，時發乃茂，不可以智力圖也〔八〕。氣同萬里，而遇合不同，造膝而悖，古之合者，百無一焉。嗚呼！昔堯與舜合，舜與禹合，天下得之四百餘年。湯與伊尹合，天下歸之五百年。文王與太公合，天下順之四百年。幽厲板蕩，天紀亂也，賢聖不相逢。老聃、仲尼，淪溺溷世，不能自昌，故有國者享年不永。彌四百餘年〔九〕，戰國如靡〔一〇〕，至於赤龍。赤龍之興四百年〔一一〕，天紀復亂，夷胡奔突，賢聖淪亡，至於今四百年矣。天意其將周復乎？於戲！吾老矣〔一二〕，汝其志之。」太歲己亥，享年七十有四〔一三〕，七月七日己未，隱化於私館。孤子子昂愚昧，鞠然在疚，不知所從，乃祇馴聖人卜宅之義。是歲十月己酉，遂開拭舊塋，奉寧神於此山石佛谷之中岡也。銘曰：

賢者避地，邈其往兮。鳳兮鳳兮，誰能象兮。嗚呼我君，懷寶不試，孰知其深廣兮。悠悠白雲，自怡養兮。大運不齊，賢聖罔象兮〔一四〕。南山四君，不遭漢天子，固亦商丘之遺壤兮。

【校】

〔一〕得墨子五行秘書白虎七變法　「得」原作「德」，據全唐文、英華卷九六一、文粹卷七〇校改。

〔二〕遂隱於郡武東山　「遂」字原無，據全唐文、英華校補。

〔三〕生皇考辯　「辯」原作「辦」，據庫本、全唐文、文粹校改；英華作「辨」。

〔四〕二十二　英華作「二十一」。

〔五〕時或陳議　「或」原作「惑」，據王本、庫本、全唐文、英華、文粹校改。

〔六〕公乃山棲絶穀　「山」原作「田」，據庫本、全唐文、英華、文粹、大典卷三一三四校改。

〔七〕嘗宴坐　「宴」下原有「然」字，據全唐文、英華、文粹校删。

〔八〕不可以智力圖也　「以」字原無，據全唐文、英華、文粹校補。

〔九〕彌四百餘年　「餘年」原作「年餘」，據庫本、全唐文、英華、文粹校改。

〔一〇〕戰國如糜　「糜」原作「麋」，據全唐文、大典校改；英華作「磨」，文粹作「縻」。

〔一一〕赤龍之興四百年　「赤龍」二字原無，據全唐文、英華、文粹校補。

〔一二〕吾老矣　「吾」字原無，據庫本、全唐文、英華、文粹校補。

〔一三〕享年七十有四　「享」字原無，據全唐文、英華、文粹、大典校補。

〔一四〕賢聖罔象兮　英華作「聖賢同兮」。

申州司馬王府君墓誌

君諱某，字某，其先太原人也〔一〕。昔周文王有聖人之德，甲子受圖，至我靈王，誕膺丕顯。太子晉得鳳凰之瑞，恭揖羣后，上爲帝賓。綿綿生人，作我王氏。迨秦有賁翦〔二〕，并吞諸侯；晉有渾祥，功格帝室。魏至慧龍，爲貴種矣。十二代祖卓，晉常山公主子也。始公主湯沐邑在汾陽〔三〕，永嘉淪夷，不及南度，因樹枌檟而結廬焉。卒葬于長壽原，至今鄉有太原之號也。曾祖亮，周開府儀同上大將軍，隋信州刺史，罇俎之師也。祖儉，隋離石郡守，唐石州刺史，贈岳州總管、廣武烈侯，社稷之器也。父諶，唐虞部郎中，荆州大都督府司馬〔四〕，商壁鄜許冀五州刺史，加銀青光禄大夫，瀘州都督，金水敏侯，上柱國，廊廟之才也。敏侯有功於國，始賜土田，白茅苴之，在鄠之曲。因食采〔五〕，今爲雍州人。君即敏侯之元子。炳靈珍粹，輝采幽黄，愿而以恭，寬而以栗。青衿聞道，已光大矣。天子立太學，所以養賢；公子齒上庠，所以觀國。君休烈淵塞，志業雲翔，年若干，爲國子生，某年射策甲科〔六〕，解褐補吴王府參軍事〔七〕。時吴王帝之愛子〔八〕，國選英寮，君三德允章，六行既穆，與某郡劉孝孫首光此舉。誦詩三百，和淑其仁；而醴酒不恭，楚筵亦廢，坐除滑州録事參軍，又轉隴州録事參軍。時樂城公劉仁軌以宰相之貴，持節此州，暧然推中，主諸責下。君提綱末幾，羣轄載孚，劉公坐嘯〔九〕，以爲能也。舉遷汾州平遥縣令。其地有臺駘之怪〔一〇〕，蟋蟀之人，君黄鼎分中，鳴琴不下，鍾鼓既考，風俗允和。帝曰〔一一〕：「良哉，而格我政。」加朝散大夫，遷岐州扶風縣令。昔尹翁歸以文武之幹，緝熙此邦，黄圖雖寧，赤丸未乂。君以先庚斷甲〔一二〕，設距投鈎〔一三〕，赭裾始繩，墾面咸革。丁我敏侯艱，遂茹哀苫廬，銜恤終祀。是歲中國不理，元寮佇才，制加朝請大夫，授申州司馬。屬太夫人有羸老之疾〔一四〕，去官不之。白華增勤，綵衣是慕，至於朝盥夕膳，候色承歡，夔夔齋慄〔一五〕，蒸蒸不匱，有若楚老萊子之爲嬰兒也。嗚呼！昊天不弔，降我鞠凶，太夫人以眉壽薨〔一六〕，時君年已七十二矣。禮以飲酒，而君絶漿；虞以降哀，而君泣血。煢煢在疚，欒棘其心，新穀未升，匪莪以殞，以某年青龍癸巳，薨於某里第之正寢，孝之終也。嗚呼哀哉！昔聖人五十而慕，先子謂之至德〔一七〕。今君七十二而盡其哀，敦篤允元，深仁淑德者，疇能離此哉！夫人弘農楊氏，隋内史侍郎丹川公演之孫女也。幼有淑德，而美令儀，採蘩昭華，穠荷比秀。至於内嚴閫訓，外匡君子，麟趾以穆，雞鳴有章，誠可道映公宫〔一八〕，事宣彤管。晚年以儒因未究，冥業惟深〔一九〕，遂揭無生之筌，將遺有漏之屣，顓潔道行，受蓮花經。理極翻三，心滅不二，形亡緣盡〔二〇〕，歸真化冥，歲在丁酉，處順而往。始我府君以懸車之歲，從負米之勤，夫人亦能肅恭晨昏，嚴祗左右。夫至行莫大於孝，崇義莫顯乎忠。君克勤于家，盡力於國，刑于妻子，至於朝廷。夫矜而不與〔二一〕，物或有違；廣而無適〔二二〕，義所以比〔二三〕。君好謙達禮，研幾成務，摹其法器，無不馴從，其事政無不理，夫用我者而豈徒哉。嗟乎！矜而能廉，利而不凂，百行允備，三事不階，臧文仲其竊位與？柳下惠其直道與？有子四人。長曰某，官至武連縣令，先公而卒。次子某等，皆肅奉嚴訓，景行高山，達於家邦，光于禮樂。永號罔極，泣血昊天。始府君臨終，遺令薄葬，墨龜未食，青烏不封，權殯于某所，需吉兆也。龍集己亥，律躔應鐘，金雞鳴，玉狗吠，黄腸密啓，丹旐徐飛，始遷神於某原之陽，禮也。青龍在左，朱鳳居右，雙衾共封，二室同穴〔一四〕。珠玉不瘞，丘隴誰傳。刻此金石，以旌後賢。

【校】

〔一〕其先太原人也　「其」字原無，據全唐文校補。

〔二〕迨秦有賁翦　「翦」原作「剪」，據全唐文校改。

〔三〕始公主湯沐邑在汾陽　「陽」原作「陰」，據全唐文校改。

〔四〕荆州大都督府司馬　「都」字原無，據庫本、全唐文、英華校補。

〔五〕因食采　「采」原作「菜」，據庫本、英華卷九五五校改。

〔六〕某年射策甲科　「某年」原作「其中」，據英華校改。

〔七〕解褐補吴王府參軍事　「王」字原無，據全唐文、英華校補。

〔八〕時吴王帝之愛子　「時」原作「昔」，據英華校改。

〔九〕劉公坐嘯　「劉」字原無，據全唐文、英華校補。

〔一〇〕其地有臺駘之怪　「駘」原作「台」，據庫本、全唐文校改。

〔一一〕帝曰　原作「帝白」，據王本、庫本、全唐文、英華校改。

〔一二〕先庚斷甲　「先」字原無，據全唐文、英華校補。

〔一三〕設距投鈎　「設距」原作「距設匭」，據全唐文、英華删改。

〔一四〕屬太夫人有羸老之疾　「羸」原作「羸」，據庫本、全唐文、英華校改。

〔一五〕夔夔齋慄　「慄」原作「栗」，據全唐文校改。

〔一六〕太夫人以眉壽薨　「人」字原無，據庫本、全唐文、英華校補。

〔一七〕先子謂之至德　「至」原作「正」，據庫本、全唐文、英華校改。

〔一八〕誠可道映公宮　「可」字原無，據全唐文、英華校補。

〔一九〕冥業惟深　原作「其業惟採」，據庫本、全唐文、英華校改。

〔二〇〕形亡緣盡　「亡」原作「妄」，據全唐文校改。

〔二一〕夫矜而不與　「矜」字原爲墨丁，「不」字原無，據庫本、全唐文、英華校補。

〔二二〕廣而無適　「廣」字原爲墨丁，據庫本、全唐文、英華校補。

〔二三〕義所以比　「義」上原有墨丁，「比」原作「此」，據庫本、全唐文、英華删改。

〔二四〕二室同穴　「穴」原作「宛」，據庫本、英華校改。

唐水衡監丞李府君墓誌銘

君諱某，字某，趙國人也。乃昔嬴楚睽孤，豪傑雲起，廣武君負霸王之略，爲成安之師，實欲北興帝基，南面稱創，雄圖未展，大運陵頹。傳云：「有明德。當代不顯，其後必有昌者。」自武至君二十四代矣，公侯寶玉，刻鼎銘鐘，紛綸葳蕤，世濟不泯。六代祖孝伯，後魏北部尚書〔一〕、秦州都督、宣城公，魏之名臣，載在青史。曾祖某，後周陝州芮城縣令。祖某，屬隋運板蕩，君子道消，遜言遁時，不顯於仕，拜儒林郎。父某，唐隆州蒼溪縣丞、襄州荆山縣尉，有高才而無貴仕。君鍾常山之氣，炳漳水之靈〔二〕，少尚名節，躬行仁義。始入太學，以精理見知。未幾進士高第，拜白水縣尉，尋轉雲陽尉。屈青雲之資，從黄綬之任，雖吏道迫屑，而遐情眇然。秩滿，調補洛陽尉。盤根利器，尹守拭目，遷懷州司法。禄不徇榮，位以行道，雅尚貞遜，與衆尠少合。洎上聞，對策甲科，授益州大都督府録事參軍〔三〕，滿歲擢授水衡監丞。君所居清澹，仁惠爲政，識真之士，以公輔許之，而好學篤道，介如石焉，故位不充量。縉紳高其才，烈士伏其義，竟不能驤首雲路，長鳴天衢，知與不知，咸皆共歎，有餘恨也。而君浩然冥順，獨與化遊。方將幽採玄微，精覈通變，天命不祐，春秋若干，遘疾終于官。某歲某月，安厝于某所，禮也。嗚呼！古所謂殁而不朽者，有矣夫！遺言餘旨，粲然可觀。有子曰某，痛門風之將泯，懼世業之罔傳，乃刊石紀德，銘旌之。曰：

常山之靈，和氏之英。世有明德，鍾此令名。黄軷不貴，拱璧爲輕〔四〕。仕以弘道，禄匪徇榮〔五〕。高志厲雲，思機入冥。嗚呼天乎，殲我國禎。

【校】

〔一〕後魏北部尚書　「北」字原無，據全唐文校補。

〔二〕炳漳水之靈　「漳」原作「障」，據全唐文校改。

〔三〕授益州大都督府録事參軍　「大」原作「太」，據王本、庫本、全唐文校改。
〔四〕拱璧爲輕　「拱」原作「洪」，據庫本、全唐文校改。
〔五〕禄匪徇榮　「徇」原作「伯」，據庫本、全唐文校改。

唐故循州司馬申國公高君墓誌

君諱某，字某，渤海蓨人也。昔周天子命我太公，受封東海，鍾鼎寶玉，七百餘年，故其公侯，世有國祀。曾祖勵，字敬德，北齊朔州大行臺僕射，襲爵清河王，改封樂安王，周授開府，隋授楊楚洮三州刺史。我唐有命，崇寵典章，貞觀初，贈恒定并趙四州刺史，垂拱中又贈特進，非明德上公，孰享之哉。祖宗儉，字士廉，皇朝太子太傅、上柱國、申國公，食邑三千户，贈司徒、并州刺史。永徽初，贈太尉，配享太宗文皇帝廟廷〔一〕，謚曰文獻。昔帝光天下，公實佐之，至是元勛，克配清廟。父慜，字履行，秦府軍直千牛、滑州刺史、將作大匠、金紫光禄大夫、太常卿、洪州都督、上柱國、申國公，尚東陽長公主，駙馬都尉，衣冠禮樂，盡在是矣。故帝乙歸妹，尚于中行，公則駙馬之元子也。含章丹穴，籍寵黄扉，承禮訓於公庭，盡儀刑於士則。年若干，嗣封申國公。十四解巾，授千牛備身，趨奉紫璋，已有光矣。秩滿補海監府左果毅都尉，再遷游擊將軍右帥府郎將，遂昇榮禁衛，承寵司階，千廬之務式遵，八舍之榮攸襲。又授朝散大夫，尚輦奉御，再遷尚衣奉御。屬宸宮搆難，巫蠱禍興，坐堂弟岐左遷循州司馬。蒼梧南極，桂海東浮，是唯篁竹之區，而有山夷之患。永隆二年，有盜攻南海廣州，邊鄙被其災。皇帝哀洛越之人罹其凶害，以公名家之子，才足理戎，乃命專征，且令招慰〔二〕。公奉天子威令，以喻越人，越人來蘇，日有千計。公乃惟南蠻不討之日久矣，國有大命，將布遠方，欲巡禦象林，觀兵海裔。彼蒼不弔，夭我良圖，因追寇至廣州，遇疾薨於南海之旅次，時年若干。嗚呼哀哉！珠鼎之秀，邦國之光。負才能重，書劍方將。克崇舊業，祇寵前人，降年不長，永墜厥緒。嗚呼哀哉！夫人京兆韋氏，銀青光禄大夫太子詹事武陽侯琨之第某女也。有淑慎之德，窈窕之賢。長于公宫，少習婦道，年十六歸于中國。鳳臺尊閟，鵲巢斯在，雖珠玉翡翠，職是其儀，而澣濯蘋蘩，不改其操，故我君子琴瑟友之。年三十，儀鳳二年，先公而殁，其年權殯先塋。嗚呼哀哉！始公之適南裔也，夫人逝矣。死生言别，永懷燕越之悲；旌旐同歸，終淪松柏之路。先是公有命合葬，弘道歲，靈櫬自南海還，嗣子紹等追惟永終，仰遵先志，粤載初元年，歲在攝提格，始昭啓亡靈，改卜遷祔。某月日，遂合葬於少陵原，禮也。嗚呼哀哉！霸山南望，秦川滿目。紫臺鐘鼓，方對於青春；白楊丘陵，獨悲於玄夜。紹等以東西之人，懼岡陵之變，古不樹，今則墳焉。

【校】

〔一〕配享太宗文皇帝廟廷　「廟」原作「朝」，據王本、全唐文校改。

〔二〕且令招慰　「慰」原作「尉」，下原有小字注文「一作討」三字，據全唐文校改、校删。

率府録事孫君墓誌銘

嗚呼！君諱虔禮，字過庭，有唐之不遇人也〔一〕。幼尚孝悌，不及學文；長而聞道，不及從事。得禄值凶孽之災〔二〕。四十見君，遭讒慝之議。忠信實顯，而代不能明；仁義實勤，而物莫之貴。隉厄貧病，契闊良時，養心恬然，不染物累。獨考性命之理，庶幾天人之際，將期老而有述〔三〕，死且不朽〔四〕，寵榮之事，於我何有哉。志竟不遂，遇暴疾，卒於洛陽植業里之客舍，時年若干。嗚呼！天道豈欺也哉，而已知卒不與，其遂能無慟乎！銘曰：

嗟嗟孫生，人見爾迹〔五〕，不知爾靈。天竟不遂子願兮〔六〕，今用無成。嗚呼蒼天，吾欲訴夫幽明。

【校】

〔一〕有唐之不遇人也　「不遇」二字原爲墨丁，據全唐文校補。

〔二〕得禄值凶孽之災　「得」字原無，據全唐文校補。

〔三〕將期老而有述　「而」字原無，據全唐文校補。

〔四〕死且不朽　「朽」原作「杇」，據王本、全唐文校改。

〔五〕人見爾迹　「人」字原無，據全唐文校補。

〔六〕天竟不遂子願兮　「兮」原作「分」，據全唐文校改。

故宣議郎騎都尉行曹州離狐縣丞高府君墓誌銘

君諱某，字某，其先渤海蓨人也〔一〕，因仕居洛，今爲陽翟人。昔赭鞭乘運，襲炎帝之宗；蒼兕應期〔二〕，承太公之胤。崇勛霸業，光烈猶存。曾祖某，北齊太子中舍人，贈冀州刺史。青宮近侍，光寵朝班；皂蓋追榮，恩崇國禮。祖欽仁，隋左親衛大都督、檢校秘書郎。帶七尺劍，始遊天子之階；持三寸筆，終入芸香之閣。父柚〔三〕，唐江州潯陽縣令、舒州懷寧縣令。絃歌之化，身不下堂；神明之威，蝗猶避境〔四〕。君即懷寧府君之長子也〔五〕，黃河一直，青松萬仞，性惟仁孝，行實温恭，文義必以潤身，名節由其徇物。唐龍朔元年，有制舉忠鯁，君對策及第，試永州湘源縣尉〔六〕，位卑黃綬，志在清規。秩滿以常調補鳳州黃花縣丞。梁竦長懷，尚勞州縣；桓譚不樂，空負琴書，又轉易州遂城縣丞。以管輅之材，從趙典之任〔七〕，古人斯在，君子居之。大周革命，任曹州離狐縣丞，而春秋已高〔八〕，日月方出。武盡美矣，不得夷齊之臣；文哉郁乎，自邈夏商之道。於是因階秩滿，告老歸閑，閉郊扉于南野，習巖居於東澗。詩書琴酒，以觀先達之風；山水丘園，將爲遺老之賞。天授二年，歲在單閼，七月二十日〔九〕，考終厥命，卒於陸渾縣明高之山莊，時年七十有二。嗚呼哀哉！君雅尚節義，素履元亨，懷古人之遠圖，慕先賢之遺烈。以爲桓魋石椁，非則於禮經；墨翟桐棺，實宜於聖典。遺令薄葬〔一〇〕，務取隨時。即以其年十月日〔一一〕，葬於北邙山平樂之原〔一二〕，禮也。嗣子思恭，孝思罔極，喪制過哀，思封樹而緬懷，恐東西而不志。白楸爲椁，爰遵古葬之儀〔一三〕；丹漆題封，即表永年之記。銘曰：

泱泱大風，其太公兮。穆穆君子，紹厥宗兮。忠鯁察廉，仕漢宮兮。才高位卑〔一四〕，考永終兮〔一五〕。哀哀孤子，號蒼穹兮。歸葬平陵，松柏桐兮〔一六〕。

【校】

〔一〕其先渤海蓨人也　「其」字原無，據全唐文、英華卷九六〇校補。

〔二〕蒼兕應期　「兕」原作「光」，據全唐文、英華校改。

〔三〕父柚　「柚」，全唐文、英華作「相」。

〔四〕蝗猶避境　「蝗猶」原作「虫蝗」，據全唐文、英華校改。

〔五〕君即懷寧府君之長子也　「也」字原無，據全唐文、英華校補。

〔六〕試永州湘源縣尉　「試」下原有「守」字，據英華校刪。「永」原作「秦」，據庫本、全唐文、英華校改。

〔七〕從趙典之任　「從」字原無，據庫本、全唐文、英華校補。

〔八〕而春秋已高　「春秋」二字原無，據庫本、全唐文、英華校補。

〔九〕七月二十日　全唐文、英華「十」下有「二」字。

〔一〇〕遺令薄葬　「薄」原作「簿」，據王本、庫本、全唐文、英華校改。

〔一一〕即以其年十月日　「日」字原無，據全唐文、英華校補。

〔一二〕葬於北邙山平樂之原　「邙」原作「印」，據王本、庫本、全唐文、英華校改。

〔一三〕爰遵古葬之儀　「爰」原作「奚」，據王本、庫本、英華校改。

〔一四〕才高位卑　「才高」原作「高才」，據全唐文校改。

〔一五〕考永終兮　「永終」原作「終命」，據全唐文、英華校改。庫本作「命考終兮」。

〔一六〕松柏桐兮　原作「相松桐兮」，據全唐文校改。庫本作「柏松桐兮」。英華作「松柏拱兮」。

唐故袁州參軍李府君妻清河張氏墓誌銘

夫人諱某〔一〕。清河郡東武城人也〔二〕。昔軒轅錫胤，弧矢崇威，畏其神者三百年，得其姓者十四族。金貂七葉〔三〕，漢天子之忠臣；鼎足三公，晉武皇之名相。孤卿玉帛，世有其庸。曾祖某，北齊太常卿、徐兗二州刺史。天人之禮，位掌於秩宗；侯伯之尊，寵優於露冕。祖某，隋汾陰壽春陽城三縣令。襲公侯之瑞，屈銅墨之班，士元非百里之才，太丘有三台之望。父某〔四〕，唐户部侍郎、復亳建三州刺史。尚書北斗，始贊於南宮；方岳專城，終榮於獨坐。夫人即刺史之第若干女也〔五〕。稟柔成性，蘊粹含章，承禮訓於公庭，習威儀於壼則。夫其窈窕之秀，婉孌之姿，貞節峻於寒松，韶儀麗於温玉。鉛華不御，飾環珮之容；浣濯是衣，勤黼黻之綵。自作嬪於君子，主中饋於家人。三千之禮不違，九十之儀無愆。至乃恭於奉上，順於接下，仁孝以承宗祀，慈惠以睦閨門，則雍雍蹌蹌，必由其道矣。嗚呼！府君不造，遘此閔凶，中年不圖，早世而殞。青松摧折〔六〕，哀斷女蘿之心；丹節孤高〔七〕，終守柏舟之誓。而府君食先人之德，無厚生之財〔八〕；夫人徇黔婁之貞，闕丹臺之産。孀居永日，蓬首終年，處貧素而彌堅，保幽芳而不昧。始府君之逝，有四子焉，少遭罔極之哀，未奉過庭之訓。夫人保持名教，終始禮經，既勗之以義方，又申之以遠大，皆能率由慈訓，克荷嘉聲，箕裘之業載隆，燕翼之謀不殞。非夫淑明賢懿，聖善温良，崇婦道之深規，弘母儀之至範，孰能昭宣令聞，若斯之盛哉！彼蒼不忱，殲我眉壽。春秋若干，載初元年月日遘疾，終于洛州某里之私第。嗚呼哀哉！夫人令儀有穆，惠問無喧，敦雅志於詩書，婉嫻情於琴瑟〔九〕。若乃姆師酒食之儀，女工纂組之繁，莫不總制清衷，弘宣懿則，茂蘋蘩之雅訓，協沼沚之芳猷。雖古稱敬姜〔一〇〕，詩云淑女，論容比德，殆無以過。穠華不居，私扃永閟。嗣子某等，悲摧欒棘，思結寒泉，永惟同穴之儀，仰遵歸祔之典。以大周天授二年二月日朔〔一一〕，遷祔於袁州府君之舊塋〔一二〕，禮也。合葬非古，奉周公之儀；墓而爲墳，宗仲尼之訓。嗚呼！鴛鴦之樹，眇泣於松楸；鼓吹之列，緬然于丘壠。原陵何代，銘誌無文。有哀黃鳥之詩，遂勒青烏之兆。銘曰：

詩云淑女，君子好求。懿哉令德，嘉儀聿脩。温容玉映，峻節松楸。妙心彤史，潔志玄猷。昭宣壺則，惠穆蘋洲。共伯早逝，貞姜獨留。煢居蓬首，哀深柏舟。彼蒼不憖，此夜長幽。懷南風之吹棘，想北隴以同丘。青春兮白日，獨昭昭以悠悠。

【校】

〔一〕夫人諱某　「諱某」二字原無，據全唐文、英華卷九六四校補。

〔二〕清河郡東武城人也　「城」字原無，據全唐文、英華校補。

〔三〕金貂七葉　「葉」原作「業」，據王本、庫本、全唐文、英華校改。

〔四〕父某　「某」字原無，據庫本、全唐文、英華校補。

〔五〕始贊於南宮方岳專城終榮於獨坐夫人即刺史之第若干女也　「宮方岳專城終榮於獨坐夫人即刺史之第若干女也」二十一字原無，據庫本、全唐文、英華校補。

〔六〕青松摧折　「摧」原作「榷」，據王本、庫本、全唐文、英華校改。

〔七〕丹節孤高　「節」原作「桂」，據全唐文、英華校改。

〔八〕無厚生之財　「厚」原作「後」，據全唐文、英華校改。

〔九〕婉嫻情於琴瑟　「嫻」原作「嫺」，據王本、全唐文校改。

〔一〇〕雖古稱敬姜　「雖」字原無，據全唐文、英華校補。
〔一一〕以大周天授二年二月日朔　英華「二年」作「三年」。
〔一二〕遷祔於袁州府君之舊塋　「府」字原無，據全唐文、英華校補。

上殤高氏墓誌銘〔一〕

維唐垂拱二年，太歲景戌，七月二十日〔二〕，殤子高氏卒。嗚呼哀哉！含瓊敷而不玉實者〔三〕，有矣夫！吾觀顥元機化，出入夭壽之數，榮落之原，皆一受而不易者也。悲夫！古人之仁懿中庸，不幸短命，今復見之於高子矣〔四〕。高子渤海蓨人也〔五〕，黄州府君之幼孫，宛丘府君之叔子。生而岐嶷，實覃實華，越在襁褓，神明滋茂，童蒙淵敏，光潤玉顏。八歲始教方書，受甲子，已知孝悌之道，詩禮之規，宛丘府君鍾愛之。他日嘗趨庭與諸兒戲，神情涵泳，綽然如鴻雛鵠子，有青雲之意也。府君美之曰：「能光我家者此兒。」十五通左氏春秋及尚書，飛騫之志，日新宏大矣。不幸享年十七，遇暴疾而夭〔六〕。嗚呼哀哉！宛丘府君感慟，哀過於禮，曰〔七〕：「不恨爾壽之不長，惜爾器之不彰。夫何昔育〔八〕，今也則亡。嗚呼！吾將老矣，遠爾何哉！」其年七月〔九〕，殯於家園，日月云徂，六載于茲矣。天授二年〔一〇〕，龍集辛卯，府君方大崇元域，以安先兆，諸子之柩皆祔焉。其年二月癸卯朔十八日庚申〔一一〕，啓殯歸瘞於大塋〔一二〕，禮也。銘曰：

來不可遏，去不可止。唯死與生，由生以死。於戲殤子，噫何往矣。傷慈父之肝情，獨冥冥而長已。死而有知可也，若其無知悲爾！

【校】

〔一〕上殤高氏墓誌銘　英華卷九六一作「高氏子墓誌銘」。

〔二〕七月二十日　「七」原作「士」，據王本、庫本、全唐文、英華校改。

〔三〕含瓊敷而不玉實者　「含」字原無，據全唐文、英華校補。

〔四〕今復見之於高子矣　「矣」字原無，據全唐文、英華校補。

〔五〕高子渤海蓨人也　「高」字原無，據全唐文、英華校補。

〔六〕遇暴疾而夭　「暴」字原無，據全唐文、英華校補。

〔七〕曰　「曰」字原無，據全唐文、英華校補。

〔八〕夫何昔育　「昔」原作「苗」，據庫本、英華校改。

〔九〕其年七月　「其」原作「某」，據全唐文、英華校改。

〔一〇〕天授二年　「授」原作「鳳」，據庫本、全唐文、英華校改。

〔一一〕其年二月癸卯朔十八日庚申　「二」原作「一」，據全唐文、英華校改。

〔一二〕啓殯歸瘞於大塋　「於大」原作「之」，據全唐文、英華校改。

堂弟孜墓誌銘 并序〔一〕

君諱孜，字無怠，其先陳國人也。六代祖太樂，梁大同中爲本郡大司馬〔二〕，生五代祖方慶。屬梁亂，始居新城郡武東山。高祖湯，爲郡主簿，生曾祖通〔三〕，早卒。通生皇祖辯〔四〕，少習儒學，然以豪英剛烈著聞，是以名節爲州國所服。皇祖生考元爽。保值先人茂德，降生於君。君幼孤〔五〕，天資雄植，英秀獨邁。性嚴簡，而尚倜儻之奇；愛廉貞，而不拘介獨之操〔六〕。始通詩禮，略觀史傳，即懷軌物之標，希曠代之業。故言不宿諾，行不苟從，率身克己，服道崇德，閨門穆穆如也，鄉黨恂恂如也。至乃雄以濟義，勇以存仁，貞以立事，毅以守節，獨斷於心，每若由己，實爲時輩所高，而莫敢與倫也。是以鄉里長幼，望風而靡，邦國賢豪，聞名而悦服。方謂拂羽喬木，緬昇高雲，而遭命大過〔七〕，棟橈而殞。嗚呼！天咎予乎〔八〕！時年三十五。是歲龍集癸巳，有周天授二年〔九〕，秋七月〔一〇〕，卜兆不吉，權殯於真諦寺之北園。始以今甲午歲獻春一月乙酉朔二十五日己酉〔一一〕，窆于石溪山之北岡〔一二〕，陪考墳也〔一三〕。君家世墳壠在武東山，昭穆崇封，松柏列盛。至君考遺令，獨愛石溪之岡，故君從先志，祔葬于此。嗚呼哀哉！始君伯父，海内之文人也，含純剛之德，有高代之行〔一四〕，每見君，歎曰：「吾家世雖儒術傳嗣，然豪英雄秀，濟濟不泯，常懼後來光烈，不象先風。每一見爾，慰吾家道。」實謂君有逸羣之骨，拔俗之標，超山越壑，可以駿邁也。豈其夭絶，喪茲良圖。嗚呼！其元命歟？遭命歟？天不恤歟？道固謬歟？大圓蒼蒼，大方茫茫，賢聖同此，爾之何傷。古人有言：「珠玉而瘞，是暴骸於中原。」況吾家道尚儉，名訓未墜，封樹之禮，吾敢過焉。是用錫爾瓦木之器，塗芻之靈，堯舜之典，忠孝之經。昭示後代，以安爾形。銘曰：

我祖之葳蕤兮邈於陳，緬遥裔兮此江濆。五代崇光兮至夫君，徽烈英曜兮始葐蒀。何意嚴霜兮降青春，玉樹摧落兮成黃塵。南山無隟兮永幽淪，悠悠昭代兮卜爾辰。吾慟感傷兮號蒼旻，問之蓍策兮立茲墳。乃言千載兮衣冠來臻。黃頭之子白服人，嗟爾黃頭兮勿傷神〔一五〕。

【校】

〔一〕堂弟孜墓誌銘并序　「弟」原作「第」，據庫本、全唐文、大典卷三一三四校改。英華卷九六一作「陳孜墓誌銘」。

〔二〕梁大同中爲本郡大司馬　「大同」原作「太同」，據庫本、全唐文、英華、大典卷三一三四校改。

〔三〕生曾祖通　大典「通」作「迥」。

〔四〕通生皇祖辯　大典「通」作「迥」。

〔五〕君幼孤　「君」字原無，據全唐文、英華校補。

〔六〕而不拘介獨之操　「介」原作「分」，據庫本、全唐文、英華校改。

〔七〕而遭命大過　「命」字原無，據全唐文、英華校補。

〔八〕天咎予乎　「咎予」原作「降吊」，據全唐文、英華校改；大典作「咎弟」。

〔九〕是歲龍集癸巳有周天授二年　癸巳爲長壽二年，天授二年爲辛卯歲，此處當有誤。

〔一〇〕秋七月　「秋」字原無，據全唐文、英華校補。

〔一一〕始以今甲午歲獻春一月乙酉朔二十五日己酉　「午」原作「年」，據王本、庫本、全唐文、英華、大典卷三一三四校改。「乙」原作「己」，據英華、大典校改。

〔一二〕窆於石溪山之北岡　「窆」原作「定」，據庫本、英華校改。「北」原作「背」，據王本、庫本、全唐文、英華、大典校改。

〔一三〕陪考墳也　「考」原作「秀」，據庫本、全唐文、英華、大典校改。

〔一四〕有高代之行　「有」字原無，據全唐文、英華、大典校補。

〔一五〕黄頭之子白服人嗟爾黄頭兮勿傷神　「黄頭之子白服人嗟爾」九字原無，據全唐文、大典校補。

館陶郭公姬薛氏墓誌銘

姬人姓薛氏，本東明國王金氏之胤也。昔金王有愛子，别食於薛，因爲姓焉〔一〕，世不與金氏爲姻〔二〕。其高、曾皆金王貴臣大人也〔三〕。父永沖〔四〕，有唐高宗時，與金仁問歸國。帝疇厥庸，拜左武衛大將軍〔五〕。姬人幼有玉色，發於穠華，若彩雲朝昇，微月宵映也。故家人美之，少號仙子。聞嬴臺有孔雀鳳凰之事〔六〕，瑶情悦之。年十五，大將軍薨，遂剪髮出家，將學金仙之道〔七〕，而見寶手菩薩。靜心六年，青蓮不至〔八〕，乃謠曰：「化雲心兮思淑真，洞寂滅兮不見人。瑤草芳兮思葐蒀，將奈何兮分青春。」遂返初服而歸我郭公〔九〕。郭公豪蕩而好奇者也，雜珮以迎之，寶瑟以友之，其相得如青鳥翡翠之婉孌矣。華繁豔歇〔一〇〕，樂極悲來，以長壽二年太歲癸巳二月十七日，遇暴疾而卒於通泉縣之官舍。嗚呼哀哉！郭公恍然，猶若未亡也，寶珠以含之，錦衾而舉之。故國途遥，言歸未迨，留殯於縣之惠普寺之南園，不忘真也。銘曰：

高丘之白雲兮，願一見之何期。哀淑人之永逝，感紺園之春時。願作青鳥長比翼，魂魄歸來遊故國。

【校】

〔一〕因爲姓焉　「爲」字原無，據全唐文、英華卷九六四校補。

〔二〕世不與金氏爲姻　「不」字原無，據全唐文、英華校補。

〔三〕其高曾皆金王貴臣大人也　「王」原作「玉」，據庫本、全唐文、英華校改。

〔四〕父永沖　英華「永」作「承」。

〔五〕拜左武衛大將軍　「衛大」二字原無，據全唐文校補。英華作「拜左武衛將軍」。

〔六〕聞嬴臺有孔雀鳳凰之事　「嬴」原作「羸」，據王本、庫本、全唐文、英華校改。

〔七〕將學金仙之道　「將」字原無，據全唐文、英華校補。

〔八〕青蓮不至　「青」原作「清」，據王本、全唐文、英華校改。

〔九〕遂返初服而歸我郭公　「郭」字原無，據庫本、全唐文、英華校補。

〔一〇〕華繁豔歇　「歇」原作「歌」，據庫本、全唐文、英華校改。

唐陳州宛丘縣令高府君夫人河南宇文氏墓誌銘

夫人諱某，河南郡人也。昔吾君夏后氏之子，霸有幽都。皇運北興，鼎圖南起〔一〕，開寶符而帝天下，撫璿璣而王中國，則後周之受命，武帝之雲孫，夫人四代祖也。曾祖某，失周子之封〔二〕，亡山陽之國，雖存天子之胤，已類咸陽布衣，植德早夭。祖某，隋朝官澧州澧陽縣令〔三〕。父某，龍州司法。皆承家席寵，世有令名。夫人賁穠華，襲繁祉，崇徽惠穆，秀色苕榮，自于幼年，有令儀也。十四適于高府君。夫其溫慈惠和，信肅脩穆，行有法度，動有禮經，嚴恪以理家人，倜瑟以和君子〔四〕，則已含乎光大矣。若乃宗廟衷敬〔五〕，仁孝也；娣姒祇和，謙順也；蠲潔酒食，婦儀也；黼黻玄黄，女工也；弘此四德而務六親，鞶帨以文之，雜佩以發之，猗！可以作範母儀，昭宣壼則矣。至於訓子以睦，教女以順，愛下以慈，與人以讓，外以贊府君之德，內以光中饋之教，皆曰聞其進不見其退也。嗚呼！仁而不壽，生也永終〔六〕。永淳元年五月，遇疾終于宛丘縣之官舍，年二十七。嗚呼哀哉！高府君尋以公事罷職〔七〕，山塋未卜，旌旐來歸。府君思北海之魂，留東園而殯，日月遂往，九歲于兹，府君方崇樹先塋，增封舊域。以大周天授二年太歲辛卯二月癸卯〔八〕，啓殯於東園，遷祔於洛州某原〔九〕，禮也。哀哉！夫人雅有高行，終而不忘〔一〇〕，以爲厚葬非禮也，是以珠玉不飾，塼瓦是藏。高府君聿遵其志，率以薄葬。於戲！非古之明德淑女，金玉其光，何以躋之。吾忝門閭之賓〔一一〕，覩其家道矣〔一二〕，雍穆懿鑠，實有清風，故敍之而未充德也。銘曰：

夭夭桃李有華兮，灼灼淑人宜家兮。脩睦婦道不諱兮，窈窕嬪儀孔嘉兮。榮采之方茂而云亡兮，咨嗟！

【校】

〔一〕鼎圖南起　「圖」原作「國」，據全唐文校改。

〔二〕失周子之封　「子之」原作「之子」，據全唐文、英華卷九六四校改。

〔三〕隋朝官澧州澧陽縣令　「縣」字原無，據全唐文、英華校補。

〔四〕僩瑟以和君子　「僩」原作「嫺」，據全唐文、英華校改。

〔五〕若乃宗廟衷敬　「衷」原作「哀」，據全唐文校改。

〔六〕生也永終　「終」原作「中」，據庫本、全唐文、英華校改。

〔七〕高府君尋以公事罷職　「公」字原無，據全唐文、英華校補。

〔八〕以大周天授二年太歲辛卯二月癸卯　「大」字原無，據全唐文、英華校補。

〔九〕遷祔於洛州某原　「遷」字原無，據全唐文、英華校補。

〔一〇〕終而不忘　「忘」原作「忌」，據王本、庫本、全唐文、英華校改。

〔一一〕吾忝門閭之賓　「忝」原作「泰」，據王本、庫本、全唐文、英華校改。

〔一二〕覩其家道矣　「覩」字原爲墨丁，據庫本、全唐文、英華校補。

周故内供奉學士懷州河内縣尉陳君碩人墓誌銘

君諱該，字彦表，綿州顯武人也。其先自潁川遷蜀矣〔一〕。曾祖寄、祖曾、考永貴，皆養高不仕。君少好學，能屬文，上元元年州貢進士，對策高第，釋褐授將仕郎。其明年，制敕天下文儒，司屬少卿楊守訥薦君應詞殫文律〔二〕，對策高第，敕授茂州石泉縣主簿。開耀元年制舉，太子舍人司議郎大府少卿元知讓應制薦君於朝堂，對策高第，敕授隆州蒼溪縣主簿。垂拱四年，又應制學綜古今，對策高第，敕授懷州河内縣尉。凡歷所職，皆以清廉仁愛著聞。有周革命，天授三年〔三〕，恩敕自河内追入閤供奉〔四〕。居未朞，不幸遇疾，於神都積善坊考終厥命，年六十三。歸葬於豆圌山之陽原〔五〕，禮也。嗚呼哀哉！古人有云：「飾顔夷之行，不逢青雲之士，而聲名磨滅者，有之矣。」嗚呼！我陳君敦懿玄默〔六〕，潔清温良，馴道執志，好學博古，恂恂焉〔七〕。行高職卑，不改其操；學優禄薄，不怨於天。四舉有道，三歷下位，晏如也，非淳人淑士，其誰能涅而不渝哉！夫知命可謂君子矣，好學可謂爲文矣。丹書不藏於勛府，青史不昭於方册，於戲！一絶故老之口，孰知夫子之賢哉。某與君族人也，服美其德尚矣。昔子雲稱李元，常璩敍令伯，皆没而不朽〔八〕，後代稱之，斯非若人之徒歟？吾豈默而無述。其銘曰：

誾誾君子，好斯文兮。縟藻聲章，潛卿雲兮。棲遲下位，允升聞兮。金署玉堂，見吾君兮。鸞階鴻漸，期紫氛兮。鍾鳴漏盡，竟蘭焚兮。儒行墨節，將何云兮。恭承遺言，立石文兮〔九〕。金刻丹書，記歲辰兮。青龍甲午，銘兹墳兮。

【校】

〔一〕其先自潁川遷蜀矣　「潁」原作「穎」，據庫本、全唐文校改。

〔二〕司屬少卿楊守訥薦君應詞殫文律　「殫」原作「彈」，據全唐文、英華卷七八五校改。

〔三〕天授三年　英華「三」作「二」。

〔四〕恩勑自河内追入閤供奉　「閤」原作「闞」，據庫本、全唐文、英華校改。

〔五〕歸葬於豆圖山之陽原　「圖」原作「四」，據全唐文校改。

〔六〕我陳君敦懿玄默　「我」字原無，據全唐文、英華校補。

〔七〕恂恂焉　「恂恂」原作「徇徇」，據王本、庫本、全唐文、英華校改。

〔八〕皆没而不朽　「朽」原作「杇」，據庫本、全唐文、英華、大典卷三一三四校改。

〔九〕立石文兮　全唐文、英華、大典「文」作「人」。

燕然軍人畫像銘　并序

龍集丙戌，有唐制匈奴五十六載，蓋署其君長，以郡縣畜之〔一〕，荒服賴寧，古所莫記。是歲也，金微州都督僕固始桀驁〔二〕，惑亂其人，天子命左豹韜衛將軍劉敬周發河西騎士，自居延海入以討之，特勑左補闕喬知之攝侍御史，護其軍。夏五月，師舍於同城，方絶大漠〔三〕，以臨瀚海。君子曰：「兵者凶器，仁者惡之〔四〕。」醜虜猖狂，厥自招咎，今至尊不得已而順伐。嘗聞西方之聖有能仁者，凶吉之業，各報以直，則使元惡授首，羣甿不孤，兵無血刃〔五〕，荒戎底定〔六〕，豈不在於大雄乎？諸將部校僉曰：「允哉。」將軍乃飭躬率士卒〔七〕，因古祠廟圖畫形容〔八〕，有古之彌勒像也。天人備容，丹青畢彩，蓋以昭乎景福也。乃作銘曰：

耀天兵兮征荒服，絶雲漢兮出玄極〔九〕。白羽旆兮青雲旗〔一〇〕，簫鼓鳴兮士馬悲。顧左右兮浮屠道，備丹青兮妙天寶。功既畢兮業既成，神之來兮福冥冥〔一一〕。

【校】

〔一〕以郡縣畜之　「之」原作「人」，據庫本、全唐文、英華卷七八五校改。

〔二〕金微州都督僕固始桀驁　「微」原作「徽」，據全唐文、英華校改。
〔三〕方絶大漠　「漠」原作「漢」，據王本、庫本、全唐文、英華校改。
〔四〕仁者惡之　「者惡」原作「何至」，據庫本、全唐文、英華校改。
〔五〕兵無血刃　「兵」原作「立」，據王本、全唐文、英華校改。
〔六〕荒戎底定　「戎」原作「我」，據全唐文、英華校改。
〔七〕將軍乃飭躬率士卒　「飭」原作「飾」，據庫本、全唐文、英華校改。
〔八〕因古祠廟圖畫形容　「因」原作「自」，據全唐文、英華校改。
〔九〕絶雲漢兮出玄極　「漢」原作「漠」，據庫本、英華校改。
〔一〇〕白羽旆兮青雲旗　「旆」原作「飾」，據全唐文、英華校改。
〔一一〕神之來兮福冥冥　「之」原作「不」，據全唐文、英華校改。

冥寞窅冥君古墳記銘　爲張昌寧作〔一〕

神功元年，龍集丁酉，我有周金革道息，寶鼎功成，朝廷太寧，天下無事。皇帝受紫陽之道，延訪玉京；羣臣從白雲之遊，載馳瑶水。笙歌入至，玄鵠飛來。時余以銀青光禄大夫忝在中侍〔二〕，擁青旄之節，陪翠鸞之旗。昔奉車子侯〔三〕，獨隨武帝，昌明爲御〔四〕，每侍軒遊，比之今日，未足多幸。是時屢從嚴祀，遥謁秘封，嘗覩衆靈如雲，羣仙蔽日，乃仰感王子晉，俯接浮丘公，行吹洞簫，坐弄雲鳳。竊欲邀羽袂，導鸞輿，求不死於金庭，保長生於玉册，上以尊聖壽，下以息微躬。因登緱山，望少室，尋古靈跡，擬刻真容。得王子晉之遺墟，在永水之層曲，且欲開石室，營壽宫。庀徒方興，畚鍤攸作，乃得古藏焉。其藏上無封壝，内有甓瓦，南北長二丈二尺，東西闊八尺。中有古劍一，長尺餘，銅椀一，并瓦器二。其器文彩怪異，非蟲篆雕斲所能擬也。又有古五銖錢，朱漆片數十枚，初開時文彩可見，及棖撥之，應手灰滅，既無年代銘誌，不知爵里官族。參驗其事，已曾爲人所開。於是撫之永懷，念昔增密，始知有形必弊，涉器則毁。鍾鼎玉帛，非度世之資；名位寵章，爲累真之府。未能獨立物表，超世長存，與日月齊光，天地比壽，非天道乎〔五〕？君窅窅冥冥，久幽珍藏，迨此昭發，豈不欲感示玄契，奇暢靈期。昔王喬古墳，唯留一劍，令威荒塚，又歎千年。起予道心在乎此。仰惟聖主仁慈，恩被草木。陽和掩骼，既昭國典；至德埋胔，又在周令。今此藏虧露，誠感仁惻。謹歷吉日，協良辰，即以其年十月甲子朔，具物備容，還定舊壙。豚雞在奠，犧罇若歆，哀其銘誌磨滅，姓位不顯，乃錫之名曰冥寞君〔六〕。其銘曰〔七〕：缺。

【校】

〔一〕冥寞窅冥君古墳記銘爲張昌寧作　庫本無「窅冥」二字，「記」作「誌」。全唐文無「冥寞」二字，「銘」下有「序」字。

〔二〕時余以銀青光禄大夫忝在中侍　「光」原作「元」，據王本、庫本、全唐文校改。

〔三〕昔奉車子侯　庫本「奉車子侯」作「子孟以奉車」。

〔四〕昌明爲御　「御」下原有「史」字，據王本、全唐文校删。

〔五〕非天道乎　「天」原作「夫」，據全唐文校改。

〔六〕乃錫之名曰冥寞君　全唐文「冥寞」作「窅冥」。

〔七〕其銘曰　「曰」下全唐文有小字注文「銘入薛稷」四字。按全唐文卷二七五有署名薛稷之唐杳冥君銘：「悠悠洛邑，眇眇伊瀍。屢移寒暑，頻經歲年。丹壑幾變，陵谷俄遷。不覩碑碣，空悼風煙。（其一）時代伋徙，寧窮姓氏。匪辯（闕字二），誰分朱紫。翠墳全缺，元扃亦毁。久歇火風，爰歸地水。（其二）靈跡難訪，莫知其狀。彷佛穸臺，依稀泉帳。草積邱壠，松高巖嶂。乃春幽途，彌增悲愴。（其三）於彼兆域，是生荆棘。松劍猶存，榆錢可識。覽物流連，（闕）愴太息。欲致禮於靈魂，聊寄言於翰墨。（其四）」

陳子昂集卷之七

雜著

上大周受命頌表 天授元年〔一〕

臣子昂言：臣聞昔周道昌而頌聲作，遂能昭配天地，光烈祖宗，垂之無窮，永爲代典。伏惟聖神皇帝陛下〔二〕，闡玄極，昇紫圖，光有唐基，以啓周室。不改舊物，天下惟新，皇王已來，未嘗覩也。臣聞仲尼曰：「聖人丘不得而見之矣。」又曰：「舜禹之有天下，丘不預也。」又曰：「鳳鳥不至，河不出圖，丘已矣夫。」皆傷不得見大道之行而鬱悒也。臣草鄙愚陋，生長休明，親逢聖人，又覩昌運，舜禹之政，河洛之圖，悉皆目見，幸亦多矣。今者鳳鳥來，赤雀至，慶雲見，休氣昇，大周受命之珍符也。不稽元命，探秘文，採風謡，揮象物，紀天人之會以協頌聲，則臣下之過也〔三〕。有國彝典，其可闕乎？臣不揣樸固，輒獻神鳳頌四章，以言大周受命之事。誠未足以潤色鴻業，揄揚盛美，亦小臣區區丹慊之至謹。輒詣洛城南門奉進。塵冒旒冕，伏表慚惶。

【校】

〔一〕上大周受命頌表天授元年　英華卷六一〇「上大周受命」作「進神鳳」。「元」原作「九」，按天授無九年，英華在文末有小字注文「天授元年」四字，據改。

〔二〕伏惟聖神皇帝陛下　「聖神」原作「神聖」，據英華校改。

〔三〕則臣下之過也　「過」原作「遇」，據王本、庫本、全唐文、英華校改。

大周受命頌〔一〕四章并序

臣聞大人升階，神物紹至，必有非人力所能存者，上招飛鳥，下動泉魚。古之元皇，祇承上帝，所以協人祉，匹天休，卓哉神明，昭格上下，莫不以之矣。是故物有可則，而道有可宗，謂之文獻，其原上也。緬哉有唐，欽崇天命，三祖繼統，品物咸章。玄曆改，元黄瑞，告神皇，出地軸〔二〕，陟天階，歷軒轅，登太昊，集乎初始之極，以授我皇。符鳥之肇，開辟元台，女希氏姓，神功大哉，莫不盛於兹日矣。乃察璿璣，稽實命，發玄讖，升紫圖，則天粲然，皇文炳也。非夫昇光之曜，魄寶之精，其孰能威神皇赫赫若斯者哉！是時三階底平，百揆時序，天下昌矣，玄功溥矣。西土耆老，欣然來稱曰：「至哉天子，恤我元元。勤勞下都，升聞上帝。臣聞天無二日，土無二王，皇帝嗣武，以主匕鬯，豈不宜乎？」神皇窅然，迺登崑崙之臺，修三統，觀五始，探命曆之紀，則知元氣之所造也。方採鍾龍，象鳴鳳，協林黃之律，以因生賜姓。九月甲戌朔六日己卯〔三〕，神都耆老，遐荒夷貊，緇衣黃冠等萬有二千餘人，雲趨詣闕，請曰：「臣等聞王者受命，必有錫氏。軒轅皇帝二十五子，班爲十二姓；高陽氏才子二八，命爲十六族。書云：『祇台德先，不拒朕行。』然則聖人起則命曆昌，必有錫氏之規。臣等伏惟陛下受天之符，爲人聖母，皇帝仁孝，肅恭神明，可以纂武承家，以克永代。陛下崇錫類，垂憲章，不易日月，天人交際，斯亦萬代之一時。臣等固陋，不達大道，敢昧死上聞。」神皇穆然，方御珍圖，謙而未許也。越翌日庚辰，文武百寮又與耆老夷貊道俗等五萬餘人守闕固請曰：「蓋臣聞聖人則天以王，順人以昌。今天命陛下以主，人以陛下爲母。天之丕律，元命也；人之大猷，定姓也。陛下不應天，不順人，獨高謙讓之道，無所憲法，臣等何所仰則？敬冒昧萬死固請。」是時目踵昆吾，有鳳鳥從南方來，歷端門，羣鳥數千蔽之。又有赤雀數百從東方來，羣飛映雲，廻翔紫闥，或止庭樹，有黃雀從之者。又有慶雲，休光半天，傾都畢見。羣臣咸覩，於是衆甿雲萃，讙聲雷動，慶天應之如響，驚象物其猶神。咸曰：「大哉！非至德孰能覩此。昔唐虞之瑞，逖聽矣，今則見也。天物來，聖人革，時哉。況鳳者陽鳥，赤雀火精，黄雀從之者土也，土則火之子。子隨母，所以纂母姓，天意如彼，人誠如此，陛下曷可辭之！昔金天鳳凰〔四〕，鎬京黄烏，赤氏朱雁，有吴丹烏，皆紀之金册，藏之瑞府，以有事也。陛下若遂辭之，是推天而絶人，將何以訓。」於是神皇霈然曰：「俞哉，此亦天授也。」乃命有司，正皇典，恢帝綱，建大周之統曆，革舊唐之遺號，在宥天下，咸與惟新。賜皇帝姓曰武氏，命爲嗣皇。崇乎紹天統物，其赫胥、大庭之上事已。乃獻頌曰：

天命神鳳，降祚我周。彩容有穆，其儀孔休。惟我有周，實保天德。上帝臨命，纂承唐極。人曰天祐〔五〕，有皇女希。造天立極，緬然猷徽。赫我皇帝，乃先厥微。匪天之命，鳳鳥誰歸。因生錫氏，革號循機。豈不順乎天而應乎人？帝曰〔六〕：「俞哉。」

右神鳳章

翺翺赤鳥，朱火之光。含神之務，秘帝之祥。在昔甲子，降祚于昌。今則庚辰，翩翩來翔。維何？作我聖皇。堤堤黄鳥，載飛載揚。從火之母，應土之王。體仁資孝，類我嗣皇。恭膺錫氏，稽首龍章。天授萬年，聖帝煌煌。

右赤雀章

崑崙元氣，實生慶雲。大人作矣，五色氤氲。昔在帝嬀，南風既薰。叢芳爛漫，郁郁紛紛。曠矣千祀，慶雲來止。玉葉金柯〔七〕，祚我天子。非我天子，慶雲誰昌？非我聖母，慶雲誰光？慶雲應矣，周道昌矣。九萬八千〔八〕，天授皇年。

周道赫兮天寶開，八方協公兮萬國來。天人應兮雷雨作，聲教殷兮宇宙回。璿圖寶兮稱萬歲，神皇穆兮崑崙臺。

右慶雲章

右甿頌章

【校】

〔一〕大周受命頌　「受」原作「授」，據王本、庫本、全唐文校改。

〔二〕玄曆改元黄瑞告神皇出地軸　覩下文「以授我皇」，此處「神皇」之「皇」字似衍，當讀爲「玄曆改元，黄瑞告神，出地軸」。又「軸」原作「輔」，「輔」下原有小字注文「一作軸」三字，據庫本、全唐文删改。

〔三〕九月甲戌朔六日己卯　「甲戌」原作「戍申」，據陳垣二十史朔閏表，天授元年九月應爲「甲戌」朔，此處當係二字形近，加以倒文而致譌；如此，則六日爲己卯，下文云「越翌日庚辰」，均與此合。全唐文改「戍申」爲「戊申」，改「六日己卯」爲「八日乙卯」，又改下文「翌日庚辰」爲「翌日丙辰」，以合「戊申」朔之數，實譌。又「卯」下原有「朔」字，據王本、全唐文校删。

〔四〕昔金天鳳凰　「天」原作「琴」，據全唐文校改。

〔五〕人曰天祐　「祐」原作「古」，「古」下原有小字注文「一作祐」三字，據庫本、全唐文删改。

〔六〕帝曰　「曰」字原爲空格，據王本、庫本、全唐文校補。

〔七〕玉葉金柯　「葉」原作「業」，據王本、庫本、全唐詩、英華卷三三一校改。

〔八〕九萬八千　「九萬」原作「久九」，據庫本、全唐詩、英華校改。

國殤文　并序

丁酉歲三月庚辰，前將軍尚書王孝傑，敗王師於榆關峽口，吾哀之，故有此作。

天未悔禍兮，熾此山戎。虐老昏幼兮，人罹其窮。帝用震怒兮，言剪其凶。出金虎兮曜天鋒。掃宇宙之甲，馳燕薊之衝。何士馬之沸渭，若雲海之洶洶。荆吴少年，韓魏勁卒。戈矛如林，白羽若月。且欲蹈烏丸之壘，刈赤山之旗。聯青丘之繳〔一〕，封黄龍之屍。凶胡猖獗〔二〕，姦險是憑。蛇伏泥滓，蟻鬬丘陵。哀我將之佐勇兮〔三〕，無算略以是膺。陷天井之死地，屬雲騎以相騰。短兵既接，長戟亦合。星流飈馳，樹離山沓〔四〕。智無所施其巧，勇不能制其怯。頓金鼓之雄威，淪輿尸之敗業。嗚呼哀哉〔五〕！矢石既盡白日頹〔六〕，主將已死士卒哀。徒手奮呼誰救哉，含憤抗怒志未迴〔七〕。殺氣凝兮蒼雲暮，虎豹慄兮殤魂懼。殤魂懼兮可柰何〔八〕？恨非其死兮棄山阿〔九〕。血流骨積殪荒楚，思歸道遠不得語。降不戮兮北不誅〔一〇〕，殁不賞兮功不圖。豈力士之未徇，誠師律之見孤。重曰：壯士雖死精魂用，凶醜爾讎不可縱。我聞强死能厲災〔一一〕，古有結草抗杜回。苟前失之未遠，儻冥讎之在哉。

嗚呼魂兮念歸來！

【校】

〔一〕聯青丘之繳　「繳」原作「徼」，據庫本、全唐文、英華卷九九九校改。

〔二〕凶胡猖獗　「獗」原作「厥」，據王本、全唐文校改。

〔三〕哀我將之仡勇兮　「仡」原作「忔」，據全唐文、英華校改。

〔四〕樹離山沓　「離」下原有小字注文「一作雜」三字，據英華校删。

〔五〕嗚呼哀哉　「嗚呼」原作「天乎」，據全唐文、英華校改。

〔六〕矢石既盡白日頹　「矢」原作「嗚」，「盡」原作「書」，據庫本、全唐文、英華校改。

〔七〕含憤抗怒志未廻　「抗」原作「沉」，據全唐文、英華校改。

〔八〕殤魂懼兮可奈何　「殤魂懼」三字原無，據庫本、全唐文、英華校補。

〔九〕恨非其死兮棄山阿　「阿」原作「河」，據庫本、全唐文、英華校改。

〔一〇〕降不戮兮北不誅　「北」原作「比」，據庫本、全唐文校改。

〔一一〕我聞强死能厲災　「强」原作「僵」，據王本、全唐文、英華校改。

禡牙文

萬歲通天二年三月朔日，清邊道大總管建安郡王某，敢以牲牢告軍牙之神：蓋先王作兵，以討有罪。奸慝竊命，戎夷不恭，則必肆諸市朝，大戮原野。我皇周子育萬國，寵綏百鑾，青雲干呂，白環入貢〔一〕，久有年矣〔二〕。契丹凶羯，敢亂天常，乃蜂屯丸山，豕食遼塞〔三〕，宴安鴆毒，作爲欃槍。天厭其凶，國用致討〔四〕，皇帝命我，肅將王誅。今大軍已集，吉辰協應，旄頭首建，羽旆前列〔五〕，夷貊咸威，將士聽誓，方俟天休命，爲人殄災。惟爾有神，尚殲乃醜。召太一，會雷公，翼白虎，乘青龍，星流彗掃，永清朔裔，使兵不血刃，戎夏來同。以昭我天子之德，允乃神之功〔六〕，豈非正直克明哉！無縱世讎〔七〕，以作神羞。急急如律令。

【校】

〔一〕白環入貢　「白」字原無，據全唐文、英華卷九九五校補。

〔二〕久有年矣　「久」原作「文」，據庫本、全唐文、英華校改。

〔三〕豕食遼塞　「遼塞」原作「寮野」，據全唐文、英華校改。

〔四〕國用致討　「致」原作「至」，據全唐文、英華校改。

〔五〕羽旆前列　「旆」原作「飾」，據庫本、全唐文、英華校改。

〔六〕允乃神之功　「乃」字原無，據庫本、全唐文、英華校補。

〔七〕無縱世讎　「縱世」二字原爲破字，模糊不清，據王本、庫本、英華校補；全唐文作「縱大」。

禜海文〔一〕

萬歲通天二年月日，清邊軍海運度支大使虞部郎中王玄珪，敢以牲酒馳獻海王之神：

神之聽之：我國家昭列象胥，惠養戎貊，百蠻率職，萬方攸同。鮮卑猖狂，忘道悖亂，人棄不保，王師用征。故有渡遼諸軍，横海之將，天子命我，贏糧景從〔二〕。今旌甲雲屯，樓船霧集〔三〕，且欲浮碣石，凌方壺，襲朔裔，即幽都。而漲海無倪，雲濤泂潏，胡山遠島，鴻洞天波。惟爾有神，肅恭令典，導鶂首，騎鯨魚，呵風伯，遏天吳，使蒼兕不驚，皇師允濟，攘慝勦虐，安人定災，蒼蒼羣生，非神何賴。無昏汨亂流，以作神羞。急急如律令。

【校】

〔一〕禜海文　「禜」原作「榮」，據庫本、全唐文、英華卷九九五校改。

〔二〕贏糧景從　「贏」原作「羸」，據王本、庫本、全唐文校改。

〔三〕樓船霧集　「霧」原作「露」，據庫本、全唐文、英華校改。

弔塞上翁文

居延海南四百餘里有古城焉〔一〕，土人云是塞上翁城，今爲戍。其基扃趾跡，蓋數千年也。丙戌歲兮，我征匈奴。恭聞北叟，託國此都。子尚于叟，日月遐邁。及今來思，實獲心契。欣問于叟，何德其愚。僻居幽漠，浩與世殊。忘情逸馬，胡寧而知福？謝于隣人，何達而不淑？丁男既存，君子知復，人以爲極也。伊懷兹土，既板且築。扃禁天崇，墉隍雲矗。

今則荒穢，世亦不毓〔二〕。其故何哉？賢叟之德，登叟之堂。天道何遠，而茲理茫茫。人世自故兮〔三〕，丘壠崩荒〔四〕。魂魄何獨，不歸故鄉？叟乎叟乎，我心之傷。

【校】

〔一〕居延海南四百餘里有古城焉　「延」原作「近」，據庫本、全唐文、英華卷九九九校改。庫本、英華「古城焉」作「南驛戍」。

〔二〕世亦不毓　「亦」字原無，據庫本、全唐文、英華校補。

〔三〕人世自故兮　庫本、英華「自」作「日」。

〔四〕丘壠崩荒　庫本、英華「壠崩」作「郭日」。

祭孫府君文

維年月日，子昂謹以牲酒之奠〔一〕，致祭故延俊府折衝燕然軍孫府君之靈。惟君少馳英武，早効成功，聲雄塞上，名重關中。憺稜威於敵國〔二〕，存大節於家風。既揮金而退老，方餌藥於仙童。何昊天之不弔，隨大化以長終。白馬故人，青烏送往。素車永訣，黃壚誰賞〔三〕。酹酒盈觴，魂兮尚饗。

【校】

〔一〕子昂謹以牲酒之奠　「子昂」二字原無，據庫本、英華卷九七九校補。

〔二〕憎稜威於敵國　「憎」原作「瞻」，據庫本、全唐文、英華校改。

〔三〕黄壚誰賞　「壚」原作「爐」，據王本、全唐文、英華校改。

爲建安王祭苗君文

維某年月日，朔方道大總管建安郡王攸宜，以酒饌之奠，祭故壯武將軍左玉鈐衛中候左三軍營主苗君之靈。君忠勇兼資，戎麾夙濟。烏丸作逆，赤羽從軍。方且任君先鋒，仍馳後勁，刈鮮卑之壘，摧冒頓之師，執馘獻俘，歸受國賞。何圖大勛未立，隨命先凋，永懷咨嗟，情用兼慟。故命酒奠，告爾殤魂，君其有靈，歆兹薄酹。嗚呼哀哉〔一〕！尚饗。

【校】

〔一〕嗚呼哀哉　「哀哉」二字原無，據英華卷九七九校補。

祭黄州高府君文〔一〕

維年月日朔，孫女夫某等謹以清酌庶羞之奠，敢昭告於故黄州高府君之靈。惟府君含德元亨，保和光大。才堪濟世，而運屬承平；器允登台〔二〕，而命鍾流落〔三〕。有瑚璉之寶，無廊廟之資。豈圖大位不躋，幽靈永昧。尊儀潛翳，三十餘年，玄殯既開，黄腸已古。今青烏改卜，丹旐來歸，窀穸即期，幽明永訣。某等忝承嘉惠，奉事門闌，興言追慕，實增感咽。竊惟精意以享，黍稷非馨，敢陳薄酹，以獻明靈。嗚呼哀哉！伏惟尚饗。

【校】

〔一〕祭黃州高府君文　「高」字原無，據庫本、全唐文、英華卷九七九校補。

〔二〕器允登台　「允」原作「元」，據全唐文、英華校改。

〔三〕而命鍾流落　「流」原作「留」，據庫本、全唐文、英華校改。

祭韋府君文

維年月日，左拾遺陳子昂謹以少牢清酌之奠，致祭故人臨海韋君之靈。惟君孝友自天，忠義由己，有經世之略，懷軌物之量，甘心苦節，風雨不改。常欲窮則獨善其身，達則兼濟天下，感激遐詠，邈然青雲。何期良策未從，大運奄忽。嗚呼哀哉！昔君夢奠之時，值余寘在叢棘〔一〕，獄户咫尺，邈若山河，話言空存，白馬不吊。迨天網既開〔二〕，而宿草成列，言笑無由，夢寐不接，永言感慟〔三〕，何時可忘！今旌旐言歸〔四〕，關河方遠，興言永訣，今古長辭〔五〕。鄧攸無子，天道何知？洛陽舊陌，拱木猶存；京兆新阡，孤松已植。已矣韋生，云何及矣！大運之往，賢聖同塵。嗚呼哀哉！伏惟尚饗。

【校】

〔一〕值余寘在叢棘　「寘」原作「冥」，據王本、庫本、全唐文、英華卷九七九校改。

〔二〕迨天網既開　「網」原作「綱」，據王本、庫本、全唐文、英華校改。

〔三〕永言感慟　「慟」原作「動」，據庫本、全唐文、英華校改。

〔四〕今旌旐言歸　「旌」原作「旍」，據全唐文、英華校改。

〔五〕今古長辭　「辭」原作「亂」，據王本、庫本、全唐文、英華校改。

祭外姑宇文夫人文〔一〕

維年月日朔，女夫某謹以清酌嘉蔬之奠，奉祭于故高氏河南宇文夫人之靈。恭聞夫人有清穆之德，皓潔之行，淳懿肅恭，内外仰則，而遺風素範，蕙敷蘭滋。用能惠心光乎，氤氳沼沚〔二〕，崇嚴壼訓，芬郁母儀，中饋柔嘉，娣姒有則。豈圖慈顏幽翳，於今十年〔三〕，毫木已拱，尊靈廓然〔四〕。今吉辰協應，幽殯方開，容象如在，器質已灰。改卜有典〔五〕，宅兆方遷，山園既列，祖載行焉。哀子號咷，女也嬋媛，終天永訣，泣血流漣。某謬承嘉惠，預叨姻戚，生事早暌，送終空積。竊聞精意以享，黍稷非馨，敢陳薄酹，以獻明靈。伏惟夫人明神尚饗。

【校】

〔一〕祭外姑宇文夫人文　「外姑」二字原無，據庫本、全唐文、英華卷九九一校補。

〔二〕氤氲沼沚　「氤」原作「氣」，據王本、庫本、全唐文校改。

〔三〕於今十年　「十」字原無，據庫本、全唐文、英華校補。

〔四〕尊靈廓然　「廓」原作「廊」，據庫本、英華校改。

〔五〕改卜有典　「有」原作「禮」，據英華校改。

祭率府孫録事文

維年月日朔，某等謹以云云。古人歎息者，恨有志不遂。如吾子良圖方興，青雲自致，何天道之微昧，而仁德之攸孤，忽中年而顛沛，從夭運而長徂。惟君仁孝自天，忠義由己，誠不謝於昔人，實有高於烈士。然而人知信而必果，有不識於中庸，君不慙於貞純，乃洗心於名理。元常既没，墨妙不傳，君之逸翰，曠代同仙〔一〕。豈圖此妙未極，中道而息，懷衆寶而未攄，永幽泉而掩魄。嗚呼哀哉！平生知己，疇昔周旋，我之數子，君之百年。相視而笑，宛然昨日，交臂而悲，今焉已失〔二〕。人代如此，天道固然。所恨君者，枉夭當年，嗣子孤藐，貧窶聯翩〔三〕，無父何恃，無母惸焉〔四〕。嗚呼孫子，山濤尚在，嵇紹不孤。君其知我，無恨泉途。嗚呼哀哉！伏惟尚饗〔五〕。

【校】

〔一〕曠代同仙　「仙」原作「侶」，據庫本、全唐文、英華卷九七九校改。

〔二〕今焉已失　「失」原作「矣」，據庫本、全唐文、英華校改。
〔三〕貧寠聯翩　「寠」原作「屢」，據王本、庫本、全唐文、英華校改。
〔四〕無母悴焉　全唐文、英華「無」作「有」。
〔五〕伏惟尚饗　「伏惟」二字原無，據英華校補。

復讎議狀

臣伏見同州下邽人徐元慶者，父爽爲縣吏趙師韞所殺，卒能手刃父讎，束身歸罪。議曰〔一〕：先王立禮，所以進人也；明罰，所以齊政也。夫枕干讎敵，人子之義〔二〕；誅罪禁亂，王政之綱。然則無義不可以訓人，亂綱不可以明法。故聖人脩禮理内，飭法防外，使夫守法者不以禮廢刑，居禮者不以法傷義，然後能使暴亂不作〔三〕，廉恥以興，天下所以直道而行也。竊見同州下邽人徐元慶，先時父爲縣吏趙師蘊所殺，元慶鬻身庸保〔四〕，爲父報讎，手刃師蘊，束身歸罪。雖古烈者，亦何以多，誠足以激清名教，旁感忍辱義士之靡者也。然按之國章，殺人者死，則國家畫一之法也。法之不二，元慶宜伏辜。又按禮經，父讎不同天，亦國家勸人之教也。教之不苟，元慶不宜誅。然臣聞昔者刑之所生〔五〕，本以遏亂；仁之所利，蓋以崇德。今元慶報父之仇，意非亂也；行子之道，義能仁也。仁而無利，與亂同誅，是曰能刑，未可以訓，元慶之可顯宥於此矣。然邪由正生〔六〕，理必亂作，昔禮防至密，其弊不勝，先王所以明刑，本實由此。今儻義元慶之節，廢國之刑，將爲後圖，政必多難，則元慶之罪不可廢也。何者？人必有子，子必有親，親親相讎，其亂誰救。聖人作始，必圖其終，非一朝一夕之故，所以全其政也。故曰：信人之義，其政必行〔七〕。且夫以私義而害公法，仁者不爲；以公法而徇私節，王道不設。元慶之所以仁高振古，義伏當時，以其能忘生而及於德也。今若釋元慶之罪以利其生，是奪其德而虧其義，非所謂殺身成仁全死無生之節也。如臣等所見，謂宜正國之法，置之以刑，然後旌其閭墓，嘉其徽烈，可使天下直道而行。編之於令，永爲國典。謹議。

【校】

〔一〕臣伏見同州下邽人徐元慶者父爽爲縣吏趙師韞所殺卒能手刃父讎束身歸罪議曰　此三十四字原無，據庫本、全唐文、英華卷七六八校補。

〔二〕人子之義　「義」原作「議」，據王本、庫本、全唐文、英華校改。

〔三〕然後能使暴亂不作　「使」字原無，據全唐文校補。

〔四〕元慶鬻身庸保　「元慶」原作「君」，據庫本、全唐文、英華校改。

〔五〕然臣聞昔者刑之所生　「者」字原無，據英華校補。

〔六〕然邪由正生　「然」下原有「則」字，據庫本、英華校删。

〔七〕其政必行　「必」原作「不」，據全唐文校改。

爲建安王誓衆詞〔一〕

諸總管部將、旗長隊正各聽命〔二〕： 夫聖人用兵，以討有罪〔三〕。奸慝竊命，戎夷不恭，則必肆諸市朝，大戮原野。我皇周子育萬國，寵綏百蠻，遐荒戎狄，莫不率職。兵屯甲聚〔四〕，非欲勞人，蓋逆不可縱，亂不可長，所以屈己推轂，垂涕泣辜，誠恐蒼生顛墜塗炭。今契丹凶羯，敢亂天常，爲封豕長蛇，薦食上國。玉帛皮幣〔五〕，棄而不貢〔六〕；名器正朔，僭而有謀。乃將紿神虐人〔七〕，暴殄天物，故皇帝命我肅將王誅。今大師已集，方將問罪，公等諸將及士卒已上，須各嚴職事，肅恭天命。契丹凶賊，本爲中國奴隸，昏狂不道，勞我師徒。今與公等及士卒久勤干戈，冒犯霜露。夫四郊多壘，士大夫之恥，蕞爾兇狡〔八〕，一劍可屠〔九〕。況皇帝義兵，尅期誅剪，此猶太山壓卵，鴻毛在爐。今日之伐，須如雷霆之震，虎豹之擊，搴旗斬馘，掃孽除凶，上以攄至尊之憤，下以息邊人之患。鼓以作氣，旗以應機，公等各宜戮力，務當其任。若能奮不顧命，陷堅摧鋒，金紫玉帛，國有重賞。若進退留顧，向背失機，斧鉞嚴誅，軍有大戮。各宜勉勵，無犯典刑。

【校】

〔一〕爲建安王誓衆詞　「王」字原無，據全唐文、英華卷三七七校補。

〔二〕諸總管部將旗長隊正各聽命　此十二字原無，據庫本、全唐文、英華校補。

〔三〕以討有罪　全唐文、英華「討」作「伐」。

〔四〕兵屯甲聚　「兵屯甲」三字原爲墨丁，據庫本校補。全唐文作「聚兵帥衆」。

〔五〕玉帛皮幣　「幣」原作「弊」，據庫本、全唐文校改。

〔六〕棄而不貢　「貢」原作「寔」，據庫本、全唐文校改。

〔七〕乃將紿神虐人　「紿」原作「詒」，據庫本、全唐文校改。

〔八〕蕞爾兇狡　「爾」原作「薾」，據王本、庫本、全唐文校改。

〔九〕一劍可屠　「劍」原作「鈕」，據王本、庫本、英華校改。

金門餞東平序

昔者漢朝卿士，供帳餞於東都；晉國名賢，傾城祖於西郊。雖時稱盛觀，而人非帝族。東平紫微英胄，朱邸天人，藴岐嶷之瓌姿，得山河之寶氣。劉君愛士，常致禮於幽人；曹植論文，每交歡於數子。屬鑾輿拜日，來朝太室之前；玉檢停刊，言返章華之路。羣公以眷深王粲，思邀祖道之歡；下走以遇重荀慈，謬奉芳筵之醴。于時青陽二月，黄鳥羣飛，殘霞將落日交暉，遠樹與孤烟共色。江山萬里，眇然荆楚之塗；城邑三春，去矣伊瀍之地。既而朱軒不駐，緑蓋行遥〔一〕，琴罇之清讌已疲，珠玉之芳言未贈。請各陳志，以序離襟。

【校】

〔一〕緑蓋行遥　「緑」原作「渌」，據王本、庫本、全唐文校改。

梁王池亭宴序

子昂少游白屋，未歷朱門。聞王孫之游，空懷春草；見公子之興，每隔青霄。弋陽公座辟青軒〔一〕，飾開朱邸。金筵玉瑟，相邀北里之歡〔二〕；明月琴樽，即對西園之賞。鄙人幽介，酒醴知慚；王子愛才，文章見許。白日已馳，歡娱難恃。平生之樂，其在兹乎！

【校】

〔一〕弋陽公座辟青軒　「弋」原作「戈」，據王本、庫本、全唐文校改。

〔二〕相邀北里之歡　「北」原作「比」，據王本、庫本、全唐文校改。

薛大夫山亭宴序

夫貧賤之交而不可忘，珠玉滿堂而不足貴。閉門無事〔一〕，對黄卷以終年；高論不疲，逢故人而永夜。薛大夫其人也。下官昔承顔色，早蒙車騎之知；晚接恩光，不異平津之舊。蔡邕書史，許以相資；張載文章，見稱於代。爾其華堂别業，秀木清泉，去朝廷而不遥，與江湖而自遠。名流不雜，既入芙蓉之池；君子有鄰，還得芝蘭之室。披翠微而列坐，左對青山；俯盤石而開襟，右臨澄水〔二〕。斟緑酒，弄清絃。索皓月而按歌，追涼風而解帶，談高趣逸〔三〕，體静心閑。神眇眇而臨雲，思飄飄而寓物〔四〕。林軒寂寞，星漢縱横，思欲乘汗漫而羣遊〔五〕，與真精而合契。歡窮興洽，樂往悲來，悵鸞鶴之不存，哀鶗鴂之久没，徘徊永歎，慷慨長懷。東方明而畢昂升，北閣曙而天雲静〔六〕。悲夫！向之所得，已失於無何；今之所遊，復羈於有物〔七〕。詩言志也，可得聞乎？

【校】

〔一〕閉門無事　「閉」原作「閑」，據庫本、全唐文、英華卷七〇九校改。

〔二〕右臨澄水　「臨澄」原作「澄流」，據全唐文、英華校改。

〔三〕談高趣逸　「趣」原作「趍」，據庫本、全唐文、英華校改。

〔四〕思飄飄而寓物　「寓」原作「遇」，據庫本、英華校改。

〔五〕思欲乘汗漫而羣遊　「乘」原作「垂」，據英華校改。

〔六〕北閣曙而天雲静　英華「静」作「浄」。

〔七〕復羈於有物　「復」原作「傷」，據庫本、全唐文校改。

送中嶽二三真人序　時龍集乙未十二月二十日

夫愛名山，歌長往，世有之矣。放身霄嶺，宴景雲林，卑俗不可得而聞，時事不可得而見〔一〕，則吾欲高視終古，一笑昔人。嵩山有二仙人，自浮丘公、王子晉上朝玉帝〔二〕，遺迹金壇，鳳簫悠悠，千載無響。吾每以是臨霞永慨，撫膺歎息。常謂烟駕不逢，羽人長往。去囂世，走青雲，登玉女之峯，窺石人之廟，見司馬子微、馮太和，蜺裳眇然〔三〕，冥壑獨立，真朋羽會。金漿玉液，則有楊仙翁玄默洞天，賈上士幽棲牝谷。玉笙吟鳳，瑶衣駐鶴，方且迷軒轅之駕，期汗漫之遊。吾亦何人，躬接兹賞。實欲執青節，從白蜺，陪飲崑崙之庭，觀化玄元之府，宿心遂矣，冥骨甘焉。豈知瓊都命淺，金格道微，攀倒景而迷途，顧中峯而失路。塵縈俗累，復汩吾和；仙人真侶，永幽靈契。翳青芝而延佇，遥會何期；折丹桂而徘徊〔四〕，遠心空絶。紫烟去，黄庭極。仰寥廓而無光，視寰區而寡色。悠悠何往，白頭名利之交；咄咄誰嗟，玄運盛衰之感。始知楊朱歧路，墨翟素絲，尚平辭家而不歸，鮑焦抱木而枯死，可以慟，可以悲。古人之心，吾今得之也。

【校】

〔一〕時事不可得而見　文粹卷九八「事」作「士」。

〔二〕自浮丘公王子晉上朝玉帝　「玉」原作「王」，據庫本、全唐文、英華卷七三四、文粹校改。

〔三〕見司馬子微馮太和蜺裳眇然　「微」原作「徽」，據庫本、全唐文、英華、文粹校改。

〔四〕折丹桂而徘徊　「折」原作「結」，據文粹校改。

餞陳少府從軍序〔一〕

夫歲月易得，古人疾没代不稱；功業未成，君子以自强不息。豈非懷其寶，思其用，然後以取海内之名，以定當年之策，展其才力，受以驅馳。少府叔鳳彩龍章，才高位下。班超遠慕，每言關塞之勳；梁竦長懷，恥爲州縣之職。屬胡兵犯塞，漢將臨邊，商君用耕戰之謀，充國起屯田之策。皇華出使，言收疆埸之功；白水開筵，遂爲雲雨之别。爾其蒼龍解角，朱鳥司辰，溽景薰天，炎光折地。山川漸遠，行人動游子之歌；罇酒未空，送客起貧交之贈。嗟乎！楊朱所以泣歧路，蘇武所以悲絶國，古之來矣。盍各言志，以敍離歌。

【校】

〔一〕餞陳少府從軍序　此文原闕，據英華卷七一九校補。

送吉州杜司户審言序

嗟夫！德則有鄰，才不必貴。昔有耕于巖石，而名動京師；詞感帝王，乃位卑武騎〔一〕：夫豈不遭昌運哉！蓋時命不齊，奇偶有數。當用賢之世，賈誼竄於長沙；居好文之朝，崔駰放於遼海。況大聖提象，羣臣守規，杜司户炳靈翰林，研幾策府，有重名於天下，而獨秀於朝端。徐陳應劉，不得劘其壘；何王沈謝，適足靡其旗。而載筆下寮，三十餘載。秉不羈之操，物莫同塵；合絶唱之音，人皆寡和。羣公愛禰衡之俊，留在京師；天子以桓譚之非〔二〕，謫居外郡。蒼龍閹茂，扁舟入吴，告别千秋之亭，廻棹五湖之曲。朝廷相送，駐旌蓋於城隅；之子孤游，淼風帆於天際。白雲自出，蒼梧漸遠。帝臺半隱，坐隔丹霄〔三〕；巴山一望，魂斷渌水。於是邀白日，藉青蘋，追瀟湘之游，寄洞庭之樂。吴歈楚舞，右琴左壺，將以緩燕客之心，慰越人之思。杜君乃挾琴起舞，抗首高歌〔四〕，哀皓首而未遇，恐青春之蹉跎。且欲攜幽蘭，結芳桂，飲石泉以節味，詠商山以卒歲。返耕餌朮〔五〕，吾將老焉。羣公嘉之，賦詩以贈，凡四十五人，具題爵里〔六〕。

【校】

〔一〕乃位卑武騎　「卑」原作「昇」，據全唐文校改。

〔二〕天子以桓譚之非　「桓」原作「相」，據王本、庫本、全唐文、英華卷七一九校改。

〔三〕坐隔丹霄　「丹」原作「舟」，據王本、庫本、全唐文、英華校改。

〔四〕抗首高歌　「抗」原作「杭」，據王本、庫本、英華校改。

〔五〕返耕餌朮　「朮」原作「木」，據王本、庫本、全唐文校改。

〔六〕具題爵里　此下原有一墨丁、「含絶」二字及小字注文「類選作合絶」五字，據庫本、全唐文校删。

冬夜宴臨邛李録事宅序

下官遊京國久矣，接軒裳衆矣。池臺鐘鼓，雖有會於終朝；琴酒管絃，未窮歡於永夕。豈非殊我親愛，異我風謡，而使臨堂有懷，聞樂增歎者也。何功曹舊州耆老〔一〕，迹尚於沉冥；李録事吾土賢豪，義多於遊俠。高軒置酒，甲第迎賓，絲竹紛於綺窗，琅玕盛於雕俎。樓臺若畫，臨故國之城池；軒蓋如雲，總名都之車馬。於是乘興〔二〕，自此而遊，安得不放意留歡，遺老忘死。金壺漏晚，銀燭花微，北林之烟月無光，南浦之星河向曙。赤車使者，下官雖謝於古人〔三〕；錦里名家，羣公豈慙於昔彦。我之懷矣，實在於斯。同賦一言，俱爲四韻。

【校】

〔一〕何功曹舊州耆老　英華卷七〇九「舊」作「巂」。

〔二〕於是乘興　「乘」原作「而」，據庫本、全唐文、英華校改。

〔三〕下官雖謝於古人　「古」原作「士」，據庫本、全唐文、英華校改。

忠州江亭喜重遇吴參軍牛司倉序〔一〕

日月交分〔二〕，春秋代謝。昔歲居單閼，適言別於兹都；今龍集昭陽，復相逢於此地。

山川未改，容貌俱非，敍名宦而猶嗟〔三〕，問鄉關而不樂。雲天遂解，琴酒還開，新交與舊識俱歡，林壑共烟霞對賞。江亭迴瞰〔四〕，羅新樹于階基；山樹遥臨，列羣峯於户牖。爾其丹藤緑篠，俯映長筵；翠渚洪瀾，交流合座。神融興洽，望真情高。覺清溪之仙洞不遥，見蒼海之神山乍出。既而行舟有限，嗟此會之難留；别日無期，歎分岐之易遠〔五〕。徘徊北渚，惆悵南津。江陵之道路方賒，巴徼之雲山漸異。嗟乎！離言可贈，所願保於千金；别曲何謡，各請陳于五字。

【校】

〔一〕忠州江亭喜重遇吴參軍牛司倉序　「軍」原作「見」，「倉」原作「蒼」，據王本、庫本、全唐文、英華卷七三六校改。

〔二〕日月交分　「交」原作「郊」，據庫本、全唐文、英華校改。

〔三〕敍名宦而猶嗟　「宦」原作「官」，據王本、庫本、全唐文、英華校改。

〔四〕江亭迴瞰　全唐文、英華「迴」作「廻」。

〔五〕歎分岐之易遠　「易」原作「勿」，據王本、庫本、全唐文、英華校改。

暉上人房餞齊少府使入京府序

永淳二年，四月孟夏，東海齊子，宦于此州。雖黄綬位輕，而青雲器重，故能委邦君而坐嘯，屈刺史而知名。屬乎鑾駕巡方，諸侯納貢，將欲對揚天子，命我行人。執玉帛而當朝，擁騑驂而戒道，指途河渭，發引岷嶓。粤以丙丁之日，次于暉公別舍，蓋言離也。爾其巖泉列坐，竹樹交筵，吐青藹於軒窗，棲白雲於左右。參差池樹，亂山水之清陰；繚繞階庭，雜峯崖之異勢。入禪林而避暑，肅風景於中庭〔一〕；開水殿而追涼，徹氛埃於户外。瑶琴合奏，翠斝時行，譚窈窕於天人，極留連於晷刻。既而歡樂極，良辰征，攀白日而不廻，唱浮雲而告別。山光黯黯，凝緑樹之將曛；嵐氣沉沉，結蒼雲而遂晚。雖同交未阻，風月可留；岐路方乖，關山成恨。嗟乎！朝廷子入，期富貴于崇朝；林嶺吾棲，學神仙而未畢。青霞路絶〔二〕，朱紱途遥，言此會之何時，顧相逢而誰代〔三〕。永懷千古，豈知仁者之交〔四〕；凡我三人，盍崇不朽之迹。斯文未喪，題之此山，同疏六韻云爾。

【校】

〔一〕肅風景於中庭　「庭」原作「林」，「林」下原有小字注文「一作中庭」四字，據庫本、全唐文、英華卷七一九删改。

〔二〕青霞路絶　「青」上原有「曰」字，據庫本、全唐文校删。

〔三〕顧相逢而誰代　「代」原作「伐」，據庫本、全唐文、英華校改。

〔四〕豈知仁者之交　「仁」原作「人」，據庫本、全唐文、英華校改。

洪崖子鸞鳥詩序〔一〕

鸞鳥篇者，晉人洪崖子之所作也。洪崖子遁我玄魁，賁其默行，矯迹汾水，習隱洛陽。

乘白驢，衣羽褐，遊朝市之際，雜縉紳之間，時人或將襲青牛師、薊子訓之陳迹也。嘗以翠鸞時棲，明主之瑞；君子獨立，矯世之方。於是和墨澹情，洒翰縟意，寄孤興於露月，沉浮標於山海。乃集瑶圃，洗玉池，翩翩然又以自得也。時尚輦奉御梁國喬侶，聞其風而悦之，乃刻羽翦商，飛毫掞牘，扣歸昌之律，協朝陽之音，率諸君子屬而和之者十有五，余始未知夫洪崖也〔二〕。喬子慕義〔三〕，命余敍之，凡若干首。

【校】

〔一〕洪崖子鸞鳥詩序　「崖」原作「崔」，據王本、庫本、英華卷七一五校改。

〔二〕余始未知夫洪崖也　「未」原作「末」，據王本、庫本、英華校改。

〔三〕喬子慕義　「慕」原作「暴」，據王本、庫本校改。

送麴郎將使默啜序

蓋北夷不羈之日久矣，天子垂玄默，穆皇風，而狼居革心，蟻伏請職。歲一月，上將恤戎，乃以金章假麴公爲司賓卿，載馳錦車，諭意雲幕。且欲頓單于之膝，受呼韓之朝，不逾青春，復命紫闕〔一〕，其忠臣烈夫之節，感激壯士矣〔二〕。朝廷以赴此絶國，追送近郊。登熊山，望燕塞〔三〕，黄雲千里，亭皋悠然。僉曰賦詩，絶句以贈。

【校】

〔一〕復命紫闕　「闕」原作「關」，據庫本、全唐文、英華卷七一九校改。

〔二〕感激壯士矣　全唐文、英華無「士」字。

〔三〕望燕塞　庫本、英華「燕」作「鴈」。

偶遇巴西姜主簿序

予疲茶永久〔一〕，未嘗解顔。正欲登高山，望遠壑，揮斥幽痗，以劘太清，姜主簿倏自綿中，至于林下。乃飾琴酒之事，雜文章之娱，將蠲我憂，頽靡取樂。夫浩浩之白，不可獨也；青春之詩，又誰咎也。逢太平之化，寄當年之歡，同人在焉，而我何歎。南國橘柚，陽月初榮；北梁山水，良辰復別。揮手何贈，詩以永言云爾。

【校】

〔一〕予疲茶永久　「予」原作「于」，據王本、庫本、全唐文校改。「茶」原作「爾」，據庫本校改。

陳子昂集卷之八

雜著

答制問事 八條

臣今月十九日蒙恩勑召見，令臣論當今政要，行何道可以適時，不須遠引上古，具狀進者。微臣智識淺短，實昧政源，然嘗洗心精意，静觀人理。竊見國之政要，興廢在人，能知人機，順而施化，趨時適變，静而勿動，政要之賢〔一〕，可得而行。今陛下以應天命而受寶圖，建立明堂，施布大化，勤恤人隱，存問高年，報功樹德，順時興務，至公至仁，垂訓天人，可謂典章大備，制度弘遠，五帝三王所不及也。愚臣何敢有知政要？然天恩降問，貴採蒭蕘，謹竭愚直，悉心以奏，凡用賢之道未廣，仰成之化尚勞。然則取士之方，任賢之事，故陛下素所深知，應亦倦譚亦倦聽，不待臣更一二煩説也。

請措刑科

臣聞言有順君意而害天下者，有逆君意而利天下者。唯忠臣能逆意，惟聖君能從利。恩勑不以臣愚微，降問當今政要。臣伏惟當今之政，大體已備矣〔二〕，但刑獄尚急，法網未寬，恐非當今聖政之要者。臣觀聖人用刑，貴適時變，有用有捨〔三〕，不專任之。且聖人初制天下，必有凶亂之賊，叛逆之臣，而爲驅除，以顯聖德。聖人誅凶殄逆，濟人寧亂，必資刑殺，以清天下，故所以務用刑也。凶亂既滅，聖道既昌，則必順人施化，赦過宥罪，所以致措刑也。然則聖人用刑，本以禁亂，亂静刑息，不爲昇平所設。何者？太平之人，悦樂于德，不悦樂于刑，以刑窮于人，人必慘怛。故聖人貴措刑，不貴煩刑。今神皇應運受圖，臨御天下，逆臣賊子，頓伏嚴誅，所以虺貞羣黨，同惡就戮，此蓋天意將顯神皇威靈，豈此凶徒所能自亂。今魁首已滅，朋黨已屠，聖政惟昌，天下咸服。神皇又降文昌鴻恩，滌蕩羣罪，天下昭慶，企望日新。措刑崇德，正在今日，實聖政之至要者也。臣伏見近來詔獄推窮，稍復滋長，追捕支黨，頗及遠方，天下士庶，未敢安止。臣伏惟神皇聖意，務在措刑，安恤天下；不務察法，以損昇平。然今刑獄未息者，應是獄吏未識天意，所以至于此也。伏願神皇垂愷悌之德，務仁壽之恩，勑法慎罰，以省刑典。臣伏見當今天下士庶，思願安寧，途謡巷歌，皆稱萬歲，此其懷樂聖化，願保永年，欲與子孫同此仁壽。今神皇不以此時崇德務仁，使刑措不用，乃任有司明察，專務威刑，臣竊恐非神皇措刑之道。且臣聞殺一人則千人恐，濫一罪則百夫愁，人情大端，畏懼於此。今天下至廣，萬國至繁，神皇雖妙察獄囚〔四〕，不可門告户說，令一一知者。若使有一不知，以神皇好任刑法，則非太平安人之務，當今聖政之要者也。此是臣赤心至誠，敢言其實，冒死犯奏。所冀天鑒，務求措刑，察臣所言，非敢苟順。

重任賢科〔五〕

臣伏惟刑措之政，在能官人，官人惟賢，政所以理。此故神皇深知倦問，不假臣一二煩說。今臣所更重説者，實以天下之政，非賢不理；天下之業，非賢不成。固願神皇務在任賢，誠得衆賢而任之，則天下之務自化理也。則賢人既任須信，既信須終，既終須賞。夫任而不信，其才無由展；信而不終，其業無由成；終而不賞，其功無由别〔六〕。必神皇如此任賢〔七〕，則天下之賢雲集矣。何以知其然？君子小人，各尚其類者也。若神皇徒務好賢而不能任，能任而不能信，能信而不能終，能終而不能賞，雖有賢人，終不可用矣。神皇降問小臣當今政理之要者，臣竊以此爲政要之至極。何以言之？神皇大業已成，天下已平，尊名已顯，大禮已備，所未足者在於忠賢。若得忠賢相與而守之，太平之功，可以於此而就，斯實天地神靈贊助神皇而致此時也。當此時不成千歲之業，立萬代之規，小臣誠愚，竊爲神皇所惜。

明必得賢科

臣伏惟刑措之道，政在任賢。議者皆云：「賢不可知，人不可識。」臣獨以爲賢固可易知，人固可易識，但是議者不精思之耳。夫尚德行者必惡凶險之類，務公正者必無邪佞之朋，保廉節者必憎貪冒之黨，有信義者必疾苟且之徒。智者不爲愚者謀，勇者不爲怯者死，猶梟鸞不接翼，薰蕕不同氣。此天地之性，物類之情，其理自然，不可改易。何者？以德事凶，兩不相入；以正接佞，兩不相利；以信質僞，兩不相從；以廉説貪，兩不相和。智者尚謀，愚者不聽，勇者徇死，怯者貪生，皆事業不同，趨向各異。夫賢人之道〔八〕，固可預知，誠能尚賢，賢可至矣。然則賢人之業，須賢人達之；賢人之才，須賢人用之。公正廉節，信義勇謀，皆待其人然後獲展〔九〕，苟非其類，道不虚行。凡賢人君子，未嘗不思效用，但無其類獲進，所以陻没於時。今神皇誠能信任賢良，旌納忠正，知左右之臣灼然有賢行者，賜之尊爵厚禄以榮寵之，使其以類相舉，責成其政，合度者進，失度者貶。神皇但垂拱明堂，保神和志，天下之事，臣必見日就無爲，不言而治也。今神皇憂恤萬機，日不暇給，昧旦丕顯，中夜以思，誠是羣臣未稱聖任。伏願神皇審察賢能，垂恩信任。夫忠賢事君，必諫君失〔一〇〕；奸佞事主，必順主情。直道曲事，惟聖鑒所察。

賢不可疑科

臣伏惟神皇聖明，具知得賢須任，既任須信，既信須終，既終須賞，悉備知也。然今未多信任者，應以經信任無効，所以致疑。如裴炎、劉禕之、騫味道、周思茂〔一一〕，固蒙神皇信任之矣，然竟背德辜恩，神皇以此有疑於信任賢也。以臣愚識〔一二〕，則謂不然。何者？聖必藉賢以明，國必待賢以昌，人必待賢以理，物必待賢以寧。若神皇疑於信賢，欲以聖謀自斷，臣恐勤勞聖躬，而天下不可獨理。況聖躬不可勞弊，神心不可細用，此最須任賢者也。臣聞鄙人云：有人以食噎而得病者，欲絶食以去病，乃不知食絶而身斃。此言近小，可以喻遠。臣竊謂賢人於國，亦猶食之在人，固不爲一噎而絶餱糧〔一三〕，亦不可以謬賢而遠正士。此實神皇聖鑒可明知也，不待愚臣一二言之。伏願任賢無疑，求士不倦，以此爲務，天下誠不足理也。若外有信賢之名，而内實有疑賢之心，臣竊謂神皇雖日得百賢，終是無益，適足以損賢傷政也。伏惟熟察可信者信之。

招諫科

臣伏惟聖人制天下，貴能至公，能至公者，當務直道。臣伏見神皇至公應物，直道容賢，然朝廷尚未見敢諫之臣，骨鯁之士，天下直道，未得公行。臣聞聖人大德，在能聽諫，古典所説，蓋不足陳。臣伏見太宗文武聖皇帝德冠三王〔一四〕，名高五帝，實由能容魏徵愚直，獲盡忠誠，國史書之，明若日月。直言之路啓，從諫之道開，貞觀已來，此實爲美。今神皇坐明堂，布大政，神功聖業，能事備矣。夫骨鯁之士，能美聖功。伏惟神皇廣延直臣，旌賞諫士，使大聖之德，引納日新，書之金板，萬代有述。非神皇卓犖仁聖，臣不可獻此言也。

勸賞科

臣聞勞臣不賞，不可勸功；死士不賞，不可勵勇。當今或有勤勞之臣，死難之卒，策功命賞〔一五〕，未蒙優異。臣伏惟人臣徇節，在爵與名。死節勤公，名爵不及，偷榮尸禄，寵秩或加，故不可以進賢顯能，旌功勵行。伏願神皇廣求此色〔一六〕，勸勵百寮，以及將士，此最當今聖政之所宜先也。古人云「賞一人而千萬人悦」者，蓋言其功當也。夫賞而不知，賢者不務也。伏願神皇陛下特垂省察。

請息兵科

臣伏以當今國家事最大者，在兵甲歲興，賦役不省。神皇欲安人思化，理不可得。何者？兵之所聚，必有所資，千里運糧，萬里應敵，十萬兵在境，則百萬家不得安業，以此徭役，人何敢安〔一七〕？臣伏見國家自有事北狄，於今十有餘年，兵甲歲興，竟不聞其利。豈中國無制勝之策，朝廷無奇畫之臣哉？臣竊謂不然，是未計之廟算爾。臣伏惟神皇聖武，天威若神，突厥小醜，何足誅滅。然今未滅者，臣恐庸將無智，未審廟算之機，故使兵甲日多，徭役日廣。今國家又命將出師，臣願神皇審圖廟算，量其損益，計其利害。若事必不可，請兵不虛行。兵不虛行，賦役自省，以此安人，得賢可理。若失之於此，而救之於彼，臣恐人日以疲勞，不得安息。伏願熟察臣言，審圖廟算，則戎狄不足滅，中國可永寧。

安宗子科

臣伏惟陛下以至仁爲政，以至公應物，天下士庶，莫不咸知。虺貞等干紀亂常，自取屠滅，陛下唯罪其搆逆者，更無他坐，宗室子弟，獲以安寧。自非陛下恩念慈仁，敦睦九族，豈得宗室蒙此寧慶？實大聖之德，崇重宗枝。然臣更願陛下務安慰之，惠以恩信，使其顯然明知陛下慈念之至，上感聖德，下得自安。臣聞人情不能自明，則必疑慮，疑慮則必不安，不安則必危懼，危懼積則愆過生。伏願陛下明恩，賜垂愷悌之德，使天下居無過之地，萬姓知陛下必信任賢，是天下有慶。然賢人之業皆務直道，於姦邪不利，姦邪不利，必有讒譖，此賢人之災厄如是也。一人之行，十人謗之，未有不遭禍患者。自古忠良賢達，罹此患者不可勝言。

臣子昂言：臣本草茅微陋，才無可取，陛下乃越次假以恩光，將同近臣，延問政要。臣實愚昧，何堪此寵，頓首死罪。然臣之誠直〔一八〕，實自愚衷，與君子言猶且不安，況天子之問，敢不悉螻蟻之誠，真實罄盡。然臣所奏前件狀者，固是陛下所悉見知。然臣復重言者，貴以微誠，披露肝膽。不知忌諱，實戰實惶。

【校】

〔一〕政要之賢　「賢」，庫本作「實」。
〔二〕大體已備矣　「體」原作「理」，據庫本、全唐文校改。
〔三〕有用有捨　下「有」字原無，據全唐文校補。
〔四〕神皇雖妙察獄囚　「囚」原作「固」，據全唐文校改。
〔五〕重任賢科　「賢」原作「刑」，據全唐文校改。
〔六〕其功無由別　「由」原作「田」，據王本、庫本、全唐文校改。
〔七〕必神皇如此任賢　此七字原無，據庫本、全唐文校補。
〔八〕夫賢人之道　「夫」原作「反」，據王本校改。
〔九〕皆待其人然後獲展　「後」原作「可」，據庫本、全唐文校改。
〔一〇〕必諫君失　「失」原作「夫」，據庫本、全唐文校改。
〔一一〕如裴炎劉褘之騫味道周思茂　「騫」原作「蹇」，下有小字注文「本傳作騫」四字；新唐書本傳作「騫」，據改。
〔一二〕以臣愚識　「識」原作「誠」，據全唐文校改。
〔一三〕固不爲一噎而絶餱糧　「餱」原作「喉」，據王本、庫本校改。
〔一四〕臣伏見太宗文武聖皇帝德冠三王　「帝」字原無，據全唐文校補。
〔一五〕策功命賞　原作「策功委命頒賞」，據全唐文校删。

〔一六〕伏願神皇廣求此色　「色」下原有小字注文「本傳作表顯衘節」七字，據全唐文校删。

〔一七〕人何敢安　「敢」原作「取」，據庫本、全唐文校改。

〔一八〕然臣之誠直　「直」原作「真」，據庫本、全唐文校改。

上蜀川安危事 三條

臣伏見四月三十日勑廢同昌軍，蜀川百姓，每見免五十萬丁運糧，實大蘇息。然松、茂等州諸羌首領，二十年來利得此軍財帛糧餉，以富己潤屋。今一旦停廢，失其大利，必是勾引生羌，詐作警問〔一〕，以恐動茂翼等州，復使國家徵兵鎮守。若松茂等州無好都督，則此詐必行，旦夕警問必有發者〔二〕。一發已後，警動蜀州，朝廷不知，徵兵赴救，兵至賊散，靡弊更甚。伏乞選擇茂州都督，嚴加斥堠。乃命御史一人，專在按察，若有詐妄，即録奏稱，加法以懲其姦。庶可久長安帖，不然受其弊。

蜀中運糧既停，百姓更無重役，至於租庸，合富府庫。今諸州逃走户，有三萬餘在蓬渠果合遂等州山林之中，不屬州縣。土豪大族，阿隱相容，徵斂驅役，皆入國用。其中遊手惰業亡命之徒，結爲光火大賊，依憑林險，巢穴其中。若以甲兵捕之，則鳥散山谷；如州縣怠慢，則劫殺公行。比來訪聞，有人說逃在其中者，攻城劫縣，徒衆日多。誠可特降嚴加勑令州縣長官與使人，設法大招此户，則劫賊徒黨，自然除殄，其三萬户租賦，即可富國。若縱而不括，以養賊徒，蜀州大弊，必是未息。天恩允此請，乞作條例括法。

蜀中諸州百姓所以逃亡者，實緣官人貪暴，不奉國法，典吏遊容〔三〕，因此侵漁。剥奪既深，人不堪命，百姓失業，因即逃亡，凶險之徒，聚爲劫賊。今國家若不清官人，雖殺獲賊終無益。天恩前使右丞宋爽按察蜀州者，乞早發遣，除屏貪殘，則公私俱寧，國用可富。若官人未清，劫賊之徒，必是未息。以前劍南蠹弊如斯，即日聖恩停軍息役。若官人清正，劫賊剪除，百姓安寧，實堪富國。惟乞早降使按察，謹狀。聖曆元年五月十四日，通直郎行右拾遺陳子昂狀。

【校】

〔一〕詐作警問　「問」原作「固」，據庫本校改。

〔二〕旦夕警問必有發者　「問」原作「固」，據庫本校改。

〔三〕典吏遊容　「容」原作「客」，據全唐文校改。

上蜀川軍事〔一〕

臣伏見劍南諸州，緣通軋軍屯在松潘等州，千里運糧，百姓困弊。臣不自恤，竊爲國家惜之。伏以國家富有巴蜀，是天府之藏，自隴右及河西諸州，軍國所資，郵驛所給，商旅莫不皆取於蜀，又京都府庫，歲月珍貢，尚在其外。此誠蜀國之珍府。今邊郡主將，乃通軏一軍，徭役弊之，使百姓貧窮，國用不贍，河西隴右，資給亦滅。臣伏惟松潘諸軍自屯鎮已來，於今相繼百十餘年，竟未聞盜賊大侵而有尺寸之效。今國家甘心竭力以事之，臣不知其故，伏惟念惜。臣聞上有聖君，下得直言，賤臣敢越次冒昧以奏。臣在蜀時，見相傳云：聞松潘等州屯軍，數不逾萬，計糧給餉，年則不過七萬餘石可盈足。邊郡主將不審支度，乃每歲向役十六萬夫。夫擔糧輸送，一㪷之米，價錢四百，使百姓老弱，未得其所，比年以來，多以逃亡。臣伏以吐蕃，陛下未忍即滅，松潘屯兵，未可廢散。若准此賦斂，每年以十六萬夫運糧，臣恐更三年，吐蕃未殄滅，劍南百姓，不堪此役。愚臣恐非聖母神皇制敵安人、富國彊兵之神算者也。愚臣竊見蜀中耆老平議，劍南諸州，比來以夫運糧者，且一切並停，請爲九等税錢以市騾馬，差州縣富户各爲屯主税錢者〔二〕，以充脚價。各次弟四番運輂，不用一年夫運之費，可得數年軍食盈足，比於常運，減省二十餘倍。蜀川百姓，永得休息；通軏軍人，保安邊鎮；京臺府庫，河西軍馬，得利供輸其資。臣伏審計便宜，體大非一二狀俱盡。陛下若以此奏非虛，或可採者，請勒臣付所司對議得失，然後具條目一一奏聞。若臣苟爲謬妄，無益國家，請罪死不赦。

【校】

〔一〕上蜀川軍事　原作「上蜀中軍事三條」，據全唐文刪改。

〔二〕差州縣富户各爲屯主税錢者　「屯」原作「駞」，據庫本校改。

上益國事〔一〕

臣聞古者富國彊兵，未嘗不用山澤之利。臣伏見西戎未滅，兵鎮用廣，内少資儲，外勤轉餉，山澤之利，伏而未通。臣愚不識大體，伏見劍南諸山多有銅鑛，採之鑄錢，可以富國。今諸山皆閉，官無採鑄，軍國資用，惟斂下人。乃使公府虚竭，私室貧弊，而天地珍藏，委廢不論〔二〕。以臣所見，請依舊式，盡令劍南諸州准前採銅，於益府鑄錢。其松潘諸軍所須用度，皆取以資給，用有餘者，然後使緣江諸州遞運，散納荆衡沔鄂諸州，每歲便以和糴，令漕運委神都太倉。此皆順流乘便，無所勞擾，外得以事西山諸軍，内得以實中都倉廩，蜀之百姓，免於賦斂。軍國大利，公私所切要者，非神皇大聖，誰能用之。管仲云：「聖人用無窮之府。」蓋言此也。

臣某言：臣伏見神皇陛下恭己受圖，遐想至理，將欲制御戎狄，永安黎元，不欲煩撓蒸人，故爲無益。賤臣朝不坐，宴不預，軍國大事，非臣合言。伏見松潘軍糧費擾過甚〔三〕，太平百姓，未得安居。臣參班一命，庶幾仁類，不敢自見避諱，忍之不言。所以不懼身誅，區區上奏，冒越非次，伏待顯戮。惶悚死罪死罪。

【校】

〔一〕上益國事　「事」下原有小字注文「一條」兩字，據全唐文校刪。

〔二〕委廢不論　「論」原作「能」，據全唐文校改；庫本作「用」。

〔三〕伏見松潘軍糧費擾過甚　「擾」字原無，據全唐文校補。

上軍國機要事〔一〕

臣竊聞宗懷昌等軍失律者，乃被逆賊詐造官軍文牒，誣召懷昌，昌等顓愚，無備陷没。今諸軍敗失，東蕃固知，然恐安東阻隔，未審此詐。國家若無私契與安東往來，臣恐凶賊多端，詐僞復設，萬一被其矯命，更失其圖。乃是資長賊權，没陷府城，此固宜天恩已應先有處分，然臣愚見，不敢不言。又賊初勝，不即西侵者，深恐圍略安東，以自全計。若安東被圍略，則遼東以來，非國所制。伏乞天恩早爲圖之。臣聞天子義兵，不可以怒發，怒則衆懼，急則人摇，人摇則賊得其契〔二〕。故昔者聖人守静以制亂，持重以服姦，大義常存，人無疑懼。臣伏見恩制，免天下罪人，及募諸色奴充兵討擊者，是捷急之計，非天子之兵。且比來刑獄久清，罪人全少，奴多怯弱，非慣征行，縱其募集，未足可用。况當今天下忠臣勇士，萬分未用其一，契丹小孽，假命待誅，何勞免罪贖奴，損國大義。且陛下富有四海，一戰未勝〔三〕，遂即免罪募奴，若更有他虞，復何徵發？臣恐此不可威示天下。臣聞聖人制事，必理未萌，所以姦不敢謀，賊不得起。臣聞吐蕃近日將兵圍瓜州，數日即退，或云此賊通使墨啜，恐瓜沙止遏，故以此兵送之。臣雖未信，然惟國家比來勍敵，在此兩蕃。至於契丹小醜，未足以比類。今國家爲契丹大發河東道及六胡州綏延丹隰等州稽胡精兵，悉赴營州，而緣塞空虚，靈夏獨立。今冰生河合，草秋馬肥，秦中北據隴右，亦關東鄰，儻凶羯姦謀〔四〕，覘知此隙，驅其醜類，大盜秦關。隴右馬羣，是國所寶，防備遠策，良宜預圖，不可竭塞上之兵，使凶虜得計。伏願詳審。臣聞所養非所用，所用非所養，理家必弊，在國必危，故明君不畜無用之臣，慈父不畜無益之子。今朝廷三品五品，受國寵榮，天恩賞賜，府庫虚耗。食人之禄，死人之事，恩養聖朝，甚矣厚矣，及邊有小賊，則云無人驅使，又勞聖恩遠訪外人。外人先無寵禄，臨難又不肯殉節。然則國之所養者，總無用之臣；朝之所遺者，乃有用之士。今不收有用，厚養無用，欲令忠賢効力，凶賊滅亡，以臣愚見，理不可得。近者遼軍張立遇等喪律，實由内外不同心，宰相或賣國樹恩，近臣或附勢私謁，禄重者以拱默爲智，任權者以傾巧爲賢。羣居雷同，以殉私爲能；媚妻保子，以奉國爲愚。陛下又寬刑漏網〔五〕，不循名責實〔六〕，遂令綱紀日廢，奸宄滋多。今國家第一要者，在稍寬兵期。山南、淮南，去幽州四千里，所司使十月上旬到，計日行百里，四十日方到。即今水雨如此，又徵符到彼未久，當日便發，猶不及期，況未便發，且日行不可百里。若違限者死，國有常刑，到必不及期〔七〕，懼罪逃散爲賊，此更生一患。縱倍程趁期，亦恐不及、若違不誅，則軍不可統，若違必誅，則全衆皆怨，況兵疲不堪用。吴廣、陳勝爲盜由此，切急切急。即日江南、淮南諸州租船數千艘已至鞏洛〔八〕，計有百餘萬斛，所司便勒往幽州，納充軍糧。其船夫多是客户〔九〕，游手墮業、無賴雜色人，發家來時，惟作入都資料。今已到京，又勒往幽州，幽州去此二千餘里，還又二千餘里。方寒冰凍，一無資糧，國家更無優恤，但切勒赴限，比聞丁夫皆甚愁歎。又諸州行綱，承前多僦向至都糴納，今儻有此類向滄瀛糴納〔一〇〕，則山東米必二百已上，百姓必騷動。今國家不優恤，又無識事明了人檢點勾當，知租米見在虛實〔一一〕，又未宣恩旨慰勞兵夫，惟切勒赴限，儻在道逃亡，此糧有萬一非意損失，則東軍二十萬衆坐自取敗，爲賊所圖，切急切急。楊玄感以此爲亂，實軍國大命。山東百姓，國家比以供軍，矜不點募。近聞東軍失利，山東人驕慢，乃謂國家怕其粗豪，不敢徵發，今街談巷議，多有苟且之心，伺國瑕隙〔一二〕，頗摇風俗。國家大政，須人無二心，若縱懷二，奸亂必漸。臣伏思即日山東愚人有亡命不事産業者，有遊俠聚盜者，有奸豪强宗者，有交通州縣造罪過者，如此等色〔一三〕，皆是奸雄。國家又不以法制役之，臣恐無賴子弟暴横日廣，上不爲國法所制，下不爲州縣所覊。又不從軍，又不守業，坐觀成敗，養其奸心，在於國家，甚非長計。以臣愚見，望降墨勑使臣，與州縣相知子細採訪，有粗豪游俠，亡命奸盜，失業浮浪，富族彊宗者，並稍優與賜物，悉募從軍，仍宣恩旨慰勞，以禮發遣。若如此，則山東浮人安於太山〔一四〕，一者以慴奸豪異心，二者得精兵討賊，不須免奴稽胡等。又身既在軍，則父兄子弟自不敢爲過。昔漢祖征山東〔一五〕，使蕭何鎮關中，漢軍數敗，蕭何每發關中子弟以助漢軍。三秦無盜亂之患，漢軍有彊雄之勢，蓋以此道是也。夫亂羣敗衆者，惟在奸雄，奸雄既覊，亂弊自息，伏乞聖慈早圖之。詩云：「無縱詭隨，式遏寇虐。」紫袍緋袍，緑袍金帶，牙笏告身，金銀器物等，即日軍衆已集，入賊有期。臣欲募死士三萬人，長驅賊庭，一戰掃定。軍中未有高爵重賞，無以勵勇使貪，伏望天恩賜給前件袍帶告身器物二千事，庶以勸勵士衆，未敢虚用。比來將軍不明賞罰，所以兵不齊心。今聚十五萬衆，戈甲糧餉，日費萬金，不早克定，恐所費彌廣。山東百姓，貧弊不可再役。特乞天恩，允臣所請。

【校】

〔一〕上軍國機要事　「事」下原有小字注文「八條」二字，據全唐文校删。

〔二〕人摇則賊得其契　「契」，庫本、全唐文作「勢」。

〔三〕一戰未勝　「未」原作「末」，據斯五九七一號敦煌殘卷上軍機要切事（以下簡稱「斯五九七一號敦煌殘卷」）、全唐文校改。

〔四〕儻凶羯姦謀　「儻」原作「黨」，據斯五九七一號敦煌殘卷校改。

〔五〕陛下又寬刑漏網　「網」原作「纓」，下有小字注文「一作網」三字，據斯五九七一號敦煌殘卷、全唐文刪改。

〔六〕不循名責實　「責」字原無，據斯五九七一號敦煌殘卷校補。

〔七〕到必不及期　「必」字原無，據斯五九七一號敦煌殘卷校補。

〔八〕即日江南淮南諸州租船數千艘已至鞏洛　「日」原作「目」，據庫本、全唐文校改。

〔九〕其船夫多是客户　「客」原作「容」，據庫本、全唐文校改。

〔一〇〕今儻有此類向滄瀛糴納　「瀛」原作「瀛」，據庫本、全唐文校改。

〔一一〕知租米見在虛實　「租」原作「粗」，據庫本、全唐文校改。

〔一二〕伺國瑕隙　「伺」原作「爲」，據庫本、全唐文校改。

〔一三〕如此等色　「如」原作「知」，據庫本、全唐文校改。

〔一四〕則山東浮人安於太山　「浮」原作「淳」，據全唐文校改。

〔一五〕昔漢祖征山東　「山東」原作「東山」，據庫本、全唐文校改。

上軍國利害事　三條

出使

臣伏見陛下憂勞天下百姓，恐不得所，又發明詔，將降九道大使，巡察天下諸州，兼申黜陟，以求人瘼，甚大惠也。天下百姓幸甚。臣竊以爲美矣，未盡善也。何以言之？陛下所以降明使，豈非欲令天下黎元衆庶知陛下夙興夜寐，憂勤念之邪？欲天下賢良忠孝知陛下夙興夜寐，思任用之邪？欲使天下奸人暴吏亦知陛下夙興夜寐，務欲除之邪？陛下聖意必若以此而發使乎，則臣愚昧，見陛下之使有未盡善也。若愚臣所謂使者，皆先當雅合時望，爲衆人所推，仁愛足以存恤孤惸，賢明足以進拔幽滯，剛直足以不避彊禦，明智足以照察奸非。然後使天下奸人，畏其明而不敢爲惡也；天下彊禦，憚其直而不敢爲過也〔一〕；天下英奇，慕其德而樂爲之用也；天下孤寡，賴其仁而欣戴其恩也。夫如是，然後可以論出使。故輶軒未動於京師，天下翕然皆已知矣。今陛下使猶未出朝廷，行路市井之人，皆以爲非任，朝廷有識者亦不稱之。夫天子之使未出魏闕，朝廷之人皆以輕之，何況天下之衆哉。夫欲黜陟求瘼，豈可得也？陛下所以有此失者，在不選人，亦輕此使非天下之大任，故陛下遂大失至於此也。宰相復以爲常〔二〕，但奉詔而行之。苟以出使爲名，不求任使之實，故使愈出而天下愈弊，使彌多而天下彌不寧。其故何哉？是朝廷輕其任也。輕其任則不擇人，不擇人則其使非實，其使非實則黜陟不明，刑罰不中，朋黨者進，貞直者退。徒使天下百姓修飾道路，送往迎來，無益於聖教耳。臣久爲百姓，實委知之。陛下欲令天下黎庶知陛下夙興夜寐，憂勤政化，不可得也。故臣以陛下大失在於此也。夫欲正其末者，必先端其本；清其流者，必先潔其源：自然之符也。國家兹弊，亦已久矣。今陛下若不重選此使，貴得其人，天下黎元，必以爲陛下尚行尋常之政，不能革此弊也。則賢人必不出，貪吏必得志，惸獨必哀吟，天下百姓無荷賴於陛下此使也。臣不勝有願，願陛下與宰相更妙選朝廷百官，使有威重名節爲衆人所推者。陛下因大朝見，親御正殿，集百寮公卿，設禮儀，以使者之禮見之。於是告以出使之意，殷勤儆誡，無敢或懲，遂授以旌節而發遣之，先自京師而訪豺狼，然後攬轡登車以清天下。若如是，臣必知陛下聖教，不旬月之間，天下家見而户習也。昔堯、舜氏不下席而天下理者，蓋黜陟幽明能折中爾。今陛下方開中興之化，建萬代之功，天下瞻望，冀見聖政。此之一使，是陛下爲政之大端也。諺曰：「欲知其人，觀其所使。」不可不慎也。若陛下必知不可得其人，則不如不出使。出使煩數，無益於化，但勞天下之人，是猶烹小鮮而數撓之爾。伏惟陛下察照。

牧宰

臣伏惟陛下當今所共理天下，欲致太平者，豈非宰相與諸州刺史縣令邪。陛下若重此而治天下乎，臣見天下理也。若陛下輕此而理天下乎，臣見天下不得理也。何者？宰相陛下之腹心，刺史、縣令陛下之手足，未有無腹心手足而能獨理者也。臣竊觀當今宰相，已略得其人矣；獨刺史、縣令，陛下猶甚輕之〔三〕，未見得其人。是以腹心雖安，而手足猶病，而天下至今所以未有大利爾。臣竊惟刺史、縣令之職，實陛下政教之首也。陛下布德澤，下明詔，將示天下百姓，必待刺史、縣令爲陛下謹宣之。故得其人，則百姓家見而户聞；不得其人，但委棄有司而掛牆壁爾。陛下欲使家興禮讓，吏勗清勤，不重選刺史、縣令，將何道以致之邪？愚臣竊見陛下未有舟檝而欲濟江河〔四〕，不可濟也。臣比在草茅，爲百姓久矣，刺史、縣令之化，臣實委知，國之興衰，莫不在此職也。何者？一州得賢明刺史，以至公循良爲政者，則千萬家賴其福；若得貪暴刺史，以徇私苛虐爲政者，則千萬家受其禍矣〔五〕。夫一州禍福且如此，況天下之衆，豈得勝道哉！故臣以爲陛下政化之首，國之興衰，在此職者也。臣伏見陛下憂勤政理，欲安天下百姓，無使疾苦，然猶未以刺史、縣令爲念，何可得哉。臣何知陛下未以刺史、縣令爲念？竊見吏部選人，補一縣令如補一縣尉爾，但以資次攷第從官遊歷即補之，不論賢良德行可以化人而拔擢見用者。縱吏部侍郎時有知此弊而欲超越用人，則天下小人已囂然相謗矣。所以然者，習於常而有驚怪也。所以天下庸流，莫不能得爲縣令，庸流一雜，賢不肖莫分。但以爲縣令庸流，資次爲選，不以才能任職，所以天下凌遲。百姓無由知陛下聖德勤勞夙夜之念，但以愁怨，以爲天子之令遣如此也。自有國來，此弊最深，而未能除也，豈不甚哉！昔漢宣帝有言曰：「朕之所共理天下者，豈非良二千石乎？」故宣帝之時，能委任矣。伏願陛下與宰相深知妙選，以救正此弊，使天下之人稍得以安。臣有計，然甚鄙近，未能著於書〔六〕。願陛下興念，與明宰相圖之，以安天下。幸甚幸甚。

人機

臣聞天下有危機，禍福因之而生，機靜則有福，機動則有禍，天下百姓是也。夫百姓安則樂其生，不安則輕其死，輕其死則無所不至也。故曰：人不可使窮，窮之則姦宄生；人不可數動，動之則災變起。姦宄不息，災變日興，叛逆乘釁，天下亂矣。當今天下百姓，雖未窮困，軍旅之弊，不得安者，向五六年矣。夫妻不得相保，父子不得相養。自劍以南，爰至河隴秦涼之間，山東則有青徐曹汴，河北則有滄瀛恒趙，莫不或被饑荒，或遭水旱，兵役轉輸，疾疫死亡，流離分散，十至四五，可謂不安矣。幸得陛下以仁聖之恩，憫其失業，所在邊境有兵戰之役，一切且停。遂使窮困之人，尚得與妻子相見，父兄相保，各復其業，獲以救窮，人心稍安，殆半年矣。天下可謂幸甚。愚臣竊賀陛下得天下之機，能密靜之，非陛下至聖大明，不能如此也。愚臣今所以爲陛下更論天下之危機者，恐將相有貪夷狄之利，又説陛下以廣地彊武爲威，謀動甲兵以事邊塞。陛下或未知天下有危機，萬一聽之，臣懼機失禍搆，則天下有不可奈何也。詩不云乎：「人亦勞止，汔可小康。惠此中國，以綏四方。」故臣願陛下垂衣裳，修文德，去刑罰，勸農桑，以息天下之人，務與之共安。然後使遐荒蠻夷自知中國有聖人，重譯而入貢。愚臣竊以爲當今天下之大計也，伏惟陛下念之。近者隋煬帝不知天下有危機，自以爲威德廣大，欲建萬代之業，動天下之衆，殫萬人之力，兵役相仍，轉輸不絶，北討胡貊，東伐遼人。於是天下百姓窮困，人不堪命，機動禍搆，遂喪天下。此是不知天下有危機，而信貪佞之臣，冀收夷狄之利，卒以滅亡者也。隋氏之失，可以殷鑒，豈不大哉！伏惟陛下察之。國家所伐吐蕃，有大失策。中國之衆，半天下受其弊。然遂事不諫，當復何言。陛下不以臣愚，蒭蕘可採，一賜召臣至玉陛，得以口論天下，幸甚。

臣子昂言：臣本下愚，未知大體。今月十六日，特奉恩勑〔七〕，賜臣紙筆，遣于中書言天下利害。天之降命，敢不對揚。而孤負聖恩，萬一無補，死罪死罪。謹率愚見，封進以聞。塵聽玉階，伏闕累息〔八〕。臣子昂誠惶誠恐，頓首頓首，謹言。

【校】

〔一〕憚其直而不敢爲過也　「而」字原無，據全唐文校補。

〔二〕宰相復以爲常　「復」原作「徒」，據庫本校改。

〔三〕陛下猶甚輕之　「猶」原作「獨」，據庫本校改。

〔四〕愚臣竊見陛下未有舟檝而欲濟江河　「江」原作「河」，據全唐文校改。

〔五〕則千萬家受其禍矣　「則」字原無，據全唐文校補。

〔六〕未能著於書　「未」原作「來」，據庫本、全唐文校改。

〔七〕特奉恩勑　「恩」原作「息」，據王本、庫本、全唐文校改。

〔八〕伏闕累息　「闕」原作「關」，據庫本、全唐文校改。

上西蕃邊州安危事　三條

臣聞聖人制事，貴於未亂，所以用成功，光濟天下大業。臣伏見國家頃以北蕃九姓亡叛，有詔出師討之，遣田揚名發金山道十姓諸兵自西邊入〔一〕。臣聞十姓君長奉詔之日，若報私讎，莫不爲國家克翦凶醜，遂數年之内，自率兵馬三萬餘騎，經途六月，自食私糧，誠是國家威德早申，蕃戎得効忠赤。今者軍事已畢，情願入朝，國家乃以其不奉璽書，妄破回紇部落，責其專擅，不許入朝，便於涼州發遣各還蕃部。臣愚見竊爲國家危之，深恐此等自兹成隙。何以言之？國家所以制有十姓者，本爲九姓强大〔二〕，歸服聖朝；十姓微弱，勢不能動。故所以委命臣妾，爲國忠良。今者九姓叛亡，北蕃喪亂，君長無主，莫知所歸，回紇金水，又被殘破，磧北諸姓，已非國家所有。今欲掎角亡叛，雄將邊疆〔三〕，惟倚金山諸蕃，共爲形勢〔四〕。有司不察此理，乃以田揚名妄破回紇之罪〔五〕，坐及十姓諸豪，拒而遣還，不許朝覲。臣愚以爲非善御戎狄、制於未亂之長策也。夫蕃戎之性，人面獸心，親之則順，疑之則亂，蓋易動難安，古所莫制也。今阻其善意，逆其歡心，古人所謂放虎遺患，不可不察。且臣昨於甘州日〔六〕，見金山軍首領擬入朝者，自蕃中至，已負其功，見燕軍漢兵不多，頗有驕色。察其志意，所望殊高，與其言宴，又詞多不順。今更不許入朝謁，疑之以罪〔七〕，與回紇部落復爲大讎，此則内無國家親信之恩，外有回紇報讎之患。懷不自安，鳥駭狼顧，亡叛沙漠，則河西諸蕃，恐非國家所有。且夷狄相攻，中國之福，今回紇已破，既往難追，十姓無罪，不宜自絶。今若妄破回紇，有司止罪揚名，在於蕃情，足以爲慰。十姓首領，國家理合羈縻，許其入朝，實爲得計。今北蕃既失，虜不自安，廟勝之策，良恐未爾。事既機速，伏乞早爲圖之。

臣伏見今年五月勑，以同城權置安北府。此地逼磧南口，是制匈奴要衝。國家守邊，實得上策。臣在府日，竊見磧北歸降突厥，已有五千餘帳，後之來者，道路相望。又甘州先有降户四千餘帳〔八〕，奉勑亦令同城安置。磧北喪亂，先被饑荒，塗炭之餘，無所依仰，國家開安北府，招納歸降，誠是聖恩洪流，覆育戎狄。然臣竊見突厥者，莫非傷殘羸餓，並無人色，有羊馬者，百無一二。然其所以攜幼扶老，遠來歸降，實將以國家綏懷，必有賑贍，冀望恩覆，獲以安存，故其來者，日以益衆。然同城先無儲蓄，雖有降附，皆未優矜〔九〕，蕃落嗷嗷，不免饑餓，所以時有劫掠，自相屠戮。君長既不能相制，以此盜亦稍多。甘州頃者抄竊尤甚。今安北府見有官羊及牛六千頭口，兵糧粟麥萬有餘石，安北初置，庶事草創，孤城兵少，未足威懷〔一〇〕。國家不贍恤來降之徒，空委此府安撫，臣恐降者日衆，盜者日多，戎虜桀黠，必爲禍亂。夫人情莫不以求生爲急〔一一〕，今不以此粟麥，不以此羊牛，大爲其餌，而不救其死，人無生路，安得不爲羣盜乎？羣盜一興，則安北府城必無全理。府城一壞，則甘涼已北恐非國家所有，後爲邊患，禍未可量。是乃國家故誘其爲亂，使其爲賊，非謂綏懷經遠之長策也。且磧北諸蕃，今見大亂，亂而思理，生人大情。國家既開綏撫之恩，廣置安北之府，將理其亂者，以慰喻諸蕃，取亂存亡，可謂聖圖弘遠矣。然時則爲得，事則未可行〔一二〕。何者？國家來不能懷，去不能制，空竭國用，爲患於邊，取亂之策，有失於此。況夷狄代有其雄，與中國抗行，自古所病。倘令今有勃起，遂雄於邊，招集遺散，收强撫弱，臣恐喪亂之衆，必有景從。此亦國家之大機，不可輕而失也。機事不密，則必害成，聖人之至誡。今北蕃未定，降者未安，國家不早爲良圖，恐坐而生變。乞得面奏，指陳其利害，邊境幸甚幸甚。

臣竊見河西諸州，地居邊遠，左右寇賊，並當軍興。頃年已來，師旅未靜，百姓辛苦，殆不堪役，公私儲蓄，足可憂嗟。頃至涼州，問其倉貯，惟有六萬餘石，以支兵防，纔周今歲。雖云屯田收者猶在此外，略問其數，得亦不多。今國家欲制河西，定戎虜，此州不足，未可速圖。又至甘州，責其糧數，稱見在所貯積者，四十餘萬石，今年屯收，猶不入計。臣觀其衝要，視其山川，信是河西扼喉之地。今北當九姓，南逼吐蕃，二虜奸回，凶猾未測，朝夕警問〔一三〕，頗有窺覦。甘州地廣糧多，左右受敵，其所管户，不滿三千，堪勝兵者，不足百數。

屯田廣遠，倉蓄狼籍，一虜爲盜，恐成大憂。涼府雖曰雄藩〔一四〕，其實已甚虚竭，夷狄有變，不堪軍興，以河西諸州，又自守不足。今瓜、肅鎮防禦，仰食甘州，一旬不給，便至饑餒。然則河西之命，今並懸於甘州矣。機不可失〔一五〕，此機一失，深足憂危。又得甘州狀稱，今年屯收，用爲善熟，爲兵防數少，百姓不多，屯田廣遠，收獲難遍，時節既過，遂有凋枯〔一六〕，所以三分收不過二。人力又少，未入倉儲，縱已收刈，尚多在野。臣伏惟吐蕃桀黠之虜，自爲邊寇，未嘗敗衄。頃緣其國有亂，君臣不和，又遭天災，戎馬未盛，所以數求和好，寢息邊兵。其實本畏國家乘其此弊，故卑辭詐僞，苟免天誅。今又聞其贊普已擅國權，上下和好，兵久不出，其意難量。比者國家所以制其不得東侵，實由甘涼素有蓄積，士馬彊盛，以扼其喉，故其力屈，勢不能動。今則不然，甘州倉糧，積以萬計，兵防鎮守，不足威邊。若使此虜探知，潛懷逆意，縱兵大入，以寇甘涼，雖未能劫掠士人，圍守城邑，但燒甘州蓄積，蹂踐諸屯，臣必知河西諸州，國家難可復守也。此機不可一失，一失之後，雖賢聖之智，亦無柰何。臣愚不習邊事，竊謂甘州宜便加兵，内得營農，外得防盜，甘州委積，必當更倍。何以言之？甘州諸屯，皆因水利，濁河溉灌，良沃不待天時，四十餘屯，並爲奥壤〔一七〕。故每收獲，常不減二十萬，但以人功不備，猶有荒蕪。今若加兵，務窮地利，歲三十萬，不爲難得。國家若以此計爲便，遂即行之，臣以河西不出數年之間，百萬倉不足而致〔一八〕；倉廩既實，邊境又彊，則天兵所臨，何求不得。管仲云：「聖人用無窮之府，積不涸之倉。」似非虚言也〔一九〕。

【校】

〔一〕遣田揚名發金山道十姓諸兵自西邊入　「遣」字原無，據全唐文校補。「揚」原作「楊」，據庫本、全唐文校改。

〔二〕本爲九姓强大　「强」字原無，據全唐文校補。

〔三〕雄將邊疆　「雄」原作「雖」，據全唐文校改。

〔四〕共爲形勢　「共」原作「尚」，下有小字注文「本傳作共」四字，據全唐文、新唐書本傳删改。

〔五〕乃以田揚名妄破回紇之罪　「揚」原作「楊」，據庫本、全唐文校改。

〔六〕且臣昨於甘州日　「且」原作「自」，據全唐文校改。

〔七〕疑之以罪　「之」字原無，據全唐文校補。

〔八〕又甘州先有降户四千餘帳　「千」原作「十」，據全唐文校改。

〔九〕皆未優矜　「優」原作「復」，據全唐文校改。

〔一〇〕未足威懷　「足」原作「之」，據全唐文校改。

〔一一〕夫人情莫不以求生爲急　「求」原作「乘」，據全唐文校改。

〔一二〕事則未可行　「可」字原無，據伯三五九〇號敦煌殘卷故陳子昂遺集（以下簡稱「伯三五九〇號敦煌殘卷」）校補。

〔一三〕朝夕謦問　「問」原作「固」，據庫本校改。

〔一四〕涼府雖曰雄藩　「曰」原作「日」，據庫本、全唐文校改。

〔一五〕機不可失　四字原無，據伯三五九〇號敦煌殘卷校補。

〔一六〕遂有凋枯　「枯」原作「固」，據伯三五九〇號敦煌殘卷校改。

〔一七〕並爲奥壤　「壤」原作「壞」，據伯三五九〇號敦煌殘卷、庫本、全唐文校改。

〔一八〕百萬倉不足而致　「倉」字原作「之兵食無」，據伯三五九〇號敦煌殘卷校改。

〔一九〕似非虚言也　「似」原作「事」，據庫本校改。

陳子昂集卷之九

書

諫靈駕入京書〔一〕

梓州射洪縣草莽愚臣陳子昂謹頓首冒死獻書闕下〔二〕：臣聞明主不惡切直之言以納忠〔三〕，烈士不憚死亡之誅以極諫。故有非常之策者，必待非常之時；有非常之時者〔四〕，必待非常之主。然後危言正色，抗議直辭，赴湯鑊而不廻，至誅夷而無悔，豈徒欲詭世誇俗，厭生樂死者哉！實以爲殺身之害小，存國之利大，故審計定議而甘心焉。況乎得非常之時，遇非常之主，言必獲用，死亦何驚，千載之迹，將不朽於今日矣。伏惟大行皇帝遺天下〔五〕，棄羣臣，萬國震驚，百姓屠裂。陛下以徇齊之聖〔六〕，承宗廟之重，天下之望，喁喁如也，莫不冀蒙聖化，獲保餘年，太平之主，將復在於今日矣。況皇太后又以文母之賢，協軒宮之耀，軍國大事，遺詔決之，唐虞之際，於斯盛矣。臣伏見詔書，梓宮將遷坐京師，鑾輿亦欲陪幸。計非上策，智者失圖，廟堂未聞有骨鯁之謀〔七〕，朝廷多見有順從之議〔八〕。愚臣竊惑，以爲過矣。伏自思之，生聖日，沐皇風，摩頂至踵，莫非亭育。不能歷丹鳳，抵濯龍，北面玉階，西望金屋〔九〕，抗音而正諫者〔一〇〕，聖王之罪人也。所以不顧萬死，乞獻一言，願蒙聽覽，甘就鼎鑊，伏惟陛下察之。臣聞秦據咸陽之時，漢都長安之日，山河爲固，天下服矣。然猶北假胡宛之利〔一一〕，南資巴蜀之饒，自渭入河，轉關東之粟，踰沙絶漠，致山西之征〔一二〕，然後能削平天下〔一三〕，彈壓諸侯，長轡利策〔一四〕，横制宇宙。今則不然。燕代迫匈奴之侵，巴隴嬰吐蕃之患。西蜀疲老，千里運粮；北國丁男，十五乘塞。歲月奔命，其弊不堪。秦之首尾，今爲闕矣〔一五〕。即所餘者，獨三輔之間爾。頃遭荒饉，人被薦饑，自河而西，無非赤地；循隴以北，罕逢青草。莫不父兄轉徙，妻子流離，委家喪業，膏原潤莽。此朝廷之所備知也。賴以宗廟神靈，皇天悔禍，去歲薄稔，前秋稍登，使羸餓之餘，得保性命〔一六〕，天下幸甚，可謂厚矣。然而流人未返，田野尚蕪，白骨縱横，阡陌無主，至於蓄積，猶可哀傷。陛下不料其難，貴從先意，遂欲長驅大駕，按節秦京，千乘萬騎，何方取給？況山陵初制，穿復未央，土木工匠，必資徒役。今欲率疲弊之衆，興數萬之軍〔一七〕，徵發近畿，鞭朴羸老，鑿山採石，驅以就功，但恐春作無時，秋成絶望，凋瘵遺噍，再罹饑苦。倘不堪其弊，有一逋逃，「子來」之頌，其將何詞以述。此亦宗廟之大機，不可不深圖也。況國無兼歲之儲，家鮮匝時之蓄〔一八〕，一旬不雨，猶可深憂，忽加水旱，人何以濟。陛下不深察始終，獨違羣議，臣恐三輔之弊，不止如前日矣。且天子以四海爲家，聖人包六合爲宇，歷觀邃古，以至于今，何嘗不以三王爲仁，五帝爲聖。故雖周公制作，夫子著明〔一九〕，莫不祖述堯舜，憲章文武，爲百王之鴻烈，作千載之雄圖。然而舜死陟方，葬蒼梧而不返；禹會羣后，殁稽山而永終。豈其愛蠻夷之鄉而鄙中國哉？實將欲示聖人之無外也。故能使墳籍以爲美談，帝王以爲高範。況我巍巍大聖，轢帝登皇，日月所照，莫不率俾。何獨秦豐之地，可置山陵；河洛之都，不堪園寢？陛下豈可不察之〔二〇〕？愚臣竊爲陛下惜也。且景山崇麗，秀冠羣峯，北對嵩邙，西望汝海，居祝融之故地，連太昊之遺墟，帝王圖跡，縱横左右，園陵之美，復何加焉。陛下曾未察之，謂其不可，愚臣鄙見，良足尚矣。況瀍澗之中〔二一〕，天地交會，北有太行之險，南有宛葉之饒。東壓江淮，食湖海之利；西馳崤澠，據關河之寶。以聰明之主，養淳粹之人，天下和平恭己〔二二〕，正南面而已。陛下不思瀍洛之壯觀，關隴之荒蕪，遂欲棄太山之安〔二三〕，履焦原之險，忘神器之大寶，循曾閔之小節，愚臣闇昧〔二四〕，以爲甚也。陛下何不覽諫臣之策，採行路之謠，諮謀太后，平章宰輔，使蒼生之望，知有所安，天下豈不幸甚。昔者平王遷周，光武都洛，山陵寢廟，不在西京〔二五〕；宗社墳塋，並居東土〔二六〕。然而春秋美爲始王，漢書載爲代祖，豈其不願孝哉？何聖賢褒貶，於斯濫矣。實以時有不可，事有必然，蓋欲遺小存大，去禍歸福，聖人所以爲貴也。夫小不忍而亂大謀，仲尼之至誠，願陛下察之。若以臣愚不用，朝議遂行，臣恐關隴之憂，無時休也〔二七〕。臣又聞太原蓄鉅萬之倉，洛口積天下之粟，國家之寶，斯爲大矣。今欲捨而不顧，背以長驅，使有識驚嗟，天下失望。倘鼠竊狗盜，萬一不圖，西入陝州之郊，東犯武牢之鎮，盜敖倉一抔之粟〔二八〕，陛下何以遏之？此天下之至機，不可不深惟也。雖則盜未旋踵，誅刑已及，滅其九族，焚其妻子，泣辜雖恨，將何及焉。故曰：先謀後事者逸，先事後圖者失。然而國之利器，不可以示人，斯言不徒設也。願陛下念之。臣西蜀野人，本在林藪，幸屬交泰，得遊王國。固知不在其位者不謀其政〔二九〕，亦欲退身巖谷，滅迹朝廷。竊感婁敬委輅，不非其議，圖漢策於萬全，取鴻名於千古，臣何獨怯而不及之哉！所以敢觸龍鱗，死而無恨。庶萬有一中，或垂察焉。臣子昂誠惶誠恐，頓首頓首，死罪死罪〔三〇〕。

【校】

〔一〕諫靈駕入京書　英華卷六七五「書」下有小字注文「中宗即位初年」六字。

〔二〕梓州射洪縣草莽愚臣陳子昂謹頓首冒死獻書闕下　「愚」字原無，據全唐文、英華、文粹卷二六下、舊唐書本傳校補。

〔三〕臣聞明主不惡切直之言以納忠　「主」原作「王」，據伯三五九〇號敦煌殘卷、全唐文、英華校改。
〔四〕有非常之時者　「有」，文粹、舊唐書本傳作「得」。
〔五〕伏惟大行皇帝遺天下　「帝」下原有「之」字，據全唐文、英華、文粹、舊唐書本傳校删。
〔六〕陛下以徇齊之聖　「徇」原作「循」，據伯三五九〇號敦煌殘卷、全唐文、英華、文粹校改。
〔七〕廟堂未聞有骨鯁之謀　「有」字原無，據全唐文、文粹、舊唐書本傳校補。
〔八〕朝廷多見有順從之議　「見」字原無，據全唐文、文粹、舊唐書本傳校補。
〔九〕西望金屋　「西」原作「東」，據伯三五九〇號敦煌殘卷校改。
〔一〇〕抗音而正諫者　「抗」原作「杭」，據伯三五九〇號敦煌殘卷、庫本、全唐文、英華、文粹、舊唐書本傳校改。
〔一一〕然猶北假胡宛之利　「宛」原作「苑」，據庫本、全唐文、文粹、舊唐書本傳、新唐書本傳校改。
〔一二〕致山西之征　「征」原作「寶」，據伯三五九〇號敦煌殘卷校改。
〔一三〕然後能削平天下　「能」字原無，據全唐文、英華、文粹、舊唐書本傳校補。
〔一四〕長轡利策　「轡」下原有小字注文「本傳作羈」四字，據全唐文、英華、文粹校删。
〔一五〕今爲闕矣　「爲闕」原作「不完」，據全唐文、英華、文粹、舊唐書本傳校改。
〔一六〕得保性命　「性」原作「沉」，據庫本、文粹、舊唐書本傳校改。
〔一七〕興數萬之軍　「軍」原作「兵」，據伯三五九〇號敦煌殘卷、全唐文、英華、文粹、舊唐書本傳、新唐書本傳校改。
〔一八〕家鮮匝時之蓄　「匝」原作「過」，據全唐文、英華、文粹、舊唐書本傳校改。
〔一九〕夫子著明　「明」原作「名」，據伯三五九〇號敦煌殘卷、庫本、英華、文粹、舊唐書本傳校改。
〔二〇〕陛下豈可不察之　「可」字原無，據全唐文、文粹校補。

〔二一〕況瀍澗之中　「況」字原無，據伯三五九〇號敦煌殘卷、全唐文、英華、文粹、舊唐書本傳校補。
〔二二〕天下和平恭己　「和」原作「利」，據伯三五九〇號敦煌殘卷、庫本、全唐文、英華、文粹、舊唐書本傳校改。
〔二三〕逆欲棄太山之安　「棄」下原有「於」字，據全唐文、英華、文粹、舊唐書本傳校改。
〔二四〕愚臣闇昧　原作「臣愚昧」，據伯三五九〇號敦煌殘卷、全唐文、英華、文粹、舊唐書本傳校改。
〔二五〕不在西京　「西」原作「東」，據伯三五九〇號敦煌殘卷校改。
〔二六〕並居東土　「東」原作「西」，據伯三五九〇號敦煌殘卷校改。
〔二七〕無時休也　「無」原作「未」，據全唐文、舊唐書本傳校改。
〔二八〕盜敖倉一抔之粟　「抔」原作「杯」，據伯三五九〇號敦煌殘卷、全唐文、英華、文粹、舊唐書本傳、新唐書本傳校改。
〔二九〕固知不在其位者不謀其政　「固」原作「故」，據伯三五九〇號敦煌殘卷校改。
〔三〇〕頓首死罪死罪　此六字原無，據全唐文、英華校補。

諫雅州討生羌書

將仕郎守麟臺正字臣陳子昂昧死上言：　竊聞道路云，國家欲開蜀西山〔一〕，自雅州道入討生羌，因以襲擊吐蕃。執事者不審圖其利害，遂發梁、鳳、巴蜒兵以徇之〔二〕。臣愚以爲西蜀之禍，自此結矣。臣聞亂生必由怨起，雅之邊羌，自國初已來，未嘗一日爲盜。今一旦無罪受戮，其怨必甚，怨甚懼誅，必蜂駭西山。西山盜起，則蜀之邊邑，不得不連兵備守，兵久不解，則蜀之禍搆矣。昔後漢末西京喪敗，蓋由此諸羌。此一事也。且臣聞吐蕃桀黠之虜，君長相信，而多奸謀，自敢抗天誅，邇來向二十餘載，大戰則大勝，小戰則小勝，未嘗敗一隊、亡一矢。國家往以薛仁貴、郭待封爲虓武之將，屠十萬衆於大非之川，一甲不歸；又以李敬玄、劉審禮爲廊廟之宰，辱十八萬衆於青海之澤，身爲囚虜。是時精甲勇士，勢如雲雷，然竟不能擒一戎，馘一醜，至今而關隴爲空。今乃欲以李處一爲將，驅顛頷之兵，將襲吐蕃，臣竊憂之，而爲此虜所笑。此二事也。且夫事有求利而得害者，則蜀昔時不通中國，秦惠王欲帝天下而并諸侯，以爲不兼賨、不取蜀〔三〕，勢未可舉，乃用張儀計，飾美女，譎金牛，因閒以啖蜀侯。蜀侯果貪其利，使五丁力士鑿山通谷，棧褒斜，置道於秦，自是險阻不關，山谷不閉。張儀躡踵乘便，縱兵大破之，蜀侯誅，賨邑滅，至今蜀爲中州，是貪利而亡。此三事也。且臣聞吐蕃羯虜，愛蜀之珍富，欲盜之久有日矣。然其勢不能舉者，徒以山川阻絶，障隘不通，此其所以頓餓狼之喙而不得竊食也。今國家乃撤邊羌〔四〕，開隘道，使其收奔亡之種，爲鄉導以攻邊，是乃借寇兵而爲賊除道，舉全蜀以遺之。此四事也。臣竊觀蜀爲西南一都會，國家之寶庫，天下珍貨，聚出其中。又人富粟多，順江而下，可以兼濟中國。今執事者乃圖僥倖之利，悉以委事西羌。得西羌，地不足以稼穡，財不足以富國，徒殺無辜之衆，以傷陛下之仁，糜費隨之，無益聖德，又況僥倖之利未可圖哉。此五事也。夫蜀之所寶，恃險也；人之所安，無役也。今國家乃開其險，役其人，險開則便寇，人役則傷財，臣恐未及見羌戎，而已有奸盜在其中矣。往年益州長史李崇真將圖此奸利，傳檄稱吐蕃欲寇松州，遂使國家盛軍以待之，轉餉以備之，未二三年，巴蜀二十餘州，騷然大弊，竟不見吐蕃之面，而崇真贓錢已計鉅萬矣〔五〕。蜀人殘破，幾不堪命。此乃近事，猶在人口，陛下所親知。臣愚意者得非有奸臣欲圖此利〔六〕，復以生羌爲計者哉？此六事也。且蜀人尪孱，不習兵戰，一虜持矛，百人不敢當。又山川阻曠，去中夏精兵處遠。今國家若擊西羌，掩吐蕃，遂能破滅其國，奴虜其人，使其君長係首北闕，計亦可矣。若不到如此，臣方見蜀之邊陲不守，而爲羌夷所橫暴。昔辛有見被髮而祭伊川者，以爲不出百年，此其爲戎乎。臣恐不及百年而蜀爲戎。此七事也。且國家近者廢安北，拔單于，棄龜兹，放疏勒，天下翕然，謂之盛德。所以者何？蓋以陛下務在仁，不在廣，務在養，不在殺，將以此息邊鄙，休甲兵，行乎三皇五帝之事者也。今又徇貪夫之議，謀動兵戈，將誅無罪之戎，而遺全蜀之患，將何以令天下乎，此愚臣之所甚不悟者也〔七〕。況當今山東饑，關隴弊，歷歲枯旱，人有流亡。誠是聖人寧静思和天人之時，不可動甲兵，興大役，以自生亂。臣又流聞西軍失守，北軍不利，邊人忙動〔八〕，情有不安。今復驅此兵，投之不測〔九〕。臣聞自古國亡家敗，未嘗不由黷兵，今小人議夷狄之利，非帝王之至德也，況弊中夏哉！臣聞古之善爲天下者〔一〇〕，計大而不計小，務德而不務刑，圖其安則思其危，謀其利則慮其害〔一一〕，然後能長享福禄〔一二〕。伏願陛下熟計之。

【校】

〔一〕國家欲開蜀西山　「西」字原無，據伯三五九〇號敦煌殘卷校補。

〔二〕遂發梁鳳巴蜒兵以徇之　「梁」原作「涼」，據伯三五九〇號敦煌殘卷、全唐文、英華卷六八四、舊唐書本傳校改。

〔三〕不取蜀　「不」下原有「敢」字，據伯三五九〇號敦煌殘卷、全唐文、英華校刪。

〔四〕今國家乃撤邊羌　「撤」原作「亂」，據庫本、全唐文、舊唐書本傳校改。

〔五〕而崇真贓錢已計鉅萬矣　「已」原作「以」，據全唐文、英華、舊唐書本傳校改。

〔六〕臣愚意者得非有奸臣欲圖此利　「愚」字原無，據伯三五九〇號敦煌殘卷、庫本、全唐文、舊唐書本傳校補；英華「愚」在「臣」上。

〔七〕此愚臣之所甚不悟者也　「甚不」原作「不甚」，據伯三五九〇號敦煌殘卷、全唐文校改。

〔八〕邊人忙動　「忙」原作「惟」，據庫本、全唐文、英華、舊唐書本傳校改。

〔九〕投之不測　「投」原作「役」，據伯三五九〇號敦煌殘卷、王本、庫本、全唐文、英華、舊唐書本傳校改。

〔一〇〕臣聞古之善爲天下者　「之」原作「人」，據英華、舊唐書本傳校改。

〔一一〕謀其利則慮其害　「害」原作「善」，據伯三五九〇號敦煌殘卷、全唐文、英華、舊唐書本傳校改。

〔一二〕然後能長享福禄　「長」字原無，據伯三五九〇號敦煌殘卷、英華校補。

諫刑書〔一〕

承務郎守右衛曹參軍臣陳子昂，謹頓首昧死上言：臣聞昔者聖人理天下者美在太平，太平之美者在於刑措。臣伏見陛下務太平之理，而未美太平之功，賤臣頑微，竊惑下列。臣前蒙天恩召見，恩制賜臣曰：「既遇非常之主，何不進非常之策？」臣草木微品，天恩降休，伏刻肌骨，不敢忘捨。今陛下創三皇之業，務三皇之理，大統已集，神化光明，雖伏羲、神農昔有天下，誠未足比，臣敢不竭節以効愚忠。臣聞自古聖王謂之大聖者，皆云尚德崇禮，貴仁賤刑。刑措不用，謂之聖德，不稱嚴刑猛制用獄爲理者也。故周有天下八百餘歲，而惟頌成康；漢有天下四百餘歲，而獨稱文景：皆由幾致刑措者也。何則〔二〕？刑者政之末節〔三〕，非太平之資。臣竊考之於天，天貴生成；驗之於人，人愛生育；旁稽於聖，聖務勝殘。皆不云以刑爲德者。然則聖王養天下者，固當上務順天，下務齊人，不天不人，不可謂理。故曰：「惟天爲大，唯堯則之。」又曰：「唯天地萬物父母〔四〕，唯人萬物之靈，亶聰明，作元后。元后作人父母。」然則爲人父母，固當貴於德養，不可務於刑殺。臣伏惟陛下聖德至矣大矣〔五〕，應天受命，有三皇之功；順人正位，有三皇之業；拜圖巡洛，有三皇之符；尊名顯號〔六〕，有三皇之策。明堂神構，萬象宣威，風雨順時，百穀昌熟，可謂足爲萬代之規也。今天下百姓抱孫弄子，鼓腹以望太平之政矣，陛下爲天地父母，固將務德以順養之，登于太和，以協皇極。今陛下之政雖盡善矣，然太平之理，猶屈於獄官。何以言之？太平之朝，務上下樂化，不宜亂臣賊子日犯天誅。比者大獄增多，逆徒茲廣，愚臣頑昧，初謂皆實。乃去月十五日，陛下特察詔囚李珍等無罪，明魏真宰有功，召見高正臣，又重推元萬頃，百寮慶悦，皆賀聖明，臣乃知亦有無罪之人掛於疏網者。陛下務在寬典，獄官務在急刑，以傷陛下之仁，以誣太平之政，臣竊私恨之。賴陛下又獨決天斷，寬蕩羣刑，死囚張楚金、郭正一、彭祖、王令基等，以凶惡之罪，特蒙全活。朽骨更肉，萬死再生，天地人祇，實用同慶。何以知之？臣伏見去年八月已來，天苦霖雨，自陛下赦李珍等罪，天朗氣晴。又九月十八日，明堂享會，慶雲抱日，五彩紛郁，龍章竟天〔七〕，萬品咸觀，宇宙同慶。又其月二十一日，恩勑免楚金等死，初有風雨，變爲景雲，司刑官屬，皆所共見。臣聞陰慘者刑也，陽舒者德也，慶雲者喜氣也。臣伏攷之洪範，驗之六經，聖人法天，天亦助聖，休咎之應，必不虚來。陛下法天垂仁，天助陛下仁化。獄吏急法，則慘而陰雨；陛下赦罪，則舒而陽和；君臣歡娱，則喜而見慶雲。天意如此，陛下豈可不承順之？夫刑者怒也，不可以承喜氣〔八〕。今又陰雨，臣恐過在獄官。況陛下明堂之理，本以崇德，配天之業，不以務刑。今垂拱法宫〔九〕，且猶議殺；布政衢室，而未措刑。賤臣頑愚，尚疑未可，況巍巍大聖，光宅天下哉！今者繫獄囚徒，多極法者，道路之議，或是或非。陛下何不悉召見之，自詰其罪〔一〇〕，罪真實者，顯示明刑，罪有濫者，嚴誅獄吏。使天下咸服，人知政刑，以清太平之基，用登仁壽之域，豈非至德克明哉！昔鄧太后以天降旱，親決洛陽獄囚徒，良史書之，而以爲德。況陛下大聖，億萬超於鄧后者乎〔一一〕！夫獄吏不可信，多弄國權，自古敗亡，聖王所誡。陛下萬代之業，千載之名，固不可使竹帛書之有虧於此也。伏願熟察，以美太平之風。賤臣不勝愚懇忠憤之至，輒投諫匭，昧死上聞〔一二〕。

【校】

〔一〕諫刑書　英華卷六七四「書」下有「二首」及小字注文「武后」四字。

〔二〕何則　「則」原作「者」，據全唐文校改。

〔三〕刑者政之末節　「者」字原無，據伯三五九〇號敦煌殘卷、全唐文、英華校補。

〔四〕唯天地萬物父母　「唯」字原無，據全唐文校補。

〔五〕臣伏惟陛下聖德至矣大矣　上「矣」字原無，據伯三五九〇號敦煌殘卷校補。

〔六〕尊名顯號　「尊」原作「者」，據伯三五九〇號敦煌殘卷、庫本、英華校改。

〔七〕又九月十八日明堂享會慶雲抱日五彩紛郁龍章竟天　此二十二字原無，據伯三五九〇號敦煌殘卷、全唐文、英華校補；惟殘卷「郁」作「戫」。

〔八〕不可以承喜氣　「不」字原無，據伯三五九〇號敦煌殘卷、全唐文、英華校補。

〔九〕今垂拱法宮　「宮」原作「官」，據王本、庫本、全唐文、英華校改。

〔一〇〕自詰其罪　「自」原作「目」，據伯三五九〇號敦煌殘卷、王本、庫本、全唐文、英華校改。

〔一一〕億萬超於鄧后者乎　「乎」原作「矣」，據全唐文校改。

〔一二〕昧死上聞　「聞」下原有小字「云云」二字，據全唐文、英華校删。

諫政理書〔一〕

月日，梓州射洪縣草莽愚臣陳子昂，謹冒死稽首再拜獻書闕下：臣子昂，西蜀草茅賤臣也，以事親餘暇得讀書，竊少好三皇五帝王霸之經〔二〕，歷觀丘墳，旁覽代史，原其政理，察其興亡。自伏羲、神農之初，至於周隋之際，馳騁數百千年〔三〕，雖未得其詳，而略可知也，莫不先本人情而後化之。過此已往〔四〕，亦無神異。獨軒轅氏之代，欲問廣成子以至道之精，理于天下，臣雖奇之，然其説不經，未足信也〔五〕。至殷高宗，亦延問傅説，然纔救弊，未能宏遠。自此之後，殆不足稱。臣每在山谷，有願朝廷，常恐没代而不得見也。豈知霑沐聖化，未夭天年〔六〕，幸得遊京師，覩皇化，親逢大聖之詔布于天下，問于賢士大夫曰：「何道可以調元氣？」賤臣孤陋，誠未足知，然臣竊觀自古帝王開政之原備矣，未有能深思遠慮，獨絶古今，如陛下者也。故賤臣不勝區區，願竭固陋，以聞見言之。雖未足對揚天休，然或萬一有可觀者，敢冒昧闕廷，奏書以聞，伏惟皇太后陛下少加察焉。臣聞之於師曰：元氣者，天地之始，萬物之祖，王政之大端也。天地之道，莫大乎陰陽；萬物之靈，莫大乎黔首；王政之貴，莫大乎安人。故人安則陰陽和，陰陽和則天地平，天地平則元氣正矣。是以古先帝代〔七〕，見人之通於天也，天之應乎人也。天人相感，陰陽相和，災害之所以不生，嘉祥之所以迭作〔八〕，則觀象於天，察法於地，財成天地之道，輔相天地之宜，以左右人。於是養成羣生，奉順天德，故人得安其俗，樂其業，甘其食，美其服。陰陽大和，元氣以正，天瑞降，地符昇，風雨以時，草木不落，龜龍麟鳳在郊藪矣。洎顓頊、唐、虞之間〔九〕，不敢荒寧，亦克用理。故其書曰：「百姓昭明，協和萬邦，黎人於變時雍。乃命羲和，欽若昊天，曆象日月星辰，敬授人時。」和之得也〔一〇〕。至夏德衰亡，殷政微喪，桀紂昏暴，亂于天道，殺戮無罪，放棄忠良。遂竭天下之力，殫天下之貨，作爲瑶臺，起乎瓊室，極荒淫之樂，窮耳目之玩。傾宫之女，至數千人；奇伎淫巧，以億萬計。信巫鬼，聽讒邪，遂爲糟丘酒池，炮烙之刑，一朝牛飲者三千人。龍逄不勝其憂，諫而死；箕子不堪其憤，囚爲奴。是以陰陽大乖，天地震怒，山川鬼神，發見災異，疾疫大興，妖孽並作。而桀、紂不悔，卒以滅亡，和之失也。逮周文、武創業，順天應人，誠信忠厚，加于百姓，德澤休泰，興乎頌聲。成康之時，刑措三十餘年。天人之道始和矣〔一一〕。幽、厲之末，復亂厥常，苛慝暴虐，詬黷天地，百川沸騰，山冢崒崩，人以愁怨，疾厲爲作。故其詩曰：「昊天不傭，降此鞠凶。昊天不惠，降此大戾。不先不後，爲虐爲瘵。」天地生人之理，復悖於兹矣。嗚呼，豈不哀哉，豈不哀哉！近有隋氏，亦不克終厥初。隋高帝之有天下也，以六合爲家，方將對越天人，傳之萬代。至煬帝承平，自以貴爲天子，富有四海，欲窮宇宙之觀，極遊宴之樂，以爲人主之急務也。于是乃鑿御渠，決黄河，自伊洛之間而屬之揚州〔一二〕。生人之力既弊，天地之藏又洩。煬帝方忻然以爲得計，將後宮綵女數百千人，遂泛龍舟〔一三〕，遊三江五湖之間。當其得意也，視天下如脱屣爾。其後百姓騷弊，災變數興，吏人貪暴，其政日亂，陰陽感怒，彗孛以出。煬帝不悟，自以爲天下安于泰山，方率百萬之師，而有事于遼東〔一四〕。當時山東，父子不得相保也，天厭暴政，人懷亂亡，故遼東之役未歸，而中國之難已起，身死逆手，宗廟以隳。其故何哉？逆天人之理也。是以臣每察天人之際，觀禍亂之由，跡帝王之事，念先師之説，昭然著明，信不欺爾。不意陛下以大聖之慮，見天人之心，將欲調元氣之綱，返淳和之始。自非陛下合天地之德，有日月之明，誰能眇然遠思，欲求大和於元氣哉！此昔者伏羲氏之所以本天人而爲三皇首也。愚臣暗味，不勝大願，願陛下亟爲大唐建萬代之策〔一五〕，恢三聖之功，傳乎子孫，永祚鴻業〔一六〕。千百年間，使繼文之主有所守也，非甚無道〔一七〕，不失厥嗣，陛下可不務之哉！臣伏見天皇大帝，得天地之統，封于泰山，盛德大業〔一八〕，與天比崇矣。然尚未建明堂之宫，遂朝上帝，使萬代鴻業，今猶闕然。臣愚意者，豈非天皇大帝知陛下聖明，必能起中興之化，留此盛德以發揮陛下哉？不然何所與讓而未作也。今陛下欲調元氣，睦人倫，躋俗仁壽，興風禮讓，捨此道也，于何理哉？故臣不勝區區螻蟻之誠，思願陛下念先帝之休意，恢大唐之鴻業，於國南郊，建立明堂，使宇宙黎元，遐荒夷貊，昆蟲草木，天地鬼神，粲然知陛下方興三皇五帝之事，與天下更始，不其盛哉！　昔者黄帝合宫，有虞總章〔一九〕，唐堯衢室，夏后世室，羣聖之所以調元氣，理陰陽，於此教也。　臣雖末學，竊嘗聞明堂之制也，有天地之則焉，有陰陽之統焉，二十四氣、八風、十二月、四時、五行、二十八宿，莫不率備。　故順其時月而爲政，則風雨時，寒暑平，萬物茂暢，五穀登稔，元氣不錯，陰陽以和；　逆其時月而爲政也〔二〇〕，則水旱興，疾疫起，蟲螟爲害，霜雹成災，陰陽不和，元氣以錯。　故昔者聖人，所以爲教之大業也。　是以臣願陛下爲大唐建萬代之策者，意在兹乎，意在兹乎！　陛下若不以臣微而廢其言，乞以臣此章與三公、九卿、賢士大夫議之於庭。　倘事便於今，道不違古〔二一〕，即請陛下徵天下鴻生鉅儒、賢良豪俊之士，博通古今皇王政理之術者，與之按周禮月令而建之，臣必知天下庶人子來不日而成也。　乃正月孟春，陛下乘鑾輿，駕蒼龍，載青旂，佩蒼玉，從三公、九卿、賢士大夫、鴻儒碩老，衣冠之倫，朝于青陽左个，負斧扆，憑玉几〔二二〕，南面以聽天下之政。　於是遂發大號，宣布四方，使各順十二月之令〔二三〕，無敢有違〔二四〕。　乃命太史守典，奉法司天地日月星辰之行〔二五〕，無失經紀，以初爲常。　陛下遂躬籍田，親蠶，以勸天下之農桑；　養三老、五更，以教天下之孝悌；　明訟恤獄，以息天下之淫刑；　除害去暴，以正天下之仁壽；　修文尚德，以止天下之干戈；　察孝興廉，以除天下之貪吏。　矜寡孤獨疲癃羸老不能自存者賑恤之，後宫美人非三妃九嬪八十一御女之數者出嫁之，珠玉錦繡雕琢技巧之飾非益於理者悉棄之，巫鬼淫祀誑惑良人者禁殺之〔二六〕。陛下務以至誠，躬服質素，以爲天下先，愚臣以爲不出數年之間，將見太平之化也。天人之際既洽，鬼神之望允塞，然後作雅樂，潔粢盛，宗祀天皇於明堂，以配上帝，使萬國各以其職來祭，豈不休哉！臣伏惟陛下至德明聖，未有能敢行此道者也〔二七〕。故臣竊以爲此化一成，則人倫之道自睦，刑罰之原自息，兵革之事不興，還淳之途可見，仁壽禮讓，稼穡農桑，不言而自致也。是以賤臣未得爲陛下一一論之。何者？聖人之教，在於可大可久者，故臣欲陛下振領提綱，使天下自理也。然臣竊獨有私恨：陛下方欲興崇大化，而不知國家太學之廢積歲月矣。堂宇蕪穢，殆無人蹤，詩書禮樂，罕聞習者，陛下明詔，尚未及之，愚臣所以有私恨也。臣聞天子立太學，可以聚天下英賢，爲政教之首，故君臣上下之禮於是興焉，揖讓樽俎之節於此生焉〔二八〕。是以天子得賢臣，由此道也。今則荒廢，委而不論，而欲睦人倫，興禮讓，失之於本，而求之於末，豈可得哉？況君子三年不爲禮，禮必壞；三年不爲樂，樂必崩，柰何天子之政而輕禮樂哉！臣所以獨竊有私恨者也。陛下何不詔天下胄子，使歸太學而習業乎？斯亦國家之大務也。臣愚蒙，所言事未曲盡者，恐煩聖覽，必陛下恕臣昏愚，請賜他日，別具奏聞。

【校】

〔一〕諫政理書　英華卷六七五「書」下有小字注文「武后垂拱初」五字。

〔二〕竊少好三皇五帝王霸之經　「王霸」原作「霸王」，據伯三五九〇號敦煌殘卷、英華校改。

〔三〕馳騁數百千年　「百」字原無，據伯三五九〇號敦煌殘卷校補。

〔四〕過此已往　「此」原作「比」，據王本、庫本、全唐文、英華校改。

〔五〕未足信也　「足」原作「得」，據全唐文校改。

〔六〕未夭天年　「夭」原作「終」，據全唐文、英華校改；伯三五九〇號敦煌殘卷作「未填溝渠」。

〔七〕是以古先帝代　「代」，庫本作「王」。

〔八〕嘉祥之所以迭作　「迭」原作「不」，據庫本校改。

〔九〕洎顓頊唐虞之間　「洎」原作「泊」，據伯三五九〇號敦煌殘卷、庫本、全唐文、英華校改。

〔一〇〕和之得也　伯三五九〇號敦煌殘卷作「以是觀之未嘗不先人而後天」。

〔一一〕天人之道始和矣　「人」原作「下」，據全唐文、英華校改。

〔一二〕自伊洛之間而屬之揚州　「揚」原作「楊」，據庫本、全唐文、英華校改。

〔一三〕遂泛龍舟　「遂」原作「逐」，據伯三五九〇號敦煌殘卷、庫本、全唐文、英華校改。

〔一四〕而有事于遼東　「東」字原無，據伯三五九〇號敦煌殘卷、全唐文、英華校補。

〔一五〕願陛下亟爲大唐建萬代之策　「亟」原作「若」，據庫本校改。

〔一六〕永祚鴻業　「祚」原作「作」，據庫本校改。

〔一七〕非甚無道　「甚」原作「其」，據伯三五九〇號敦煌殘卷、庫本、全唐文、英華校改。

〔一八〕盛德大業　「盛」原作「功」，據全唐文、英華校改。

〔一九〕有虞總章　「章」原作「期」，下原有小字注文「期一作章」四字，據全唐文、英華刪改。

〔二〇〕逆其時月而爲政也　「月」字原無，據伯三五九〇號敦煌殘卷校補。
〔二一〕道不違古　「違」原作「逮」，下原有小字注文「一作違」三字，據伯三五九〇號敦煌殘卷、全唐文、英華删改。
〔二二〕憑玉几　「几」原作「凡」，據王本、庫本、全唐文、英華校改；伯三五九〇號敦煌殘卷作「机」。
〔二三〕使各順十二月之令　「令」原作「舍」，據伯三五九〇號敦煌殘卷、庫本、全唐文校改。
〔二四〕無敢有違　「違」原作「逆」，據伯三五九〇號敦煌殘卷、全唐文校改。
〔二五〕司天地日月星辰之行　「地」字原無，據伯三五九〇號敦煌殘卷校補。
〔二六〕巫鬼淫祀誑惑良人者禁殺之　「誑惑」下原有小字注文「傳作營惑」四字，據全唐文、英華校删。
〔二七〕未有能敢行此道者也　「敢」原作「越」，據伯三五九〇號敦煌殘卷校改。
〔二八〕揖讓樽俎之節於此生焉　「節」原作「師」，據全唐文、英華校改。

諫用刑書〔一〕

將仕郎守麟臺正字臣陳子昂，謹頓首冒死詣闕上疏：　臣本蜀之匹夫，官不望達〔二〕，陛下過意，擢臣草莽之下，升在麟臺之閣，光寵自天，卓若日月，微臣固陋，將何克負。　然臣聞忠臣事君，有死無二，懷佞不諫，罪莫大焉。　況在明聖之朝，當不諱之日，方復鉗口下列，俛仰偷榮，非臣之始願也。　不勝愚惑，輒奏狂昧之説，伏惟陛下少加察焉。　臣聞古之御天下者，其政有三：　王者化之，用仁義也；　霸者威之，任權智也；　强國脅之，務刑罰也。　是以化之不足，然後威之；威之不變，然後刑之。故至於刑，則非王者之所貴矣〔三〕。況欲光宅天下，追功上皇，專任刑殺，以爲威斷，可謂策之失者也。臣伏覩陛下聖德聰明〔四〕，遊心太古，將制静宇宙，保乂黎人〔五〕，發號施令，出於誠慊。天下蒼生，莫不想望聖風，冀見神化，道德爲政，將待於陛下矣。且臣聞之，聖人出治〔六〕，必有驅除，蓋天人之符〔七〕，應休命也〔八〕。日者東南微孽，敢謀亂常，陛下順天行誅，罪惡咸服，豈非天意欲彰陛下神武之功哉！而執事者不察天心，以爲人意，惡其首亂倡禍，法合誅屠〔九〕，將息奸源，窮其黨與，遂使陛下大開詔獄，重設嚴刑，冀以懲創觀於天下。逆黨親屬及其交遊，有跡涉嫌疑，辭相逮引，莫不窮捕考訊，枝葉蟠拏〔一〇〕，大或流血，小禦魑魅。至有奸人熒惑，乘險相誣，糾告疑似〔一一〕，冀圖爵賞，叫于闕下者日有數矣。于時朝廷偟偟，莫能自固，海内傾聽，以相驚恐。賴陛下仁慈，憫斯危懼，賜以恩詔，許其大功已上一切勿論。時人獲泰，謂生再造，愚臣竊亦欣然，賀陛下聖明，得天下之機也。不謂議者異見，又執前圖，比者刑獄紛紛復起。陛下不深思天意，以順休期，尚以督察爲理，威刑爲務，使前者之詔不信於人，愚臣昧焉，竊恐非三皇五帝伐罪弔人之意也。臣竊觀當今天下百姓，思安久矣。曩屬北胡侵塞，西戎寇邊，兵革相屠，向歷十載。關河自北，轉輸幽燕；秦蜀之西，馳騖湟海，當時天下疲極矣。重以大兵之後，屢遭凶年，流離饑餓，死喪略半。幸賴陛下以至聖之德，撫寧兆人，邊境獲安，中國無事，陰陽大順，年穀累登，天下父子始得相養矣。故揚州搆禍〔一二〕，殆有五旬〔一三〕，而海内晏然，纖塵不動，豈非天下蒸庶厭凶亂哉！臣以此卜之，知百姓思安久矣。今陛下不務玄默，以救疲人，而反任威刑，以失其望，欲以察察爲政〔一四〕，肅理寰區，臣愚暗昧，竊有大惑。且臣聞刑者政之末節也，先王以禁暴整亂，不得已而用之。今天下幸安，萬物思泰，陛下乃以末節之法察理平人〔一五〕，臣愚以爲非適變隨時之義也〔一六〕。頃年以來，伏見諸方告密，囚累百千輩，大抵所告皆以揚州爲名〔一七〕，及其窮究，百無一實。陛下仁恕，又屈法容之，傍訐他事〔一八〕，亦爲推劾。遂使奸惡之黨，決意相讎；睚眦之嫌，即稱有密。一人被訟，百人滿獄，使者推捕，冠蓋如雲。或謂陛下愛一人而害百人，天下喁喁，莫知寧所。臣聞自非聖人〔一九〕，不有外患，必有内憂，物理之自然也。臣不敢以遠古言之，請借隋而況：臣聞長老言，隋之末代，天下猶平，煬帝不龔，窮毒威武。厭居皇極，自總元戎，以百萬之師，觀兵遼海，天下始騷然矣。遂使楊玄感挾不臣之勢，有犬盜之心，欲因人謀，以竊皇業。乃稱兵中夏，將據洛陽，哮闞之勢，傾宇宙矣。然亂未踰月，而首足異處。何者？天下之弊，未有土崩，蒸人之心，猶望樂業。煬帝不悟，暗忽人機，自以爲元惡既誅，天下無巨猾也，皇極之任，可以刑罰理之。遂使兵部尚書樊子蓋專行屠戮，大窮黨與，海内豪士，無不罹殃。遂至殺人如麻，血流成澤，天下靡然，始思爲亂矣。於是蕭銑、朱粲起於荆南，李密、竇建德亂於河北，四海雲摇，遂並起而隋族亡矣。豈不哀哉！長老至今談之，委曲如是。臣竊以此上觀三代夏、殷、周興亡，下逮秦、漢、魏、晉理亂，莫不皆以毒刑而致敗壞也〔二〇〕。夫大獄一起，不能無濫。何者？刀筆之吏〔二一〕，寡識大方；斷獄能者，名在急刻。文深網密〔二二〕，則共稱至公；爰及人主，亦謂其奉法。於是利在殺人，害在平恕，故獄吏相誡，以殺爲詞，非憎於人也，而利在己。故上以希人主之旨，下以圖榮身之利，徇利既多，則不能無濫，濫及良善，則淫刑逞矣。夫人情莫不自愛其身，陛下以此察之，豈能無濫也？冤人吁嗟，感傷和氣，和氣悖亂，羣生癘疫，水旱隨之，則有凶年。人既失業，則禍亂之心，怵然而生矣。頃來亢陽愆候〔二三〕，密雲而不雨，農夫釋耒〔二四〕，瞻望嗷嗷，豈不由陛下之有聖德而不降澤於下人也。倘旱遂過春，廢於時種，今年稼穡，必有損矣。陛下何不敬承天意，以澤恤人。臣聞古者明王重慎刑罰，蓋懼此也。書不云乎：「與其殺不辜，寧失不經。」陛下柰何以堂堂之聖，猶務彊霸之威哉？愚臣竊爲陛下不取也。且愚人安則樂生，危則思變，故事有招禍，而法有起奸。倘大獄未休，支黨日廣，天下疑惑，相恐無辜，人情之變，不可不察。昔漢武帝時，巫蠱獄起，江充行詐〔二五〕，作亂京師〔二六〕，致使太子奔走，兵交宮闕。無辜被害者，以千萬數，當此之時〔二七〕，劉氏宗廟幾傾覆矣。賴武帝得壺關三老上書，廓然感悟，夷江充三族，餘獄不論，天下少以安爾〔二八〕。臣每讀漢書至此，未嘗不爲戾太子流涕也。古人云：「前事之不忘，後事之師。」伏願陛下念之。

臣不避湯鑊之罪，以螻蟻之命，輕觸宸嚴，臣非不惡死而貪生也，誠恐負陛下恩遇，不敢以微命蔽塞聰明〔二九〕，亦非敢欲陛下頓息刑罰，望在恤刑爾。乞與三事大夫圖其可否〔三〇〕。往者不可諫，來者猶可追，無以臣微而忽其奏，天下幸甚。臣子昂誠惶誠恐，死罪死罪。

【校】

〔一〕諫用刑書　英華卷六七四「書」下有「二首」及小字注文「武后」四字。

〔二〕官不望達　「達」原作「遠」，據伯三五九〇號敦煌殘卷、庫本、全唐文、英華校改。

〔三〕則非王者之所貴矣　「之」字原無，據伯三五九〇號敦煌殘卷、庫本校補。

〔四〕臣伏覩陛下聖德聰明　「臣」字原無，據伯三五九〇號敦煌殘卷、全唐文校補。

〔五〕保乂黎人　「乂」原作「又」，據王本、庫本、全唐文、英華校改。

〔六〕聖人出治　「治」字原無，據全唐文校補。

〔七〕蓋天人之符　「蓋」字原無，據伯三五九〇號敦煌殘卷、全唐文、英華校補。

〔八〕應休命也　「應」字原無，據伯三五九〇號敦煌殘卷、全唐文、英華校補。

〔九〕法合誅屠　「法」下原有「令」字，據伯三五九〇號敦煌殘卷、英華校删。「合」原作「各」，據伯三五九〇號敦煌殘卷、庫本、全唐文、英華校改。

〔一〇〕枝葉蟠拏　「拏」原作「孥」，據伯三五九〇號敦煌殘卷、王本、庫本、全唐文、英華校改。

〔一一〕糾告疑似　「似」原作「以」，據伯三五九〇號敦煌殘卷、王本、庫本、全唐文、英華校改。

〔一二〕故揚州搆禍　「揚」原作「楊」，據伯三五九〇號敦煌殘卷、庫本、全唐文校改。

〔一三〕殆有五旬　「有」原作「育」，據伯三五九〇號敦煌殘卷、王本、全唐文、英華校改；庫本作「踰」。

〔一四〕欲以察察爲政　「以」字原無，據全唐文校補。

〔一五〕陛下乃以末節之法察理平人　「平」字原無，據庫本、全唐文、英華校補。

〔一六〕臣愚以爲非適變隨時之義也　「義」原作議，據伯三五九〇號敦煌殘卷校改。

〔一七〕大抵所告皆以揚州爲名　「揚」原作「楊」，據伯三五九〇號敦煌殘卷、庫本、全唐文、英華校改。

〔一八〕傍訐他事　「訐」原作「許」，據王本、全唐文校改；伯三五九〇號敦煌殘卷、庫本、英華作「訴」。

〔一九〕臣聞自非聖人　「非」原作「古」，據伯三五九〇號敦煌殘卷、全唐文校改。

〔二〇〕莫不皆以毒刑而致敗壞也　「莫」原作「草」，據伯三五九〇號敦煌殘卷、王本、全唐文、英華校改。

〔二一〕刀筆之吏　「刀」原作「切」，據伯三五九〇號敦煌殘卷、王本、庫本、全唐文、英華校改。

〔二二〕文深網密　「網」原作「綱」，據庫本、全唐文、英華校改。

〔二三〕頃來亢陽愆候　「愆」原作「僭」，據庫本、英華校改。

〔二四〕農夫釋耒　「夫」字原無，據伯三五九〇號敦煌殘卷、庫本、全唐文、英華校補；「耒」原作「未」，據伯三五九〇號敦煌殘卷、王本、庫本、全唐文、英華校改。

〔二五〕江充行詐　「行」原作「作」，據伯三五九〇號敦煌殘卷、庫本、全唐文、英華校改。

〔二六〕作亂京師　「作」原作「惑」，據伯三五九〇號敦煌殘卷、全唐文校改。

〔二七〕當此之時　此四字原無，據英華校補；伯三五九〇號敦煌殘卷作「當時」。

〔二八〕天下少以安爾　「少」字原無，據伯三五九〇號敦煌殘卷、全唐文校補。

〔二九〕不敢以微命蔽塞聰明　「不」上原有「臣」字，據伯三五九〇號敦煌殘卷校删。

〔三〇〕乞與三事大夫圖其可否　「與」字原無，據伯三五九〇號敦煌殘卷、全唐文、英華校補。

申宗人寃獄書〔一〕

臣聞古人言：爲國忠臣者半死，而爲國諫臣者必死。然而至忠之臣，不避死以諫主；至聖之主，不惡直以廢忠。臣幸逢陛下至聖大明，好忠愛直，每正言直諫，特見優容。今陛下方御寶圖，以臨陽館，崇闡玄化，寧濟蒼生，固臣精心潔意，願陛下至德與三皇比矣。然臣伏見陛下有至聖之德，左右無至忠之臣〔二〕，使上下不通〔三〕，内外壅隔，臣竊懼之，恐後代或以爲聖朝無至忠之臣〔四〕。故臣敢冒萬死〔五〕，越職上奏，伏乞天恩，寬臣喘息，畢盡忠言。臣聞上有聖君，下無枉臣〔六〕。昔舜誅四凶〔七〕，堯不罪舜；周公誅管蔡，成王不罪周公；霍光誅燕王，昭帝不罪子孟。何者？此數公皆爲國討賊〔八〕，爲君殄讎，假雖擅權〔九〕，猶不可罪，況奉君命而執法者乎？臣伏見宗人嘉言〔一〇〕，有至忠之誠，抱徇公之節〔一一〕，執法不撓，爲國殄讎。頃者逆子賊臣，陰搆禍難，潛圖密計，將危社稷。當時逆節初露，朝野震驚，賴陛下神武之威，天機電斷，得奉聖決。恭順天誅，不顧軀命〔一二〕，不避彊禦，唯法是守，唯惡是讎。幸能察罪明辜，窮奸極黨，使伏法者自首情實〔一三〕，天衢得以清泰，萬國得以歡寧，誠是陛下神斷之明，抑亦盡忠之効。陛下所以自監察御史擢拜爲鳳閣舍人者，豈不以表其臣節，報其竭誠，使天下之人知其忠懇者也。當此之時，忠必見信，行必見明，自謂專一，事君無貳也。今乃遭誣罔之罪，被搆架之詞，陷見疑之辜，困無驗之詰〔一四〕。幽窮詔獄，吏不見明，肝血赤心，無所控告。母年八十，老病在床，抱疾喘息，朝不保夕。今日身幽獄户，死生斷絶，朝蒙國榮，夕爲孤囚，臣竊痛之，何頃者至忠而今日受賂〔一五〕。辜負聖主，憂及慈親，誠足痛恨。臣比者固知不免此禍〔一六〕，不能度德量力，貪榮昧進，以訟受服，誰能免尤。向使辭寵讓榮，陳力下列，雷同衆輩，勤恪在公，與全軀保妻子之臣，恭默聖代，臣固知今日未招此患。何者？古人云：「盜憎主人〔一七〕。」被堯誅者不能無怨。頃來執法誅罪，多是國之權豪，父讎子怨，豈可勝道。親黨陰結，同惡相從，使肝爲朝脯，肉爲俎醢，宗誅族滅，肝腦塗地，彼凶讎也，未足以快其心。況蒙國寵榮，位顯朝列，凶讎切齒，怨讟何窮。臣竊恐今日之辜，已是讎怨者相結搆矣，陛下至聖明察，豈不爲之降照哉？倘萬一讎誣濫罪，使凶嚚者得計〔一八〕，忠正者見辜，爲賊報讎，豈不枉苦。夫孤直者，衆邪之所憎；至公者，羣惡之所疾。寡不敵衆，孤不勝羣，羣誣成罪，聖不能救，自古所有，非止於今。古者吴起事楚，抑削庶族，以尊楚君，楚國既强，吴起蒙戮。商鞅事秦，專討庶孽，以明秦法，秦國既霸，商鞅極刑。晁錯事漢，諸侯威彊，七國驕奢，將凌王室〔一九〕，錯削弱其勢以尊漢。景帝不悟，惑奸臣之説，遂族滅晁氏。此三臣豈不盡忠，願保其君，然而身死族滅，爲讎者所快〔二〇〕，皆當代不覺，而後代傷之。聖主明君，可不爲之痛傷邪？臣以嘉言雖無三子之智，竊恐獲罪或與之同。伏惟陛下仁慈矜憐，憫察其忠。且臣聞漢高祖謀楚〔二一〕，與陳平四萬金，及其爲帝，不問金之出入。何者？立大功者不求小疵，有大忠者不求小過，所謂聖主之至道者也。陛下豁達大度，至聖寬仁，覩于漢祖，固已遠矣，齷齪小吏，何足爲陛下深責哉〔二二〕！伏願天恩，矜愚赦罪，念功補過，乞其終養老母〔二三〕，獲盡餘年，豈非聖主之恩，仁君之惠，有禮有訓，善始善終哉。臣於嘉言，親非骨肉，同姓相善，臣知其忠〔二四〕。然非是丘園之賢，道德之茂，大雅明哲，能保其身。假使獲罪於天，身首異處，蓋如一螻蟻爾，亦何足可稱。然臣念其曾一日承恩，蒙聖主驅使，而不以赤誠取信〔二五〕，今乃負罪見疑〔二六〕，臣實痛之。恐累聖主之明，傷其老母之壽，身汚明法，爲後代所悲。臣知其忠，豈能無惜，所以敢冒萬死，乞見矜憐。臣若言非至忠，苟有僥倖，請受誅斬。伏表惶怖，魂魄飛揚。

【校】

〔一〕中宗人寃獄書　英華卷六七四「書」下有小字注文「武后」二字。

〔二〕左右無至忠之臣　「左右無」三字原無，據伯三五九〇號敦煌殘卷、全唐文、英華校補。

〔三〕使上下不通　「使」上原有「猶」字，據全唐文校删。

〔四〕恐後代或以爲聖朝無至忠之臣　「爲」字原無，據全唐文、英華校補。

〔五〕故臣敢冒萬死　「故臣」二字原無，據伯三五九〇號敦煌殘卷、全唐文、英華校補。

〔六〕下無枉臣　「枉」原作「杜」，據伯三五九〇號敦煌殘卷、王本、庫本、全唐文、英華校改。

〔七〕昔舜誅四凶　「昔」原作「晉」，據伯三五九〇號敦煌殘卷、王本、庫本、全唐文、英華校改。「誅」原作「去」，據伯三五九〇號敦煌殘卷、全唐文、英華校改。

〔八〕此數公皆爲國討賊　「皆」原作「者」，據伯三五九〇號敦煌殘卷、全唐文、英華校改。

〔九〕假雖擅權　「擅」原作「檀」，據伯三五九〇號敦煌殘卷、庫本、全唐文、英華校改。

〔一〇〕臣伏見宗人嘉言　「人」字原無，據伯三五九〇號敦煌殘卷、庫本、全唐文、英華校補。

〔一一〕抱徇公之節　「抱」字原無，據英華校補。

〔一二〕不顧軀命　「軀命」原作「驅分」，據伯三五九〇號敦煌殘卷、庫本、全唐文、英華校改。

〔一三〕使伏法者自首情實　「首」原作「守」，據伯三五九〇號敦煌殘卷、王本、庫本、全唐文、英華校改。

〔一四〕困無驗之詰　「詰」原作「誥」，據伯三五九〇號敦煌殘卷、王本、庫本校改；全唐文、英華作「告」。

〔一五〕何頃者至忠而今日受賂　「何」字原無，據伯三五九〇號敦煌殘卷校補。

〔一六〕辜負聖主憂及慈親誠足痛恨臣比者固知不免此禍，自「辜」至「者」十五字原無，據伯三五九〇號敦煌殘卷、庫本、全唐文、英華校補。

〔一七〕盜憎主人　「憎」原作「增」，據伯三五九〇號敦煌殘卷、王本、庫本、全唐文、英華校改。

〔一八〕使凶嚚者得計　「嚚」原作「囂」，據伯三五九〇號敦煌殘卷、庫本、全唐文、英華校改。

〔一九〕將凌王室　「王」原作「宗」，據伯三五九〇號敦煌殘卷、全唐文、英華校改。

〔二〇〕爲讎者所快　「所」字原無，據全唐文、英華校補。「快」原作「使」，據王本、全唐文、英華校改。伯三五九〇號敦煌殘卷作「爲讎所快者」。

〔二一〕且臣聞漢高祖謀楚　「且」字原無，據伯三五九〇號敦煌殘卷、全唐文、英華校補。
〔二二〕何足爲陛下深責哉　「爲」原作「謂」，據伯三五九〇號敦煌殘卷、全唐文、英華校改。
〔二三〕乞其終養老母　「其」原作「將」，據伯三五九〇號敦煌殘卷、英華校改。
〔二四〕臣知其忠　「忠」原作「志」，據伯三五九〇號敦煌殘卷、庫本、全唐文、英華校改。
〔二五〕而不以赤誠取信　「而」字原無，據全唐文、英華校補。
〔二六〕今乃負罪見疑　「負」原作「駕」，據伯三五九〇號敦煌殘卷、全唐文、英華校改。

諫曹仁師出軍書〔一〕

臣伏見詔書發懷遠軍〔二〕，令郎將曹仁師部勒以征匈醜〔三〕。臣聞古之天子，方建大禮，必先振兵釋旅，以告成功。故漢孝武皇帝將封禪，乃徵精卒十萬，北巡朔方，略地而還，此蓋遵古先哲王之禮也。今神皇陛下應天受籙，將欲郊祭天地，巡拜河洛，建明堂，朝萬國，斯邁古之盛禮也，誠合式遵舊典，耀武塞上，畢境而還。臣猶慮曹仁師未識典禮，肆兵長驅，窮極砂磧，不恤士馬，專以務得爲利，不以全兵爲上。今朝廷百僚雖有疑者，無敢言之。臣誠愚昧，不識忌諱，曾聞事君之道，所貴盡心，心以爲非，安可不言。臣料仁師到雲内城發兵之日，合至九月初，到突利城廻兵之日，合至十月初。胡地隆冬，草枯泉涸，南中士馬，不耐祁寒〔四〕。計仁師所將之馬，從靈州常時所發之處，却廻到雲内城，已行四千餘里。雲内城中又先未有支度〔五〕，馬既疲瘦，經冬無粟，以臣愚算，十不存二。若送南中散就諸州，路程益遠，疲瘦更極，以臣愚算，十不存五。紫蒙之軍，類例相似。且仁師此行，計遲發速，至於應會，不甚精備，以臣計料，恐未成功。脱若功未克成，馬先喪盡〔六〕，中土求市，卒又難得，且自古與匈奴戰，非士馬相資不可。臣恐馬既虚用致盡，賊又竄遠未平，但慮後之謀臣，悔於今事。且古來絶漠，多喪士馬，非臣臆度，輒敢陳聞：昔漢室以衛青出塞，是時漢馬三十萬疋，旋師之日，唯餘四萬，四十年不得事匈奴，蓋由此也〔七〕。臣願陛下考驗前古，取臣愚誠，望與三公大臣審更詳議。

【校】

〔一〕諫曹仁師出軍書　英華卷六八三「書」下有小字注文「武后」二字。

〔二〕臣伏見詔書發懷遠軍　「遠」字原無，據伯三五九〇號敦煌殘卷、庫本、全唐文、英華校補。

〔三〕令郎將曹仁師部勒以征匈醜　「部」原作「訊」，據伯三五九〇號敦煌殘卷、英華校改。

〔四〕不耐祁寒　「祁」原作「初」，據伯三五九〇號敦煌殘卷、庫本、全唐文、英華校改。

〔五〕雲内城中又先未有支度　「有」原作「未」，據庫本校改；伯三五九〇號敦煌殘卷無「未」字。

〔六〕馬先喪盡　「馬」上原有「士」字，據伯三五九〇號敦煌殘卷校删。

〔七〕蓋由此也　「也」字原無，據全唐文、英華校補。

陳子昂集卷之十

書啓

爲建安王與遼東書

月日，清邊道大總管建安郡王攸宜，致書於遼東州高都督蕃府： 賢甥某至，仰知破逆賊孫萬斬十有餘陣，并生獲夷賊一千人，三軍慶快，萬里同歡。 都督體英偉之才，抱忠義之節，遂能身先士卒，爲國討讎，以數百之兵，當二萬之寇，指麾電掃，逆黨雲銷。 非都督智勇過人，威名遠振，誰能以少擊衆，陷醜摧兇，使國家無東顧之憂？ 是都督之力也。 賢甥俊酷似其舅，遂能與某等應機破敵，効節立功。 此已各賞金帶緋袍，薄答誠効，更自録奏，擬加榮官，願都督遠知此意也。 今賊饑餓，災舋日滋，天降其殃，盡滅已死； 人厭其禍，萬斬方誅。 營州士人及城傍子弟，近送密款，唯待官軍〔一〕。 某令將蕃漢精兵四十萬衆，尅取某月日百道齊驅〔二〕，分五萬蕃漢精兵，令中郎將薛訥取海路東入，舟檝已具，來月亦發。請都督勵兵秣馬，以待此期，共登丸山〔三〕，看殄凶虜。書勛竹帛，開國傳家，是都督建功之日也。中間尅期同會，當更別使知聞，正屬有軍事，未能委曲。初春向暖，願動静勝常。所有都督官屬及大首領并左右立功人等〔四〕，並申此問。相見在近，預以慰懷。

【校】

〔一〕唯待官軍　「唯」原作「准」，據伯三五九〇號敦煌殘卷校改。

〔二〕尅取某月日百道齊驅　伯三五九〇號敦煌殘卷「某月日」作「二月一日」。

〔三〕共登丸山　「丸」原作「九」，據伯三五九〇號敦煌殘卷、王本、全唐文校改。

〔四〕所有都督官屬及大首領並左右立功人等　「有」原作「是」，據庫本校改。

爲建安王答王尚書送生口書

使至，所傳斬首及生擒獲馬等，具如來狀，仰以欣快，三軍共之。狡寇逋誅，此來擒戫〔一〕，師徒企踵，争望先鋒。尚書遠略英謀，臨機果斷，潛制凶醜，梟首伏辜。在此諸軍，實增募勇，既壯尚書之節，又美先登之功。幽州士人，尤以慶快。破竹之勢，自此爲階。某方擐甲負戈，爲尚書後列，登高臨陣，坐觀俘虜。此期在即，預以慰懷。初春猶寒，願保休勝。

裨將已下，各慰問之云云〔二〕。

【校】

〔一〕此來擒馘　「來」原作「未」，據全唐文校改。

〔二〕各慰問之云云　伯三五九〇號敦煌殘卷作「各慰問之謹白書不具」。

爲建安王與諸將書

使至辱書，仰知都督率兵馬摧破凶虜，遠聞慶快，實慰永懷。非公等忠勇兼資，統率多算，同心戮力，殉節忘軀，何以尅剪逋兇〔一〕，揚國威武。在此將士，聞公等殊戰，賊不當鋒，莫不西望憤勇〔二〕，欽羨獨尅，甚善甚善。即日契丹逆醜，天降其災〔三〕，盡病水腫，命在旦夕。營州饑餓，人不聊生，唯待官軍，即擬歸順。某此訓勵兵馬，襲擊有期，六軍長驅，此月將發，恨不得與諸公等共觀諸將斬馘獻俘。旦夕嚴寒，願各休勝，契丹破了，便望迴兵平殄默啜。與公等相見有日，預以慰懷。臨使怱怱，書不盡意。

【校】

〔一〕何以尅剪逋兇　「何」字原無，據伯三五九〇號敦煌殘卷校補。

〔二〕莫不西望憤勇　「憤」原作「慣」，據伯三五九〇號敦煌殘卷、庫本、全唐文校改。

〔三〕天降其災　「天」原作「大」，據伯三五九〇號敦煌殘卷、王本、庫本、全唐文校改。

爲建安王與安東諸軍州書

月日〔一〕，清邊道行軍大總管建安郡王攸宜，致書安東諸州刺史并諸將部校官屬等〔二〕：初春猶寒，公等久統兵馬，勤國扞邊，不至勞弊也。某如常，比賊中頻有人出來，異口同詞，皆云逆賊李盡滅已死〔三〕，營州饑餓，人不聊生。諸蕃首領百姓等，唯望官軍，即擬歸順，前後繼至，非止一人。某先使人向營州昨廻〔四〕，具得父老密狀〔五〕，云賊勢窮蹙，去正月上旬，有妖星落孫萬斬營中，其聲如雷，賊黨離心，各以猜貳。天殃如此，人事又然，平殄凶渠，正在今日。大軍即以二月上旬六道並入，指期剋剪，同立大勛。請公等訓勵兵馬，共爲犄角。開國封侯〔六〕，其機在此，幸各勉力，以圖厥功。尋當更使人續往，先此不具。

【校】

〔一〕月日　原作「日月」，據英華卷六八四校改。

〔二〕致書安東諸州刺史并諸將部校官屬等　「校」原作「族」，據伯三五九〇號敦煌殘卷、全唐文、英華校改。

〔三〕皆云逆賊李盡滅已死　「滅」原作「威」，據伯三五九〇號敦煌殘卷、王本、庫本、全唐文、英華校改。

〔四〕某先使人向營州昨廻　「昨」字原無，據伯三五九〇號敦煌殘卷、全唐文、英華校補。

〔五〕具得父老密狀　「具」原作「且」，據伯三五九〇號敦煌殘卷、庫本、全唐文、英華校改。

〔六〕開國封侯　「國」字原無，據伯三五九〇號敦煌殘卷、庫本、全唐文、英華校補。

爲建安王答王尚書書

使至辱書，知初出黄龍，即擒白鼠，凶賊滅兆，事乃先徵。凡百士衆，莫不喜躍。鼠者坎精，穿窬爲盜，夜遊晝伏，乃是其常。今白日投軀，素質委命，賊降之象，理必無疑。近再有賊中信來，親離衆潰，期在旦夕。尚書宜訓兵勵士，秣馬嚴威，因此凶亂之機，乘其敗亡之勢，事同破竹，無待剪茅。坐聽凱歌，預用欣慰。

與韋五虚己書

命之不來也，聖人猶無可柰何，況於賢者哉！僕嘗竊不自量，謂以爲得失在人，欲揭聞見，抗衡當代之士，不知事有大謬異於此望者。乃令人慙愧悔赧，不自知大笑顛蹶，怪其所以者爾。虚己足下，何可言耶！夫道之將行也，命也；道之將廢也，命也。子昂其如命何！雄筆雄筆，棄爾歸吾東山。無汩我思，無亂我心，從此遁矣。屬病不得面談，書以述言。子昂白。

爲蘇令本與岑内史啓

某啓：某聞子以母貴〔一〕，自古通方；禮以親榮，在昔恒理。豈非奉上之道，休泰必同；膝下之恩，親愛先及。伏惟尊舅寵居密戚，位列崇班，實富貴於當今，允尊榮於前代，居得言之地，據至要之途〔二〕。九族同欣，皆憑於獎眄；六親咸賴，仰沐於恩波。莫不拂拭增其羽儀〔三〕，長其光價。某自惟末品〔四〕，忝在甥徒。早蒙撫育之恩，不殊骨肉之愛。自痛無福，家禍遂纏。爰在孤遺，載延慈眷，愛同諸子，禮越常流，遂得教訓成人。策名從宦，舅又曲垂顧念，恩甚庭闈〔五〕，渭陽之情，實多荷戴。猥以庸薄，叨累周行，自委質戎班，昭名果毅，經今一十三歲矣，而竟未一遷。仰望儕流，莫不皆居顯位；旋觀時輩，亦以再歷榮班。獨某一人，空嗟留滯。雖命塗乖舛，良或甘心；然親貴盈朝，豈忘提獎。所以仰瞻恩惠，不棄於疏微；冀降慈流，有憐於孤賤。伏願舅大弘收採之眷，特垂咳唾之恩，矜憫小子，使得宦及朋友〔六〕，寵以親榮，私門載昌，幽冥是賴，豈不幸甚，豈不幸甚！無任企仰之聖。謹奉啓不宣。某再拜。

【校】

〔一〕某聞子以母貴　「某」原作「其」，據王本、庫本、全唐文、英華卷六五八校改。

〔二〕據至要之途　「途」原作「徒」，據伯三五九〇號敦煌殘卷、王本、庫本、全唐文、英華校改。

〔三〕莫不拂拭增其羽儀　「增」字原無，據王本、庫本校補。

〔四〕某自惟末品　「惟」字原無，據英華校補。

〔五〕恩甚庭闈　「甚」原作「其」，據伯三五九〇號敦煌殘卷、庫本、全唐文、英華校改。

〔六〕使得宦及朋友　「宦」原作「官」，據全唐文、英華校改。「朋友」原作「用支」，據伯三五九〇號敦煌殘卷、庫本、全唐文、英華校改。

上薛令文章啓

某啓：一昨恭承顯命，再索拙文〔一〕，祇奉恩榮，心魂若厲，幸甚幸甚。某聞鴻鍾在聽，不足論擊缶之音；太牢斯烹，安可薦藜羹之味。然則文章薄伎，固棄于高賢〔二〕；刀筆小能，不容於先達。豈非大人君子以爲道德之薄哉！某實鄙能，未窺作者。斐然狂簡，雖有勞人之歌；悵爾詠懷〔三〕，曾無阮籍之思。徒恨跡荒淫麗，名陷俳優，長爲童子之羣，無望壯夫之列。豈圖曲蒙榮獎，躬奉德音，以小人之淺才，承令君之嘉惠，豈不幸甚，豈不幸甚！伏惟君侯星雲誕秀，金玉間成，衣冠禮樂，範儀朝野。致明君於堯舜，皇極允諧；當重寄於阿衡，中階協泰。非夫聰明博達，體變知機，如其仁！如其仁！方當拔俊賞奇，使拾遺補闕，坐開黄閣，高視赤松，然後與稷契夔龍比功並德，豈徒蕭曹魏丙屑屑區區而已哉。某實細人，過蒙知遇，顧循微薄，何敢祇承。謹當畢力竭誠，策駑磨鈍，期効忠以報德，奉知己以周旋。文章小能，何足觀者。不任感荷之至。

【校】

〔一〕再索拙文 「再」，全唐文、英華卷六五六作「垂」。

〔二〕固棄於高賢 「于」原作「干」，據王本、庫本、全唐文、英華校改。

〔三〕悵爾詠懷 「悵」原作「帳」，據伯三五九〇號敦煌殘卷、王本、庫本、全唐文、英華校改。

附録

唐書列傳

陳子昂，字伯玉，梓州射洪人。其先居新城，六世祖太樂，當齊時，兄弟競豪傑，梁武帝命爲郡司馬。父元敬，世高貲，歲饑，出粟萬石賑鄉里。舉明經，調文林郎。子昂十八未知書，以富家子，尚氣決，弋博自如。他日入鄉校，感悔，即痛脩飭。文明初，舉進士。時高宗崩，將遷梓宮長安。於是關中無歲，子昂盛言東都勝塏，可營山陵。上書曰：「臣聞秦據咸陽，漢都長安，山河爲固，而天下服者，以北假胡宛之利，南資巴蜀之饒，轉關東之粟，而收山西之寶，長羈利策，横制宇宙。今則不然，燕代迫匈奴，巴隴嬰吐蕃，西老千里贏糧，北丁十五乘塞。歲月奔命，秦之首尾不完，所餘獨三輔間耳。頃遭荒饉，百姓薦饑，薄河而右，惟有赤地，循隴以北，不逢青草。父兄轉徙〔一〕，妻子流離。賴天悔禍，去年薄稔，羸耗之餘，幾不沈命。然流亡未還，白骨縱横，阡陌無主，至於蓄積，猶可哀傷。陛下以先帝遺意，方大駕長驅，按節西京，千乘萬騎，何從仰給。山陵穿復，必資徒役，率癯弊之衆，興數萬之軍，調發近畿，督扶稚老，鏟山輂石，驅以就功，春作無時，何望有秋？彫甿遺噍，再罹艱苦，有不堪其困，則逸爲盜賊，揭梃叫嘑，可不深圖哉！且天子以四海爲家，舜葬蒼梧，禹葬會稽，豈愛夷裔而鄙中國耶？示無外也。周平王、漢光武都洛，而山陵寢廟並在西土者，實以時有不可，故遺小存大，去禍取福也。今景山崇秀，北對嵩邙，右眄汝海，祝融、太昊之故墟在焉。園陵之美，復何以加。且太原廥鉅萬之倉，洛口儲天下之粟，乃欲捨而不顧。倘鼠竊狗盗，西入陜郊，東犯虎牢，取敖倉一抔粟〔二〕，陛下何與遏之？」武后奇其才，召見金鑾殿。子昂貌柔野，少威儀，而占對慷慨，擢麟臺正字。垂拱初，詔問羣臣：「調元氣，當以何道？」子昂因是勸后興明堂、太學。即上言：「臣聞之於師曰：元氣，天地之始，萬物之祖，王政之大端也。天地莫大於陰陽，萬物莫靈於人，王政莫先於安人。故人安則陰陽和，陰陽和則天地平，天地平則元氣正。先王以人之通於天也，於是養成羣生，順天德，使人樂其業，甘其食，美其服，然後天瑞降，地符升，風雨時，草木茂遂。故顓頊唐虞不敢荒寧，其書曰：『百姓昭明，協和萬邦，黎人於變時雍。』迺命羲和，欽若昊天，曆象日月星辰，敬授人時。』和之得也。夏商之衰，桀紂昏暴，陰陽乖行，天地震怒，山川鬼神發妖見災，疾疫大興，終以滅亡，和之失也。迨周文武創業，誠信忠厚，加于百姓，故成康刑措四十餘年，天人方和。而幽厲亂常，苛慝暴虐，詬黷天地，川冢沸崩，人用愁怨。其詩曰：『昊天不惠，降此大戾。』不先不後，爲虐爲瘵，顧不哀哉？近隋煬帝恃四海之富，鑿渠決河〔三〕，自伊洛屬之揚州〔四〕，疲生人之力，洩天地之藏，中國之難起，故身死人手，宗廟爲墟，逆元氣之理也。臣觀禍亂之動，天人之際，先師之説，昭然著明，不可欺也。陛下合天地之德，日月之明，眇然遠思，欲求太和，此伏羲氏所以爲三皇首也。昔者天皇大帝攬元符，東封太山，然未建明堂，享上帝，使萬世鴻業闕而不昭，殆留此盛德以發揮陛下哉。臣謂和元氣，睦人倫，捨此則無以爲也。昔黄帝合宫，有虞總期，堯衢室，夏世室，皆所以調元氣、治陰陽也。臣聞明堂有天地之制，陰陽之統，二十四氣、八風、十二月、四時、五行、二十八宿，莫不率備。王者政失則災，政順則祥。臣願陛下爲唐恢萬世之業，相國南郊，建明堂，與天下更始，按周禮、月令而成之。迺月孟春，乘鸞輅，駕蒼龍，朝三公、九卿、大夫于青陽左个，負斧扆，馮玉几〔五〕，聽天下之政。躬藉田，親蠶，以勸農桑，養三老、五更，以教孝悌。明訟恤獄，以息淫刑，脩文德以止干戈，察孝廉以除貪吏。後宮非妃嬪御女者，出之；珠玉錦繡、雕琢伎巧無益者，棄之；巫鬼淫祀、營惑於人者，禁之。臣謂不數朞且見太平云。」又言：「陛下方興大化，而太學久廢，堂皇埃蕪，詩書不聞。明詔尚未及之，愚臣所以私恨也。太學者，政教之地也，君臣上下之取則也，俎豆揖讓之所興也，天子于此得賢臣焉。今委而不論，雖欲睦人倫，興治綱，失之本而求之末，不可得也。君子三年不爲禮，禮必壞；三年不爲樂，樂必崩。奈何爲天下而輕禮樂哉！願引胄子使歸太學，國家之大務不可廢已。」后召見，賜筆札中書省，令條上利害。子昂對三事。其一言：「九道出大使巡按天下，申黜陟，求人瘼，臣謂計有未盡也。且陛下發使，必欲使百姓知天子夙夜憂勤之也，羣臣知考績而任之也，姦暴不逞知將除之也，則莫如擇仁可以恤孤、明可以振滯、剛不避彊禦、智足以照姦者，然後以爲使。故輶軒未動，而天下翹然待之矣。今使且未出，道路之人皆已指笑，欲望進賢下不肖，豈可得邪？宰相奉詔書，有遣使之名，無任使之實。使愈出，天下愈弊，徒令百姓治道路；送往迎來，不見其益也。臣願陛下更選有威重風概爲衆所推者，因御前殿，以使者之禮禮之，諄諄戒敕所以出使之意，乃授以節。自京師及州縣，登拔才良，求人瘼，宣布上意，令若家見而户曉。昔堯舜不下席而化天下，蓋黜陟幽明能折衷者。陛下知難得人，則不如少出使。彼煩數而無益於化，是烹小鮮而數撓之矣。」

其二言：「刺史、縣令，政教之首。陛下布德澤，下詔書，必待刺史、縣令謹宣而奉行之。不得其人，則委棄有司，掛墻屋耳，百姓安得知之。一州得才刺史，十萬户賴其福〔六〕；得不才刺史，十萬户受其困。國家興衰，在此職也。今吏部調縣令如補一尉，但計資考〔七〕，不求賢良。有如不次用之，則天下囂然相謗矣，狃于常而不變也。故庸人皆任縣令，教化之陵遲，顧不甚哉！」其三言：「天下有危機，禍福因之而生。機静則有福，動則有禍。百姓安則樂生，不安則輕生者是也。今軍旅之弊，夫妻不得安，父子不相養，五六年矣。自劍南盡河隴，山東由青徐曹汴，河北舉滄瀛趙鄚〔八〕，或困水旱，或頓兵疫，死亡流離略盡。尚賴陛下憫其失職，凡兵戍調發，一切罷之，使人得妻子相見，父兄相保，可謂能静其機也。然臣恐將相有貪夷狄利，以廣地彊武説陛下者，欲動其機，機動則禍搆。宜脩文德，去刑罰，勸農桑，以息疲民。蠻夷知中國有聖王，必累譯至矣。」于時吐蕃、九姓叛，詔田揚名發金山道十姓兵討之。十姓君長以三萬騎戰有功，遂請入朝。后責其嘗不奉命擅破回紇，不聽。子昂上疏曰：「國家能制十姓者，繇九姓彊大，臣伏中國，故勢微弱，委命下吏。今九姓叛亡，北蕃喪亂，君長無主，回紇殘破，磧北諸姓，已非國有。欲掎角亡叛，唯金山諸蕃，共爲形勢。有司乃以揚名擅破回紇，歸十姓之罪，拒而遣還，不使入朝，恐非覊戎之長策也。夫戎有鳥獸心，親之則順，疑之則亂。今阻其善意，則十姓内無國家親信之恩，外有回紇報讎之患，懷不自安，鳥駭狼顧，則河西諸蕃，自此拒命矣。且夷狄相攻，中國之福。今回紇已破，既無可言，十姓非罪，又不當絶。罪止揚名，足以慰其酋領矣。近詔同城權置安北府，其地當磧南口，制匈奴之衝，常爲劇鎮。臣頃聞磧北突厥之歸者已千餘帳，來者未止，甘州降户四千帳，亦置同城。今磧北喪亂荒饉之餘，無所存仰，陛下開府招納，誠覆全戎狄之仁也。然同城今無儲蓄，而降附蕃落，不免寒饑，更相劫掠。今安北有官牛羊六千，粟麥萬斛，城孤兵少，降者日衆，不加救恤，盜劫日多。夫人情以求生爲急，今有粟麥牛羊爲之餌，而不救其死，安得不爲盜乎？盜興則安北不全，甘涼以往，蹻以待陷，後爲邊患，禍未可量。是則誘使亂，誨之盜也。且夷狄代有雄桀，與中國抗，有如勃起，招合遺散，衆將係興，此國家大機，不可失也。」又謂：「河西諸州，軍興以來，公私儲蓄，尤可嗟痛。涼州歲食六萬斛，屯田所收，不能償墾。陛下欲制河西，定亂戎，此州空虛，未可動也。甘州所積四十萬斛，觀其山川，誠河西咽喉地。北當九姓，南逼吐蕃，姦回不測，伺我邊罅，故甘州地廣粟多，左右受敵。但户止三千，勝兵者少，屯田廣夷，倉庾豐衍，瓜肅以西，皆仰其餫，一旬不往，士已枵饑，是河西之命係于甘州矣。且其四十餘屯，水泉良沃，不待天時，歲取二十萬斛，但人力寡乏，未盡墾發。異時吐蕃不敢來侵者，繇甘涼士馬彊盛，以抗其入。今甘州積粟萬計，兵少不足以制賊〔九〕，若吐蕃敢大入，燔蓄穀，蹂諸屯，則河西諸州，我何以守？宜益屯兵，外得以防盜，内得以營農。取數年之收，可飽士百萬，則天兵所臨，何求不得哉。」其後吐蕃果入寇，終后世爲邊患最甚。后方謀開蜀山，由雅州道翦生羌，因以襲吐蕃。子昂上書，以「七驗」諫止之。曰：「臣聞亂生必由於怨。雅州羌未嘗一日爲盜，今無罪蒙戮，怨必甚，怨甚則蜂駭且亡，而邊邑連兵，守備不解，蜀之禍搆矣。東漢喪敗，亂始諸羌，一驗也。吐蕃黠獪，抗天誅者二十餘年。前日薛仁貴、郭待封以十萬衆敗大非川，一甲不返，李敬玄、劉審禮舉十八萬衆困青海，身執賊廷，關隴爲空。今迺欲建李處一爲上將，驅疲兵襲不可幸之吐蕃。舉爲賊笑，二驗也。夫事有求利而得害者，昔蜀與中國不通，秦以金牛美女啖蜀侯。侯使五丁力士棧褒斜，鑿通谷，迎秦之饋。秦隨以兵，而地入中州，三驗也。吐蕃愛蜀富，思盜之矣，徒以障隧隘絶，頓餓喙不得噬。今撤山羌，開阪險，使賊得收奔亡以攻邊，是除道待賊，舉蜀以遺之，四驗也。蜀爲西南一都會，國之寶府，又人富粟多，浮江而下，可濟中國。今圖僥倖之利以事西羌，得羌地不足耕，得羌財不足富，是過殺無辜之衆，以傷陛下之仁，五驗也。蜀所恃有險也，蜀所安無役也，今開蜀險，役蜀人，險開則便寇，人役則傷財。臣恐未及見羌，而姦盜在其中矣。異時益州長史李崇真託言吐蕃寇松州，天子爲盛軍師，趣轉餉以備之，不三年。巴蜀大困，不見一賊，而崇真姦贓已鉅萬。今得非有姦臣圖利，復以生羌爲資？六驗也。蜀士尫孱不知兵，一虜持矛，百人不敢當。若西戎不即破滅，臣見蜀之邊陲且不守，而爲羌夷所暴，七驗也。國家近廢安北，拔單于，棄龜兹、疏勒，天下以爲務仁不務廣，務養不務殺，行太古三皇事。今徇貪夫之議，誅無罪之羌，遺全蜀患，此臣所未諭。方山東饑，關隴弊，生人流亡，誠陛下寧静思和天人之時，安可動甲兵，興大役，以自生亂？又西軍失守，北屯不利，邊人駭情，今復舉興師投不測，小人徒知議夷狄之利，非帝王至德也。善爲天下者，計大而不計小，務德而不務刑，據安念危，值利思害。願陛下審計之。」后復召見，使論爲政之要，適時不便者，毋援上古，角空言。子昂乃奏八科：一措刑，二官人，三知賢，四去疑，五招諫，六勸賞，七息兵，八安宗子。其大權謂〔一〇〕：「今百度已備，但刑急罔密，非爲政之要。凡大人初制天下，必有凶亂叛逆之人爲我驅除，以明天誅。凶叛已滅，則順人情，赦過宥罪。蓋刑以禁亂，亂静而刑息，不爲承平設也。太平之人，樂德而惡刑，刑之所加，人必慘怛，故聖人貴措刑也。比大赦〔一一〕，滌蕩羣罪，天下蒙慶，咸得自新。近日詔獄稍滋，鉤捕支黨，株蔓推窮，蓋獄吏不識天意，以抵慘刻。誠宜廣愷悌之道，敕法慎罰，省白誣寃，此太平安人之務也。官人惟賢，政所以治也，然君子小人，各尚其類。若陛下好賢而不任，任而不能信，信而不能終，終而不賞，雖有賢人，終不肯至，又不肯勸。反是，則天下之賢集矣。議者乃云：『賢不可知，人不易識。』臣以爲固易知，固易識。夫尚德行者無凶險，務公正者無邪朋，廉者憎貪，信者疾僞，智不爲愚者謀，勇不爲怯者死，猶鸞隼不接翼，薰蕕不共義，其理自然。何者？以德並凶，勢不相入；以正攻佞，勢不相利；以廉勸貪，勢不相售；以信質僞，勢不相和。智者尚謀，愚者所不聽；勇者徇死，怯者所不從：此趣向之反也。賢人未嘗不思效用，顧無其類則難進，是以湮汩于時。誠能信任俊良，知左右有灼然賢行者，賜之尊爵厚禄，使以類相舉，則天下之理得矣。陛下知得賢須任，今未能者，蓋以常信任者不効，如裴炎、劉禕之、周思茂、騫味道固蒙用矣，皆孤恩前死，以是陛下疑於信賢。臣固不然。昔人有以噎得病，乃欲絕食，不知食絕而身殞。賢人於國，猶食在人，人不可以一噎而止餐，國不可以謬一賢而遠正士，此神鑒所知也。聖人大德，在能納諫。太宗德參三王〔一二〕，而能容魏徵之直。今誠有敢諫骨鯁之臣，陛下廣延順納，以新盛德，則萬世有述。臣聞勞臣不賞，不可勸功；死士不賞，不可勸勇。今或勤勞死難，名爵不及，偷榮尸禄，寵秩妄加，非所以表庸勵行者也。願表顯徇節，勵勉百寮。古之賞一人，千萬人悦者，蓋云當也。今事之最大者，患兵甲歲興，賦役不省，興師十萬，則百萬之家不得安業。自有事北狄，於今十年，不聞中國之勝。以庸將御冗兵，徭役日廣，兵甲日敝。願審量損益，計利害，勢有不可，毋虛出兵，則人安矣。虺賊干紀，自取屠滅，罪止魁逆，無復緣坐，宗室子弟，皆得更生。然臣願陛下重曉慰之，使明知天子慈仁，下得自安。臣聞人情不能自明則疑，疑則懼，懼則罪生。惟賜愷悌之德，使居無過之地。」俄遷右衛胄曹參軍。后既稱皇帝，改號周，子昂上周受命頌以媚悦后。雖數召見問政事，論亦詳切，故奏聞輒罷。以母喪去官。服終，擢右拾遺。子昂多病，居職不樂，會武攸宜討契丹，高置幕府，表子昂參謀。次漁陽，前軍敗，舉軍震恐。攸宜輕易無將略，子昂諫曰：「陛下發天下兵以屬大王〔一三〕，安危成敗在此舉，安可忽哉？今大王法制不立，如小兒戲。願審智愚，量勇怯，度衆寡，以長攻短，此刷恥之道也。夫按軍尚威嚴，擇親信以虞不測。大王提重兵精甲頓之境上，朱亥竊發之變，良可懼也。王能聽愚計，分麾下萬人爲前驅，契丹小醜，指日可擒。」攸宜以其儒者，謝不納。居數日，復進計，攸宜怒，徙署軍曹。子昂知不合，不復言。聖曆初，以父老，表解官歸侍，詔以官供養。會父喪，廬冢次，每哀慟，聞者爲涕。縣令段簡貪暴，聞其富，欲害子昂。家人納錢二十萬緡，簡薄其賂，捕送獄中。子昂之見捕，自筮卦成，驚曰：「天命不祐，吾殆死乎！」果死獄中，年四十三。子昂資褊躁，然輕財好施，篤朋友，與陸餘慶、王無競、房融、崔泰之、盧藏用、趙元最厚。唐興，文章承徐庾餘風，天下祖尚，子昂始變雅正。初爲感遇詩三十八章，王適曰：「是必爲海内文宗。」乃請交。子昂所論著，當世以爲法。大曆中，東川節度使李叔明爲立旌德碑於梓州，而學堂至今猶存〔一四〕。子光，復與趙元子必微相善〔一五〕，俱以文稱。光終商州刺史。子易甫、簡甫，皆位御史。

贊曰：子昂説武后興明堂、太學，其言甚高，殊可怪笑。后竊威柄，誅大臣、宗室，脅逼長君而奪之權。子昂乃以王者之術勉之，卒爲婦人訕侮不用，可謂薦圭璧於房闥，以脂澤汙漫之也。瞽者不見泰山，聾者不聞震霆，子昂之于言，其聾瞽歟？

【校】

〔一〕父兄轉徙　「徙」原作「徒」，據新唐書本傳校改。
〔二〕取敖倉一抔粟　「抔」原作「杯」，據新唐書本傳校改。
〔三〕鑿渠決河　「渠」原作「池」，據新唐書本傳校改。
〔四〕自伊洛屬之揚州　「揚」原作「楊」，據新唐書本傳校改。
〔五〕馮玉几　「几」原作「凡」，據新唐書本傳校改。
〔六〕十萬户賴其福　「户」原作「井」，據新唐書本傳校改。
〔七〕但計資考　「計」原作「可」，據新唐書本傳校改。
〔八〕河北舉滄瀛趙鄭　「鄭」原作「鄭」，據新唐書本傳校改。
〔九〕兵少不足以制賊　「少」字原爲墨丁，據新唐書本傳校補。
〔一〇〕其大権謂　「権」原作「權」，據新唐書本傳校改。
〔一一〕比大赦　「大」原作「天」，據新唐書本傳校改。
〔一二〕太宗德參三王　「太宗」原作「以崇」，據新唐書本傳校改。
〔一三〕陛下發天下兵以屬大王　「大」原作「太」，據王本、新唐書本傳校改。
〔一四〕而學堂至今猶存　「堂」字原無，據新唐書本傳校補。
〔一五〕復與趙元子必微相善　「必微」，王本、新唐書本傳作「少微」。

陳氏別傳

盧藏用撰〔一〕

陳子昂，字伯玉，梓州射洪縣人也。本居潁川〔二〕。五世祖方慶〔三〕，得墨翟秘書，隱於武東山，子孫因家焉〔四〕，世爲豪族。父元敬，瑰瑋倜儻，年二十，以豪俠聞，屬鄉人阻饑，一朝散萬鍾之粟而不求報，於是遠近歸之，若龜魚之赴淵也。以明經擢第〔五〕，授文林郎。因究覽墳籍，隱居家園以求其志〔六〕，餌地骨鍊雲膏四十餘年。嗣子子昂，奇傑過人，姿狀嶽立。始以豪家子〔七〕，馳俠使氣，至年十七八未知書。嘗從博徒入鄉學，慨然立志，因謝絶門客，專精墳典。數年之間，經史百家，罔不該覽。尤善屬文，雅有相如子雲之風骨。初爲詩，幽人王適見而驚曰：「此子必爲文宗矣。」年二十一，始東入咸京，遊太學，歷抵羣公，都邑靡然屬目矣。由是爲遠近所稱，籍甚，以進士對策高第。屬唐高宗大帝崩于洛陽宮〔八〕，靈駕將西歸，子昂乃獻書闕下。時皇上以太后居攝，覽其書而壯之，召見問狀。子昂貌寢寡援，然言王霸大略，君臣之際，甚慷慨焉。上壯其言而未深知也，乃勑曰：「梓州人陳子昂，地籍英靈，文稱偉曄，拜麟臺正字。」時洛中傳寫其書，市肆閭巷，吟諷相屬，乃至轉相貨鬻，飛馳遠邇。秩滿，隨常牒補右衛胄曹。上數召問政事，言多切直，書奏，輒罷之。以繼母憂解官。服闋，拜右拾遺。子昂晚愛黄老之言，尤耽味易象，往往精詣。在職默然不樂，私有掛冠之意。屬契丹以營州叛，建安郡王攸宜親總戎律，臺閣英妙，皆置在軍麾〔九〕。特勑子昂參謀帷幕〔一〇〕。軍次漁陽，前軍王孝傑等相次陷没，三軍震慴。子昂進諫曰：「主上應天順人，百蠻向化，契丹小醜，敢謀亂常，天意將空東北之隅以資中國也。大王以元老懿親，威略邁世，受律廟堂，弔人問罪，具精甲百萬以臨薊門。運海陵之倉，馳隴山之馬，積尚方之甲〔一一〕，發山西之雄〔一二〕，傾天下以事一隅，此猶舉太山而壓卵〔一三〕，建瓴破竹之勢也。然而張玄遇、王孝傑等不謹師律，授首虜庭，由此長寇威而殆戰士。夫寇威長，則難以争鋒；戰士殆，則無以制變。今敗軍之後，天下側耳，草野傾聽國政。今大王冲謙退讓，法制不申，每事同前，何以統衆？前如兒戲，後如兒戲，豈徒爲賊所輕，亦生天下奸雄之心。聖人威制六合，故用聲爾，非能家至户到，然後可服。況兵貴先聲，今發半天下之兵以屬王，安危成敗，在百日之内，何可輕以爲尋常？大王若聽愚計，即可行，若不聽，必無功矣。須期成功報國，可欲送身誤國耶？伏乞審聽，請盡至忠之言。凡軍須先比量智愚衆寡〔一四〕、勇怯强弱、部校將帥之勢〔一五〕，然後可合戰求利，以長攻短。今皆同前不量力〔一六〕，又不簡練，暗驅烏合敗後怯兵，欲討賊何由取勝！僕一愚夫，猶言不可，況奸賊勝氣十倍，未可當也。且統衆禦奸，須有法制親信，若單獨一身，則朱亥金鎚有竊發之勢，不可不畏。人有負琬琰之寶行於途，必被劫賊，何者？爲寶重，人愛之。今大王位重〔一七〕，又總半天下兵，豈直琬琰而已。天下利器，不可一失，失即後有聖智之力，難爲功也。故願大王於此決策，非小讓兒戲可了。若此不用忠言，則至時機已失；機與時一失，不可再得，願大王熟察。大王誠能聽愚計，乞分麾下萬人以爲前驅，則王之功可立也。」建安方求鬬士，以子昂素是書生，謝而不納。子昂體弱多疾，然感激忠義〔一八〕，常欲奮身以答國士。自以官在近侍，又參預軍謀，不可見危而惜身苟容，他日又進諫，言甚切至。建安謝絶之，乃署以軍曹。子昂知不合，因箝默下列〔一九〕，但兼掌書記而已〔二〇〕。因登薊北樓，感昔樂生、燕昭之事，賦詩數首，乃泫然流涕而歌曰〔二一〕：「前不見古人，後不見來者。念天地之悠悠，獨愴然而涕下。」時人莫之知也〔二二〕。及軍罷，以父老，表乞罷職歸侍。天子優之，聽帶官取給而歸。遂於射洪西山構茅宇數十間，種樹採藥以爲養。嘗恨國史蕪雜〔二三〕。乃自漢孝武之後以迄於唐，爲後史記。綱紀粗立，筆削未終，鍾文林府君憂，其書中廢。子昂性至孝，哀號柴毀，氣息不逮。屬本縣令段簡貪暴殘忍，聞其家有財，乃附會文法，將欲害之。子昂荒懼，使家人納錢二十萬，而簡意未已，數輿曳就吏。子昂素羸疾，又哀毀，杖不能起。外迫苛政，自度氣力〔二四〕，恐不能全〔二五〕，因命著自筮。卦成，仰而號曰：「天命不祐，吾其死矣！」於是遂絶，年四十二。子昂有天下大名，而不以矜人；剛果强毅，而未嘗忤物；好施輕財，而不求報。性不飲酒，至於契情會理，兀然而醉。工爲文，而不好作，其立言措意，在王霸大略而已，時人不之知也〔二六〕。尤重交友之分，意氣一合，雖白刃不可奪也。友人趙貞固、鳳閣舍人陸餘慶、殿中侍御史畢構、監察御史王無競〔二七〕、亳州長史房融、右史崔泰之、處士太原郭襲徵、道人史懷一，皆篤歲寒之交。與藏用遊最久，飽于其論，故其事可得而述也。其文章散落，多得之於人口，今所存者十卷。嘗著江上人文論，將磅礴機化，而與造物者遊。遭家難亡之。荆州倉曹槐里馬擇曰：「擇昔從父友王適獲見陳君〔二八〕，欣然忘我幼齡矣〔二九〕。榆關之役，君籌其謀，戎戈累年〔三〇〕，不接晤語。聖曆初，君歸寧舊山，有掛冠之志。予懷役南遊，遘兹歡甚。幽林清泉，醉歌絃詠，周覽所計，倏徧岷峨。予旋未幾，陳君將化。悲夫！言絶道冥，杳然若喪之幾，延陵心許，而彼已亡。天喪斯文，我恨何及！君故人范陽盧藏用，集其遺文，爲之序傳〔三一〕，識者稱其實録。嗚呼！陳君爲不亡矣。」遂爲贊曰：

岷山導江，回薄萬里。浩瀚鴻溶，東注滄海。靈光氛氳，上薄紫雲。其瑰寶所育，則生異人。於戲！才可兼濟，屈而不伸。行通神明，困於庸豎〔三二〕。子曰〔三三〕：道之將喪也，命矣夫！

【校】

〔一〕盧藏用撰　四字原無，據英華卷七九三校補；大典卷三一三四「陳」字韻下、全唐文卷二三八盧藏用下均收此文。

〔二〕本居潁川　「潁」原作「頴」，據庫本、全唐文校改。

〔三〕五世祖方慶　「五」字原作「四」，據趙儋撰右拾遺陳公旌德碑校改。

〔四〕子孫因家焉　「因」字原無，據伯三五九〇號敦煌殘卷、全唐文、英華校補。

〔五〕以明經擢第　「擢」原作「櫂」，據伯三五九〇號敦煌殘卷、王本、庫本、全唐文、英華、大典校改。

〔六〕隱居家園以求其志　「隱」字原無，據伯三五九〇號敦煌殘卷校補。

〔七〕始以豪家子　「家」字原無，據伯三五九〇號敦煌殘卷、全唐文、英華、大典校補。

〔八〕屬唐高宗大帝崩于洛陽宫　「大」原作「太」，據伯三五九〇號敦煌殘卷、全唐文、英華校改。

〔九〕皆置在軍麾　「置」，全唐文、英華、大典作「署」。

〔一〇〕特勑子昂參謀帷幕　「特」原作「時」，據伯三五九〇號敦煌殘卷、全唐文、英華校改。

〔一一〕積尚方之甲　「尚」原作「南」，據伯三五九〇號敦煌殘卷校改。

〔一二〕發山西之雄　「山西」原作「西山」，據伯三五九〇號敦煌殘卷校改。

〔一三〕此猶舉太山而壓卵　「猶」原作「由」，據伯三五九〇號敦煌殘卷校改；「卵」原作「夘」，據庫本、全唐文校改。

〔一四〕凡軍須先比量智愚衆寡　「軍」原作「事」，據伯三五九〇號敦煌殘卷、全唐文、英華校改。

〔一五〕部校將帥之勢　「帥」原作「師」，據王本、庫本、全唐文、大典校改。

〔一六〕今皆同前不量力　「今」原作「令」，據伯三五九〇號敦煌殘卷、庫本、全唐文、英華、大典校改。

〔一七〕今大王位重　「重」原作「衆」，據王本、全唐文、英華、大典校改。

〔一八〕然感激忠義　「然」字原無，據伯三五九〇號敦煌殘卷校補。

〔一九〕因箝默下列　「箝默」原作「拑然」，據全唐文、英華、大典校改；庫本作「緘默」；伯三五九〇號敦煌殘卷作「因箝默下吏」。

〔二〇〕但兼掌書記而已　「記」原作「計」，據伯三五九〇號敦煌殘卷、庫本、全唐文、英華校改。

〔二一〕乃泫然流涕而歌曰　「流」字原無，據伯三五九〇號敦煌殘卷、庫本、全唐文、英華、大典校補。

〔二二〕時人莫之知也　「之」原作「不」，據伯三五九〇號敦煌殘卷、庫本、全唐文、大典校改。

〔二三〕嘗恨國史蕪雜　「嘗」字原無，據伯三五九〇號敦煌殘卷、全唐文、英華校補。

〔二四〕自度氣力　「自」原作「皇」，據伯三五九〇號敦煌殘卷、王本、庫本、全唐文、英華、大典校改。

〔二五〕恐不能全　「能」字原無，據全唐文、英華校補。

〔二六〕時人不之知也　「之知」原作「知之」，據全唐文、英華校改。

〔二七〕殿中侍御史畢構監察御史王無競　「畢構監察御史」六字原無，據全唐文、英華校補；伯三五九〇號敦煌殘卷有「畢構」二字。

〔二八〕擇昔從父友王適獲見陳君　「見」字原無，據伯三五九〇號敦煌殘卷校補。

〔二九〕欣然忘我幼齡矣　「幼」原作「紉」，據王本、庫本、全唐書、英華、大典校改。

〔三〇〕戎戈累年　「戈」原作「安」，據伯三五九〇號敦煌殘卷校改。

〔三一〕爲之序傳　「之」字原無，據伯三五九〇號敦煌殘卷、英華校補。

〔三二〕困於庸豎　「豎」原作「塵」，據伯三五九〇號敦煌殘卷、全唐文、英華、大典校改。

〔三三〕子曰　「子」原作「予」，據伯三五九〇號敦煌殘卷、庫本、全唐文、英華校改。

大唐劍南東川節度觀察處置等使户部尚書兼御史大夫梓州刺史鮮于公爲故右拾遺陳公建旌德之碑〔一〕

前監察御史趙儋撰

公諱子昂，字伯玉，梓州射洪縣人也。其先居於潁川〔二〕。五世祖方慶，好道，得墨子五行秘書、白虎七變，隱于郡武東山，子孫因家焉。生高祖湯，湯爲郡主簿。湯生曾祖通。通早卒，生祖辯，爲郡豪傑。辯生元敬，瑰瑋倜儻，弱冠以豪俠聞。屬鄉人阻饑，一朝散粟萬斛以賑貧者，而不求報。年二十二，鄉貢明經擢第，拜文林郎。屬青龍末天后居攝，遂山棲餌朮，殆十八年。玄圖大象無不達，嘗學術擬張平子〔三〕，風鑒比郭林宗。公即文林元子也。英傑過人，彊學冠世。詩可以諷，筆可以削，人罕雙全，我能兼有。年二十四，文明元年進士，射策高弟。其年高宗崩于洛陽宫，靈駕將西歸于乾陵。公乃獻書闕下，天后覽其書而壯之，召見金華殿。因言伯王大略，君臣明道，拜麟臺正字。由是海内詞人，靡然向風，乃謂司馬相如、揚子雲復起於岷峨之間矣〔四〕。秩滿，補右衛曹。每上疏言政事，詞旨切直，因而解罷。稍遷右拾遺。屬契丹以營州叛，建安郡王武攸宜親總戎律，特詔左補闕屬之。迨及公參謀幃幕，軍次漁陽，前軍王孝傑等相次陷没，三軍震慴。公乃進諫，感激忠義，料敵決策，請分麾下萬人以爲前驅，奮不顧身，上報於建安。建安愎諫〔五〕，禮謝絶之，但署以軍曹，掌記而已。公知不合，因登薊北樓，感昔樂生、燕昭之事，賦詩而流涕。及軍罷，以父年老，表乞歸侍。至數月，文林卒。公至性純孝，遂廬墓側，杖而後起〔六〕，柴毁滅性，天下之人，莫不傷歎。年四十有二，葬於射洪獨坐山。有詩十首入正聲，集十卷著於代。友人黄門侍郎范陽盧藏用爲之序，以爲文章道喪五百年，得陳君焉。由是太沖之詞〔七〕，紙貴天下矣。有子二人，並進士及第。長曰光，官至膳部郎中、商州刺史。仲曰斐，歷河東、藍田、長安三尉〔八〕，卒官。光有二子，其長曰易甫，監察御史，次曰簡甫，殿中侍御史。斐生三子，長曰靈甫，次曰兢甫、衆甫，皆守緒業，有名於代。劍南東川節度使兼御史大夫梓州刺史鮮于公，自受分閫之政也〔九〕，初年謀始立法，二年人富知教，三年魯變於道。乃謂幕賓曰：「陳文林散粟萬斛以賑鄉人，得非司城子罕貸而不書乎？拾遺之文，四海之内家藏一本，得非臧文仲立言殁而不朽乎〔一〇〕？於戲！陳君道可以濟天下，而命不通於天下；才可以致堯舜，而運不合於堯舜。悲夫！昔孔文舉爲鄭玄署通德門〔一一〕，蔡伯喈爲陳寔立太丘頌，異代思賢之意也。況陳君顔閔之行，管樂之材，而守牧之臣久闕旌表，何哉？」爰命末學，第敘豐碑，表厥後來，是則是效。其頌曰：有嬀之後，封於陳國。根深苗長，世載明德。文林大器，質匪雕刻。學術鈎深，風鑒詣極。代公耿光，喬玄藻識。施不求報，退身自默。岷峨降靈，拾遺挺生。氣總三象，秀發五行。才同入室，學匪獵精。明明天后，羣龍效庭。矯矯長離，軒飛粱益。封章屢抗，矢陳刑辟。匪君伊順，惟鱗是逆。九德未行，三命惟錫。帝命建安，遠征不伏。咨公幕畫，騁此驥足。惟王翫兵，愎諫違卜。忠言不納，前軍欲覆。遂登薊樓，冀寫我憂。大運茫茫，天地悠悠。沙麓氣衝，太陰光流。義士食薇〔一二〕，人誰造周。嗟乎！道不可合，運不可諧。遂放言於感遇，亦阮公之詠懷。已而已而，陳公之微意在斯〔一三〕。表辭右省，來歸温清〔一四〕。如何風樹，不寧不令。廬墓之側，柴毀滅性。管輅之才，管輅之命。惟國不幸，非君之病。我鮮于公，中肅恭懿，光明不融。爲君頌德，穆如清風。日月運安，江漢流東。不閉其文，永昭文雄。

唐大曆六年歲次辛亥十月癸丑朔日建。

應天廣運聖文神武明道至德仁孝皇帝陛下闡統之九載，威加政和，風淳俗厚。冬十月，詔天下牧守修前代聖帝功臣賢士陵墓之毀圮者，斯以崇至仁而修闕典也。化爲異物者尚藻飾之，縻之好爵者，則亭毒之恩可見矣。延謂權典是州，亦奉斯命。由是不俟駕而按其部，至獨坐山前，過有唐故右拾遺陳公之墳。嘻！文集之中，嘗飽其詞學志氣矣，下馬一奠，能不悽然。因賦惡詩一章，以弔之。略曰：「魂逐東流水。晝夜獨坐山〔一五〕。」時同官及僚屬攻文者甚有繼和〔一六〕。封樹茂，不勞增築而加植也。故節度使鮮于公所立旌德之碑，苔蘚侵剥，文字磨滅，因徵舊本，命良工重勒于石。豈祇顯此公之懿行，且欲副吾君褒賢之意云爾。開寶戊辰歲十二月十五日，惟誠保節翊戴功臣〔一七〕、静江軍節度觀察留後、光禄大夫、檢校太傅、知梓州軍事、兼御史大夫、上柱國、太原郡開國侯食邑一千三百户郭延謂。

【校】

〔一〕大唐劍南東川節度觀察處置等使户部尚書兼御史大夫梓州刺史鮮于公爲故右拾遺陳公建旌德之碑　「川」原作「州」，據全唐文卷七三二校改。「兼御史大夫梓州刺史」原作「兼梓州刺史兼御史大夫」，據全唐文删改。

〔二〕其先居於潁川　「潁」原作「頴」，據庫本、全唐文校改。

〔三〕嘗學術擬張平子　「學術」二字原無，據全唐文校補。

〔四〕乃謂司馬相如揚子雲復起於岷峨之間矣　「揚」原作「楊」，據庫本校改。

〔五〕建安愎諫　「建安」二字原無，據庫本、全唐文校補。「愎」原作「復」，據庫本、全唐文、大典卷三一三四校改。

〔六〕杖而後起　「後」原作「復」，據王本、庫本、全唐文、大典校改。

〔七〕由是太沖之詞　「沖」原作「中」，據全唐文校改。

〔八〕歷河東藍田長安三尉　「藍」原作「籃」，據王本、庫本、全唐文、大典校改。

〔九〕自受分閫之政也　「政」原作「征」，據庫本校改。

〔一〇〕得非臧文仲立言殁而不朽乎　「言」字原無，據庫本校補。

〔一一〕昔孔文舉爲鄭玄署通德門　「德」字原無，據庫本、全唐文校補。

〔一二〕義士食薇　「食」原作「養」，據庫本、全唐文、大典校改；王本作「餐」。

〔一三〕嗟乎……在斯　此三十三字庫本爲大字；大典卷三一三四亦爲大字，惟在下「永昭文雄」後。

〔一四〕來歸温清　「清」原作「淸」，據王本、庫本、全唐文校改。

〔一五〕晝夜獨坐山　「晝夜」，大典卷三一三四作「墳依」。

〔一六〕時同官及僚屬攻文者甚有繼和　「僚屬」原作「橋寄」，據大典校改；王本作「僑寄」。

〔一七〕推誠保節翊戴功臣　「推」原作「惟」，「翊」原作「朔」，據王本、庫本、大典校改。

黄門侍郎盧藏用祭陳公文〔一〕

子之生也，珠圓流兮玉方潔〔二〕。子之没也，太山頽兮良木折。士林闃寂兮人物疏，門館蕭條兮賓侶絶。嘆佳城之不返，辭玉階而長别。嗚呼！置酒祭子子不顧，沉聲哭子子不廻。唯天道而無託，但撫心而已摧。尚饗。〔三〕

【校】

〔一〕黄門侍郎盧藏用祭陳公文　題前原有另起行「今更録唐代諸賢祭文及過學堂覽文集詩於碑陰」二十字，依編集體例删。

〔二〕珠圓流兮玉方潔　「方」原作「分」，據庫本校改。

〔三〕尚饗　文後原有另起行「過學堂覽文集詩缺」八字，依編集體例删。

陳伯玉先生文集後序

楊　澄

文以載道，不深於道而能文者鮮矣。粤自六經删述之後，斯文粲然，如日麗天，放乎如水行地，天下後世咸知宗孔氏而仰尼崧。漢唐以下，摛葩擷藻，若賈晁司馬、王楊公孫，文非不工，如大節不謹何。若宋沈河東，李元中山，文非不美，如細行有虧何。晉宋齊梁之間，馳聲翰墨，抑何紛紛，枝辭蔓説，争尚雕巧靡麗，斯文爲之掃地，悲夫！五百年來，幸而鄉先生陳公子昂伯玉者出，氣鍾岷峨，秀毓巴水，崛起武東之下，讀書金華之椒。天性純孝，慷慨英發，以格致爲實學，以踐履爲實地。文與行俱一，變浮華而爲雅正，續斯文統緒於垂線之餘。觀其氣節風概，形諸感寓，翕然爲海内文宗。諫止遷梓，毅然有回天之力，擢麟臺正字；而昌言興明堂、建太學，與夫三事、七驗、八科之奏，又皆亹亹乎伊訓説命指歸。職雖屢遷衛曹參軍及左右拾遺，亦不樂爲。已而言論齟齬，遂表請解組歸養。始終大節，卓冠有唐，非深於道者能之乎！奈何命途多舛，道與時違，竟殞玉於貪暴之手，識者不能無遺憾焉。噫嘻！豈天未欲平治天下，使不得蒙至治之澤歟？抑天喪斯文，使之遭彼荼毒歟？或者不原其心，乃謂先生以王者之術説武后，薦圭璧於房闥，以脂澤汙漫，而諷其聾瞽，豈足以知先生濟時行道，忠愛之心進進不已哉！余忝與先生同鄉，酌餘馨而起敬，想遺跡而興嗟。抱此不平，得不力爲之辯於末簡，以白公道在天下，公論在人心耶。

弘治四年歲在己亥菊月望日，賜進士第中憲大夫奉勑巡撫山西兼提督雁門等關都察院左僉都御史邑人楊澄序。

陳伯玉文集跋

胡　珽

余得此書於文義堂錢步瀛，雖爲明刻，而傳本絶少。伏讀四庫總目陳拾遺集提要云：「此本傳寫多譌脱，第七卷闕兩葉。據目録尋之，禡牙文、禜海文在文苑英華九百九十五卷，弔塞上翁文在九百九十九卷，祭孫府君文在九百七十九卷。又送崔融等序之後，據目録尚有餞陳少府序一篇，此本亦佚。英華七百十九卷有此文，今並葺補，俾成完本。英華八百二十二卷收子昂大崇福觀記一篇，稱武士彠爲太祖孝明皇帝，此集不載其目，殆偶佚脱。」云云。據此則四庫未見刻本，張氏愛日精廬藏書志亦無此書名目，洵絶無僅有之秘册矣。其傳寫本所缺之文，此本中雖未能全備，而較爲少缺，異日翻刻時，亦據英華補足可也。咸豐四年二月，琳琅主人胡珽識。

補遺

登幽州臺歌

前不見古人，後不見來者。念天地之悠悠，獨愴然而涕下。

魏氏園林人賦一物得秋亭萱草

昔時幽徑裏，榮耀雜春叢。今來玉墀上，銷歇畏秋風。細葉猶含緑，鮮花未吐紅。忘憂誰見賞，空此北堂中。全唐詩

晦日宴高氏林亭 并序

夫天下良辰美景，園林池觀，古來遊宴歡娱衆矣。然而地或幽偏，未覩皇居之盛；時終交喪，多阻昇平之道。豈如光華啓旦，朝野資歡，有渤海之宗英，是平陽之貴戚。發揮形勝，出鳳臺而嘯侶；幽贊芳辰，指雞川而留宴。列珍羞於綺席，珠翠瑯玕；奏絲管於芳園，秦箏趙瑟。冠纓濟濟，多延戚

里之賓；鸞鳳鏘鏘，自有文雄之客。總都畿而寫望，通漢苑之樓臺；控伊洛而斜□，臨神仙之浦溆。則有都人士女，俠客游童。出金市而連鑣，入銅街而結駟。香車繡轂，羅綺生風；寶蓋琱鞍，珠璣耀日。於時律窮太簇，氣淑中京。山河春而霽景華，城闕麗而年光滿。淹留自樂，翫花鳥以忘歸；歡賞不疲，對林泉而獨得。偉矣！信皇州之盛觀也。豈可使晉京才子，孤標洛下之游；魏室羣公，獨擅鄴中之會。盍各言志，以記芳遊。同探一字，以華爲韻。

尋春遊上路，追宴入山家。主第簪纓滿，皇州景望華。玉池初吐溜，珠樹始開花。歡娱方未極，林閣散餘霞。全唐詩

晦日重宴高氏林亭

公子好追隨，愛客不知疲。象筵開玉饌，翠羽飾金巵。此時高宴所，詎減習家池。循涯倦短翮，何處儷長離。全唐詩

上元夜効小庾體　以上三首俱見歲時雜詠

三五月華新，遨遊逐上春。相邀洛城曲，追宴小平津。樓上看珠妓，車中見玉人。芳宵殊未極，隨意守燈輪。全唐詩

三月三日宴王明府山亭 歲時雜詠

暮春嘉月，上巳芳辰。羣公禊飲，于洛之濱。奕奕車騎，粲粲都人。連帷競野，袨服縟津。青郊樹密，翠渚萍新。今我不樂，含意未申。全唐詩

楊柳枝 遺録

萬里長江一帶開，岸邊楊柳幾千栽。錦帆未落干戈起，惆悵龍舟去不回。蜀刻本陳子昂先生全集

爲義興公陳請終喪第二表

草土臣某言：去年某月日，奉哀陳請，乞終喪制。今某月日，奏事官齎臣所奏表廻，伏讀報詔，不勝悲懼。陛下爲臣累有政能，特見任用，使臣移孝爲忠，即斷來表。臣内愧不孝，外慚無能，汚辱聖聰，措身無地。臣某中謝。臣聞時方媮薄，勸人以孝；時方趨競，勸人有禮。有不至者，誅而教之。臣今不病，固合辭避。況臣疾發日久，亡母未葬，忍偷餘生，望畢家事，敢汙人倫，以傷風俗。昔山濤與時主有舊，温嶠亦功存當代，濤起應禮，嶠不歸葬，守

禮法者，議而薄之。臣於國家，無濤、嶠之功舊，必依詔命，兼濤、嶠之可薄，俛仰人間，豈獨羞恥聖朝，用法合置誅殛。前者直省齎勑，勒臣赴任，使司準勑，移責州縣。所由官吏，畏懼威嚴，臣所經行，停留不得，待臣出界，然後奏報。臣氣力羸憊，奔波道路，悲憂惶恐，舊疾加極，半身不遂，手節拘急，行步飲食，須人扶助。近又兩目昏闇，如有瘴冒，雖生猶死，不堪力强。特望聖慈，乞臣骸骨，歸奏几筵，及葬州里。在臣私情，死生願足。臣今病在桂州，俯伏待命。臣風昏謬妄，舉動失常，頻犯天威，不勝震恐。謹遣某官，奉表陳乞以聞。全唐文卷二百十

爲義興公陳請終喪第三表

草土臣某言：臣先患風疹，并兩目昏闇，右手不能制物，一足不自運動，前後頻有表狀，請停官職。臣自到桂州，病轉增劇，更加瘴虐，臥在牀枕，兩目漸不見物，起動皆須扶引。死在朝夕，敢偷禄位。伏恐陛下謂臣尚顧禮教，以疾辭讓，遷延歲月，待畢喪紀。臣除官以來，向欲一歲，頻違詔命，合正典刑。陛下終不忍罪臣殘喘，乞臣餘生，固不可爲臣曠官，待臣痛損。特望天恩，即爲臣替。不任荒懼哀懇之至。全唐文卷二百十

謝賜冬衣表

臣某言：中使某至，伏奉某月日敕書，慰問將士官吏僧道耆老等，并賜臣手詔，及冬衣兩副、大將等衣一十五副者。天慈遠致，聖澤傍流，海隅臣庶，抃舞相慶。臣某中謝。伏維陛下道宏文武，任切藩維，遠念戎旅之勤，亟頒時節之賜。臣以謬膺寄理，載涉炎涼，効績無聞，負敗將及，恩私每降，慚懼不寧。今又俯浹宸慈，曲延寵賚，當戒寒之初候，沐挾纊之殊榮。佳氣集於城池，喜容生於草木，三軍叶慶，萬井相歡。況臣荷寵逾涯，忝恩滋甚。螢燭無裨於景曜，畎澮徒願於朝宗。悚踴遐方，感戀俱切。無任感恩荷懼屏營之至。全唐文卷二百十

荆州大崇福觀記

維大周揖讓受唐有天下十載，施化育德，揚光顯仁，天下咸和，中外胥謐。僊門法寓，澤罔不暨。粤若無上太祖孝明皇帝，神明睿哲，龍德而隱，君子勿用，干我諸宮，葳蕤春風，霡霂時雨，謳歌歸之，允矣太王、王季岐鎬之漸也。於戲！西伯潛聖，而遺其三齡，故我太祖始安時處順，乘彼白雲，以歸帝鄉。方城之人，嗟咨涕洟，靈魄罔遘，乃以珠襦玉匣，閟茲衣

冠。穀林方崇，喬木未掩，龍輴梓寢，在茲觀者七月焉。餘滅化北，顏塗暨積。逮皇帝順人樂推，鳳翔虎變，追革顯號，宗祀於明堂，躍誠所歷，莫不昭晰寵光也。長史弘農楊元琰，雅量川濬，貞節嶽立，有倚相墳典之博，子囊增名之忠。遂稽皇圖，徵文獻，以爲會稽之廟，大庭之初。其事上矣，乃表上遺跡，祈飾山階。司賓卿于惟謙、地官主事魯玄傑，咸經沐浴邦憲，昇官周京，亦恢廓徽猷，任佐誠請。時皇帝方垂拱璇淵之中，以思大化，故書奏不答。道士孟安排者，玄稟真骨，記上階黃裳，羽袂囊中，竊感蒼梧遺化，長沙舊寢，不可以不昭發聖世。復重理前狀，伏奉闕下，至于再三。天子乃憫然，遷思迴慮，旌別斯觀，錫名曰大崇福焉。時龍集己亥，聖曆之二年也。翌日又優制褒崇，特降銀牓。仙書鳳篆，飛集王官；天文昭回，瑞我鄢郢。則有踰岐山，越梁境，梯衡霍，浮瀟湘，鬱荊門，龐江徼，莫不翼載抃舞，澡雪心目者已。安排乃喟然歎曰：「道惡乎在？名惡乎在？茅茨文軒，未始離也；朱宮玄圃，未始乖也。損之而又損之，思乎思；無爲而無不爲，知乎知。則我何拘於常見哉，而不謂熙帝庸也！」遂經玄都，爰伐琴瑟，作爲仙觀之宮。文彩構擸，碔砆砌階。櫨栱森鬱以宏合，藻井翕艴以天開。瑤壇躋於上清，銀闕表於中界。高步玄雲，肅然靈風，髣髴紫陽之天也。然後琁題顯曜，金格道相，朝浮彩雲，夕泫清露，眇哉邈乎，信皇靈之所感發矣。蓋金簡玉牒，可存而不可知；崑崙方壺，可聞而不可階也。猶且曰：道録貴乎真經，況皇明帝載，

昭鑠日月而已。乃刊石作記，以傳維罔極。文苑英華卷八百二十二

座右銘

事父盡孝敬，事君端忠貞。兄弟敦和睦，朋友篤信誠。從官重公慎，立身貴廉明。待士慕謙讓，莅民尚寬平。理訟惟正直，察獄必審情。謗議不足怨，寵辱詎須驚。處滿常憚溢，居高本慮傾。詩禮固可學，鄭衛不足聽。幸能修實操，何俟釣虛聲。白珪玷可滅，黄金諾不輕。秦穆飲盜馬，楚客報絶纓。言行既無擇，存殁自揚名。全唐文卷二百十四

無端帖

道既不行，復不能知命樂天，又不能深隱于山藪。乃亦時出于人間，自覺是無端之人，況漸近無聞，不免自惜如何。寶真齋法書贊　唐文拾遺

陳子昂和他的作品

王運熙

陳子昂是唐代詩歌發展過程上具有關鍵性的人物。他首先起來倡導改變六朝以迄初唐詩壇的形式主義作風，把詩歌引向樸實而具有真實生命的大路上去。他是唐詩現實主義潮流和積極浪漫主義潮流的有力的前驅者，對以後的大詩人李白、杜甫、白居易都有很大的影響。

陳子昂不但是一個傑出的詩人，而且是一個具有卓越見識的政治家。他的許多政治言論，往往能够從整個國家的命運和廣大人民的生活出發：往往深入揭露時政的弊害，提出正確的主張。正是由於這樣，他的一部分詩歌就具有相當充實的社會内容。他的人格和詩歌的風格是統一起來的。

現從下列兩個方面來論述陳子昂和他的作品：一、介紹他的生活和思想，通過這種介紹來認識他的詩歌的具體内容；二、説明他的詩歌的成就特色以及對於李白、杜甫、白居易諸大詩人的影響。

一　政治生活與政治思想

陳子昂，字伯玉，唐梓州射洪縣（今四川省射洪縣）人。生於唐高宗龍朔元年（公元六六一年）。他出身於官僚地主家庭。他的祖先有的擔任地方官職，有的隱居不仕。父親名叫元敬，鄉貢明經擢第，但没有出去做官，在家過隱居生活，博覽羣書。（見本集府君有周文林郎陳公墓誌文）元敬爲人慷慨，「年二十以豪俠聞，屬鄉人阻饑，一朝散萬鍾之粟而不求報」。（盧藏用陳氏別傳）

元敬的博學和慷慨對子昂的影響很大。陳氏別傳說子昂「好施輕財而不求報」，又說：「子昂始以豪子馳俠使氣，至年十七八未知書。嘗從博徒入鄉學，慨然立志，因謝絶門客，專精墳典。數年之間，經史百家，罔不該覽。尤善屬文，雅有相如、子雲之風骨。」學養淵博的子昂不願祇做一個作家，他要求自己在政治上有所建樹。對這點，子昂在諫政理書中有非常清楚的自白：「竊少好三皇五帝霸王之經，歷觀丘墳，旁覽代史，原其政理，察其興亡。……臣每在山谷，有願朝廷，常恐没代而不得見也。」這種欲望驅使着他以後不斷在政治上争取建立功業，「少學縱横術，游楚复游燕，栖皇長委命，富貴未知天。」（本集贈嚴倉曹乞推命禄）

年青時代的陳子昂，對於國家的政治、經濟等情況已經給予很大的注意。從他以後所寫的上蜀川安危事、上蜀中軍事、上益國事等章奏中，可以看出子昂在青年時期對於自己的故鄉蜀地的各方面的情況是非常熟悉的。蜀地處於國家西南邊陲，跟其他民族接觸頻繁，問題比較複雜，措施稍不妥當，即有戰争，人民受害甚大。這種邊陲地區的特殊情況對於年輕的子昂一定有很大的影響，所以他以後在朝廷時對邊疆方面的問題論列很多。

另一方面，子昂很早時候就開始修仙學道，過隱士生活。在這方面他父親元敬對他的影響也很大。元敬於「羣書秘學，無所不覽」（府君陳公墓誌文）；喜歡服食，「居家園以求其志，餌地骨煉雲膏四十餘年」（陳氏別傳）。子昂在觀荆玉篇序中說：「余家世好服食，昔嘗餌之。」又在弘道元年（六八三）二十三歲時所作的暉上人房餞齊少府使入京府序中說：「林嶺吾栖，學神仙而未畢。」他很早認識了禪門的暉上人，跟他成爲好友。

這時候，唐高宗和武則天經常住在東都洛陽。二十四歲那年，子昂在洛陽考中了進士。那時武則天初當政，他以「草莽臣」的身份（那時還未授官）上書朝廷，有諫靈駕入京書和諫政理書，都是洋洋灑灑的文字，充分顯示出他具有不同尋常的政治見解和才能，顯示出他準備以布衣取卿相的宏大氣魄。他得到了武則天的重視，被拜爲麟臺正字。

從二十四歲開始到三十九歲這十多年中，子昂絕大部分時間在朝廷擔任官職，最初是麟臺正字，後來陞爲右拾遺。這段期間，始終是武則天掌握政治大權，開頭是攝政，後來代唐自立，建立武周王朝。這時期子昂在政治上曾經對許多問題發表了自己的看法。

前人評論子昂這段時期的政治生活，往往從封建王朝的正統觀點出發，糾纏在子昂是不是武則天的黨羽，是不是忠於李唐王室這一問題上。我們在這方面應有與前人不同的認識。我們認爲重要的問題不在於子昂忠於哪一姓，而在於他在那段時期發表了怎麼樣的一些政治主張，在於這些主張是否符合於整個國家和廣大人民的利益。

武則天的各方面的政治措施對當時整個社會所起的作用怎樣，我們應該怎樣對武則天的歷史地位給予正確的估價，這是一個相當複雜的問題，需要我們作全面深入的考察和分析。我們綜觀子昂在武后朝所發表的許多政治言論，不能不承認：他中肯地揭發了當前政治上的許多弊害，指出了廣大地區人民生活的痛苦和不安定，要求迅速改變這種情況；他具有政治的遠見和熱烈的人道主義精神，關懷着整個國家的前途和廣大人民的利益；他不畏强暴，正直不阿，他不是苟合求榮的人物。

在二十四歲所寫的諫政理書中，子昂提出了他在政治方面的正面主張是：

天地之道，莫大乎陰陽；萬物之靈，莫大乎黔首；王政之責，莫大乎安人。故人安則陰陽和，陰陽和則天地平，天地平則元氣正矣。

怎樣安人呢？同書中提出詳細的具體辦法：

陛下遂躬籍田親蠶，以勸天下之農桑；養三老五更以教天下之孝悌；明訟息獄以息天下之淫刑；除害去暴以正天下之仁壽；修文尚德以止天下之干戈；察孝廉以除天下之貪吏……陛下務以至誠，躬服質素以爲天下先，愚臣以爲不出數年之間，將見太平之化也。

子昂在政治上的許多具體意見，都是從儒家的「安人」「保和」這一中心要求出發的。其中以請息兵和請措刑二者，談得最多，是子昂政治言論中最突出的部分，我們不妨就這兩項來考察一下。

現在先略談請息兵一項。這意見主要見於答制問事八條上軍國利害事三條諫雅州討生羌書諸文中。諫雅州討生羌書作於武后垂拱三年。這一年，武后計劃開鑿蜀山由雅州道攻擊生羌，這是一種黷武行爲，子昂上書諫止，力陳其七不可。最後指出這種計劃是「徇貪夫之議，謀動兵戈，將誅無罪之戎而遺全蜀之患」。又説明當時人民的生活是：「山東饑，關隴弊，歷歲枯旱，人有流亡。」在上軍國利害事三條中，他揭發了由於戰爭和天災，人民轉徙於死亡綫上的淒慘景象：

自劍以南，爰至河隴秦涼之間，山東則有青徐曹汴，河北則有滄瀛恒趙，莫不或被饑荒，或遭水旱，兵役轉輸，疾疫死亡，流離分散，十至四五，可謂不安矣。

底下他又説：

臣今所以爲陛下更論天下之危機者，恐將相有貪夷狄之利，又説陛下以廣地彊武爲威，謀動甲兵，以事邊塞，陛下或未知天下有危機，萬一聽之，臣懼機失禍構，則天下有不可奈何也。

這種從整個國家和廣大人民利益着眼而反對黷武戰争的見解，跟諫雅州討生羌書是完全一致的。必須指出，子昂所反對的祇是這種黷武性的戰争。契丹叛變時，他自願作先驅討伐（詳下文），可見他并不一般地反對戰争。

這樣的能够洞察國家内部危機、關心人民疾苦的政治家在當時是并不多見的。當時的賢相狄仁傑也有相同的見解。資治通鑒卷二〇六載武后神功元年冬十月，仁傑爲同平章事，上疏曰："近者國家頻歲出師，所費滋廣。西戍四鎮，東戍安東，調發日加，百姓虚弊。今關東饑饉，蜀漢逃亡，江淮以南，徵求不息。人不復業，相率爲盜，本根一摇，憂患不淺。其所以然者，皆以争蠻貊不毛之地，乖子養蒼生之道也。"兩相比較，更可以看出子昂在這方面的卓越的見解。

底下再略談子昂請措刑的見解。這主要見於答制問事八條諫刑書諫用刑書諸文中。武后篡唐自立，徐敬業及李唐宗室李貞、李冲等起兵反抗，武后爲了維持自己的政權，加以鎮壓，在她是必要的，但後來她輕信酷吏，大力誅鋤臣下，稍有嫌疑，即遭屠殺。又大開告密之門，株連所及，陷於刑網者極衆。因此人心惶惶，處於恐怖空氣中：子昂指出了這種情況，并要求予以改變。

頃年以來，伏見諸方告密，囚累百千輩，大抵所告皆以揚州爲名（案徐敬業起兵於揚州），及其窮究，百無一實。

陛下仁恕，又屈法容之，旁訐他事，亦爲推劾。遂使奸惡之黨，決意相仇，睚眦之嫌，即稱有密。一人被訟，百人滿獄。使者推捕，冠蓋如雲。或謂陛下愛一人而害百人，天下喁喁，莫知寧所。——諫用刑書

子昂也曾經請武后安撫李唐宗室（見答制問事八條），但他更關心的是廣大人士的生命和整個社會的安定。更不易的，他指出了酷吏濫用刑罰的自私自利的動機，暴露了他們的醜惡面目：

夫大獄一起，不能無濫。何者？刀筆之吏，寡識大方，斷獄能者，名在急刻，文深網密，則共稱至公，爰及人主，亦謂其奉法。於是利在殺人，害在平恕。故獄吏相誡，以殺爲詞，非憎於人也，而利在己。故上以希人主之旨，下以圖榮身之利。徇利既多，則不能無濫；濫及良善，則淫刑逞矣。——諫用刑書

諫用刑書寫於武后垂拱二年。據資治通鑒，此年武后窮治徐敬業黨與，「乃盛開告密之門」，厚加賞賜，「於是四方告密者蜂起」。又任用酷吏索元禮、周興、來俊臣等。「俊臣與司刑評事洛陽萬國俊，共撰羅織經數千言，教其徒網羅無辜，織成反狀，搆造布置，皆有支節。」子昂的言論即是針對這種情況而發的。當時酷吏氣焰囂張，朝臣有不滿他們的意的，往往慘遭虐殺。子昂獨能無所畏懼，好幾次上疏竭力諫止酷刑，這種不畏强御的精神是值得敬佩的。

以上二者是子昂政治言論中最主要最突出的。此外，我們從子昂的文章中，常常在各方面可以看到他對於人民生活的關心，對於政治、社會上的弊病的揭發。例如在上益國事一條中，他指出「松潘軍糧費過甚，太平百姓，未得安居」，而要求改變這種情況。在上蜀川安危事三條中，他説明蜀中「諸州逃走户有三萬餘，在蓬、渠、果、合、遂等州山林之中」，底下指出「蜀中諸州百姓所以逃亡者，實緣官人貪暴，不奉國法，典吏游客，因此侵漁，剥奪既深，人不堪命。百姓失業，因即逃亡，兇險之徒，聚爲劫賊。今國家若不

清官人，雖殺獲賊，終無益。」可以看出他不但熟悉下層社會的情況，而且對這種情況具有深刻而正確的理解——人民的反抗是統治階級的無厭的剥削所造成的。王夫之讀通鑒論卷二十一説：「陳子昂以詩名於唐，非但文士之選，使得明君以盡其才，駕馬周而頡頏姚崇，以爲大臣可矣。」從上面的敍述看，我認爲王氏的推許是適當的。

在十多年的政治生活中，子昂曾經兩度離開朝廷，從軍邊塞，參加了與外族的鬥争。第一次是在武后垂拱二年（公元六八六年）他二十六歲的時候。他隨從左補闕喬知之護左豹韜衛將軍劉敬同軍，北征金徽州都督僕固，經歷了居延海、張掖河、同城等地。〔一〕後來又到了現在山西省北部的邊塞。這次從軍使他熟悉了西北邊陲地區的政治、軍事、經濟情況，更熟悉了邊區人民的痛苦生活。他曾經寫下了若干富有政治遠見的論文和充滿人道主義精神的詩篇。

第二次從軍是在武后萬歲通天元年（公元六九六年）他三十六歲時候。那時契丹李盡忠、孫萬榮叛變，武則天委任她的族人建安王武攸宜率領大軍出征。子昂參謀軍事，跟隨到了東北邊陲。新唐書陳子昂傳説攸宜輕易無將略，没有威嚴，子昂進諫，并請分麾下萬人爲前驅，自願奮身效命。「攸直以其儒者，謝不納。居數日，復進計。攸宜怒，徙署軍曹。子昂知不合，不復言。」他受到了很大的打擊，寫了著名的登幽州臺歌來表白内心的悲哀。過去早就萌發的退隱志願，這時更堅定了。旋軍的下一年，他三十八歲，以父老解官回鄉，結束了十多年的政治生活。

二　退隱與冤死

子昂具有宏大的政治抱負，希望在政治方面有所建樹，但他不同於一般庸俗的官僚，熱中於富貴尊榮。戰國時代的高士魯仲連，具有很高的才能，又能蔑棄富貴，子昂對他非常欽佩，在感遇詩（第十六）中贊美他說：「魯連讓齊爵，遺組去邯鄲。」他希望人君能像戰國時代燕昭王那樣禮賢下士，信用像他那樣有才能的人。否則他就寧願退隱不仕。答洛陽主人一詩清楚地表白了他的這種看法：

平生白雲志，早愛赤松游。……方謁明天子，清宴奉良籌。再取連城璧，三涉平津侯。不然拂衣去，歸從海上鷗。寧隨當代子，傾側且沉浮？

政治上的實際遭遇并不能滿足子昂的理想。陳氏別傳說子昂論政治「言多切直，書奏輒罷之」，這說明他的政治主張經常是碰壁的。在這種情況下，他的退隱的心理是很早就産生了的。武后天授二年（公元六九一年）他三十一歲的時候，他的繼母死了，他回家守喪。這時又跟暉上人交游，在家園過了一段時期的清静生活。那時候他建功立業的壯志還未銷磨净盡，他還有些不甘寂寞的情懷。三十三歲那年，他守喪終了，重返洛陽。在離開家鄉時他用這樣的詩句向親友表白了自己矛盾的心曲：「曲直還今古，經過失是非。還期方浩浩，征思日騑騑。寄謝千金子，江海事多違。」（萬州曉發放舟乘漲還寄蜀中親友）「平生亦何恨，夙昔在林丘，違此鄉山別，長謡去國愁。」（遂州南江別鄉曲故人）到了朝廷後，他由麟臺正字被擢昇爲右拾遺。雖然陞了官，但以後在政治上遭遇到的却是接連的打擊。三十四歲那年，據他自己向武后說，是因「誤識兇人，坐緣逆黨」（謝免罪表），下獄論罪。究竟坐的什麼逆黨，現在已無法考查清楚。（那時所謂逆黨，一般指不忠於武周王朝的人們。）總算幸運，不久即被釋出獄。

經過這次下獄，退隱的思想就進一步發展。在喜馬參軍相遇醉歌序中說：「吾無用久矣，進不能以義補國，退不能以道隱身。天子哀矜，居於侍省。且欲以芝桂爲伍，麋鹿同曹。軒裳鐘鼎，如夢中也。」這說明子昂這時雖然身在中央政府做官，事實上已不能有所作爲，他的遠大的政治理想已經破滅了。在與韋五虛己書中對自己有這樣的表白：「僕竊不自量，謂以爲得失在人，欲揭聞見抗衡當代之士，不知事有大謬異於此望者，乃令人慚愧悔赧，不自知大笑顛蹶，怪其所以者爾。」這大約是指的連坐下獄的事情。下面又說：「夫道之將行也，命也；道之將廢也，命也。子昂其如命何！雄筆雄筆，棄爾歸吾東山。無汩我思，無亂我心，從此遁矣。」退隱的決心在這裏表示得非常清楚了。盧藏用陳氏別傳說「子昂晚愛黄老言，尤耽味易象，往往精詣。在職默然不樂，私有掛冠之意。」這當然是事實，但子昂所以愛悦黄老易象，所以在職默然不樂，其主要原因是由於對於當前政治的失望，這一點，盧藏用是并没有明白地指出的。

這是子昂在出獄以後思想上的主導傾向。另一方面，他因被釋出獄，還希望有所建樹來報效國家。謝免罪表説：「臣伏見西有未賓之虜，北有逆命之戎，尚稽天誅，未息邊戍，臣請束身塞上，奮命賊庭，效一卒之力，答再生之施。」三十六、三十七歲兩年，他跟武攸宜出征契丹，可説就是這種決心的表現。

從征契丹的情況很不好：他不但没有機會好好報效國家，而且受到降職處分。這一嚴重的打擊使他喪盡了政治方面的任何信念。北征旋師的翌年，他即以父老解官回鄉。那年是武后聖曆元年（公元六九八年）。再下一年（聖曆二年），他父親死了，他居喪悲傷得很厲害，身體更不好了，又受到地方酷吏的迫害，不久即冤死獄中。陳氏別傳記其事云：

> 及軍罷（案指征契丹事），以父老，表乞罷職歸侍。……鍾文林府君憂……子昂性至孝，哀號柴毁，氣息不逮。屬本縣令段簡，貪暴殘忍，聞其家有財，乃附會文法，將欲害之。子昂荒懼，使家人納錢二十萬。而簡意未已，數輿曳就吏。子昂素羸疾，又哀毁，杖不能起。外迫苛政，自度氣力，恐不能全。因命蓍自筮，卦成，仰而號曰：「天命不祐，吾其死矣。」於是遂絶，年四十二。

新唐書本傳所記相同。〔二〕於此，我們會發生疑問：一個縣令如何能這樣脅迫「帶官取給而歸」的中朝諫官呢？岑仲勉先生在陳子昂及其文集之事蹟（輔仁學志第十四卷第一二合期）一文中曾有如下的懷疑：

> 陳氏別傳敍子昂之死，雖若甚詳細，而疑問滋多。按新書二〇九來俊臣傳，「始王慶詵女適段簡而美，俊臣矯詔强娶之，……妻亦慚自殺。簡有妾美，俊臣遣人示風旨，簡懼，以妾歸之。」則簡直一無氣骨人。以武后、周、來之淫威，子昂未之懼，何獨畏夫縣令段簡，可疑一。子昂居朝，嘗陷獄年餘（參羅譜），鐵窗風味，固飽嘗之，何竟對一縣令而自餒若此，可疑二。子昂雖退居林下，猶是省官，唐人重内職，固足與縣令對抗，何以急須納賄，且賄納廿萬，數不爲少，何以仍敢誅求無已，可疑三。

這看法是很合情理的。案唐沈亞之上九江鄭使君書中有一段文字談及子昂之死，極堪注意：

> 喬（知之）死於讒，陳死於枉，皆由武三思嫉怒於一時之情，致力剋害。一則奪其妓妾以加憾；一則疑其擯排以爲累，陰令桑梓之宰拉辱之：皆死於非命。

考舊唐書卷一九〇喬知之傳云：「知之有侍婢曰窈娘，美麗善歌舞，爲武承嗣所奪。知之怨惜，因作緑珠篇以寄情，密送與婢。婢感憤自殺。承嗣大怒，因諷酷吏羅織誅之。」（新唐書卷二〇六武承嗣傳同）三思是承嗣的從弟，兩人在武后朝同時把持政治大權，狼狽爲姦。殺害喬知之一節，三思當預其謀。舊唐書卷一八三武承嗣傳説：「承嗣嘗諷則天革命，盡誅皇室諸王及公卿中不附己者。承嗣從父弟三思，又盛贊其計。天下於今冤之。」可見兩人的關係。

新唐書卷二〇六武三思傳説他「忌阻正人特甚。嘗曰：我不知何等名善人，唯與我者殆是哉。……凡搆大獄，汚點善良，破壞其宗，天下爲蕩然。」（舊唐書卷一八三武三思傳略同。）像子昂這樣持身正直而堅決反對淫刑的人物，恐怕是早被武三思認作眼中釘的（前此子昂曾坐逆黨下獄，可能即出於武三思這類人的陷害），祇是到這時纔有機會假手段簡來致害罷了。承嗣、三思兄弟殺害喬知之和子昂，都假手於酷吏，這是他倆陷害人的一貫伎倆。〔三〕

又考沈亞之嘗爲秘書省正字〔四〕。而子昂在武后朝曾爲麟臺正字多年，麟臺即秘書省，武后時改名。亞之既與子昂職務相同，對於前代同僚的事蹟，自必較爲熟悉，所言子昂冤死因由一節，必定是有所根據的。

撰陳氏別傳的盧藏用，舊唐書卷九十四本傳稱他「及登朝，趑趄詭佞，專事權貴，奢靡淫縱，以此獲譏於世」。子昂跟盧藏用是好友，我們推想盧藏用很可能知道子昂真正致死之因，祇因他害怕權貴，所以沒有將這段事情的真相寫在陳氏別傳裏。

考明了子昂冤死的因由，我們對子昂的爲人，可以獲得進一步的瞭解。〔五〕

三　詩歌理論與創作

子昂的詩歌，一反初唐豔麗纖弱的傾向，而開盛唐樸素雄健的作風，是歷代有定評的。劉克莊後村詩話説：「唐初王、楊、沈、宋擅名，然不脱齊梁之體。獨陳拾遺首唱高雅冲淡之音，一掃六代纖弱，趨〔六〕於黃初、建安矣。」（後村大全集卷一七三）的確，子昂是唐代第一個有意識地掃除六朝以來文學纖弱的風氣，而且有了顯著收穫的詩人。

子昂在詩歌方面的具體口號是反齊梁，復漢魏。他的修竹篇序説：

> 東方公足下，文章道弊五百年矣。漢魏風骨，晉宋莫傳。然而文獻有可徵者。僕嘗暇時觀齊梁間詩，彩麗競繁，而興寄都絶，每以永嘆，思古人常恐逶迤頹靡，風雅不作，以耿耿也。一昨於解三處見明公詠孤桐篇，骨氣端翔，音情頓挫，光英朗練，有金石聲。遂用洗心飾視，發揮幽鬱。不圖正始之音，復覩於茲，可使建安作者，相視而笑。解君云：張茂先、何敬祖，東方生與其比肩，僕亦以爲知言也。故感嘆雅制，作修竹詩一篇。當有知音以傳示之。

這篇短文是子昂表明他的詩歌創作態度的宣言，同時也是唐代詩界走上革命道路的檄文。這篇短文的中心要求是反齊梁、復漢魏。他贊美東方虬能朝着這個方向走，他自己更是努力朝這個方向走的。

齊梁體詩的弊病，在内容方面，是空虛的、貧乏的，如白居易所説，「率不過嘲風雪，弄花草而已」（與元九書），不能很好地反映現實，抒發感情。在形式方面，齊梁體詩過分講究辭藻和聲律，結果如元稹所説，「淫豔刻飾佻巧小碎之詞劇」（杜工部墓係銘序），完全陷入形式主義的泥淖裏。陳子昂反對齊梁體詩以及爲齊梁作風所籠罩着的初唐詩壇的風氣，他要求復古，要求詩歌具有漢魏風骨。這在内容方面，是要像國風小雅那樣，能抒發真實的懷抱，能關心社會現實，有「興寄」。在形式方面，則是「骨氣端翔，音情頓挫」，擺脱齊梁體的纖巧作風。不難理解，這樣的復古運動，不是無聊地摹仿古人，而是以復古爲旗幟，向長時期來在詩界佔有很大勢力的形式主義潮流，投出英勇的匕首，而爲詩歌的健康發展開闢康莊大道。

隋代統一南北，結束了長時期的分裂局面。繼起的是唐代。唐代國勢空前强大，經濟、文化都有高度的發展；交通暢達，中外文化有頻繁的交流。生活在這個時代的文人，胸襟擴大，精神爽朗，對於六朝以來柔靡卑弱的文風，自會逐漸感到不滿意。加上唐代以科舉取士，出身地主階級中下層的知識分子，通過考試，大批地進入上流社會。他們對於爲六朝貴族階級所崇尚的内容空虛、形式華麗的作品，必然發生厭惡。他們的生活經驗比較豐富，思想感情比較切實；他們需要樸素有力的藝術形式來表現這種生活、思想和情感。詩文的需要一個變革，這是當時的一種進步的要求，符合於許多人的願望。但是初唐時期，由於六朝文風的傳統勢力還相當强大，以及唐初的幾個帝王對於傳統詩風非常喜愛，繼續提倡等等原因，這種變革産生得非常緩慢。陳子昂是首先挺身出來進行變革的一個英勇的先驅者。

子昂的登幽州臺歌、薊丘覽古贈盧居士藏用和感遇詩是實踐他的理論的代表作品。登幽州臺歌是在從征契丹時候的失意境遇中寫下的。陳氏別傳記載寫此詩時的情況説：

子昂體弱多疾，感激忠義，常欲奮身以答國士。自以官在近侍，又參預軍謀，不可見危而惜身苟容。他日，又進諫，言甚切至。建安謝絶之，乃署以軍曹。子昂知不合，因措然下列，但兼掌書記而已。因登薊北樓，感昔樂生、燕昭之事，賦詩數首，乃泫然流涕而歌曰：「前不見古人，後不見來者，念天地之悠悠，獨愴然而涕下！」時人莫之知也。

這首傳誦古今的名作，以慷慨悲涼的調子，充分地表現了縱目古往今來的宏偉胸襟，刻劃了在失意境遇中的孤單寂寞的情緒，深刻地傳達了封建社會中一個正直而富於才能之士的没有出路的悲哀。這種胸襟和悲哀在舊社會中常常是爲許多困阨於不合理的境遇的有志之士所共有，因此獲得了廣大讀者的共鳴。

陳氏别傳説子昂「登薊北樓，感昔樂生、燕昭之事，賦詩數首」，是指集中薊丘覽古贈盧居士藏用詩。詩共七首〔七〕，前有序言：「丁酉歲，吾北征，出自薊門，歷觀燕之舊都，其城池霸迹，已蕪没矣。乃慨然仰嘆，憶昔樂生、鄒子群賢之游盛矣。因登薊丘，作七〔八〕詩以志之，寄終南盧居士，亦有軒轅之遺迹也。」詩云：

北登薊丘望，求古軒轅臺。應龍已不見，牧馬空黄埃。尚想廣成子，遺迹白雲隈。——軒轅臺

南登碣石館，遥望黄金臺。丘陵盡喬木，昭王安在哉！霸圖悵已矣，驅馬復歸來。——燕昭王

王道已淪昧，戰國競貪兵。樂生何感激，仗義下齊城。雄圖竟中夭，遺嘆寄阿衡。——樂生

秦王日無道，太子怨亦深。一聞田光義，匕首贈千金。其事雖不立，千載爲傷心。——燕太子

自古皆有死，徇義良獨稀。奈何燕太子，尚使田生疑。伏劍誠已矣，感我涕沾衣。——田光先生

大運淪三代，天人罕有窺。鄒子何寥廓，謾説九瀛垂。興亡已千載，今也則無推。——鄒子

逢時獨爲貴，歷代非無才。隗君亦何幸，遂起黄金臺。——郭隗（末缺）

借咏史來發抒懷抱，本是晉代左思以來的一種傳統，子昂的這些詩作表現這種特色尤爲顯著。上面我們曾經指出子昂不像一般庸俗的官僚那樣熱中於榮華富貴，他希望人君尊敬和信任像他那樣有才能的人。現在他躬踐「古稱多慷慨悲歌之士」（韓愈送董邵南序）的燕地，緬懷昔日燕昭王、燕太子丹等禮賢下士的

往事，而自己却不被武攸宜所信用，侘傺無聊，他心中會涌上無窮的感慨，是不難想象的。唐汝詢唐詩解（卷一）解釋燕昭王一詩有云：「彼其霸圖既泯没而我特爲惆悵走馬重游者，豈非深慕其人之豐采耶？意謂世有燕昭，則吾未必不遇也。」這看法是正確的。郭隗篇云，「逢時獨爲貴，歷代非無才」，子昂的自負在這裏不是表述得非常清楚嗎？翁方綱石洲詩話卷一説：「伯玉薊丘覽古諸作，鬱勃淋漓，不減劉越石。」我以爲這些詩篇之所以具有較大的感染力量，是因爲它們跟登幽州臺歌一樣，充分表現了子昂的性格、思想和情感，表現了被壓抑的才士的「不平則鳴」的情緒。

感遇詩共計三十八首，分量相當多，内容也呈現得相當複雜，不像薊丘覽古那樣單純。它有對於當前政治的批判和抗議，有對於人民苦難生活的描繪和同情，有對於隱逸生活的贊美和企羨，也有對於自己境遇的感慨和不平。唐詩紀事説感遇詩都是子昂青年時候的作品，那是不可信的（九）。感遇詩不是一時一地之作，它是子昂在較長時間内的作品的匯集，記録了他的複雜而又矛盾的情緒，是瞭解詩人一生生活和思想的最重要的詩篇。

感遇詩中的一些篇什，以充滿同情的筆觸申訴了人民的災難，并且對給人民帶來災難的戰爭和弊政提出了尖鋭的批評。

蒼蒼丁零塞，今古緬荒途。亭堠何摧兀，暴骨無全軀。黄沙漠南起，白日隱西隅。漢甲三十方，曾以事匈奴，但見沙場死，誰憐塞上孤？——第三

聖人不利己，憂濟在元元。黄屋非堯意，瑤臺安可論。吾聞西方化，清净道彌敦。奈何窮金玉，雕刻以爲尊，雲

構山林盡，瑤圖珠翠煩。鬼功尚未可，人力安能存？夸愚適增累，矜智道逾昏。——第十九

丁亥歲云暮，西山事甲兵，贏糧匝邛道，荷戟争羌城。嚴冬嵐陰勁，窮岫泄雲生，昏曀無晝夜，羽檄復相驚。攀躓競萬仞，崩危走九冥，籍籍峰壑裏，哀哀冰雪行。聖人御宇宙，聞道泰階平。肉食謀何失，藜藿緬縱横！——第二十九

蒼蒼丁零塞篇是子昂從軍西北邊疆時候的作品，它描繪了邊塞的荒涼和邊塞人民的災難。所謂「漢甲」「匈奴」，當然是托古指今。在丁亥歲云暮篇中，子昂反對黷武戰争的思想是表現得更爲直接和明顯了。詩中「丁亥」係武后垂拱三年。此年武后準備開鑿蜀山由雅州道攻擊生羌，子昂上書諫止，這首詩是同時之作。詩篇具體地描繪了這種黷武戰争給人民和兵士帶來的災難，最後則向最高統治者皇帝和大臣們提出了嚴正的批評。聖人不利己篇對另一種弊政作了尖鋭有力的抨擊。武則天崇信佛教，浪費人力物力非常厲害。陳沆詩比興箋卷三説：「武后嘗削髮感應寺爲尼。及臨朝稱制，僧法明等又撰大雲經，稱后爲彌勒化身，當代唐主閻浮提天下，故敕諸州并建大雲寺。爲僧懷義建白馬寺。又使作夾紵大象，小指尚容數十人。於明堂北爲天堂以貯之。初成，爲風所摧，復重修之，採木江嶺，日役萬人，府庫爲耗竭。」當時狄仁傑曾上疏極言造大象的糜費，子昂此詩也仿佛是一篇諫疏。無疑的，這些詩篇在感遇詩中是戰鬥性最强的；在它們的字裏行間，震響着人民抗議統治者的宏亮的聲音。這樣的詩篇在感遇詩中雖然爲數不多，并且没有受到過去的批評家的足够的重視，然而實際上乃是最可寶貴的篇什。以後李白古風中「羽檄如流星」「胡關饒風沙」等篇什，杜甫、白居易等詩人輝煌的新樂府，在以充滿同情的筆調描

繪人民的苦難方面，在以鮮明的態度抨擊統治者的黑暗腐敗方面，可以説就是這些詩篇的進一步的發展。

對於武后的信用酷吏濫施刑罰，子昂在感遇詩中也作出了批評，但寫得不像他的諫疏那樣直率明顯，而是採取了比較曲折隱晦的感嘆方式來表現的。例如第十五首：

貴人難得意，賞愛在須臾。莫以心如玉，探他明月珠。昔稱夭桃子，今爲春市徒。鴟鴞悲東國，麋鹿泣姑蘇。誰見鴟夷子，扁舟去五湖？

武后對待臣下，往往喜怒無常。初時被信用，後來竟遭屠殺的大臣，往往而有。子昂在荅制問事八條中曾經規諫武后不可猜疑賢臣，這首詩則以感嘆方式「悼將相大臣之不令終」（詩比興箋）。感遇詩第十二呦呦南山鹿篇、第二十三翡翠巢南海篇都通過動植物的災禍來比喻仕途的風險，其主旨跟此篇是一樣的。感遇詩中對於濫施刑罰的批評和諷刺，常常和子昂的人生禍福無常的感嘆以及他對於神仙和隱逸生活的贊美結合在一起的。關於後者，下面還要説明一下。

感遇詩的一部分詩篇，其思想内容跟登幽州臺歌和薊丘覽古很接近，表現了子昂懷才不遇的抑鬱和憤慨。第十六首聖人去已久篇致慨着燕昭王尊信樂毅那樣的事不復可見。第十八首對自己在政治方面的碰壁情況有更明顯的申訴：

逶迤勢已久，骨鯁道斯窮。豈無感激者，時俗頽此風。灌園何其鄙，皎皎於陵中。世道不相容，嗟嗟張長公。

既然自己的政治主張屢屢不爲武后所採納，「骨鯁道窮」，那末留下來的道路衹能是像陳仲子、張摯那樣隱居不出了。子昂結果是退隱了，但他建功立業的宏願未能實現，他心頭不能不感到沉重的抑鬱和苦悶。被一般選本常常選録的感遇詩第二首在這方面有相當深刻的表現：

蘭若生春夏，芊蔚何青青。幽獨空林色，朱蕤冒紫莖。遲遲白日晚，嫋嫋秋風生。歲華盡摇落，芳意竟何成！

這首詩確實可説是一首代表作品，它比較集中地反映了子昂生平最大的苦悶和矛盾。芳華摇落，志業未成，念這首詩，我們會深深同情子昂不幸的遭遇。

感遇詩中有不少篇什，在思想上、情調上是顯得頗爲消極和悲觀的。它們充滿着對於人生的禍福無常的感嘆和憂慮，對於神仙和隱逸生活的贊美和追求。這些詩篇反映了佛老神仙思想對於子昂所發生的消極作用，是應該加以批判的。但我們如果能够結合子昂十多年痛苦的政治生活來考察的話，就更能深入一步理會這些詩篇的内容，理會它們實際上乃是從另一角度來反映一個正直耿介的知識分子在不安定的政局中的徬徨和苦悶的。如前所述，子昂在政治上具有宏大的抱負，但事實上他在中央朝廷是屢屢碰壁，沉淪下僚；他希望武后能像燕昭王那樣禮賢下士，但事實上在酷吏的羅織下，有才能之士往往有遭屠戮的危險，得意的却是貪暴的武承嗣、武三思一流人物；他發現自己的路走不通，本該及早潔身引退，但結果却因對於事業畢竟有所留戀，在朝廷總共停留了十多年。不難想象，子昂在這段時期的心情是沉重而苦悶的，他的思想是交織着進退的矛盾的。他的對於禍福無常的感嘆和憂慮，表現了他找不到出路的消極苦悶情緒；而他的對於神仙和隱逸生活的贊美和追求，則是他對於自己在當時的具體情況底下所能找到的唯一安身之所的歌頌，實際上也包蘊着不與統治者合作的消極反抗精神。

從前的評論家往往指出感遇詩風格非常接近於阮籍的咏懷詩。例如皎然詩式説：「子昂感遇，其源出於阮公咏懷。」子昂自己也曾經表明阮籍的咏懷詩是他所嚮往的。集中上薛令文章啓有云：「斐然狂簡，雖有勞人之歌；悵爾咏懷，曾無阮籍之思。」修竹篇序中提到「正始之音」，阮籍是正始詩壇的代表人物。我們認爲感遇詩中的不少作品和咏懷詩風格的確非常接近，二者都以隱約的詞句，着重表現作者對於禍福無常的感嘆和憂慮，對於神仙和隱逸生活的贊美和追求。但子昂的生活經驗要比阮籍更爲豐富，他對於戰爭和邊塞生活有實際的體驗和觀察，他非常注意和同情人民的苦難。因此比起咏懷詩來，感遇詩所反映的生活面要更廣闊一些，它的戰鬥性也更爲强烈一些。像蒼蒼丁零塞、丁亥歲云暮那樣的詩篇，我們是不能在咏懷詩中找到的。

感遇詩和薊丘覽古贈盧居士藏用、登幽州臺歌是子昂詩歌的代表作品，它們都具有相當充實的内容，形式也非常質樸，有意識地摒棄了華麗的辭藻，這種風格在當時整個詩界是非常突出的。從李唐建國到武后時代，已經有七八十年了。但六朝以來詩歌界的卑弱作風，還没有人起來有意識地扭轉過來。當時大多數的詩人的作品内容還比較空虚貧乏，注意於詞句聲調的琢磨。試看子昂同時代的著名詩人沈佺期、宋之問以及所謂文章四友李嶠、蘇味道、崔融、杜審言等人的作品，都是這樣。他們的許多詩篇，都爲應制、奉和而作，内容不外是歌功頌德、吟風弄月。在形式方面是講究格律，經常採用律體。李嶠、蘇味道、沈佺期的應制、奉和詩作均達到各人全部詩作的一半，甚至一半以上。沈佺期、宋之問對於詩歌的貢獻是律詩形式的更趨精緻。他們的詩作，主要是爲宫廷服務的。當然，像杜審言、宋之問等人，也曾經超出應制、奉和的範圍，寫出若干生動的詩篇，但從總的傾向來説，這些作家顯然是遠遠地離開了人民的；對於整個國家社會的狀況，他們是極少關心，甚至是漠不關心的。舊唐書卷九四崔融傳説：「時張易之兄弟頗招文學之士，融與納言李嶠、鳳閣侍郎蘇味道、麟臺少監王紹宗等，俱以文才降節事之。」新唐書卷二〇二宋之問傳説：「於是張易之等烝昵寵甚，之問與閻朝隱、沈佺期、劉允濟傾心媚附。易之所賦諸篇，盡之問、朝隱所爲，至爲易之奉溺器。」舊唐書卷一八三武崇訓傳説：「崇訓長安中尚安樂郡主。……三思又令宰臣李嶠、蘇味道，詞人沈佺期、宋之問、徐彦伯、張説、閻朝隱、崔融、崔湜、鄭愔等賦花燭行以美之。其時張易之、昌宗、宗楚客兄弟貴盛，時假詞於人，皆有新句。」新唐書卷二〇二李適傳説「中宗景龍二年，始於修文館置大學士四員，學士八員，直學士十二員，象四時八節十二月」。李嶠、宋之問、沈佺期等均被選爲學士。「凡天子饗會游豫，唯宰相及學士得從。……帝有所感即賦詩，學士皆屬和。當時人所歆慕。然皆狎猥佻佞，忘君臣禮法，惟以文華取幸。若韋元旦、劉允濟、沈佺期、宋之問、閻朝隱等無他稱。」這些記載很好地敍述了這些宫廷詩人的品德和文學活動。他們的生活既如此，無怪詩歌不能擺脱齊梁的作風。兩相比較，我們更感到子昂的傑出。他關心國家大事，同情人民疾苦，持身正直，不媚權貴；他是有良心、有遠見、有節操的政治家和詩人，他的人格和詩風是和諧一致的。

除掉有意識地摒棄駢偶的文句和華麗的辭藻外，子昂的詩歌在藝術表現方面是具有着值得我們注意的特點的。我們念登幽州臺歌、薊丘覽古中南登碣石館、感遇詩中蒼蒼丁零塞等這些著名的篇什，會深刻地感受到一種蒼涼悲壯的氣氛，出現在我們面前的是一幅北方原野的廣闊而蕭索的圖景，而在這個圖景面前兀立着詩人憂國憂民而又孤單寂寞的動人形象。在這些詩篇中，周圍環境的氣氛和詩人的精神面貌是完全統一的，它給予讀者的印象是深刻而難以磨滅的。在這些詩篇裏没有細膩的描繪，作者衹以樸素簡練的語言作了粗綫條的勾勒，但由於正確地抓住了自己內心世界以及周圍環境的特徵，因此具有相當强大的感染力量。這，可以説是子昂抒情詩歌在藝術方面的顯著特點，值得我們重視和學習的。

在肯定子昂詩歌具有一定的藝術成就的同時，我們也有必要指出它們的弱點，這樣將使我們有更爲全面的理解，而且可以從中吸取到一些寶貴的藝術創作方面的教訓。子昂的許多詩篇（包括感遇詩的大部分在內）形象還不豐滿，語言還不生動，往往通過赤裸裸的議論方式來發抒，因此念起來往往叫人有枯燥、單調的感覺。他所崇拜的阮籍的咏懷詩，也正有這樣的缺點。清姚範援鶉堂筆記卷四十評感遇詩説：「風骨矯拔，而才韻猶有未充。諷誦之次，風調似未極跌蕩洋溢之致。」這看法是有道理的。子昂提倡復古，他的古體詩學習取法的對象，似乎衹到阮籍，没有能上溯建安，雖然他説過「可使建安作者相視而笑」的豪語。建安時代的重要詩人曹操、曹丕、曹植、王粲等，往往能够學習漢代樂府民歌的優長，以通俗的形式來反映社會現實，寫得非常具體生動，富有感染讀者的力量。這種成就是子昂所没有達到的。子昂集中衹有五言詩，没有七言詩。〔一〇〕七言詩在中古時代比五言詩更要通俗些，它常被魏晉六朝時代的一些詩人所輕視。〔一一〕子昂不肯寫七言詩，説明他對詩歌的通俗形式是輕視的。這是子昂創作見解方面的嚴重的弱點，大大地妨礙了詩歌藝術的提高。以後李白、杜甫、白居易諸大詩人，就能克服這一弱點，充分發揚樂府民歌的優長，創造了無愧於建安作者甚至超過他們的作品。這種事實告訴我們：從人

人當道、黑白不分的政局，懷抱了高度的憤慨，作出了尖銳的抨擊，并且感嘆燕昭王禮賢下士的盛況不復可見。

在文學方面，李白繼陳子昂之後，堅決反對六朝以來的柔靡的詩歌，主張復古。這種主張鮮明地表現於他的古風的首篇：「大雅久不作，吾衰竟誰陳。……自從建安來，綺麗不足珍。聖代復元古，垂衣貴清真。……吾志在删述，垂輝映千春。希聖如有立，絶筆於獲麟。」而古風即是深受子昂感遇詩的影響、風格與之相類的作品。〔一三〕孟棨本事詩高逸篇有一段話很好地說明了兩人在文學理論和實踐上的一致性：「白才逸氣高，與陳拾遺齊名，先後合德。其論詩云：梁陳以來，豔薄斯極，沈休文又尚以聲律，將復古道，非我而誰歟？故陳李二集，律詩殊少。嘗言寄興深微，五言不如四言，七言又其靡也，〔一四〕況使束於聲調俳優哉！」

陳子昂首難的反齊梁的詩歌革命運動，到李白時候是徹底成功了。李陽冰草堂集序說：「盧黄門（盧藏用）云：『陳拾遺横制頹波，天下質文，翕然一變。』至今朝詩體，尚有梁陳宫掖之風，至公大變，掃地以盡。」當然，這一革命運動的大功告成，不是李白一人的功績。李白的活動時代後於陳子昂二三十年，當時整個詩壇的風氣轉變了，許多的詩人參加了這一詩界的革新工作，因而徹底改變了初唐以來詩歌的面貌。但不可否認，李白在這新的潮流中是一面引導大家前進的旗幟。

偉大的現實主義詩人杜甫在精神上跟陳子昂也有非常契合之處。這種契合跟陳李的契合在主要方面并不相同，它主要表現在對於政治局勢、國家命運的關心，對於社會情況和人民生活的注意。在陳拾遺故宅詩中，杜甫寫下了這樣的詩句：「位下曷足傷，所貴者聖賢。有才繼騷雅，哲匠不比肩。公生揚馬後，名與日月懸。……終古立忠義，感遇有遺篇。」杜甫不僅重視陳子昂的才華，更重視他那鯁直的政治家的風度。杜甫也擔任過拾遺這一諫職，雖然位卑官下，然而常常希望對國家有所貢獻。杜甫一生對國家大事經常表現出高度的關懷，這種關懷深刻地反映在詩作裏。他的爲白居易在與元九書中所稱賞的詩作塞蘆子、留花門，正像子昂感遇詩中的聖人不利己、丁亥歲云暮篇一樣，是用詩歌形式寫下的政治論文。杜甫的那種作風并不爲封建君主所喜愛，他到底不能在中央朝廷繼續他的職務，在這方面他遭遇到跟陳子昂同樣的命運。這種命運應當使他對陳子昂產生進一步的理解和同情。

安史之亂是唐代政治、社會情況轉變的一個關鍵，也是唐代詩歌風貌轉變的一個關鍵。安史亂前，唐詩的進步意義主要表現在對於齊梁體詩的反抗，從不合理的束縛中解放出來，用比較樸素的形式來表現詩人自身的真情實感。李白的大多數詩篇基本上還屬於這樣一個範疇。安史之亂以及以後的許多戰亂，使優秀的詩人飽經憂患，使他們睁大了眼睛，體驗到社會的動蕩，注意到人民的苦難，而把它們反映到詩篇裏。從杜甫開始的以新樂府體裁爲主的許多社會詩，其重大的價值即在這裏。没有能在感遇詩中佔很大份量的反映人民生活的詩歌，由於社會基礎的劇烈變動，在安史亂後得到了充分的發展。從這一方面看，杜甫、白居易光輝地發展了陳子昂的優秀傳統。

白居易繼承着杜甫的創作道路。他給予杜甫的前驅者陳子昂以很高的評價。在著名的與元九書中，白居易用以下的話敍述了唐詩的現實主義傳統：「唐興二百年，其間詩人不可勝數。所可舉者，陳子昂有感遇詩二十首，鮑防有感興詩十五篇（今佚）。……杜詩最多，可傳者千餘首。」在這篇書信中，白居易對詩歌發表了非常完整的理論。他極端鄙薄梁陳時代的詩作，認爲它們不過「嘲風雪、弄花草而已。於時六義盡去矣」。他要求詩歌發揚「風雅比興」的傳統。這種主張跟陳子昂的修竹篇序是完全合拍的。白居易更總結了從陳子昂到杜甫的創作經驗，明確地提出了文學爲社會服務的戰鬥口號：「文章合爲時而著，歌詩合爲事而作。」把唐詩的現實主義理論更推向前進。

白居易在詩歌方面的親密戰友元稹，也曾經從陳子昂那裏獲得啓發和鼓舞。元稹在德宗貞元時代，目擊當時政治的種種黑暗和混亂，無法抑止激動的感情，企圖通過詩歌來予以抨擊。當時「適有人以陳子昂感遇詩相示，吟翫激烈，即日爲寄思玄子詩二十首（今佚）」（敍詩寄樂天書）。這些詩篇得到了若干前輩先生的稱賞和驚異，他由此增加了寫作這種詩篇的自信力。

陳子昂的影響一直繼續到晚唐時代。那位自稱「詩旨未能忘救物，世情奈值不容真」（自敍詩）的杜荀鶴，他的詩歌的現實主義精神跟陳子昂的詩作也是一脈相通的。顧雲在爲杜荀鶴所做的唐風集序中，推崇陳子昂的詩「出没二雅，馳驟建安」，「掃蕩詞場，廓清文祲」。接着贊美杜荀鶴的詩「有陳（子昂）體，可以潤國風，廣王澤」。這些話可以獲得我們的同意。儘管杜荀鶴衹寫近體詩，不寫古體詩，他的詩通俗而不古樸，但這種表現形式的殊異，并不妨礙兩人在整個精神方面的真正接近。

以上就是子昂影響於唐代詩人的主要方面。從陳子昂，通過李白、杜甫、白居易、元稹，一直到杜荀鶴，我們清楚地看到廣闊的現實主義和積極浪漫主義大道貫穿在唐代的詩國。面對着它，我們除掉向陳子昂致予很大的敬意外，更會產生如下的感想：作爲一個先驅者，儘管由於時代風氣和個人才能的限制，他的成就還沒有達到很高的水平，但祇要他的方向基本上是正確的，是表現了時代的進步要求的，那末，即使他暫時是寂寞地在吶喊，到底能夠獲得廣泛而有力的響應，收到改變現實的大功。

五　附論陳子昂的散文

過去大家談陳子昂往往祇推崇他的詩歌，其實子昂的散文也寫得很好，不但蜚聲當時，而且影響後世；在轉變風氣這方面，他也可說是韓柳古文運動的前行者。

陳氏別傳說子昂「尤善屬文，雅有子雲相如之風骨」。又說他的諫靈駕入京書獻上朝廷後，「時洛中傳寫其書，市肆閭巷吟諷相屬，乃至轉相貨鬻，飛馳遠邇」。又獨異記載子昂「以其文軸遍贈會者，一日之內，聲華溢郡」。這些記載都說明子昂的文章在他生前已極爲人所重視。

子昂也很重視自己的文章。陳氏別傳說他因父老回家侍養後，「恨國史蕪雜，乃自漢孝武之後，以迄於唐，爲後史記。綱紀初立，筆削未終，鍾文林府君憂，其書中廢。」從規模如此宏大的後史記的寫作，可以見出子昂對文章的自信和抱負。盧藏用在宋主簿鳴皋夢趙六，未及報而陳子云亡，追爲此詩答宋，兼貽平昔游舊云一詩中有云：「陳生富清理，卓犖兼文史。……幽居探元化，立言見千祀。埋沒經濟情，良圖竟云已。」所謂「埋沒經濟情」，大約就是指沒有完成後史記這回事。子昂在政治上有很大的抱負，結果不得志，這方面的宏願幻滅了。我們推想，他一定準備以宏偉的著作來作爲自己的不朽事業，以「立言」來補償「立功」方面的缺陷。

子昂的文章不但寫得好，更重要的是風格跟他的詩歌取得一致，變革六朝以來以迄初唐四杰的靡麗柔弱的作風，表現了很大的革命性。新唐書本傳說：「唐興，文章承徐庾餘風，天下祖尚，子昂始變雅正。……子昂所論著，當世以爲法。」子昂的論著（文章）爲當世所取法，這可在唐人文章中找到不少證據。如李華蕭穎士文集序：「君以爲……近日陳拾遺子昂文體最正，以此而言，見君之述作矣。」（全唐文卷三一五）李舟獨孤常州集序：「天后朝，廣漢陳子昂獨泝頹波，以趣清源，自兹作者，稍稍而出。」（同上卷四四三）梁肅補闕李君前集序：「唐有天下幾二百載，而文章三變，初則廣漢陳子昂以風雅革浮侈。」（同上卷五一八）蕭穎士、獨孤及、李翰都是散文作家，上面幾篇文章中所講子昂開始轉變風氣，應都指他的散文而言。四庫提要也說：「唐初文章，不脫陳隋舊習，子昂始奮發自爲，追古作者。韓愈詩云：『國朝盛文章，子昂始高蹈。』（按見薦士詩）柳宗元亦謂張說工著述，張九齡善比興，兼備者子昂而已。（按說見楊評事文集後序）馬端臨文獻通考乃謂子昂惟詩語高妙，其他文則不脫偶儷卑弱之體。韓柳之論，皆所未喻。（按見文獻通考卷二三一）今觀其集，惟諸表序猶沿排儷之習，若論事書疏之類，實疏樸近古，韓柳之論，未爲非也。」

子昂的文章還多駢偶，也是事實。不但馬端臨有意見，明張頤在陳伯玉文集序中也說他的文章「有六朝唐初氣味」。事實上，子昂的詩歌除感遇詩、薊丘覽古贈盧居士藏用等外，也還多駢偶成分。許學夷詩源辨體卷十三說：「其詩尚雜用律句，平韻者尤忌上尾。至如鴛鴦篇、修竹篇等，亦皆古律混淆，自是六朝餘弊，正如叔孫通之興禮樂耳。」最後一句話說得很好，指明了先驅者所達到的成就及其限制。在舉世崇尚駢儷文字的風氣中，子昂雖然振臂一呼，竭力復古，但在某些方面畢竟不能不受時代的影響，使這種改革工作不可能做得徹底，而有待於後起者的繼續努力。

〔一〕參考羅庸陳子昂年譜，載國學季刊第五卷第二號。本文敍述子昂生平，頗多參考羅譜之處，不一一註明。

〔二〕舊唐書卷一九〇子昂傳云：「子昂父在鄉爲縣令段簡所辱。子昂聞之，遽還鄉里。簡乃因事收繫獄中，憂憤而卒。」按子昂在武后聖曆元年（公元六九八年）解官回鄉，武后長安二年（公元七〇二年）遇害，中間相隔三年，舊唐書所記恐不確。

〔三〕這裏再舉一例作證明。案新唐書卷一〇三韋方質傳説，方質「光宅初爲鳳閣侍郎同鳳閣鸞臺平章事，遷地官尚書。嘗屬疾，武承嗣兄弟（通鑑卷二〇四天授元年作承嗣、三思）往候。方質據床自若。或曰：倨見權貴，且速禍。答曰：吉凶命也，丈夫豈能折節近戚以苟免耶！俄爲酷吏所陷，流死儋州，没其家。」又張鷟朝野僉載卷四論武三思云：「三思憑藉國親，位超衮職。貌象恭敬，心極殘忍；外示公直，内結陰謀；弄王法以復仇，假朝權而害物。」（寶顏堂秘笈本）亦可供參考。

〔四〕沈亞之上李諫議書：「月日將仕郎守秘書省正字沈亞之再拜。」上李諫議書寫作年代在上九江鄭使君書之前。（參考張全恭唐文人沈亞之生平一文，載文學第二卷第六號。）

〔五〕郡齋讀書志（衢州本）陳子昂集條説：「新唐書稱子昂聖曆初解官歸養，父喪廬墓。縣令段簡貪暴，脅取其賂不厭，死獄中。沈下賢獨云爲武承嗣所殺，未知孰是。」明胡震亨唐音癸籤（卷二五）也指出沈亞之上九江鄭使君書記子昂死因的材料，但他作出了如下的不正確的論斷：「子昂故武攸宜幕屬也，釁所生，必自此始矣。游兇人門，得自免故難哉！」晚唐隱逸詩人陸龜蒙在襲美先輩以龜蒙所獻五百言，既蒙見和，復示榮唱，至於千字。提獎之重，蔑有稱實，再抒鄙懷，用伸酬謝一詩中説：「李杜氣不易，孟陳節不移。」并稱孟浩然、陳子昂兩人的節操，其論也足供我們參考。

〔六〕「趨」有些本子引作「超」，非。後村在詩話的另一個地方又説：「陳感遇三十八首，李古風六十六首，真可以掃齊梁之弊，而追還黄初、建安矣。」（大全集卷一七六）「追還」就是「趨」的意思。

〔七〕四部叢刊本陳伯玉文集作六首，郭隗一首另署題目，次在六首之後。此據全唐詩。

〔八〕四部叢刊本陳伯玉文集作「六」。

〔九〕參考陳沆詩比興箋和羅庸陳子昂年譜。

〔一〇〕集中除五言詩外，另有三篇騷體歌，爲春臺引、綵樹歌、山水粉圖，與祭文、贈序等編在一起。登幽州臺歌見陳氏别傳，未收入本集。

〔一一〕參考余冠英先生七言詩起源新論第七節，文載漢魏六朝詩論叢。

〔一二〕李白贈僧行融詩：「梁有湯惠休，常從鮑照游。峨眉史懷一，獨映陳公出。卓絶二道人，結交鳳與麟。」陳公，指陳子昂。

〔一三〕朱子語類：「古風兩卷，多效陳子昂，亦有全用其句處。太白去子昂不遠，其尊慕之如此。」

〔一四〕這當然是李白一時的豪語，事實上他寫了許多七言詩。但這裏説明了復古運動者某一方面的偏見，即認爲七言詩不如五言詩古雅。陳子昂倒真是没有寫七言詩，結果藝術成就受了限制。李白寫了許多通俗流暢的七言歌行，成就很大。李白的古風都是五言，風格與咏懷、感遇非常接近，但藝術水平不是最高的。

陳子昂年譜

羅庸

陳子昂，字伯玉，梓州射洪人。（舊唐書一百九十，新唐書一百七本傳。）

新唐書地理志：「梓州梓潼郡本新城郡，天寶元年更名。」其先陳國人也。（本集五：梓州射洪縣武東山故居士陳君碑。後簡稱故居士陳君碑。）

陳氏別傳云：「本居潁川。」

漢末淪喪，十二代祖祇自汝南仕蜀爲尚書令。（本集五：故居士陳君碑。）

三國志蜀志九，董允傳：「祇字奉宗，汝南人。許靖兄之外孫也。少孤，長於靖家，弱冠知名。稍遷至選曹郎，以侍中守尚書令，加鎮軍將軍。景耀元年（二五八）卒，謚曰忠侯。賜子粲爵關内侯，拔次子裕爲黄門侍郎。」

其後蜀爲晉所滅，子孫避晉不仕，居涪南武東山，與唐、胡、白、趙五姓置立新城郡。部置二縣，而四姓宗之，世爲郡長。（本集五：故居士陳君碑。）

蕭齊之末，有太平者，兄弟三人，爲郡豪杰。梁武帝受禪，網羅英豪，拜太平爲新城郡守，尋加本州別駕。弟太樂、太蒙。蒙爲黎州長史，都護南、梁二郡太守〔一〕。樂爲本郡司馬。（本集五：故居士陳君碑。）

本集六堂弟孜墓誌銘：「六代祖太樂，梁大同中爲本郡大司馬，生五代祖方慶，屬梁亂，始居新城郡武東山。」與碑小異。

太樂生方慶，好道德、墨子五行秘書、白虎七變法，隱於郡武東山。（本集六：府君有周文林郎陳公墓誌文。後簡稱陳公墓誌文。）

方慶生湯，仕郡爲主簿，遇梁季喪亂，避世不仕。生廣，迥。（本集五：故居士陳君碑。）

本集六陳公墓誌文及堂弟孜墓誌銘「迥」并作「通」。

迥早卒。生二子：辯、嗣。（本集五：故居士陳君碑，本集六：陳公墓誌文。）

辯少習儒學；然以豪英剛烈著聞，是以名節爲州國所服。（本集六：堂弟孜墓誌銘。）

嗣字弘嗣，輟干祿之學，修養生之道，保武東山故居，非公事未嘗至州縣。年八十五，長壽元年（六九二）五月十三日卒於家。（本集五：故居士陳君碑。）

辯二子：元敬，元爽。（本集六：陳公墓誌文及堂弟孜墓誌銘。）

元敬瑰瑋倜儻，年二十，以豪俠聞。屬鄉人阻饑，一朝散萬鍾之粟而不求報，於是遠近歸之。（陳氏別傳。）年二十二，鄉貢明經擢第，拜文林郎。屬憂艱不仕，邦人馴致，時有決訟，不取州郡之命而信公之言。四方豪杰，望風景附。朝廷聞名，或以君爲西南大豪，州將縣長，時惑陳議。乃山棲絶穀，餌雲母以怡其神。

〔一〕此句各本皆作「蒙爲黎州長史都督護南梁二郡太守」。此譜遺一「督」字，未知何據。此處似應斷作：「蒙爲黎州長史都督，護南、梁二郡太守。」

居十八年，玄圖天象，無所不達。年七十有四，聖曆二年（六九九）七月七日卒於家。嗣子子昂。（本集六：陳公墓誌文。）

本集二有合州平津口别舍弟詩，别傳及新、舊唐書本傳皆不言子昂有弟，其名無考。

元爽生孜，字無怠。年三十五，長壽（長壽本作天授，誤，説見後。）二年（六九三）七月卒於家。（本集六：堂弟孜墓誌銘。）

子昂文明初舉進士，擢麟臺正字。（新、舊唐書本傳。）從右補闕喬知之護左豹韜衛將軍劉敬同軍，北征金徽州都督僕固始（本集一：觀荆玉篇序，本集六：燕然軍人畫象銘序。）秩滿，隨常牒補右衛胄曹參軍。（陳氏别傳、新、舊唐書本傳。）以母喪去官。服終，擢右拾遺。武攸宜討契丹，表子昂參謀，徙署軍曹。以父老，表解官歸。父喪，縣令段簡聞其富，欲害子昂，捕送獄中卒。（新、舊唐書本傳。）子昂體弱多疾，貌寢，（陳氏别傳。）柔野少威儀，（新唐書本傳。）然文辭宏麗，（舊唐書本傳。）占對慷慨，（新唐書本傳。）性至孝，尤重交友之分。友人趙貞固、（元亮，新唐書一百七本傳作「趙元」。本集五有昭夷子趙氏碑。）鳳閣舍人陸餘慶、（新唐書一百十六陸餘慶傳曰：「雅善趙貞固、盧藏用、陳子昂、杜審言、宋之問、畢構、郭襲徵、司馬承禎、釋懷一，號『方外十友』。餘慶才不逮子昂，而風流敏辨過之。」）殿中侍御史王無競、（新唐書一百七有傳。本集二有度峽口山贈喬補闕知之王二無競詩、送東萊王學士詩。）亳州長史房融、右史崔泰之、（本集七有喜遇冀侍御崔司議二使序、别冀侍御崔司議序，本集二有遇崔司議泰之冀侍御珪二使詩、贈别崔司議冀侍御詩。）處士太原郭襲徵、道人史懷一，（新唐書陸餘慶傳作釋懷一。）皆篤歲寒之交。（陳氏别傳。）與盧藏用最厚。（新唐書一百七盧藏用傳：「藏用能屬文，舉進士不得調，與兄徵明偕隱終南、少室二山，學練氣，爲辟穀。登衡、廬，彷徉岷峨。與陳子昂、趙貞固友善，子昂、貞固前死，藏用撫其孤有恩，人稱能終始交。」舊唐書九十四略同。本集二有薊丘覽古贈盧居士藏用詩。）

此外時人相與過從酬唱者，則有韋虛己、（本集二有還至張掖古城聞東軍告捷贈韋五詩，本集十有與韋五虛己書。）宋之問、（舊唐書一百九十、新唐書二百二有傳。本集二有東征至淇門答宋參軍之問詩、同參軍宋之問夢趙六贈盧陳二子之作詩。宋之問有使往天平軍馬約與陳子昂新鄉爲期及還而不相遇詩。）李崇嗣、（本集二有酬李參軍崇嗣旅館見贈詩、別李參軍詩。）崔融、（舊唐書九十四、新唐書一百十四有傳。本集七有送著作佐郎崔融等從梁王東征序、登薊城西北樓送崔著作入都序，本集二有送別崔著作東征詩、送崔著作詩。）東方虬、（本集一有修竹篇上東方左史虬書。）暉上人、（本集二有酬暉上人秋夜山亭有贈詩、酬暉上人秋夜獨坐山亭有贈詩、酬暉上人夏日林泉詩、秋園臥疾呈暉上人詩、夏日游暉上人房詩，本集七有暉上人房餞齊少府使入京府序、夏日暉上人房別李參軍序。）

餘從游時人名氏散見集中者，則有太子司直宗秦客、（見唐書九十二、新唐書一百九宗楚客傳。本集一麈尾賦序。）魏懍、（本集二有別魏四詩。）冀珪、（本集七有喜遇冀侍御崔司議二使序、別冀侍御崔司議序，本集二有遇崔司議泰之冀侍御珪二使詩、贈別崔司議冀侍御詩。）胡楚真、（本集二有宴胡楚真禁所詩。）杜審言、（舊唐書一百九十、新唐書二百一有傳。本集七有送吉州杜司户審言序。）蘇令本、（本集十有爲蘇令本與岑内史啓。）韓使、（本集二有答韓使同在邊詩。）田游巖、（本集二有酬田逸人見尋不遇題隱居里壁詩、題田洗馬游巖桔槔詩。）劉祭酒、（本集二有落第西還別劉祭酒高明府詩。）于長史、（本集二有于長史山池三日曲水宴詩。）馬參軍、（本集七有喜馬參軍相遇醉歌序。）吴參軍、牛司倉、（本集七有忠州江亭喜遇吴參軍牛司倉序。）嚴倉曹、（本集二有贈嚴倉曹乞推命祿詩。）麴郎將、（本集七有送麴郎將使默啜序。）薛大夫、（本集七有薛大夫山亭宴序。）賈兵曹、（本集二有登薊丘樓送賈兵曹入都詩。）魏兵曹、（本集二有送魏兵曹使巂州序。）崔兵曹、（本集七有秋日遇崔兵曹使宴序。）李録事、（本集七有冬夜宴臨邛李録事宅序。）姜主簿、（本集七有偶遇巴西姜主簿序。）梁明府、李明府、（本集二有送梁李二明府詩，本集一有入東陽峽與李明府船前後不相及詩。）陸明府、（本集二有和陸明府贈將軍重出塞詩。）高明府、（本集二有落第西還别劉祭酒高明府詩。）徐令、（本集二有古意題徐令壁詩。）薛令、（本集十有上薛令文章啓。）旻上人、（本集二有同旻上人傷壽安傅少府詩。）洪崖子、（本集七有洪崖子鸞鳥詩序。）魏大、（本集二有送魏大從軍詩。）殷大、（本集二有送殷大入蜀詩。）蕭四、劉三、（本集二有江山暫别蕭四劉三旋欣接遇詩。）陶七。（本集七有春晦餞陶七於江南序，本集二有送别陶七詩。）

其當世王公顯達子昂曾爲撰作章表者，除武攸宜、喬知之外，則有河内王武懿宗、（本集四有爲河内王懿宗等論軍功表。）義興公、（本集三有爲義興公求拜掃表。）豐國夫人、（本集三有爲豐國夫人慶皇太子誕表。）將軍蘇宏暉、（本集三有爲副大總管蘇將軍謝罪表。）金吾將軍陳令英、（本集三有爲金吾將軍陳令英請免官表。）武奉御、（本集四有爲武奉御謝表。）陳御史、（本集三有爲陳御史上奉和秋景觀競渡詩表。）司刑袁卿、（本集四有爲司刑袁卿讓官表。）李卿、（本集四有爲李卿讓本官表。）鄭使君、（本集四有爲資州鄭使君讓官表。）張著作、（本集四有爲張著作謝父官表。）陳舍人、（本集四有爲陳舍人讓官表。）程處弼、（本集三有爲程處弼辭流表、爲將軍程處弼謝放流表、爲程處弼慶拜洛表。）王美暢。（本集四有爲王美暢謝兄官表。）

子昂工爲文而不好作，遺篇散落，多得之於人口。既卒，友人黄門侍郎范陽盧藏用集其遺文，編爲十卷，序以行世。（陳氏别傳。）

今綜稽史傳碑文及詩文雜著以爲兹譜，其有未密，異日訂之。

唐高宗龍朔元年辛酉（六六一）　陳子昂生。一歲。

按子昂年壽，舊唐書本傳作「四十餘」，新唐書本傳作「四十三」，陳氏別傳及趙儋故右拾遺陳公旌德碑皆作「四十二」。趙碑云：「年二十四，文明元年進士，射策高第。其年高宗崩於洛陽宫。」據此由中宗文明元年甲申（六八四）上推二十四年爲高宗龍朔元年辛酉（六六一），是爲子昂生年。由龍朔元年辛酉下推四十二年爲武氏長安二年壬寅（七〇二），是爲子昂卒年。碑傳互歧，宜當以碑爲正。然本集六堂弟孜墓誌銘敍孜以周長壽二年癸巳（六九三）卒，年三十五。是年子昂甫三十一歲，無容稱弟。趙碑建於大曆六年辛亥（七七一），上距子昂之卒，甫七十年，陳氏子孫，當無誤記。陳孜墓誌中并無稱弟之文，其題目或後人所加，未足爲據，兹從趙碑。

是年父元敬三十六歲。

王勃十四歲。

賀知章三歲。

劉知幾生。

龍朔二年壬戌（六六二）　二歲。

龍朔三年癸亥（六六三）　三歲。

是年宋璟生。

麟德元年甲子（六六四）　四歲。
是年二月玄奘卒，年六十九。
麟德二年乙丑（六六五）　五歲。
乾封元年丙寅（六六六）　六歲。
是年令狐德棻卒，年八十四。
乾封二年丁卯（六六七）　七歲。
是年張説生。
總章元年戊辰（六六八）　八歲。
總章二年己巳（六六九）　九歲。
咸亨元年庚午（六七〇）　十歲。
是年蘇頲生。
咸亨二年辛未（六七一）　十一歲。
咸亨三年壬申（六七二）　十二歲。
是年八月許敬宗卒，年八十一。
咸亨四年癸酉（六七三）　十三歲。
是年張九齡生。（據唐書本傳年六十八推算。）

上元元年甲戌（六七四）　十四歲。

上元二年乙亥（六七五）　十五歲。

是年王勃卒，年二十八。

儀鳳元年丙子（六七六）　十六歲。

儀鳳二年丁丑（六七七）　十七歲。

儀鳳三年戊寅（六七八）　十八歲。

始專精讀書。

陳氏別傳：「子昂奇傑過人，姿狀嶽立。始以豪子馳俠使氣，至年十七八未知書，嘗從博徒入鄉學，慨然立志，因謝絶門客，專精墳典，數年之間，經史百家罔不該覽。」

新唐書本傳：「子昂十八未知書，以富家子尚氣決弋博自如；他日入鄉校感悔，即痛修飭。」

調露元年己卯（六七九）　十九歲。

是年李邕生。

永隆元年庚辰（六八〇）　二十歲。

開耀元年辛巳（六八一）　二十一歲。

始入咸京，游太學。

陳氏別傳：「年二十一，始東入咸京，游太學。歷抵群公，都邑靡然屬目矣；由是爲遠近所稱，籍甚。」

按：子昂二十一歲入咸京，游太學事，新、舊唐書本傳及趙碑皆不載。據本集卷二落第西還別劉祭酒高明府詩曰：「別館分周國，歸驂入漢京」，又落第西還（明刊本無此四字）別魏四懔詩曰：「還因北山徑，歸守東陂田。」卷七暉上人房餞齊少府使入京序曰：「永淳二年四月孟夏，丙丁之日，次於暉公別舍。」按子昂文明元年舉進士，對策高第，即擢麟臺正字。此之落第，當在開耀元年入咸京游太學時，蓋嘗至東都應試不第，遂西歸長安，返居鄉里；迨文明初始復出也。

又按：舊唐書本傳曰：「初爲感遇詩三十首，京兆司功王適見而驚曰：『此子必爲天下文宗矣！』由是知名。」新唐書本傳變其文曰：「初爲感遇詩三十八章，王適曰：『是必爲海内文宗。』乃請交。」蓋皆本之陳氏別傳，別傳但曰：「初爲詩，幽人王適見而驚曰：『此子必爲文宗矣！』」不言所爲詩即感遇三十八章。今案感遇第二十七首曰：「朝發宜都渚，浩然思故鄉。」明爲出蜀時所作。第二十九首曰：「丁亥歲云暮，西山事甲兵。」明爲垂拱三年所作。第三首曰：「蒼蒼丁零塞，今古緬荒途。」第三十七首曰：「朝入雲中郡，北望單于臺」。第三十五首曰：「西馳丁零塞，北上單于臺。」皆垂拱二年從喬知之北征時所作。第三十六首曰：「浩然坐何慕？吾蜀有峨嵋」。明爲久旅懷鄉之作。皆非未知名前所爲。別傳又云：「子昂晚愛黄老言，尤耽味易象，往往精詣。」今案感遇第一、第五、第七、第八、第十、第十三、第三十、第三十八各首，皆衍老、易之緒，明爲晚年之作。則兩唐書本傳所記，未足爲據，當以別傳爲正。

又按：宋計有功唐詩紀事卷八引獨異記載子昂市胡琴事，末云：「一日之内，聲華溢都。時武攸宜爲建安王，闢爲書記。」與事實年次牴牾，稗官家言，未足爲據。

編年詩：

酬田逸人見尋不遇題隱居里壁（本集二）

題田洗馬游巖桔槔（本集二）

通鑑二百二：「永隆元年二月戊午，上幸嵩山處士三原田游巖所居。」「開耀元年閏七月，上徵田游巖爲太子洗馬。」

案本集一白帝城懷古、度荆門望楚、峴山懷古、晚次樂鄉縣，本集二初入峽苦風寄故鄉親友諸詩，當皆初出蜀時作。本集十上薛令文章啓云「以小人之淺才，承令君之嘉惠」，當亦未第時作。

永淳元年壬午（六八二）　二十二歲。

居東都，應試不第，經長安歸里。

通鑑二百三：「永淳元年四月，上以關中饑饉，米斗三百，將幸東都。丙寅，發京師，乙酉，至東都。」本集二落第西還別劉祭酒高明府詩曰：「望迴樓臺出，途遥煙霧生。」落第西還別魏四懔詩曰：「離亭暗風雨，征路入雲烟。」則落第西還當在夏秋也。

編年詩：

落第西還別劉祭酒高明府（本集二）

落第西還別魏四懍（本集二）

入峭峽（本集一）

詩曰：「暫息蘭臺策，將從桂樹游。」

宿空舲峽青樹村浦（本集一）

詩曰：「虛聞事朱闕，結綬鶩華軒，委别高堂愛，窺覦明主恩，今成轉蓬去，嘆息復何言！」

宿襄河驛浦（本集一）

詩曰：「不及能鳴雁，徒思海上鷗。」

當皆落第歸途所作。又本集一入東陽峽與李明府船前後不相及，本集二合州平津口别舍弟詩，疑亦是年道中作。

弘道元年癸未（六八三）　二十三歲。

居蜀學神仙之術，與暉上人游。

本集卷七暉上人房餞齊少府使入京府序曰：「永淳二年四月孟夏，東海齊子官於此州；屬鑾駕巡方，諸侯納貢，將欲對揚天子，命我行人，指途河渭，發引岷嶓，粤以丙丁之日，次於暉公别舍。」按新唐書高宗本紀，「永淳二年，書弘道元年四月己未如東都，十二月丁巳改元大赦，是夕皇帝崩於貞觀殿。」序作於四月，正「鑾駕巡方」之時也。序又曰：「朝廷子入，期富貴於崇朝；林嶺吾棲，學神仙而未畢。」是此年家居學道之證。

又按：子昂與暉上人交誼甚篤，集中投贈篇什，具如前録。

編年文：

暉上人房餞齊少府使入京府序（本集七）

睿宗文明元年甲申（六八四） 二十四歲。

游東都，舉進士對策高第，擢麟臺正字。

趙儋右拾遺陳公旌德碑：「年二十四，文明元年（案新唐書武后本紀：『光宅元年正月癸未，改元嗣聖。二月戊午，廢皇帝（中宗）爲廬陵王，幽之。己未，立豫王旦爲皇帝，改元文明。九月甲寅大赦改元。』）進士，射策高第。其年高宗崩於洛陽宫，靈駕將西歸乾陵，公乃獻書闕下。天后覽其書而壯之，召見金華殿，拜麟臺正字。由是海内詞人，靡然向風。」

陳氏别傳：「時洛中傳寫其書，市肆閭巷，吟諷相屬，乃至轉相貨鬻，飛馳遠邇。」

按：舊唐書本傳載諫靈駕入京書，首題「梓州射洪縣草莽臣陳子昂」，與本集卷九原文合，是布衣獻書之證。

編年文：

諫靈駕入京書（本集九）

通鑑二百三：「文明元年五月丙申，高宗靈駕西還，八月庚寅，葬乾陵。」 書當作於本年五月前。

諫政理書（本集九）

新唐書本傳：「垂拱初，詔問群臣：『調元氣當以何道？』子昂因是勸后興明堂太學，即上言云云。」據本集卷九載諫政理書，首題：「月日，梓州射洪縣草莽愚臣陳子昂謹冒死稽首再拜獻書闕下。」繼云：「幸得游京師，覩皇化，親逢大聖之詔，布於天下，問於賢士大夫曰：『何道可以調元氣？』」末云：「敢冒昧闕庭，奏書以聞。」是此書之作，亦在未授麟臺正字以前，新唐書誤也。

麈尾賦（本集一）

麈尾賦序曰：「甲申歲，天子在洛陽，余始解褐守麟臺正字。太子司直宗秦客置酒金谷亭，大集賓客。酒酣，共賦座上食物，命予爲麈尾賦焉。」

按：舊唐書本傳載：「同州下邽人徐元慶手刃父仇，子昂議以爲宜正國法，然後旌其閭墓，以褒孝義。」末云：「當時議者咸以子昂爲是，俄授麟臺正字。」云云。案本集卷七載復仇議狀辭意與獻書不同，當是授官後作。非初應舉時作也。

武后垂拱元年乙酉（六八五）　二十五歲。

居東都，守麟臺正字。　十一月十六日，后召見，賜筆札，中書省令條上利害，對出使、牧宰、人機三事。

新唐書本傳：「后召見，賜筆札，中書省令條上利害，子昂對三事。」通鑑「垂拱元年冬十一月，麟臺正字射洪陳子昂上疏」云云，按即本集八上軍國利害事三條，題出使、牧宰、人機。某末云：「臣本下愚，未知大體，今月十六日特奉恩旨，賜臣紙筆，遣於中書言天下利害」云云，與本傳合。

編年文：

上軍國利害事三條（本集八）

編年詩：

本集二答洛陽主人云：「平生白雲志，早愛赤松游，事親恨未立，從官此中州。主人何發問，旅客非悠悠。方謁明天子，清宴奉良籌。再取連城璧，三徙平津侯；不然拂衣去，歸從海上鷗。寧隨當代子，傾側且沈浮！」當是此一二年中作。

垂拱二年丙戌（六八六）　二十六歲。

居東都，守麟臺正字。　三月，上書諫用刑。　旋從左補闕喬知之護左豹韜衛將軍劉敬同軍，北征金徽州都督僕固始。自居延海入。　夏四月，次張掖河。　五月，次同城。　七月，獨南旋。八月，至張掖。　既歸，上書論西蕃邊州安危事三條。

通鑑二百三：「垂拱二年三月戊申，太后命鑄銅爲匭，聽投表疏，盛開告密之門，於是四方告密者蜂起，人皆重足屏息。麟臺正字陳子昂上疏云云，太后不聽。」　按本集九載諫用刑書，首云：「將仕郎守麟臺正字臣陳子昂謹頓首冒死，詣闕上書。」與通鑑所載疏文合。

子昂從喬知之北征事，兩唐書本傳及舊書喬知之傳具失載，據通鑑二百三：「垂拱元年六月，同羅、僕固等諸部叛。　遣左豹韜衛將軍劉敬同發河西騎士出居延海以討之，同羅、僕固等皆敗散。

敕僑置安北都護府於同城，以納降者。」　按集卷六燕然軍人畫象銘序曰：「龍集丙戌，金徽州都督僕固始桀驁惑亂其人，天子命左豹韜衛將軍劉敬同發河西騎士，自居延海入以討之。　特敕左補闕喬知之攝侍御史護其軍。　夏五月，師舍於同城。」卷一觀荆玉篇序曰：「丙戌歲，余從左補闕喬公北征，夏四月，軍幕次於張掖河。」兩序皆作「丙戌」，當可據。　本集八上西蕃邊州安危事三條，其二云：「臣伏見今年五月敕以同城權置安北府」，此五月當即劉敬同軍舍於同城之月，在垂拱二年，通鑑書「元年六月」，蓋誤。

本集卷二還至張掖古城聞東軍告捷贈韋五虚己詩曰：「孟秋首歸路，仲月旅邊亭。」喬知之擬古贈陳子昂詩亦曰：「孟秋七月間，相送出外郊。」　是子昂於七月先歸也。

新唐書本傳曰：「於時吐蕃九姓叛，詔田揚名發金山十姓兵討之。　十姓君長以三萬騎戰有功，遂請入朝。　后責其嘗不奉命擅破回紇，不聽。　子昂上疏曰云云。」　案本集卷八上西蕃邊州安危事三條，其二云：「臣伏見今年五月勑以同城權置安北府。　臣在府日竊見磧北歸降突厥已有五千餘帳。」其三云：「頃至涼州，聞其倉貯惟有六萬餘石。」　皆初歸自邊庭語，是疏之作，當在本年秋冬之際。

編年文：

吊塞上翁文（本集七）

文曰：「丙戌歲兮，我征匈奴，恭聞北叟，託國此都。」　當是四月間初至塞上作。

燕然軍人畫象銘（本集六）
序曰：「夏五月，師舍於同城。」
爲人陳情表（本集三）
文曰：「今歲奉使，已至居延。」其人當是軍府同僚也。
爲喬補闕論突厥表（本集四）
表曰：「陛下不以臣不肖，特敕臣攝侍御史，監護燕然西軍。臣自違闕庭，涉歷秋夏。」又曰：「伏見去月日敕令同城權置安北都護府，以招納亡叛，扼匈奴之喉。」又曰：「臣比住同城，周觀其地利。」是此表當作於是年六月，子昂正從知之在同城也。
上西蕃邊州安危事三條（本集八）
當作於是年秋冬，説見上。
按本集十有爲蘇令本與岑内使啓，據通鑒：岑長倩爲内史在本年四月，四年九月討琅邪王冲改後軍大總管。此啓當作於本年四月後，垂拱四年九月以前。
編年詩：
題居延古城贈喬十二（本集二）
居延海樹聞鶯同作（本集二）
題贈祀山峰樹（本集二）

觀荆玉篇（本集一）

還至張掖古城聞東軍告捷贈韋五虚己（本集二）

度峽口山贈喬補闕知之王二無競（本集二）

感遇三蒼蒼丁零塞一首（本集一）

垂拱三年丁亥（六八七）　二十七歲。

居東都，守麟臺正字。　冬，上諫雅州討生羌書。

新唐書本傳：「后方謀開蜀山，由雅州道翦生羌，因以襲吐蕃。　子昂上書，以七驗諫止之曰云云。」　通鑑敍在垂拱四年，云：「太后欲發梁鳳巴蜑，自雅州開山通道，出擊生羌，因襲吐蕃。　正字陳子昂上書云云。」　本集卷九載諫雅州討生羌書，首云：「將仕郎守麟臺正字臣陳子昂昧死上言。」與通鑑合。　考感遇詩第二十九首曰：「丁亥歲云暮，西山事甲兵，嬴糧匝邛道，荷戟争羌城。」正咏其事。　則開蜀翦羌，事在本年，通鑑綴於明年之末，誤也。

編年文：

諫雅州討生羌書（本集九）

編年詩：

感遇第二十九丁亥歲云暮一首（本集一）

垂拱四年戊子（六八八）　二十八歲。

居東都，守麟臺正字。

編年文：

爲程處弼慶拜洛表（本集三）

通鑑：「垂拱四年十二月己酉，太后拜洛受圖。」是此表作於本年十二月。又本集三有爲程處弼辭流表、爲程處弼謝放流表，皆在本年前。

永昌元年己丑（六八九）　二十九歲。

居東都，守麟臺正字。　三月十九日，后復召見，使論爲政之要，適時不便者，毋援上古，角空言。子昂乃奏八科。　秩滿，隨常牒補右衛冑曹參軍。　九月，上諫刑書。

新唐書本傳：「后復召見，使論爲政之要，適時不便者，毋援上古，角空言。子昂乃奏八科云云。」通鑑：「永昌元年三月壬申，太后問正字陳子昂當今爲政之要，子昂退上疏云云。」本集卷八答制問事八條首云：「臣今月十九日蒙恩敕召見，令臣論當今政要，行何道可以適時，不須遠引上古，具狀進者。」案永昌元年三月甲寅朔，壬申正十九日，通鑑記是。八科之目：一措刑，二官人，三知賢，四去疑，五招諫，六勸賞，七息兵，八安宗子。本集與新唐書本傳次第全同，標題小異。

新唐書本傳又曰：「俄遷右衛冑曹參軍。」陳氏別傳曰：「秩滿，隨常牒補右衛冑曹參軍。」

通鑑：「永昌元年十月，右衛冑曹參軍陳子昂上疏，以爲周頌成、康，漢稱文、景，皆以能措刑云云。」案本集九載諫刑書首云：「承務郎守右衛曹參軍臣陳子昂謹頓首昧死上言」，又曰：「乃去月十五日，陛下特察詔囚李珍等無罪，明魏真宰有功，召見高正臣，又重推元萬頃，百寮慶悦，皆賀聖明。」又曰：「又其月二十一日恩赦免楚金等死，初有風雨，變爲景雲。」據通鑑，張楚金、元萬頃等免死流嶺南，在是年八月乙未，通鑑載子昂疏「其月二十一日」作「九月」。考異引唐曆，實録記楚金等事，刑赦不同，通鑑雜採衆説，未及釐正。今按乙未實是年八月十五日，據本集疏文，當是八月十五日重推元方頃，二十一日赦免張楚金，陳疏當作於九月，故稱「去月十五日」。是年閏九月，陳疏如作於十月，則距八月已兩閲月，不得仍稱「去月」也。據此，移官參軍，當在本年三月十九日以後，九月以前。

編年文：

爲百官謝追尊魏國大王表（本集三）

通鑑：「永昌元年二月，尊魏忠孝王曰周忠孝太皇，妣曰忠孝太后。」

答制問事八條（本集八）

諫刑書（本集九）

唐故循州司馬申國公高君墓誌（本集六）

志曰：「載初元年，歲在攝提格，始昭啓亡靈，改卜遷祔，某月日遂合葬於少陵原。」按通鑑：永昌元年十一月，改元載初，志當作於十一月後。

是年孟浩然生。

周天授元年庚寅（六九〇）　三十歲。

居東都，守右衛胄曹參軍。　九月壬午，武氏改國號曰周，改元天授，上大周受命頌四章。

新唐書本傳：「后既稱帝，改號周，子昂上周受命頌，以媚悅后。雖數召見，問政事，論亦詳切，故奏聞輒罷。」　本集七載上大周受命頌表一篇，大周受命頌四章曰：神鳳、赤雀、慶雲、甿頌。

編年文：

上大周受命頌表（本集七）

大周受命頌四章（本集七）

天授二年辛卯（六九一）　三十一歲。

春，以繼母憂，解官返里。

新唐書本傳：「以母喪去官。」陳氏別傳曰：「以繼母憂解官。」均不言其年月，趙碑云：「每上疏言政事，詞旨切直，因而解罷。」三說不同，陳氏別傳獨曰「以繼母憂」，當必有據。按本年一月有爲赤縣父老勸封禪表，二月有清河張氏、上殤高氏、河南宇文氏三墓誌銘，均在東都作；此後三年間，遂無有關洛下之文，是丁憂去官，在本年春仲也。

編年文：

爲赤縣父老勸封禪表（本集三）

通鑑：「天授二年春一月，地官尚書武思文及朝集使二千八百人表請封中岳。」表當作於此時。

袁州參軍李府君妻清河張氏墓誌銘（本集六）

志曰：「以大周天授二年二月日朔遷祔於袁州君之舊塋。」

陳州宛丘縣令高府君夫人河南宇文氏墓誌銘（本集六）

志曰：「以周天授二年太歲辛卯二月癸卯啓殯於東園，祔於洛州某原。」

祭宇文夫人文（本集七）

上殤高氏墓誌銘（本集六）

志曰：「天授二年，龍集辛卯，其年二月癸卯朔，十八日庚申，啓殯歸瘞之塋。」

故宣議郎騎都尉行曹州離狐縣丞高府君墓誌銘（本集六）

志曰：「天授二年，歲在單閼，七月二十日考終厥命，卒於陸渾縣明高之山莊，時年七十有二。即以其年十月，葬於北邙山平樂之原。」

編年詩：

西還至散關答喬補闕知之（本集二）

新唐書武后本紀：「天授元年八月壬戌，殺將軍阿那史惠、左司郎中喬知之。」通鑒書在神功元年六月，云：「右司郎中馮翊喬知之有美妾曰碧玉，知之爲之不昏。武承嗣借以教諸姬，遂留不還。知之作緑珠怨以寄之，碧玉赴井死。承嗣得詩於裙帶，大怒，諷酷吏羅告，族之。」考異曰：「唐曆：『天授元年十月誅喬知之。』新本紀：『八月壬戌殺右司郎中喬知之。』盧藏用陳氏别傳、趙儋陳子昂旌德碑皆云：『契丹以營州叛，建安郡王武攸宜親總戎律，特詔右補闕喬知之及公參謀幃幕。及軍罷，以父年老表乞歸侍。』攸宜討契丹在萬歲通天元年，明年，平契丹。子昂集有西還至散關答喬補闕詩云：『昔君事胡馬，余得奉戎旃，攜手同沙塞，關河緬幽燕，嘆此南歸日，猶聞北戍邊。』疑知之之死在神功年後；但唐曆統紀、新紀殺知之皆在天授元年，今據子昂詩，必無誤者，然『猶聞北戍邊』，則軍未罷也。又武后云：來俊臣死後，不聞有反者，故置於此。據朝野僉載知之以婢碧玉事爲武承嗣諷人羅告之，斬於市南，破家籍没。此時知之在邊，蓋承嗣先銜之，至此乃殺之耳。」按：新紀殺知之在天授元年固非，通鑑敍在神功元年亦未是。喬知之參武攸宜幕，諸書皆無明文，考異自謂據陳氏别傳及趙碑，然今本陳氏别傳但云：「屬契丹以營州叛，建安郡王攸宜親總戎律，臺閣英妙皆置在軍麾，時敕子昂參謀帷幕。」趙碑云：「屬契丹以營州叛，建安郡王武攸宜親總戎律，特詔左補闕屬之，及公參謀幃幕。」此之「左補闕」，似指知之；然趙碑於垂拱二年北征事全部失載，此蓋涉彼事而誤。武攸宜軍罷在神功元年，使知之參其幕，亦當曰「左司郎中」，不當曰「左補闕」。新唐一百九十喬知之傳：「則天時累除右補闕，遷左司郎中，有婢曰窈娘」云云，又二百六武承嗣傳：「聞左司郎中喬知之之婢窈娘美且善歌」云云，是喬婢被奪正知之任左司時，非復「左補闕」。本集二有咏主人壁上畫鶴寄喬主簿崔著作詩，「崔著作」即崔融，曾參河内王武懿宗軍幕，子昂有詩贈行，然此「喬主簿」非必知之。詩亦未必作於東征之際。是考異所舉，全不足據。審西還詩云：「昔君事胡馬，余得奉戎旃，攜手同沙塞，關河緬幽燕，芳歲幾陽止，白日屢徂遷。」明爲追敍垂拱二年之役。又曰：「嘆此南歸日，猶聞北戍邊，代水不可涉，巴江亦潺湲，攬衣度函谷，銜涕望秦川。蜀門自兹始，雲山方浩然。」

明爲知之戍代北，子昂初歸蜀時作，則子昂丁艱去洛，知之仍在同城也。又按：新唐書武承嗣傳「垂拱初以春官尚書同鳳閣鸞臺平章事，改納言，代蘇良嗣爲文昌左相」，下即敘奪婢事。考舊書七五、新書一百三蘇良嗣傳，罷文昌右相在永昌元年春，承嗣代之，則奪婢事當在天授元二年間，新紀敘殺知之在天授元年，「元年」或「二年」之誤。此後子昂曾一度被嫌下獄，（說見下）是否涉知之事不可知，然出參武攸宜幕實有立功除罪之意，且未與知之同行，其時知之當死久矣。

按本集二有奉和皇帝丘禮撫事述懷應制詩、洛城觀酺應制詩、群公集畢氏林亭詩，卷三爲豐國夫人慶皇太子誕表、爲喬補闕慶武成殿表、和秋景觀競渡詩表、賀慈竹再生表，卷七有春臺引。唐詩紀事七高正臣條：「晦日宴高氏林亭凡二十一人，皆以華字爲韻，子昂爲之敘。」又：「上元夜效小庾體六人，以春字爲韻，長孫正隱爲之敘。」皆授官居東都數年中作。

長壽元年壬辰（六九二）　三十二歲。

居蜀守制。養疴南園，時時從暉上人游。　五月十三日叔祖嗣卒。

新唐書本傳：「以母喪去官，服終，擢右拾遺，子昂多病，居職不樂。」本集二遇崔司議泰之冀侍御珪二使詩：「謝病南山下，幽臥不知春。」又本集二臥疾家園詩曰：「縱橫策已棄，寂寞道爲家，臥疾誰能問，閒居空物華。」秋園臥疾呈暉上人詩曰：「懷挾萬古情，憂虞百年疾。」本集一感愚第十三首：「林居病時久，水木淡孤清。」當皆此一二年中作。

本集五梓州射洪縣武東山故居士陳君碑云：「享年八十有五，太歲壬辰五月十三日，考終厥命。」

長壽二年癸巳（六九三）　三十三歲。

春夏家居。　七月，堂弟（從舊題）孜卒。　自忠州下江陵返東都。　擢右拾遺。

本集六堂弟孜墓誌銘：「方謂拂羽喬木，緬昇高雲，而遭大過，棟橈而隕，時年三十五，是歲龍集癸巳，有周天授二年七月。」按癸巳爲長壽二年，非天授二年，其下文云：「卜兆不吉，權殯於真諦寺之北園，始以今甲午歲獻春一月乙酉朔二十五日己酉窆於石溪山之背岡。」是卒後翌年而葬，天授蓋長壽之誤也。

本集七忠州江亭喜遇吳參軍牛司倉序：「昔歲居單閼，適言別於茲都，今龍集昭陽，復相逢於此地。」下云：「江陵之道路方賒，巴徼之雲山漸異。」是出蜀道經忠州所作。序又曰：「丹藤緑篠，俯映長筵，翠渚洪瀾，交流合座」，時當在夏秋之際。

新唐書本傳：「服終，擢右拾遺，子昂多病，居職不樂。」改官當在本年或明年初也。

編年文：

梓州射洪縣武東山故居士陳君碑（本集五）

碑云：「長壽二年龍集癸巳月日，歲月載踰，卜兆時吉，始啓殯昭告，奉遷於舊塋武東山之陽。」

館陶郭公姬薛氏墓誌銘（本集七）

志云：「以長壽二年太歲癸巳，二月十七日遇暴疾卒於通泉縣之官舍。」

忠州江亭喜遇吳參軍牛司倉序（本集七）

編年詩：

遂州南江別鄉曲故人（本集二）

詩曰：「楚江復爲客，征棹方悠悠」，當是此年作。

萬州曉發乘漲還寄蜀中親友（本集二）

詩曰：「曲直還今古，經過失是非。」又云：「寄謝千金子，江海事多違。」當是不得已而復至東都也。

延載元年甲午（六九四）　三十四歲。

居東都，守右拾遺。　三月，上書諫曹仁師征默啜。

旋坐逆黨陷獄。

本集九有諫曹仁師出軍書，事在本年三月。通鑒二百五：「延載元年正月，突厥可汗骨篤禄卒，其子幼；弟默啜自立爲可汗。臘月甲戌，默啜寇靈州。三月，以僧懷義爲朔方道行軍大總管，帥契苾明、曹仁師、沙吒忠義等十八將軍，以討默啜，未行，虜退而止。」是書當作於三月初也。

本集三謝免罪表略曰：「臣某言：月日司刑少卿郭某奉宣敕，二日以臣所犯，特從放免。臣巴蜀微賤，名教未聞，階下降非常之恩，加不次之命，拔臣草野，謬齒衣冠。不圖誤識兇人，坐緣逆黨，論臣罪累，死有餘辜！　陛下憫臣愚昧，特恕萬死，賜以再生，身首獲全，已是非分，官服具在，臣何敢安？　臣伏見西有未賓之虜，北有逆命之戎，尚稽天誅，未息邊戍，臣請束身塞上，奮命賊庭。」本集七祭臨海韋府君文首題「維年月日左拾遺陳子昂謹以少牢清酌之奠致祭故人臨海韋君之靈」。又曰：「昔君夢奠之時，值余置在叢棘，獄户咫尺，邈若山河，話言空存，白馬不吊，迨天網既開，而宿草成列，言笑無由，夢寐不接。」又曰：「洛陽舊陌，拱木猶存，京兆新阡，孤松已植。」據此是子昂於初授拾遺，即遭罣累，繫洛陽獄者經年，迨免罪出獄，守本官如故。第其陷獄緣由，被繫年月，無可考見。據本集九陳宗人冤獄書，知陳嘉言亦曾因搆陷被繫，其時亦當在索元禮、來俊臣勢盛之際。迨神功元年六月，來俊臣伏誅，刑獄少衰，告訐之風始戢，子昂所遭，未審是否由於嘉言。

考本集明署年月之文本年祇有堂弟孜墓誌銘及供奉學士懷州河内縣尉陳君碩人墓誌銘兩篇，（均卷六）堂弟孜墓誌云葬於本年一月二十五日，陳君墓誌祇云「青龍甲午，銘茲墳兮」。意亦作於本年春或去年冬，（説見下）自三月上書諫曹仁師出軍，直至明年十二月二十日，始有送中岳二三真人序，中間俄空，將及兩年，度即陷獄之時也。　新唐書本傳曰：「子昂多病，居職不樂。」當爲復官後事，翌年參武攸宜幕，東征契丹，疑即謝免罪表所謂「束身塞上，奮命賊庭」也。

編年文：

堂弟孜墓誌銘（本集六）

供奉學士懷州河内縣尉陳君碩人墓誌銘（本集六）

志曰：「天授三年恩敕自河内追入關供奉，居未朞，不幸遇疾，於神都積善坊考終厥命，年六十三。」銘曰：「青龍甲午，銘兹墳兮。」是殁在長壽二年，葬在本年，撰志之期當在本年或去歲也。

諫曹仁師出軍書（本集九）

證聖元年乙未（六九五）　三十五歲。

獄解，復官右拾遺。

說見上。

編年文：

祭臨海韋府君文（本集七）

送中岳二三真人序（本集七）

原注：「時龍集乙未十二月二十日。」

萬歲通天元年丙申（六九六）　三十六歲。

居東都，守右拾遺。　夏五月，營州契丹松漠都督李盡忠等舉兵反，攻陷營州，遣左鷹揚衛將軍曹仁師等討之。　秋九月，以同州刺史建安王武攸宜爲右武威衛大將軍，充清邊道行軍大總管，以討契丹。子昂以本官參謀。

新唐書武后本紀：「萬歲通天元年五月壬子，契丹首領松漠都督李盡忠，歸誠州刺史孫萬榮陷營州，殺都督趙文翽。乙丑，左鷹揚衛將軍曹仁師、右金吾衛大將軍張玄遇、左威衛大將軍李多祚、司農少卿麻仁節等擊之。七月辛亥，春官尚書武三思爲榆關道安撫大使，納言姚璹爲副，以備契丹。八月丁酉，張玄遇、曹仁師、麻仁節等及契丹戰於黄麞谷，敗績。執玄遇、仁節。九月庚子，同州刺史武攸宜爲清邊道行軍大總管，以擊契丹。」通鑑：「萬歲通天元年九月，制天下繫囚及庶士家奴驍勇者，官償其值，發以擊契丹。初令山東近邊諸州，置武騎團兵，以同州刺史建安王武攸宜爲右武威衛大將軍，充清邊道行軍大總管，以討契丹，右拾遺陳子昂爲攸宜府參謀，上疏曰云云。」新唐書本傳曰：「會武攸宜討契丹，高置幕府，表子昂參謀。」陳氏別傳曰：「屬契丹以營州叛，建安郡王攸宜親總戎律，臺閣英妙，皆在軍麾，時敕子昂參謀帷幕。」所記略同。通鑑所載諫發囚奴疏，今本子昂集作上軍國機要事，審其文義，乃初出軍時代建安王作，非子昂自上，通鑑失考，說見下。

編年文：

昭夷子趙氏碑（本集五）

碑云：「蒼龍甲申歲，在大梁遭命不造，發痟疾而卒，時四十九。」別本「甲申」作「丙申」，「四十九」作「三十九」，案甲申爲文明元年，子昂初擢正字，據本集二同參軍宋之問夢趙六贈盧陳二子之作及盧藏用宋主簿鳴臯夢趙六予未及報而陳子云亡今追爲此詩答宋兼貽平昔游舊二詩，知宋詩作於趙卒未久，而陳子昂之卒又距宋爲詩時不久。自以從別本作丙申爲是。

送著作佐郎崔融等從梁王東征序（本集七）

序曰：「歲七月，軍出北門。時北部郎中唐奉一、考工員外郎李迥季、著作佐郎崔融，并參帷幕之賓，掌書記之任。」

上軍國機要事（本集八）

案此初出師時，爲建安王作。首云：「臣竊聞宗懷昌等軍失律者，乃被逆賊詐造官軍文牒，誣召懷昌，懷昌顓愚，無備陷没。」考通鑒燕匪石、宗懷昌全軍敗没，在是年八月，建安以九月出師，是此疏之作，在初出師時。又曰：「以臣愚見，望降墨敕，使臣與州縣相知，子細採訪，有粗豪游俠，亡命姦盜，失業浮浪，富族强宗者，并稍優與賜物，悉募從軍。」又曰：「臣欲募死士三萬人，長驅賊庭，一戰掃定。」皆建安語氣，非子昂自作也。

爲建安誓衆詞（本集七）

登薊州城西北樓送崔著作入都序（本集七）

序曰：「仲冬寒苦，幽朔初平。」當是崔融先於歲暮歸洛也。

編年詩：

送别崔著作東征（本集二）

詩曰：「金天方肅殺，白露始專征。」是本年七月作也。

東征答朝達相送（本集二）

東征至淇門答宋參軍之問（本集二）

詩曰：「南星中大火，將子涉清淇，西林改微月，旌旆空自持。」又曰：「若問遼陽戍，悠悠天際旗。」　宋之問有使往天平軍馬約與陳子昂新鄉爲期及還而不相遇詩。

送崔著作（本集二）

詩曰：「仲冬邊風急，雲漢復霜稜。」與序合。

是年元德秀生。

神功元年丁酉（六九七）　三十七歲。

在建安軍幕。　三月，次漁陽，清邊道總管王孝傑等敗没，舉軍震恐不敢進。攸宜輕易無將略，子昂諫以嚴立法制，以長攻短，不納，徙署軍曹。　因登薊北樓，浩歌涕下。　六月，孫萬榮死，契丹平。　七月，凱旋。　守右拾遺如故。

通鑒二百六：「神功元年春三月戊申，清邊道總管王孝傑、蘇宏暉等，將兵十七萬，與孫萬榮戰於東峽石谷，唐兵大敗，孝傑死之，宏暉先遁。武攸宜軍漁陽，聞孝傑等敗没，軍中震恐不敢進。」

新唐書本傳：「次漁陽，前軍敗，舉軍震恐。攸宜輕易無將略，子昂諫曰云云，攸宜以其儒者，謝不納。　居數日，復進計，攸宜怒，徙署軍曹，子昂知不合，不復言。」陳氏别傳：「子昂知不合，因捐然下列，但兼掌書記而已。　因登薊北樓，感昔樂生、燕昭之事，賦詩數首，乃泫然流涕而歌曰：『前不見古人，後不見來者。　念天地之悠悠，獨愴然而涕下！』時人莫之知也。」

據本集八上蜀川安危事三條乃明年五月十四日作，自署：「通直郎行右拾遺陳子昂」，知凱旋後守本官如故。

編年文：

奏白鼠表（本集四）

表云：「今月日臣等令中道前軍總管王孝傑進軍平州，十九日行次漁陽界，晝有白鼠入營，孝傑捕得籠送。將士同見，皆謂賊降之徵。」當是本年二月作。

爲建安王答王尚書書（本集十）

書云：「使至辱書，知初出黄龍，即擒白鼠，兇賊滅兆，事乃先徵。」

爲建安王與安東諸州軍書（本集十）

書云：「大軍即以二月上旬，六道并入，指期尅剪，同立大勛。」

禡牙文（本集七）

署「萬歲通天二年三月朔日」，按神功改元在本年九月，故此仍舊號。

禜海文（本集七）

文云：「萬歲通天二年月日，清邊軍海運度支大使虞部郎王玄珪，敢以牲酒馳獻海王之神。」

當亦初發軍作。

爲建安王答王尚書送生口書（本集十）

書云：「初春猶寒，願保休勝」，當在硤石谷戰前。

爲建安王祭苗君文（本集七）

文云：「何圖大勛未立，隨命先凋。」當是未捷以前作。

爲建安王謝借馬表（本集四）

表云：「皇師久露，兇羯未孚。」亦未捷以前作。

爲副大總管蘇將軍謝罪表（本集三）

表云：「伏奉某月日子前赦書，赦臣萬死，纔削見任官秩，還復本將軍名。」

爲副大總管屯營大將軍謝表（本集四）

謝衣表（本集四）

按以上三表，皆爲蘇宏暉作。通鑒：「神功元年春三月，孝傑遇契丹，帥精兵爲前鋒力戰，契丹引退，孝傑追之，行背懸崖，契丹回兵薄之，宏暉先遁，孝傑墜崖死，將士死亡殆盡。管記洛陽張説馳奏其事，太后贈孝傑官爵，遣使斬宏暉以徇。使者未至，宏暉以立功得免。」

國殤文（本集七）

序曰：「丁酉歲，前將軍尚書王孝杰敗王師於榆關峽口，吾哀之，故有此作。」

爲建安王與諸將書（本集十）

爲建安王與遼東書（本集十）

書云：「初春向暖，願動静勝常。」當在王孝杰敗没前後。

爲建安王破賊表（本集四）

表云：「遼東都督高仇須破孫萬斬一十一陣，捉得生口一百人。」

爲建安王獻食表（本集三）

表云：「元戎出塞，違鳳扆而踰年，班師入朝，拜鸞闈而有日。」 當是七月班師前作。

爲金吾將軍陳令英請免官表（本集四）

表云：「陛下又不以臣爲辜，更授清邊軍副大總管，五月恩制，六月到軍。」

爲河内王等論軍功表（本集四）

按凱旋後作。

冥寞宥冥君古墳記銘（本集六）

原注：「爲張昌寧作。」 序曰：「神功元年，龍集丁酉，余以銀青光禄大夫，忝在中侍，因登緱山，望少室，得王子晉之遺墟，在永水之層曲，且欲開石室，營壽宫，庀徒方興，畚鍤攸作，乃得古藏焉。」是銘當作於本年九月後。

編年詩：

登薊丘樓送賈兵曹入都（本集二）

登幽州臺歌（從舊題，陳氏別傳。）

薊丘覽古贈盧居士藏用六首（本集二）

序曰：「丁酉歲吾北征，出自薊門。」 陳氏別傳曰：「因登薊北樓，感昔樂生、燕昭之事，賦詩數首。」

同參軍宋之問夢趙六贈盧陳二子之作（本集二）

詩曰：「征戍在遼陽，蹉跎歲再黄。」當作於秋初。

聖曆元年戊戌（六九八）　三十八歲。

居東都，守右拾遺。　五月十四日，上蜀川安危事三條。　以父老，表解官歸侍，待詔以官供養。遂葺宇於射洪西山，種樹採藥。　採漢武至於唐事，撰後史記，粗立紀綱。

本集八上蜀川安危事三條，末署：「聖曆元年五月十四日，通直郎行右拾遺陳子昂狀。」是解官歸養在本年五月以後。　陳氏别傳云：「及軍罷，以父老表乞罷職歸侍，天子優之，聽帶官取給而歸。遂於射洪西山構茅宇數十間，種樹採藥以爲養。　恨國史蕪雜，乃自漢孝武之後，以迄於唐，爲後史記。綱紀粗立，筆削未終，鍾文林府君憂，其書中廢。」　又曰：「聖曆初，君歸寧舊山，有掛冠之志。」趙碑曰：「及軍罷，以父年老，表乞歸侍，至數月，文林卒。」按子昂父元敬以聖曆二年七月七日卒，此云「至數月，文林卒」。　則歸里當在本年歲暮歟？

編年文：

上蜀川安危事三條（本集八）

按本集八别有上蜀中軍事三條、上益國事一條，疑均此年作。

編年詩：

贈嚴倉曹乞推命録（本集二）

詩曰：「少學縱橫術，游楚復游燕。」當是遼東軍罷後作。

聖曆二年己亥（六九九）　三十九歲。

家居侍養。　七月七日，父元敬卒。　哀毁廬墓。

本集六文林郎陳公墓誌文：「太歲己亥，年七十有四，七月七日己未，隱化於私館。　是歲十月己酉，遂開拭舊塋，奉寧神於此山石佛谷之中。」

陳氏別傳：「子昂性至孝，哀號柴毁，氣息不逮。」趙碑：「公至性純孝，遂廬墓側，杖而後起，柴毁滅性。」

編年文：

府君有周文林郎陳公墓誌文（本集六）

申州司馬王府君墓誌銘（本集六）

志曰：「龍集己亥，律躔應鐘，始遷神於某原之陽。」

久視元年庚子（七〇〇）　四十歲。

家居守制。

長安元年辛丑（七〇一）　四十一歲。

家居守制。

是年李白生。

王維生。

長安二年壬寅（七〇二）　四十二歲。

本縣令段簡聞其富，欲害子昂，家人納錢二十萬緡，簡薄其賂，數輿曳就吏，遂死獄中。

葬射洪獨坐山。

陳氏別傳：「屬本縣令段簡貪暴殘忍，聞其家有財，乃附會文法，將欲害之。子昂荒懼，使家人納錢二十萬，而簡意未已，數輿曳就吏。子昂素羸疾，又哀毁，杖不能起。外迫苛政，自度氣力恐不全，因命蓍自筮，卦成，仰而號曰：『天命不祐，吾其死矣！』於是遂絶，年四十二。」趙碑不及段簡事，但云：「柴毁滅性，天下之人莫不傷嘆，年四十有二，葬於射洪獨坐山。」新唐書本傳採別傳而易其文曰：「果死獄中，年四十三。」

集十卷，友人黄門侍郎范陽盧藏用爲之序，行於世。

陳氏別傳曰：「其文章散落，多得之於人口，今所存者十卷。」按兩唐志并著録陳子昂集十卷，與別傳合。

有子二人，并進士及第。

長曰光，官至膳部郎中，商州刺史。仲曰斐，歷河東、藍田、長安三尉，卒官。

光有二子：其長曰易甫，監察御史。次曰簡甫，殿中侍御史。

斐生三子：長曰靈甫。次曰兢甫、衆甫。皆守緒業，有名於代。

據趙儋陳公旌德碑。新唐書本傳曰：「光復與趙元子必微相善，俱以文稱。」

附記：本文稱引本集卷數，據四部叢刊影明刊本陳伯玉文集。

（原載北京大學國學季刊第五卷第二號）

忠雅堂集校箋	[清]蔣士銓著　邵海清校　李夢生箋
甌北集	[清]趙翼著　李學穎、曹光甫校點
惜抱軒詩文集	[清]姚鼐著　劉季高標校
兩當軒集	[清]黄景仁著　李國章校點
惲敬集	[清]惲敬著　萬陸、謝珊珊、林振岳標校　林振岳集評
茗柯文編	[清]張惠言著　黄立新校點
瓶水齋詩集	[清]舒位著　曹光甫點校
龔自珍全集	[清]龔自珍著　王佩諍校點
龔自珍詩集編年校注	[清]龔自珍著　劉逸生、周錫韋复校注
水雲樓詩詞箋注	[清]蔣春霖著　劉勇剛箋注
人境廬詩草箋注	[清]黄遵憲著　錢仲聯箋注
嶺雲海日樓詩鈔	[清]丘逢甲著　丘鑄昌標點

牧齋雜著	[清]錢謙益著　[清]錢曾箋注 錢仲聯標校
牧齋初學集詩注彙校	[清]錢謙益著　[清]錢曾箋注 卿朝暉輯校
李玉戲曲集	[清]李玉著 陳古虞、陳多、馬聖貴點校
吴梅村全集	[清]吴偉業著　李學穎集評標校
歸莊集	[清]歸莊著
顧亭林詩集彙注	[清]顧炎武著　王蘧常輯注 吴丕績標校
安雅堂全集	[清]宋琬著　馬祖熙標校
吴嘉紀詩箋校	[清]吴嘉紀著　楊積慶箋校
陳維崧集	[清]陳維崧著　陳振鵬標點 李學穎校補
屈大均詩詞編年校箋	[清]屈大均著　陳永正等校箋
秋笳集	[清]吴兆騫撰　麻守中校點
漁洋精華録集釋	[清]王士禛著 李毓芙、牟通、李茂肅整理
聊齋志異會校會注會評本	[清]蒲松齡著　張友鶴輯校
敬業堂詩集	[清]查慎行著　周劭標點
納蘭詞箋注	[清]納蘭性德著　張草紉箋注
方苞集	[清]方苞著　劉季高校點
樊榭山房集	[清]厲鶚著　[清]董兆熊注 陳九思標校
劉大櫆集	[清]劉大櫆著　吴孟復標點
儒林外史彙校彙評	[清]吴敬梓著　李漢秋輯校
小倉山房詩文集	[清]袁枚著　周本淳標校

雁門集	[元]薩都拉著 殷孟倫、朱廣祁校點
揭傒斯全集	[元]揭傒斯著　李夢生標校
高青丘集	[明]高啓著　[清]金檀注 徐澄宇、沈北宗校點
唐寅集	[明]唐寅著　周道振、張月尊輯校
文徵明集(增訂本)	[明]文徵明著　周道振輯校
震川先生集	[明]歸有光著　周本淳校點
海浮山堂詞稿	[明]馮惟敏著 凌景埏、謝伯陽標校
滄溟先生集	[明]李攀龍著　包敬第標校
梁辰魚集	[明]梁辰魚著　吴書蔭編集校點
沈璟集	[明]沈璟著　徐朔方輯校
湯顯祖詩文集	[明]湯顯祖著　徐朔方箋校
湯顯祖戲曲集	[明]湯顯祖著　錢南揚校點
白蘇齋類集	[明]袁宗道著　錢伯城校點
袁宏道集箋校	[明]袁宏道著　錢伯城箋校
珂雪齋集	[明]袁中道著　錢伯城點校
隱秀軒集	[明]鍾惺著　李先耕、崔重慶標校
譚元春集	[明]譚元春著　陳杏珍標校
張岱詩文集(增訂本)	[明]張岱著　夏咸淳輯校
陳子龍詩集	[明]陳子龍著 施蟄存、馬祖熙標校
夏完淳集箋校(修訂本)	[明]夏完淳著　白堅箋校
牧齋初學集	[清]錢謙益著　[清]錢曾箋注 錢仲聯標校
牧齋有學集	[清]錢謙益著　[清]錢曾箋注 錢仲聯標校

東坡樂府箋　［宋］蘇軾著　［清］朱孝臧編年　龍榆生校箋
東坡詞傅幹注校證　［宋］蘇軾著　［宋］傅幹注　劉尚榮校證
欒城集　［宋］蘇轍著　曾棗莊、馬德富校點
山谷詩集注　［宋］黄庭堅著　［宋］任淵、史容、史季温注　黄寶華點校
山谷詩注續補　［宋］黄庭堅著　陳永正、何澤棠注
山谷詞校注　［宋］黄庭堅著　馬興榮、祝振玉校注
淮海集箋注　［宋］秦觀撰　徐培均箋注
淮海居士長短句箋注　［宋］秦觀著　徐培均箋注
清真集箋注　［宋］周邦彦著　羅忼烈箋注
石林詞箋注　［宋］葉夢得著　蔣哲倫箋注
樵歌校注　［宋］朱敦儒著　鄧子勉校注
李清照集箋注（修訂本）　［宋］李清照著　徐培均箋注
陳與義集校箋　［宋］陳與義著　白敦仁校箋
蘆川詞箋注　［宋］張元幹著　曹濟平箋注
劍南詩稿校注　［宋］陸游著　錢仲聯校注
放翁詞編年箋注（增訂本）　［宋］陸游著　夏承燾、吴熊和箋注　陶然訂補
范石湖集　［宋］范成大撰　富壽蓀標校
于湖居士文集　［宋］張孝祥著　徐鵬校點
稼軒詞編年箋注（定本）　［宋］辛棄疾撰　鄧廣銘箋注
辛棄疾詞校箋　［宋］辛棄疾著　吴企明校箋
姜白石詞編年箋校　［宋］姜夔著　夏承燾箋校
後村詞箋注　［宋］劉克莊著　錢仲聯箋注
瀛奎律髓彙評　［元］方回選評　李慶甲集評校點

長江集新校	[唐]賈島著　李嘉言新校
張祜詩集校注	[唐]張祜著　尹占華校注
三家評注李長吉歌詩	[唐]李賀著　[清]王琦等評注
樊川文集	[唐]杜牧著　陳允吉校點
樊川詩集注	[唐]杜牧著　[清]馮集梧注
温飛卿詩集箋注	[唐]温庭筠著　[清]曾益等箋注
玉谿生詩集箋注	[唐]李商隱著　[清]馮浩箋注 蔣凡校點
樊南文集	[唐]李商隱著　[清]馮浩詳注 錢振倫、錢振常箋注
皮子文藪	[唐]皮日休著　蕭滌非、鄭慶篤整理
鄭谷詩集箋注	[唐]鄭谷著 嚴壽澂、黄明、趙昌平箋注
韋莊集箋注	[五代]韋莊著　聶安福箋注
李璟李煜詞校注	[南唐]李璟、李煜著　詹安泰校注
張先集編年校注	[宋]張先著　吴熊和、沈松勤校注
二晏詞箋注	[宋]晏殊、晏幾道著　張草紉箋注
乐章集校箋	[宋]柳永著　陶然、姚逸超校箋
梅堯臣集編年校注	[宋]梅堯臣著　朱東潤編年校注
歐陽修詩文集校箋	[宋]歐陽修著　洪本健校箋
歐陽修詞校注	[宋]歐陽修著　胡可先、徐邁校注
蘇舜欽集	[宋]蘇舜欽著　沈文倬校點
嘉祐集箋注	[宋]蘇洵著　曾棗莊、金成禮箋注
王荆文公詩箋注	[宋]王安石著　[宋]李壁箋注 高克勤點校
王令集	[宋]王令著　沈文倬校點
蘇軾詩集合注	[宋]蘇軾著　[清]馮應榴注 黄任軻、朱懷春校點

玉臺新咏彙校	吴冠文、談蓓芳、章培恒彙校
王梵志詩集校注(增訂本)	[唐]王梵志著　項楚校注
盧照鄰集箋注	[唐]盧照鄰著　祝尚書箋注
駱臨海集箋注	[唐]駱賓王著　[清]陳熙晉箋注
王子安集注	[唐]王勃著　[清]蔣清翊注
陳子昂集(修訂本)	[唐]陳子昂撰　徐鵬校點
孟浩然詩集箋注(增訂本)	[唐]孟浩然著　佟培基箋注
王右丞集箋注	[唐]王維著　[清]趙殿成箋注
李白集校注	[唐]李白著　瞿蜕園、朱金城校注
高適集校注(修訂本)	[唐]高適著　孫欽善校注
杜詩趙次公先後解輯校	[唐]杜甫著　[宋]趙次公注 林繼中輯校
杜詩鏡銓	[唐]杜甫著　[清]楊倫箋注
錢注杜詩	[唐]杜甫著　[清]錢謙益箋注
杜甫集校注	[唐]杜甫著　謝思煒校注
岑參集校注	[唐]岑參著　陳鐵民、侯忠義校注
戴叔倫詩集校注	[唐]戴叔倫著　蔣寅校注
韋應物集校注(增訂本)	[唐]韋應物著　陶敏、王友勝校注
權德輿詩文集	[唐]權德輿撰　郭廣偉校點
王建詩集校注	[唐]王建著　尹占華校注
韓昌黎詩繫年集釋	[唐]韓愈著　錢仲聯集釋
韓昌黎文集校注	[唐]韓愈著　馬其昶校注 馬茂元整理
劉禹錫集箋證	[唐]劉禹錫著　瞿蜕園箋證
白居易集箋校	[唐]白居易著　朱金城箋校
柳宗元詩箋釋	[唐]柳宗元著　王國安箋釋
柳河東集	[唐]柳宗元著　[宋]廖瑩中輯注
元稹集校注	[唐]元稹著　周相録校注